Araf

ARAF

Yazan: Elif Şafak
İngilizce aslından çeviren: Aslı Biçen

Doğan Kitap'ta 1. baskı / Şubat 2010
11. baskı / Mayıs 2011 / ISBN 978-605-111-469-9
Sertifika No: 11940

Kapak tasarımı: Uğurcan Ataoğlu
Grafik tasarım: Elif Yalçınkaya Kariş
Yiyecek stilisti: Ayşegül Alev
Kapak fotoğrafı: Serdar Tanyeli
Kapak içi fotoğrafı: Muammer Yanmaz
Baskı: Şefik Basım / Turgut Özal Caddesi
No: 137 İkitelli - İSTANBUL
Tel: (212) 549 62 62

Doğan Egmont Yayıncılık ve Yapımcılık Tic. A.Ş.
19 Mayıs Cad. Golden Plaza No. 1 Kat 10, 34360 Şişli - İSTANBUL
Tel. (212) 373 77 00 / Faks (212) 355 83 16
www.dogankitap.com.tr / editor@dogankitap.com.tr / satis@dogankitap.com.tr

Araf

Elif Şafak

Çeviren: Aslı Biçen
(Yazarla birlikte)

DOĞAN KİTAP

Bir hakîm dedi ki: Yazıda bir kargayla bir leyleğin beraber uçtuğunu, beraber yemlendiğini gördüm. Şaşırdım-kaldım; derken aralarındaki birlik nedir, onu bulayım diye hallerine dikkat ettim.

Şaşkın bir halde yaklaştım. Baktım, gördüm ki ikisi de topaldı.

"Bir kuşun, kendi cinsinden
olmayan bir kuşla uçmasının,
yayılmasının sebebi",
MEVLÂNÂ, *Mesnevî*, II. cilt,
Tercüme ve şerheden: Abdülbaki Gölpınarlı

İçkiye yeniden başlamak

Barda sadece iki müşteri kalmış. Okul taksitleri ile ev kiraları, aldıkları bursları katbekat aşan iki doktora öğrencisi; ikisi de bu şehirde yabancı, ikisi de Müslüman ülkelerden. Tüm ortak noktalarına ve yakın arkadaş olmalarına rağmen aslında birbirlerine benzedikleri söylenemez; en azından şu anda, sabaha karşı 02.36 itibariyle, birisi körkütük sarhoş, diğeri her zamanki gibi içkinin damlasını dahi koymamışken ağzına. Gittikçe görünürlük kazanan bir tezat içinde yan yana oturuyorlar saatlerdir. Tamı tamına beş saattir.

Ama artık gitme zamanı ve bir iki dakikaya kadar ikilinin daha kısa boylu, daha esmer ve tartışmasız daha geveze olanı tuvaletten çıkacak, yerden toz değil iç sıkıntısını süpürmeye azmetmişçesine süpürgeye asılan garsona özür dilercesine mahcup gülümseyecek ve ardından, bar taburesine yapışmış, orada âdeta taşlaşmış arkadaşına doğru yürüyecek. O yürüyedursun arkadaşı uzodan dumanlanmış gözlerini bir peçetenin üzerindeki yazılara odaklamış somurtmakta. Tamamen hareketsiz, karşısında dikilen Porto Rikolu barmenin bakışlarındaki gazaptan büsbütün habersiz.

Gün: 16 mart 2004
Yer: BOSTON
Zaman: 02.24
Sıcaklık: SOĞUK

Konu: OMER OZSIPAHIOGLU
Özet: Tekrar içmeye başladım... on dört ay yirmi üç günlük mutlak ayıklığın ardından... (14 ay 23 gün = 448 gün = 10 752 saat = 645 120 dakika = 38 707 200 saniye = 223 946,96 kere Nick Cave'den "As I Sat Sadly By Her Side, Mutsuz Mutsuz Otururken Yanında")

"Ne yazıyorsun o peçeteye?"

"Hislerimi" diye mırıldandı taburenin üzerindeki; şimdi eskisi kadar taşlaşmış görünmüyordu. "Hislerimi özetliyorum... unutmayayım diye."

İrikıyım barmen ikisini birden şöyle bir süzdü, abartılı bir edayla gözlerini duvardaki saatten yana devirip son müşterilerini yaka paça dışarı atmasına ramak kaldığını ayan eden asabi bir bakışla tekrar onlara döndü. Doğrusu, son birkaç saat içinde adamın hali tavrı muazzam bir değişime uğramıştı. Bir ara oldukça kibar bir barmen olduğu söylenebilirdi, özellikle ilk başlarda, hatta sonraki dört saat boyunca dahi genellikle nazikti. Ama ardından nezaketi gözle görülür biçimde ve süratle erimeye başlamıştı. Son yirmi dakikadır "nazik" hariç her türlü sıfatı kullanmak mümkündü hakkında.

"Yeterince özetlemedin mi? Beş saat oldu yahu. Hadi yürü, yaylan" diye homurdandı kısa boylu olan. Adı Abed'di. İngilizcesi varla yok arasında pervasızca savrulan istikrarsız, koyu bir gırtlak aksanıyla maluldü. Kâh sırra kadem basıp tamamen kaybolan, kâh her heceden fırlayan tutarsız bir aksan.

"Hadi, artık kapatacaklar burayı." Gergin, kaçamak bakışlarla etrafı süzen Abed, bir yandan arkadaşını dürtüklerken bir yandan da garsonla göz göze gelmemeye çalışsa da pek başarılı olamadı. Ayyaşın yanında ayık olmak kadar bezdirici bir şey olmadığı sonucuna varmıştı. Ne de olsa ayyaşların sabaha her birini unutacakları envai çeşit saçmalığı yapma hakları vardı; halbuki ayıkların, dahil olmadıkları halde dışında kalamadıkları bu maskaralığı ıstırapla seyretmekten başka çareleri yoktu.

Abed dişlerinin arasından nefesini içine çekti, gergin durumlarda âdeti olduğu üzre çenesindeki gamzeyi kaşıdı ve gamzeyi kaşımak yetmediğinde daima yaptığı gibi kıvırcık saçlarından bir tutam alıp çekiştirdi. Başını tuvalete doğru çevirdi, ama bir kez daha, yerleştirildiği raftan sabit nazarlarla onları seyreden o delici, kızıl gözlere takıldı bakışları istemeye istemeye. Vaktiyle maviliklerde süzülmüş hayat dolu bir saksağandan ziyade tüyler ürpertici bir oyuncağın donmuş, ruhsuz vakarıyla bakıyordu ölü kuş. İnsanların nasıl olup da içi doldurulmuş kuşları sergilemekten gurur duyabildiğine akıl sır erdirememenin huzursuzluğuyla yeniden arkadaşına döndü Abed. Döndü ve bu sefer de dolmakalemiyle aynı peçetenin üzerine büyük lekeler kondururken buldu onu.

"Şimdi ne halt yiyorsun?"

"İsmime noktalarını iade ediyorum" diye homurdandı öteki, harflerin üzerinde dönen kobalt mavisi mürekkep lekelerinden alamadan gözlerini. Her bir nokta peçetenin üzerinde usul usul dağılıyor, dağıldıkça büyüyordu; şu hayatta başkalarının gözünde daha görünür olmanın yolunun, özden mümkün olduğunca uzaklaşmak anlamına geldiğini kanıtlarcasına.

* * *

İnsan memleketini geride bıraktı mı kendinden en az bir parçayı feda etmeye hazır olmalıdır, derler. Eğer hal böyleyse Ömer neyi feda ettiğini biliyordu: noktalarını!

Türkiye'de ÖMER ÖZSİPAHİOĞLU idi.

Burada, Amerika'da ise OMAR OZSIPAHIOGLU olmuştu.

İsmin sahibi daha iyi dahil olabilsin diye bu ülkeye, içeriye, isminin noktaları bırakılmıştı hariçte. Ne de olsa Amerikalılar, hemen herkes gibi, aşinalık peşindeydi; öyle ya da böyle pek bir manaya gelmeseler de, dillerinin daha kolay döndüğü isimler, telaffuz edebildikleri sesler arasında daha rahat ediyorlardı. Yine de mesele yabancıların isimlerini ya da soyadlarını telaffuz etmeye gelince herhalde yeryüzünde pek az millet Amerikalılar kadar kendinden emin davranırdı. Mesela bir Türk, Türkiye'deki bir Amerikalının adını yanlış telaffuz etmiş olduğunu fark etmeyegörsün, büyük ihtimalle hayli huzursuz olur bundan ve durumun kendi hatası olduğuna, en azından kendisinden kaynaklanan bir şey olduğuna hükmeder o anda. Oysa Birleşik Devletler'de, bir Amerikalı bir Türk'ün adını yanlış telaffuz ettiğini fark ettiğinde muhtemelen kendisini değil olsa olsa ismi sorumlu tutacaktır bu hatadan.

İsimlerin yabancı memleketlere ayak uydurma sürecinde muhakkak bir şeyler eksilir; bazen bir nokta, bazen bir harf ya da vurgu. Yabancının isminin başına gelenler pişmiş tavuğun olmasa da pişmiş ıspanağın başına gelenlere benzer; ana malzemeye yeni bir tat eklenmesine eklenmiştir de kalıpta gözle görülür bir çekme olmuştur bu arada. Yabancı işte ilk bu fireyi vermeyi öğrenir. Yabancı bir ülkede yaşamanın birinci icabı, insanın en aşina olduğu şeye, ismine yabancılaşmasıdır.

Telaffuzla oynamak, harfleri atmak, sesleri değiştirmek, eğer zorsa isim yerine geçebilecek en yakın seçeneği aramak, eğer birden fazla ismin varsa, buralılara hitap etmeyecek, uymayacak olan ismi tamamen dışarıda tutmak... Yabancı, isminin bir ya da birçok bölümü gölgede kalan insandır. Benzer şekilde Ömer de ismini görece daha az zorluk çıkartan Omar ya da Omer'le değiştirmişti, muhatabı hangisini tercih ederse.

Orada, o taburenin üzerinde kıpırdamadan otururken, dünya onun, o da peçete üzerinde dağılan mürekkep lekelerinin etrafında fır dönerken, Ömer nereden çıktığı belirsiz bir ilham dalgasının etkisiyle hafiflediğini, gönendiğini hissetti.

Hani biraz daha dursa, bir mürekkep lekesi üzerine saatlerce felsefe yapma mertebesine erebilirdi. Ama Abed de aynı hisse kapılmış olmalıydı ki, koluna asıldığı gibi arkadaşını tabureden indirdi. Bu itici güçle, barmen cinnet geçirmeden bardan çıkmayı başarabildiler.

Dışarıda serindi gece. Mekân Boston, martın 16'sı için fazlasıyla serin. Yine de Somerville Bulvarı boyunca zar zor ilerlerken hava durumunu umursamıyor gibiydiler. Soğuk değildi böyle somurtmalarının sebebi. Daha başka, daha muğlak bir şeydi... Hani biri çıkıp sorsa, *kahpe, kalleş, küskün bir ıssızlık hissi* diye tanımlayabilirlerdi, gerçi ne bu kelimelerle ne de bu sıralamayla. Ne de olsa son beş saattir, bütün o açık saçık espriler ve bolca laf salatası, erkekçe vaazlar kardeşçe vaatler boyunca birbirlerine sadakatle eşlik etmiş olsalar dahi, sonunda, boğulan bir adamın suyun yüzeyine çıkma paniğini andıran bir telaşla barın yaylı kapılarından gecenin ıslattığı sokağa çıktıklarında ikisi de aynı anda ama ayrı ayrı kendi som yalnızlıklarının farkına varmıştı. Temiz, duru havanın yanı sıra ruh halleri arasındaki tezat, bir de alkol testine tabi tutuldukları takdirde alacakları neticeler arasındaki fark birbirlerinden böylesine aniden uzaklaşmalarında rol oynamış olsa gerek.

Yine de epi topu bir an sürdü sessizlik. Hemen ardından konuşmaya başladı ayık olan, kelime ve buğu bulutları koyvererek kolay kolay kapanmayan ağzından:

"Tam beş saattir beni cebren esir tuttuğun barın ismine dikkat ettin mi, dostum? Hani belki merak etmişsindir o kasvet yuvası batakhanenin adını diye soruyorum. Ömrü hayatımın beş kıymetli saati gitti ya!" diye söylendi Abed burnunu çekerek. "'*Gülen Saksağan*', amma boktan isim ya! Abi bir kere saksağanlar gülmez ki, gevezelik eder! Hatta böyle bir tabir bile var, hem de Amerikalıların lafı: 'Saksağan gibi gevezelik etmek!' Ne alaka diye geçiriyor olabilirsin şimdi sen aklından! Geçirmiyorsan da düşünemeyecek kadar sarhoş olduğun içindir. Demem o ki, Amerikalılar İngilizceyi sonradan öğrenmiş birinin maazallah 'Şu kız saksağan gibi gülüyor' dediğini duysalar hemen hatayı düzeltirler. Değil mi? Peki hata ise madem, afili pirinç levhalar üzerindeki yazıyı gördüklerinde neden düzeltmiyorlar? Ya da bardak altlıklarında? Haklı olarak ben de soruyorum, oradaki yazıyı düzeltmiyorlarsa neden bir yabancının lafını düzeltiyorlar? Ne demek istediğimi anlıyor musun?"

Konu Ömer Özsipahioğlu durdu ve bu sayede daha iyi görmeyi umut ediyormuşçasına gözlerini kısarak arkadaşına baktı.

"Tabii bu küçük, ehemmiyetsiz bir örnek" diye söylenmeye ve yürümeye devam etti Abed, Ömer'in geride kaldığını fark etmeden. "Toplum çapındaki bir aksaklığın minyatür boyutu sadece."

"Gail diyor ki..." arkadan Ömer'in titrek sesi duyuldu. Ama hemen durup üst üste yutkunması gerekti, sanki bu gece yüzüncü kez bu ismi tekrarlamak damağında kekremsi bir tat bırakmıştı. "Diyor ki, karga ailesi, muhterem kuş sülalesinin en muhterem fertleri sayılabilirmiş. Yeterince yaşlı bir karga bulabilirsen şayet, ninenin ninesinin gözlerine bakmış dahi olabilirmiş."

"Gail! Gail! Gail!" diye cırladı Abed arkasına dönüp kollarını ümitsizce açarak. "Yahu tam beş saattir başka bir şey sayıklamadın. Hani yanındaki tabure vardı ya, işte orada oturup can kulağıyla dinleyen adamı hatırlıyor musun? Bendim ulan!? İnsaf! Biraz merhamet et, Gail'siz birkaç dakika ihsan eyle bana lütfen. Bırak konuşayım, ne diye Gail serpersin ki saksağan monoloğumun üzerine! Ben seni sağ salim evine götürene kadar Gail Mail duymak istemiyorum, tamam mı?"

Nihayet ona yetişmeyi başaran Ömer mahzun mahzun içini çekti. Bu gece kadeh kadeh diktiği onca uzo kanına üzüm, anason, kişniş, karanfil, melekotu köküyle beraber biraz da "mübalağalı tavır ve mimik" zerk etmişti.

"Hem ne var ki bunda! Valla Gail'in kargalarla bakıştığını öğrenmek beni zerre kadar şaşırtmadı. 'Acayip' bu kızın göbek adı. Bu zamana kadar öğrenemediysen bundan sonra hiç öğrenemezsin birader. Hayatımıza balıklama dalan en acayip kadın o ve şu evlerde uyuyan şu insanlar hanfendiyi tanıma fırsatını bulabilselerdi eminim onların hayatındaki en acayip kadın da o olurdu." Başını geri atıp önü sıra uzanan boş sokağa doğru haykırdı: "Uyuyun bakalım, şanslı insanlar sizi! Mışıl mışıl uyuyun!"

Tüm bu solgun binalardan, cafcaflı dükkânlardan, tekdüze evlerden hiç cevap gelmemesine bakılırsa gerçekten de uyuyorlardı. Görünürdeki tek devinim kaynağı pahalı, topaz rengi bir arabaydı. Kayarcasına geçti yanlarından, tavada eriyen tereyağından yapılmışçasına; birazdan yok olacaktı sanki, geriye sıvıdan bir kalıntı bırakarak. Araba tam yanlarından geçerken Ömer arka pencereden dışarı bakan siyah, kıvırcık saçlı bir kız çocuğu gördü; küçük, yuvarlak, hastalıklı yüzünün ölgün beyazlığına rağmen irkiltici ölçüde sakin görünüyordu. Araba köşeyi dönmek için yavaşlayınca, çocuğu bir kez daha görebilmek için eğildi, ama artık arka pencerede kimse yoktu. Ömer bu hadiseyi nasıl yorumlayacağını bilemedi. Eğer Gail burada olsaydı muhakkak bir alamet addederdi bunu, ama acaba iyiye mi yorardı kötüye mi emin olamadı Ömer. Baş ağrısının patlak vermek üzere olduğunu hissederek sıkıntıyla etrafına bakındı. Kendisine eşlik eden şikâyet tufanını umursadığı yoktu aslında. Ne de olsa Abed oldum olası böyleydi: Hep dırdırcı, laflarıyla dinleyicilerinden ziyade kendisini gaza getiren ateşli bir kışkırtıcı. Daha beteri, alkolün üzerindeki etkisiydi; yan etkiden ziyade, bir nevi yan bakma-etkisiyle alkol Abed'in içindeki hüsrana uğramış hatibi açığa çıkarıyordu sanki. Zira Abed ne zaman yanındaki birinin aşırı miktarda içki tükettiğine tanıklık etse, düğmesine basılmışçasına, *toplum çapındaki aksaklıkları* eleştirme iştahı ve tutkusuyla geçerdi atağa. Böyle zamanlarda Ömer onu resim çerçevelerinin simetrik olmadığı bir odada huzursuzluktan oturamayan insanlara benzetirdi. Tıpkı onlar gibi Abed de asimetrik her şeyi anında düzeltme arzusunu dizginlemekte güçlük çekiyordu. Ancak onların aksine Abed'in müdahaleleri fizikselden ziyade safi sözeldi. Hataları düzeltmenin başlıca yolu konuşmak ve şikâyet etmekti onun için. Ve şikâyetlerinin saptadığı meseleleri çözemediğini gördükçe daha da çok şikâyet ederdi.

"O Cadılar Bayramı felaketinden beri geçirdiğim en berbat gece bu herhalde." Abed'in sesi bir hırçınlık nöbetinin sancılarıyla tarazlanmıştı. "Sen sağımda Gail-şöyle-Gail-böyle bır bır bır, o bariton öküz solumda Doris-şöyle-Doris-böyle, bir de üstüne üstlük barmen beyzadenin cümle kadın cinsi hakkında yaptığı bayağı şakalar... Böyle yan yana ne kadar gülünç göründüğünüzün farkında mısın acaba? Bara 'Gülen Saksağan' demelerine şaşmamalı! Bu *muhteşem* ismin kimin fikri olduğuna gelince, Gail bunu söylediğimi duysa dilimi koparmaya kalkar ama ben yine de söyleyeceğim: *Cherchez la femme!* Eminim bir kadının fikridir. Muhtemelen patronun kırmızı yanaklı karısının. 'Bitanem' demiştir günün birinde, 'açacağımız bara isim buldum! *Gülen Saksağan*!' Adamcağız muhtemelen o esnada masrafların nasıl olup da gelirleri aştığını anlamak için ciddi bir aritmetik faaliyeti içindedir. Sırf bir şey söylemiş olmak için 'Ne güzel isim nonoşum' der, 'ama sence bar için gerçekten de uygun mu?' 'Tabii' der kadın, 'buraya neşeli bir hava verir!' Adam onun nasıl olsa bu fikri kısa sürede unutacağını umarak sesini çıkarmaz. Vahim hata! Unutur mu kadın, barı *Gülen Saksağan* olarak vaftiz etmiştir bile."

Böylesi anlarda Abed'in yaşını kestirmek zordu. Esasen genç bir adamdı, anketlerde "20-30 yaş arası" kutusuna karşılık gelecek kadar genç. Ne var ki karman çorman monologlarını yarım saatten fazla dinleyenlerin gözünde bu kategori bulanıklaşmaya başlar, "40-45 yaş arası" veya "60 ve üzeri" ile "reşit olmamış" arasında savrulurdu. Kâh derisi hiçbir kışkırtma tufanının işleyemeyeceği kadar kalınlaşmış inatçı bir ihtiyara dönüşürdü, kâh en kıytırık saçmalık esintisinden ateşlenen ince derili bir ergene. Yine de konuşmamayı başardığı nadir durumlarda, konuştuğu zamanlardakinden çok daha genç görünürdü. Tenkide bir başladı mı düşünceleri bütün alternatif rotaları ve gizli geçitleri bir kenara bırakıp, dosdoğru onun gördüğü şekliyle meselenin özüne yönelirdi. Böylesi bir "dosdoğru doğruculuğun" iki etkisi olduğu söylenebilir. Birincisi, nice insanın aksine Abed daima dürüsttü, ruhunun bodrum katında *söylenmese-daha-iyi-olacak* sözleri çürüyüp kokmaya başlayana kadar depoladığı memnuniyetsizlik kutuları yoktu. Hem kelimenin ikinci anlamıyla da doğrucuydu; mantığı dümdüz ilerleyip tam hedefe kilitlendiğinden yaklaşımları fazlasıyla çizgisel, mantık-merkezci ya da Gail'in ara sıra hatırlattığı gibi fazla *fallagosantrik* oluverirdi.

Gene Gail'i düşünmesiyle Ömer'in yüzünün kararıp ayaklarının dolanması bir oldu. Şu anda evde kedilerle yalnız başına ne yapıyordu acaba? Yeniden içmeye başladığını görünce ne tepki verecekti? Onu özlemiş miydi, özlemişse bile bunu söyleyecek miydi, hiçbir şey söylemezse bu onu hiç özlemediği anlamına mı gelecekti? Her soru bir yenisine yol açarken Ömer yüksek sesle de ifade edebilmek isterdi aklından geçen kuruntuları, tabii eğer Abed'in lafını kesmek mümkün olabilseydi.

"Derken ta-ta-ta... açılış günü gelir. Yeni bir bar ya da dükkânın ilk olarak halka açılmasına İngilizcede ne denir?"

"Bilmiyorum" dedi Ömer kızgınlıkla.

Ne vakit bir yabancı bir başka yabancıyla ikisine de yabancı olan ortak bir dilde sohbet etmeye kalksa, konuşmalarının en iyi tarafı budur işte. İçlerinden biri bir kelimeyi bulamadığında, öteki de bulamaz nasıl olsa.

"Bilmesen de anladın ama neden bahsettiğimi" diyerek kendinden emin konuşmayı sürdürdü Abed.

Ne vakit bir yabancı, bir başka yabancıyla ikisine de yabancı olan bir ortak dilde sohbet etmeye kalksa, konuşmalarının ikinci en iyi tarafı da budur işte. Ne biri ne de öteki bulabilse de belli bir kelimeyi, gene de kabildirler birbirlerini anlamaya.

Etiyle kanıyla burada olmasa da dünya işlerine müdahale eden bir hayalet gibi o asla-bulunamayan kelime bizzat sahnede boy göstermeden anlamını ifade etmenin bir yolunu bulur. Ortak bir yabancı dilde konuşan insanlar arasında kelimeler, sessizliklerde konuşmak, yokluklarıyla var olmak gibi muğlak bir yetenek geliştirirler. Bir nevi dilsel hayalet uzuv etkisi. Ameliyattan çok sonra bile kesilmiş uzuvlarını hisseden insanlar gibi, anadillerinden tümüyle koparılmış olan ve sonrasında başka bir dilde hayatlarını sürdürmeyi öğrenen insanlar da uzak geçmişlerindeki kaybettikleri kelimeleri bir şekilde hissetmeye devam ederler ve artık sahip olmadıkları o kelimelerle cümleler kurmaya çalıştıklarından eksiklik hissini peşleri sıra sürüklerler.

"Açılış günü olduğundan ilk içkiler ücretsizdir. Bütün mahallenin orada olmasına şaşmamak lazım. Patron gayet mutlu, gayet meşgul ve muhtemelen gayet sarhoştur. Sonra görüş mesafesindeki tek ayık adam yaklaşır ve sorar: 'Beyefendi, merakımı mazur görün, ama barınıza niçin Gülen Saksağan adını verdiniz?' Patron bocalar. Verecek cevabı olmadığını yeni fark etmiştir! Sonra karısının sözlerini hatırlar: 'Çünkü buraya neşeli bir hava veriyor.' Çalışanlar da bu açıklamayı duyup anında taklit ederler çünkü onlar da bu dangalak ismin kerametini çözmeye çalışmaktadırlar. Bu böyle zincirleme gider, bulaşıcı bir hastalık gibi. Seneler sonra sen beni bu izbeye sürüklersin, ben aynı soruyu sorarım, sonra bil bakalım barmen ne cevap verir: 'Çünkü buraya neşeli bir hava veriyor!' *Ouaghauogh!*"

Abed'in çıkardığı son sesi tam olarak yansıtmasa da yazılı olarak ona en yakın ifade bu olmalı. "*Ouaghauogh*" Abed'in hoşlanmayı reddettiği türlü türlü şey için toptan kullandığı bir ses efektiydi. Muhtelif kişisel tepkileri altına yığabildiği bir şemsiye tabirdi, tepkilerle beraber çok sayıda sıkıntı ifadesini ve envai çeşit sesi de (değişen desibellerde kahkahalar, naralar, homurtular ve iniltiler). Her ne bağlamda kullanılırsa kullanılsın "*ouaghauogh*" aslında bir ünlemden, bir bitiriş vurgusundan ziyade bir start tabancasıydı. Abed ne vakit ağzının bu sesi ateşlediğini duysa bitimsiz konuşma maratonunda yeni bir hücuma geçerdi.

"Neden sürekli şikâyet ediyorsun?" dedi Ömer boru gibi bir sesle. "Hem bundan sana ne? Sen hiç içmezsin ki! Aman ya, Abed! Kız arkadaşının seni Fas'ta hâlâ beklediğini öğrendiğin gün içmedin. Gözlerinin önünde Gail'e evlenme teklif ettiğimde içmedin. Sevinçli hadiseler senin için iyi bir vesile değilse ya kederlere ne demeli? Kız arkadaşının artık seni beklemediğini, gidip kuzeninle evleneceğini öğrendiğin gün de içmedin ki! Bu yaşta içmezsen ihtiyarladığında alkol gölünde yüzeceksin."

"Vaay! Yani sen bu gece geleceğin için iyi bir yatırım yaptın!" diye terslendi Abed, gözlerinde kıvılcımlarla. Ama asılan suratı hemen yumuşadı. "Omar, dostum, neden tekrar içmeye başladın? Hatırlasana evvelki sene bir Noel ağacının altında komaya girmiş vaziyette hastanede yatıyordun, zavallı midenden olacaktın. Bir daha ağzına içki koymamaya yemin ettin. Şimdi şu haline bak!"

"On dört ay yirmi üç gün" Ömer başını salladı ve sadece kendisinin bildiği bir espri yapmış gibi ağzını şaklattı. "Ne fark ettim bil bakalım! On dört ay önce kulaklıklarımı takıp

Nick Cave'in şu şarkısını tekrar tekrar çalmış olsaydım..." Peçetenin üzerindeki malumatı bulmak için durakladı, "... 223 946,96 kere dinleseydim aynı şarkıyı, kulaklıklarımı çıkardığımda tastamam on dört ay geçmiş olurdu. Benim içinse sadece tek bir şarkı olurdu on dört ay."

Abed hafiften afallamış vaziyette ona bakarken gözlerini kıstı: "Omar, bu akşam ağzından çıkan en makul laf buydu. Neden şunu iki yıl yapmıyoruz? Bakalım... son iki senede, doktora yapmak için İstanbul'dan Amerika'ya geldin; doktorayı bırakıp kız arkadaşların üzerinde uzmanlaştın, ama hepsinde çuvalladın; mideni öldürdün, sonra da midenin seni öldürmesine ramak kaldı... Tabii sonra ya hastalandın ya da âşık oldun, kimse farkı anlayamadı; derken evlendin, üstüne üstlük Gail'le evlendin ve bütün hayatını mahvettin! Amerika'ya geldiğin anda kulaklıklarını takıp şu dinlemek istediğin şarkı hangisiyse onu milyar kere dinlesen çok daha iyi olurdu kuşkusuz. Bunu yapmış olsan şimdi hepimiz huzur içinde olacaktık."

Sustu, cebinden mendilini çıkarıp akan burnunu sildi, sonra biraz daha sildi. Ömer, Abed'in saman nezleli burnu bir akmaya başladı mı zamanın akışının durduğunu bildiğinden kenarda beklemeye koyuldu.

Nihayet burnu devam etmesine izin verdiğinde, "İçmememe gelince" dedi Abed genizden gelen bir sesle. "Tümüyle açık ve saldırgan olabilirsin. Zaten Gail de bize daima böyle davranmıyor mu? Yani cennette kendime küçük güzel bir yer kapatıp, yukarıdan sana el sallayabilmek için debelenen eski moda, bağnaz bir herif olduğumu düşünüyorsan yüksek sesle söyleyebilirsin. Tenkit edeceksen rahatça et!"

Sabırsızlık ve bulantıyla durup birbirlerinin gözlerine baktılar. Sabırsız olan, üzerine yağacak söz sağanağını bekleyen Abed'di. Bulantılı olansa, ağzından daha beter bir şey kaçabileceğinden korkarak dudaklarını sıkı sıkı birbirine yapıştıran Ömer. Öteden beri ne zaman içse dozunu kaçırarak içerdi ve ne vakit dozu kaçırsa, geceyi kusarak noktalardı.

"Peki, madem duymak istiyorsun" dedi Ömer *sabırsızlığın bulantıya* galip geleceğini teslim ettiğinde. "Bazen örümcek kafalının teki olduğunu düşünüyorum!"

"Ne ne ne?"

"Senin gibi insanlar için Türkçede böyle denir. Birisi zamanının çok gerisinde, muhafazakâr, eski kafalı, gelenekçiyse... ona örümcek kafalı deriz."

"Ama neden?"

"*Neden* mi? Nasıl neden?"

Yapay bir soruydu "*neden?*", Ana-dili denilen o uçsuz bucaksız ama tanıdık dişi-vatanın dingin vadilerine, düzenli mıntıkalarına bir kere adım attı mı insan kimsenin hiçbir yerde kullanmadığı bir ölü akçe. Anadilin hudutları içindeyken insan her türlü "neden?" sorusuna verecek cevabı olduğunu zannederek bütün hayatını geçirebilirdi, ta ki dışarıdan gelen birisi çıkıp da böyle bir soru sorana kadar.

"Yani, 'beynin örümceğinki kadar küçük' anlamına mı geliyor bu? Yoksa örümcekten ziyade örümcek ağı mı kastediliyor? 'Beynin asırlardır kullanılmaya kullanılmaya tozlanmış' der gibi. Ama öyle bile olsa, *örümcek kafalı* yerine *örümcekağı kafalı* demezsen pek bir anlam ifade etmiyor."

Abed'in mantıksal itirazını dinlerken Ömer yeni bir bulantı dalgasının etkisinde usulca inledi. Zaten açık havada olmasa, açık havaya çıkmak isterdi şimdi.

"Neyse!" Abed omzunu silkti. "Ne demek istediğini anladım. En azından bu akşam ilk... aslında *ikinci* olarak makul bir şey söylemeye çalıştın. Ben gerçekten de örümcek kafalıyım. Tarantula filan. Ama bu benim için bir hakaret değil. Hem de hiç değil, çünkü benim kitabımda tamı tamına 'dini bütün' manasına geliyor. Ben dini bütün bir Müslüman'ım, halbuki sen *yoldan çıkmış* bir Müslüman'sın."

"Yoldan çıkmış Müslüman..." diye şevkle tekrar etti Ömer; gözlerinin önünde bir "yoldan çıkmış Müslüman animasyonu" belirip de ona faniliğin ve fanilerin trajedilerini anlatsın diye beklermişçesine huşu içinde gözlerini kapadı.

Hiçbir şey belirmediği için gözlerini tekrar açmak zorunda kaldı ve imgenin belirmesini umduğu boşluğu derin bir bıkkınlık hissinin dolduruşunu izledi. Bıkkınlık koyulaştıkça dünya üzerindeki mütevazı varlığı için önce babacan bir şefkat, sonra yoldaşlara has bir duygu birliği ve nihayet hızla artan bir acıma hissetti. "Yoldan çıkmış" lafı tam da onu anlatıyordu, hayatının son beş, on, on beş yılı böyle geçmişti... kendini ne *siyasetin* akıntısı ne de *bilimin* adacığına konumlandırabilmiş bir siyaset bilimi öğrencisi; evlilik müessesesinin flora ve faunası içinde nefes almakta zorlanan işin-acemisi bir koca; kendini evinde hissedememekten mustarip ama artık evinin nerede olduğunu da bilmeyen bir göçmen; ne İslam'la ne de başka bir dinle alakası olsun istemeyen bir doğuştan-Müslüman; Tanrı'nın bilinebilirliğine değil Tanrı'nın kendisini bilmesine karşı çıkan bir bilinemezci. Buydu işte. Bütün bunlar ve daha fazlası...

"Hayır, ben içmiyorum, bayım. İçmediğim için benimle ne kadar dalga geçilirse o kadar onurlanıyorum. Öldüğüm zaman yukarıda bildirilecek hiçbir şeyim olmadığını söyleyeceğim. Chardonnay ya da Scotch'un tadını bilmiyorum. Şu rakı denen nanenin tadını bilmiyorum. Ama insanın üzerinde nasıl koktuğunu biliyorum. Senin sayende ağızlarından çıkınca nasıl koktuğunu da öğrendim! *Ouaghauogh!*"

Mide bağırsak sisteminin bu hassas vaziyetinde birinin kusmaktan bahsetmesinin üzerinde kışkırtıcı bir etki yaratabileceğini esefle fark eden Ömer'in beti benzi attı.

"Anlamıyorum. Sonunda hepsini çıkartacaksan" diye devam etti Abed, Ömer'in midesini kaldırdığının farkına varmadan. "Neden içmeye zahmet ediyorsun ki?"

"Abed... kes artık... tamam mı?"

"Nedenmiş? Beş saattir sabırla seni dinliyorum, temiz hava, soğuk falan sayesinde hazır biraz ayılmışken benim de söyleyecek bir çift lafım var... En azından sana şunu sorayım: Geçmişte hiç alkol almadığım ve ileride de hiç içmeyeceğim varsayımı göz önüne alınırsa acaba rica etsem söyler misin, barlarda ne halt ediyorum?"

"Bilmem" diye homurdandı Ömer sabırsızlıkla. Ama bu yanlış cevap sadece doğru cevabı vermesi için yapılan baskıyı artırmaya yaradı.

"Elbette bilirsin!"

Ömer'in sağduyusu beş saattir uzo tarafından fazlasıyla hırpalanmış olsa da, böylesine kati bir *elbette*'nin, olası her türlü itirazı *elbette* alaşağı edeceğini görebildiğinden itiraza yeltenmedi.

"Benim için geldin" dedi Ömer içini çeker gibi; sanki bir günahı, hatta bir dizi günahı itiraf etmenin eşiğindeydi. "Çünkü seni arayıp bu akşam kendimi iyi hissetmediğimi söyledim..."

"Hepsi bu mu? Bir şey daha söylemiştin, hatırlamıyor musun?"

"Dedim ki... kendimi... kuru bir kuyuya atılmış gibi hissettiğimi söyledim."

"Doğru. *Kuyu*!" Abed kollarını havada çırparak zıpladı.

Bu zıplama bir nevi zafer gösterisiydi. Sürmekte olan bir münakaşada ne zaman arzu ettiği onayı alsa bu hareketi tekrar ederdi, kısmen daima aşırı enerji yüklü olduğu için ama daha ziyade ruhunun derinliklerinde kendi boyundan memnun olmadığı için. Epeyce yakışıklı sayılırdı ve elbette görünümü için Tanrı'ya minnettardı, bir de azıcık daha uzun olaydı. Şu Leylek Ömer kadar uzun değil tabii, sadece birazcık daha... net olarak söylemek gerekirse on beş santim. Abed sırf on beş santim daha uzun olmadığı için kendisine *karizma* verebilecek her şeyin –geniş bir alın, kıvırcık saçlar, siyah çarpıcı gözler, hafif kemerli burun ve gamzeli çene– onu topu topu, su buharı ve karbonmonoksitten hidrojen yapmakta seryum oksit katalizörü kullanımı üzerinde çalışan bir ikinci sınıf doktora öğrencisi gibi gösterdiğini düşünüyordu.

Arkadaşının basit hareketlerinin ardında yatan çapraşık itkileri keşfetmek, Ömer'in aklından geçen son şey olduğundan konuşmaya aynen bildiği gibi, kaldığı yerden devam etti:

"... Gail bunaldığı için ben de bunalmıştım. Bu epeydir böyle, sonunda bugün bir şeyler içmeden olmayacak bir hale geldim ve seni aradım... Bu arada bağlantıyı görebiliyor musun Abed? Önce kendini kuru bir kuyuya atılmış gibi hissediyorsun, sonra da içecek bir şey için damağın kuruyor, yanıp tutuşuyorsun..."

Gözlerinde alaycı parıltılarla ona bakakaldı Abed, tam olarak ne yapacağını bilmez halde, bu *serbest abuklama akışından* sessizce keyif almak ile derhal karşı savlarını sıralamak arasında kalmanın ikircikliliğiyle.

"... Yeniden içkiye başlamamam için yalvardın durdun ama her halükârda başlayacağımı biliyordun, herhalde yanımda olursan daha güvende olacağımı düşündün. Bu yüzden geldin. Sonra bu civardaki bütün barları dolaştık çünkü damıtılmış içkinin mideme o kadar zarar vermeyeceğine ikna ettim seni, o içkinin de rakı olduğuna karar verdik. Ama bulamadık. Onun yerine uzo satılan bu barı bulduk. Tabii bu durum biraz ironik sayılabilir çünkü Yunanlılar ile Türklerin ortak noktası olmadığını zanneden çok insan var yeryüzünde. Ama bak bu dediğimi bir kenara yaz: Bir Türk'ün milli içkisinin yerine uzoyu koyması... başka bir milletten başka birinin milli içkisi yerine uzoyu koymasından çok daha muhtemeldir. Aynı şekilde, utanmadan Türk kahvesine 'Yunan kahvesi' deseler de bir Yunanlının, diğer kahveler yerine Türk kahvesini tercih etmesi... başka bir milletten... başka birinin... Türk kahvesini... tercih... tercih etmesinden daha muhtemeldir... of!"

Ömer İngilizce seviyesinin, deminden beri dikkatsizce sağa sola dağıttığı kelimeleri gütmesine izin verecek kadar yetkin olmadığını fark ederek hüsranla inledi.

"Ne demek istediğimi anlıyor musun?" diye sızlandı.

Ama Abed'in anlayacağını biliyordu. Bir yabancının bir başka yabancıyla ikisine de yabancı olan bir dilde konuşmasının üçüncü en büyük iyiliği buydu. Birisi İngilizce konuşurken nasıl bir zorlukla karşılaşırsa karşılaşsın diğeri "kelime-hazinem-ve-gramerim-olsa-kuşkusuz-bundan-daha-aklı-başında-şeyler-söylerim" şeklindeki sessiz iddiayı baştan kabullenir.

"...Sana uzo içebileceğimi söyledim, tabii sen bana kızmışsındır çünkü madem sonunda uzoya razı olacaktım ne demeye rakı bulmak için seni onca yol yürüttüm..."

"Omar, dostum... önemli değil bunlar" diye boşu boşuna onu yatıştırmaya uğraştı Abed.

"...Hayır efendim, önemli! Artık hiçbir şey yolunda gitmiyor. Gail'i mutlu edemiyorum. O kadar uzak ki ulaşamıyorum bile. Mutlu olduğunda öylesine aşırı mutlu oluyor ki, korkuyorum. Hüzünlendiğinde ise o kadar aşırıya kaçıyor ki hüznü, çaresiz kalıyorum. Yapabileceğim hiçbir şey yok... ümidim kalmadı..."

"Gail düzelecek, biz de birbirimize yardım edeceğiz dostum" diye mırıldandı Abed, başka ne diyeceğini bilemeden. Böyle sıkıntılı zamanlarda hep yaptığı üzre bir vecize aradı ve bula bula şunu buldu: "*İyi bir dost sütten iyidir.*"

"Sütten bile iyi" diye canı gönülden haykırdı Ömer, zil zurna zihinsel sürecine son derece anlamlı gelen bu vecizeye katılarak.

Sonra şaşırtıcı bir biçimde, on küsur dakika boyunca tek kelime bile etmediler, Davis Meydanı'ndaki tuğla binanın merdivenlerine gelene kadar. Oraya geldiklerinde Ömer'in yüzü birden buruştu, sanki zahmetli, maceralı bir yürüyüşten sonra geldikleri yer gecenin son bulduğu kendi evi değil de dünyanın son bulduğu gökkuşağının altıydı. Onun, yalpalayan bedeni ve daha da beter yalpalayan ruhu üzerinde giderek ağırlaşan duygusal sömürüler uygulamaya muktedir olduğunu gayet iyi bilen Abed, ayrılırken arkadaşına sıkı sıkı sarılmaktan kendini alamadı, ama bu sevgi gösterisi Ömer'i iyice duygusallaştırmaktan başka bir şeye yaramadı.

Kucaklamadan kıpkırmızı çıktığında on-dakika-gecikmeli bir yankıyla yineledi Ömer: "Sütten bile iyi!"

Sonra gitti.

Abed arkadaşının uzun uzuvlu, söğüt gövdesinin devasa kapılar ardında kayboluşunu izleyerek kaldırımda dikilirken Gail'in onun yeniden içkiye başladığını görünce ne diyeceğini merak edip bu akşam bunu engelleyemediği için kendini suçlu hissetti. Derken, önce Ömer, sonra Gail ve giderek teker teker hepsi için endişelenmeye başladığını hissetti.

Gebe Asur-Babil tanrıçası

Binanın içinde tuhaf bir koku vardı. Hoş olduğu söylenemezdi belki ama kötü de sayılmazdı. Kendine has buruk bir koku. Gail'e göre, kendine has buruk kokusu olan binaların kendilerine has buruk hikâyeleri olmalıydı. Severdi böyle hikâyeleri.

Kış başında taşınmışlardı bu eve.

Kış başında ilk başta planladıklarından çok daha fazla eşyayla taşınmışlardı bu eve: Çift kişilik yatak, iki meşe masa, bir bambu sandık ve diğerleri; birkaç bin CD (Ömer'in), dört farklı kahve makinesi (Ömer'in, ama daha ziyade midesinin hâlâ çalıştığı eski güzel günlerden yadigâr), envai çeşit tütsü (Gail'in), demet demet, tomar tomar bitki-baharat-ot-çayları (Gail'in), düzinelerce Tanrıça resmi, birisi sakallı (belli ki Gail'in), bir gümüş kaşık koleksiyonu (besbelli Gail'in), sonra kitaplar (Ömer'in) ve kitaplar (Gail'in) ve kitaplar... ve 1920'lerin sonlarında İstanbul'daki vapurlarda kullanılan, yolcuların tükürmesini yasaklayan bir ilan. Ömer bu ilanı hafiften çarpıtıp şiirselleştirmiş ve aydınlatıcı hikmeti ömürlük bir düstur mertebesine getirmişti:

Ey yolcu, seni taşıyan vapura asla tükürme!

İlk başlarda Ömer ile Gail muhteşem bir uyumla yanlarına hiçbir şey, hakikaten *hiçbir şey* almamak konusunda fikir birliğine varmışlardı. Anlaşmaya göre yeni evlerine taşıyacakları tek şey kendi fani bedenleri ile iki İran kedisi olacaktı (her ne kadar son ana kadar Ömer içten içe onların da geride bırakılacağını umsa da).

Stoacı bir tavırla bomboş bir eve taşınmaya karar vermişlerdi, *tüy gibi hafif* yeni bir başlangıç yapmaya. İddialı bir plandı bu, basit ama bir o kadar da yüce. Ömer cafcaflı bir söylev verip Türklerin çoktan unutulmuş, Orta Asya steplerine saçılmış atalarının, günümüzün modern Türkiyesi olacak topraklara gelmeden çok önce nasıl da mutlu, şamanist bir göçebe hayatı yaşadıklarını anlatmıştı ballandıra ballandıra. Tarihin bir dönemecinde bu gezgin ruhu kaybedip yerleşik hayatı seçmelerinden, hemen akabinde medeniyet denilen çılgın yarışta nal toplamalarından ne büyük esef duyduğunu belirterek lafı bağlamıştı. Oysa göçebeler ne kadar asil ve nasıl da devingendiler. Ne kapitalist tüketim toplumunun doymak bilmez arzusuyla semiren "daha iyi bir gelecek" doktriniyle yıkanmıştı beyinleri, ne de duygusallıktan fersah fersah ırak bir geçmişin duygusal yadigârlarını istiflemeyi öğütleyen eski-güzel-günler-fetişizmine tutsak düşmüşlerdi. Bir göçebenin atının terkisinde çoktan miadını doldurmuş, insana faniliğini hatırlatan tüm o nesnelere, aile albümlerine, çocukluk fotoğraflarına, aşk mektuplarına ya da ergen günlüklerine yer yoktu. Kimin ihtiyacı vardı ki o aptalca prangaları oradan oraya taşımaya? Sadece özgürlük, bütün saflığı ve sadeliğiyle özgürlüktü bir göçebenin atının terkisinde yolculuk edebilecek yegâne yük.

Bu söylevden epi topu birkaç gün sonra Ömer tezinin ikinci bölümünü şekillendirmesi icap eden paragraflar labirenti içinde bir aralar bir kitaptan yaptığı bir alıntıyı –yaptığı sırada şimdikinden çok daha fazla anlam ifade eden bir alıntıyı– koymak için yer bulmaya debelenirken kapı paldır küldür açıldı ve içeriye önce tekerlekler üzerinde biçimsiz bir kutu, ardından Gail, hemen peşi sıra dişi kedi, ardından erkek kedi daldı.

"Bu ne böyle?"

"Sabun filan. Fazla bir şey değil..."

Makul, diye düşündü Ömer. Ne de olsa göçebeler de yanlarında bir kalıp sabun taşırlardı herhalde. Ama mademki sabun taşıyabiliyorlardı, taşınabilir olduğu müddetçe yanlarına mesela birkaç CD almakta da bir sakınca olmasa gerekti. Salı günü sona ermeden başka başka kıymetli eşyalar dahil oldu taşınabilir yük listesine; geride bırakılamayacak kadar sevgili mühim eşyalar "İstisnalar Kutusu"na sızıverdi. Derken, kutuda yer kalmayınca yeni bir kutu daha açıldı, o da doldu kısa zamanda. Müstesna eşyalar listesi genişledikçe yepyeni *tüy gibi hafif* hayatlarına taşıyacakları kutu sayısı da katlandı. Cuma günü bir taşıma şirketi araştırmaya başlamışlardı bile. Karşılarına çıkan en küçük, en ucuz ilk şirketi ayarladılar. Tesadüf bu ya, buldukları şirketin adı *Dörtnala Nakliyat*'tı.

* * *

Binanın kokusunu içine çeke çeke girişteki posta kutularına doğru ilerledi. Orada, etiketlerin üzerinde yazılı onlarca soyadı arasında kendininkine baktı. Sonunda bulmuştu –noktasız olarak. Şimdi şu anda dördüncü katta kim bilir ne işle meşgul olan Gail onun burada, bir içki âlemi sonrası değerli zamanını posta kutuları karşısında dikilip soyadının etiketlere sığmayacak kadar uzun olmasına ve kaybolan noktalarına hayıflanmakla geçirdiğini bilse acımasızca dalga geçer ve tüm bu sahneyi erkeklerin iğdiş edilme korkusunun tezahürü olarak yorumlardı muhtemelen. İsim kaybetmek söz konusu olduğunda erkeklerin, isimlerin ne denli uçucu olduğunu daha küçükken öğrenen, öğrenmek durumunda kalan kadınlara nazaran çok daha korkak çıktığını söylerdi o her zamanki hafif, daimi ukalalığıyla.

Peki ama bu yüzden mi istememişti Gail soyadının bu posta kutusunun üzerine yazılmasını? Ömer Özsipahioğlu şu anda bu mesele üzerine kafa yoracak durumda değildi. Posta kutusunu açıp içinden bir tomar mektup çıkardı. Her zamanki ıvır zıvır; her yerden yağan indirim kuponları, duyurular, el ilanları, kredi kartı teklifleri. Tomarın içinde yakınlardaki bir kitapçıdan gelen bir katalog vardı, bir de ilaç için tek ortak noktaları olamayacak kadar ayrı tellerden çalan ama post-punk çatısı altında toplanan bir avuç kafası-karışık-muhalif-muhtelif DJ'in çıkarttığı ultra nihilist ACI ÇEKMİYORSAN YAŞIYOR SAYILMAZSIN dergisinin ikinci sayısı gelmişti; Ömer derginin bir sene dayanabileceğine zerre kadar ihtimal vermediği halde yıllık abone olmuştu. Ama işte hayatta kalma şansı böylesine varla yok arası olduğu için belki de, dergi her ay çıktığında ilaveten bir sevinç bahşediyordu okurlarına, her şeye rağmen bir kez daha başardıklarını, tutunabildiklerini görmenin sevincini.

Derginin altında daha bir sürü ilan ve *Zarpandit* diye birine gönderilmiş bir mektup vardı?! Normalde Ömer yanlışlıkla kendi posta kutularına atılmış bütün zarfları dünyanın en bezgin Korelisi ve aynı zamanda kapıcıları olan kısa boylu tıknaz bir adama verirdi, ama bu zarfın üzerinde Gail'in soyadı yazıyordu.

Yoksa Gail'in başka bir ismi mi vardı?

Gün içinde sıklıkla zihnini işgal eden o kahredici soru yeniden dikildi karşısına. *Ne kadar iyi tanıyordu acaba karısını?* Aralarında gömülü sırların ortaya çıkması sadece bir zaman meselesi miydi yoksa birlikte çok uzun yıllar hatta bir ömür bile geçirseler temelde, hakikatte, epistemolojik olarak imkânsız mıydı?

İkinci kat. Oflayıp puflayarak çıkmaya koyuldu merdivenleri, bir yandan da Gail'in geçmişine acaba ne kadar bağlı olduğunu kafasında evirip çevirerek. Ömer hiç mi hiç bağlı değildi! Sadece ara ara bekârlık günlerini özlerken yakalıyordu kendisini, bilhassa da sabık ev arkadaşları Abed ve Piyu'yla birlikte olduğu zamanları.

Mesele, Gail'in tepkisinden ürkmesi filan değildi. Ne de olsa Gail, Piyu ile Abed'in onun için ne denli önemli olduğunu biliyor ve bunu kabulleniyordu. İstediği zaman gece yatısına ya da birkaç gün kalmaya eski evine gidebilirdi Ömer. Bu değildi derdi. Şimdi eskisinden daha mutlu ve evli bir adam olmasına rağmen eski bekâr günlerini özlemesinin altında daha müphem ve çetrefil bir mesele seziyordu. Belki de suçluluk duygusu. İnsanın daima özlemini duyduğu o muhteşem, düzenli cinsel hayata kavuştuğu halde eski tempoda mastürbasyon yapmaya devam etmekten duyduğu suçluluğa benzer. Doğrusunu söylemek gerekirse daima özlemini duyduğu o muhteşem, düzenli cinsel hayata kavuştuğu halde eski tempoda mastürbasyon yapmaya devam ediyordu, ama bundan suçluluk duyduğu olmamıştı şimdiye değin. Ne var ki Pearl Sokağı 8 numarada yaşadığı bekâr doktora öğrencisi hayatına olan özlemi nüksettiğinde yoğun bir suçluluk duyuyordu içten içe.

Ama iş bu kadarla kalmıyordu. Zira insanın karısına zaman zaman bekârlık hayatının özlemini çektiğini itiraf etmesindeki esas tehlike onun neden bahsettiğini anlamaması değil, tam tersine gayet iyi anlaması ihtimaliydi. Acaba Gail de yegâne ev arkadaşı Debra Ellen Thompson'la yaşadığı bekâr hayatını özlüyor olabilir miydi? Çünkü eğer özlüyorsa *bu, ötekinden* çok daha başka anlamlara gelebilirdi!

İlk başta Ömer bu konuyu kafaya takmadığını düşünüyordu ve esasında kafaya taktığını anladığında da artık düşünmemeye karar vermişti. Bu konuların yakıcı, dikenli meseleler olması bir yana Gail'e sırılsıklam âşıktı ne de olsa. Hem vaktiyle Gail kulağına şöyle fısıldamamış mıydı: "Sevgililerimizi elimizden kaçırmaktan ölesiye korktuğumuz için onlardan gelecek değişime inatla direniriz, oysa belki de aşkla beraber gelen değişim tek kurtarıcımız olacak hayatta."

Doğrusu Ömer aşkla beraber gelen değişime hazırdı; alışkanlıklarını, ilkelerini, standartlarını hatta inançlarını yeniden şekillendirmeye gönüllüydü, tabii böyle şeyleri kalmışsa. Ama şüpheden kurtulmak en meşakkatlisi çıkmıştı. Bunca zaman sonra iki kadının bir evden çok daha fazlasını paylaştıkları iddiasının doğru olup olmadığını merak etmekten kendini alamıyordu hâlâ. Rivayetlerin ima ettiği üzre bir nevi "Boston evliliği" miydi onlarınki? Debra Ellen Thompson ile Gail eskiden sevgili miydi, eğer öyleyse nasıl bitmişti ilişkileri; sahi bitmiş miydi? Bir yarısı cevapları bulmak için yanıp tutuşurken bir yarısı da fersah fersah kaçmak istiyordu olası tüm cevaplardan. Bulaşmamak daha iyiydi, uzak durmak tüm bunlardan. Son günlerde ortaklaşa bir gam içine girmiş olsalar da güneşli bir evlilikleri vardı. Kurcalamamak daha iyiydi.

Seni taşıyan vapura tükürme, ey yolcu!

Geçmişte kaldıkları müddetçe karısının geçmiş ilişkilerine aldırdığı yoktu aslında. Gail'in biseksüelliğini tam da böyle görmek istiyordu: Uzun zaman önce sönmüş titrek bir mum alevi; ardında iz bırakmayan kızamık ya da suçiçeği türünden bir çocukluk hastalığı. Benzetme bir tarafa, en azından Gail'in *Dörtnala Nakliyat*'ın palas pandıras evlilik hayatlarına taşıdığı kutular arasına koymadığı eşyalardan biri olarak görmek isterdi onun geçmişteki ilişkilerini.

Dördüncü kat. 18 numara. Ömer anahtar destesi içinden bir tanesini seçti, bundan sonra ne yapacağını bilemiyormuş gibi bir iki saniye ifadesiz bir yüzle öylece durdu, sonra daha iyi bir seçenek bulamamış olmalı ki kapıyı açtı.

"Gail!" diye bağırdı sendeleyerek içeri girerken.

Âşık olmak sevgilinin isimlerini kendine mal etmektir, aşkın bitmesi ise isimlerin iadesi. İsimler insanların varoluş kalelerine uzanan köprülerdir. Onlar vasıtasıyla başkaları, hem dostlar hem de düşmanlar parmak ucunda içeri girmenin bir yolunu bulurlar. Birinin adını öğrenmek varoluşunun yarısını ele geçirmektir, gerisi parçalardan ve ayrıntılardan ibarettir. Çocuklar bunu ruhlarının derinliklerinde bilirler. Bir yabancı isimlerini sorduğunda içgüdüsel olarak söylemeyi reddetmeleri bundandır. Çocuklar isimlerin gücünü idrak eder, ama büyüdüklerinde unutuverirler.

Dinler tarihi, saygı gösterilecek isimler yoklaması olduğu kadar isimlerin saygınlığının da kanıtıdır. Yahudilerin tam da ölüme ramak kala bir hastaya isim verme âdetleri bu yüzden. Ölüm döşeğinde yatanların isimlerini değiştirirlerdi, ikinci bir hayat şansı verebilmek için onlara. Müslümanların tam da doğum sonrasında isimlendirme gelenekleri bu yüzden. Yeni doğan bebeğin henüz açılmamış kulaklarına adını fısıldarlardı, ruhuna iyice işlesin diye ismi üç kere tekrar ederek. Günümüzde bile "Konstantinopolis" yerine "İstanbul" demeyi reddeden Ortodoks Hıristiyanların ısrarı bu yüzden. Ne de olsa yaşanılan şehrin fethedilmesi, insanın sevgilisini başkasına kaptırmasına benzer. İki durumda da ne kadar zaman geçerse geçsin kaybın üzerinden, insan sevgiliyi kendisinin ona verdiği isimle hatırlar, kendisi gittikten sonra edindiği isimle değil.

"Bakıyorum tekrar içmeye başlamışsın, öyle mi?"

Geceyarısı elinde bir fincan bitki çayı, yanında kedileri; dişi kedi ona, erkek kedi de dişisine yapışmış.

"Belki başlamışımdır" dedi Ömer uzo kibriyle yüzünde güller açarak, "belki başlamamışımdır. Kendime bir içki ikram edeyim dedim ama yeniden içkiye başlayıp başlamadığım konusunda en ufak fikrim yok."

Gail dudaklarında yanıp sönen tekinsiz bir tebessümle mutfağa yöneldi, peşinde upuzun tüylü duman rengi dişi İran kedisi, onun peşinde de tekir, daha da uzun tüylü, aynı cins erkek kediyle.

"Burada bir zarf var..." Ömer onun kuzguni saçlarından sarkan gümüş kaşığa bakarak duraladı. Akılcı anlarında Gail'in ne demeye saçlarına gümüş bir kaşık taktığını merak ederdi. Ama bu öyle bir an olmadığından malum soruyu erteleyip başka bir soru sordu yerine: "*Zar-pan-dit* adında birini tanıyor musun acaba?"

"Evet" cevabı geldi mutfaktan. "Benim."

Doğru, isimler, maşukun varoluş kalesine bizi buyur eden asma köprülerdir, ama oraya girmenin ya da oradan firar etmenin tek yolu değil. İlk bakışta göze çarpmayacak kadar derinlere gömülü başka patikalar da olabilir bir yerlerde. Başka isimler, takma adlar, lakaplar, kesinlikle başka bir zamana, başka bir bilince ait, gayriresmi, kayıtsız, tanımlanmamış isimler; kimi sonsuza kadar unutulmuş, kimi kalıcı, her biri aşk labirentinde sevgilinin elimizden kaçıp gidebileceği gizli birer tünel, hem de daha âşığı yokluğunu bile fark edemeden. İsimler böyledir işte, bir insana dair ilk ve en kolay öğrenilen, ama aslında en zor sahip olunabilen.

Elinde bir bardak sütle mutfaktan çıktı, geçerken zarfı aldı ve açmak için vakit kaybetmeden dosdoğru banyoya yöneldi, her zamanki konvoyunu peşi sıra sürükleyerek. Bu kedilerin yaptığı akla mantığa sığacak gibi değildi. Hem "köpeklerin-aksine-kediler-özgürlüklerine-düşkündür" efsanesine de hiç mi hiç uymuyordu.

"O acayip şey senin adın mı yani?"

Gail külotunu indirip tuvalete oturmadan önce içini çekerek başını salladı. Ömer'in gözleri, karısını işerken seyretmenin verdiği rahatsızlıktan kaçabilmek için onu teğet geçip duvardaki aynaya odaklandı. Aynanın önündeki şişe ve sürahi güruhuna, raflardaki havlulara ve duş perdesindeki her bir pespembe ahtapota –Gail hariç banyoda ne varsa– tek tek baktı. Kedilerin ve *kendisinin* önünde ayan beyan işemekte neden ısrar ettiğini hiç anlamıyordu Ömer. Hani *kendisi* bundan utandığından değildi tabii, ama nasıl olup da Gail utanmıyordu onu utandırmaktan?

Gail işerken eğilip dişi kedinin göbeğini okşadı usulca. Anında torlamaya başladı kedi, onunla beraber erkek kedi de havaya girip sesini yankılayarak. Sanki tek vücuttular ve erkeğin hazzı dişininkine bağlıydı. Ömer basık burunlu, basık suratlı bu tıknaz mahluka kaşlarını çatarak baktı ters ters. Bir türlü başaramamıştı erkek kediyi sevmeyi. Hoş, dişi kediyi sevmeyi de başaramamıştı, ama dişi kedinin sevilip sevilmemek gibi taraklarda bezi yok gibiydi zaten. Asla kimseden sevgi talep etmediğinden, basit, kısacık bir okşama bile umduğundan büyük bir ödüldü. Onun aksine erkek kedi etrafındaki her organizmadan sevgi dilendiğinden, bilhassa da dişi kediden, daima istediğinden az oluyordu edindiği.

"Kendi kendine mi konuşuyorsun? Neden onlara erkek kedi, dişi kedi diyorsun? İsimleri var, malum" dedi Gail ifadesiz bir sesle.

Ömer iki kere gözlerini kırptı, her isim için bir kere. West ile The Rest. Dişi kedinin adı West'ti, yani Batı; Gail ona bu ismi Doğu'nun Şarkiyatçı söylem tarafından sürekli kadınlaştırılmasını eleştirmek için takmıştı. Ömer'in buna itirazı yoktu, tabii eğer buna mukabil erkek kediye The Rest, yani "kalanı", "öteki" ismi verilmiş olmasaydı. Ömer'in canını en çok sıkan dişi kedinin sevgisi, ilgisi için duyduğu bastırılmaz açlıkla dolanan bu erkek kediydi. İkinci göz kırpışını tamamladığı sırada öfkesi erkek kediden karısına kaydı. Madem herkesin içinde işeyecek kadar umarsızdı, ne demeye kocasından adını ve *Tanrıbilirdahaneleri* saklamıştı? Hassas ve bir o kadar dikenli içerimleri vardı bu sorunun. Bir kez daha, bir yarısı cevabı şimdi, *hemen şimdi* almak istiyor, öteki yarısı onu taşıyan vapura tükürmemeyi ve daha faydalı bir şey yapmayı, mesela *hemen şimdi* dipsiz, enfes bir uykuya dalmayı tercih ediyordu.

Hangi yarısının galip geldiğini söktüğünde, "Neden bana hiç söylemedin?" diye inledi.

"Muhtemelen hiç sormadığın için."

Dişi kedi sabit gözlerle mevcut olmayan birini, Ömer aynanın önündeki leylak rengi tonik şişesini, erkek kedi de kendi kuyruğunun hareketlerini seyre daldı, Gail ise belli bir şeye bakmıyordu.

"Ne soracaktım peki? *Aklıma gelmişken Gail, abuk sabuk bir adın var mı acaba benim bilmediğim* mi deseydim? Yoksa çocuklarına bu acayip ismi verirken annenle babanın akıllarından ne geçtiğini mi sorsaydım?"

"Sana bir şey diyeyim mi" dedi Gail, "geçmişte herkes ismimle o kadar çok dalga geçti ki bana gına geldi. Eğer sen de ismimle alay etmek istiyorsan, buyur keyfine bak. Artık umurumda değil."

"Ya Debra Ellen Thompson?" diye bağırırken buldu Ömer kendini. "Bu saçma sapan yeni ismin onu da şoke eder mi benim gibi, yoksa o zaten biliyor mu? Siz ikiniz eskiden çok yakındınız, öyle değil mi?"

Bu soruyu Gail'in ona hayretle bakarak geçirdiği sıkıntılı bir sessizlik takip etti. "Bir şey mi sormaya çalışıyorsun?"

"Ne gibi?" Ömer sinir bozucu leylak rengi şişeye, duş perdesindeki sinir bozucu neşeli ahtapotlara, sinir bozucu erkek kediye... bir kez daha banyoda Gail'den başka her şeye kaşlarını çatarak haykırdı.

"Bizim bir zamanlar lezbiyen bir çift olup olmadığımız gibi?"

Gail ayağa kalktı, sifonu çekti ve onu yakından incelemek için üzerine eğilerek gözlerini kıstı.

"Çünkü sorduğun buysa belleğini tazelemen lazım! Kendim anlatmak istemedikçe geçmişim hakkında hiçbir şey bilmek istemediğini, yeni bir başlangıç yapacağımızı, yok efendim göçebeler gibi yaşayacağımızı, seni sevdiğimi bildiğin müddetçe şahsi tarihimin hiç önemi olmadığını sen söyledin bana! Şu haline bak. Tekrar içmeye başlıyorsun, gidip beynini Abed'le bulandırıyorsun, dağılmış vaziyette eve geliyorsun ve aniden ıstıraplı fani hayatında en trajik kederinin karının bir zamanlar Debra Ellen Thompson diye biriyle lezbiyen bir ilişki yaşayıp yaşamadığı olduğu sonucuna varıyorsun! Söyle bakalım, o efsanevi ilericiliğine, açık fikirliliğine ne oldu? Bar tezgâhında mı bıraktın?"

Ömer ona zorlukla açık tutabildiği acınası gözlerle baktı. Bir karşı savı olduğuna emindi emin olmasına da ne olduğunu hatırlayamıyordu. Hem ortalık çok aydınlıktı. Gözlerini acıtıyordu. Birkaç dakika sonra gözlerini tekrar açtığında banyonun zemininde, cenin şeklinde kıvrılmış vaziyette tek başınaydı. Burası sıcak ve rahattı. Tek sorun, yakınlardan gelen kötü bir kokuydu. Birisi paspasın üzerine kusmuştu.

Mutlu mesut-banyo-zemininde-yatma safhası ile, kendini temiz ve pijamalarıyla yatakta yatıyor bulma safhası arasındaki bağlantı koptu. Gail'in onu nasıl ya da ne zaman buraya getirdiğine dair en ufak bir fikri yoktu. Karısının alabildiğine gür, çılgınca kıvırcık, kuzguni saçlarından gümüş kaşığı çıkarışını seyrederken asık yüzü bir tebessümle aydınlandı. Neredeyse bir yıllık yakın birlikteliğe rağmen onun her sabah saçına bir kaşık iliştirmeyi nasıl başardığı Ömer'in halen fazlasıyla esrarengiz bulduğu bir soruydu, hele her gece saçının şeklini bozmadan aynı kaşığı nasıl çıkardığı sorusu daha da şaşırtıcıydı.

"Söylesene şu isminin... *Zarpandit*'in" diye mırıldandı cılız bir sesle, uykuya teslim olmanın eşiğinde, "bir anlamı var mı?"

"Evet, var" dedi Gail okuma ışığını yakarken. Teorik olarak bu ışığın yatağın sadece ona ait olan yarısını aydınlatması gerekiyordu, ama pratikte öteki yarıyı da işgal ediyordu arsızca. Ömer bir yandan cazgır ışıktan korunmaya, bir yandan da âşıkane Gail'e bakmaya çalışarak, karısının *Birisi Totalitarizm mi Dedi?* başlıklı kitabın üzerine eğilmiş yüzünü seçebildi.

El insaf, yine mi Žižek! diye bağırdı yastığa dönüp sesini boğarak.

Tez danışmanı esaslı bir Žižek-düşmanı, karısıysa esaslı bir Žižek-hayranı olunca hiç kimse, hatta bütün o zihinsel inceliğiyle Žižek'in kendisi bile, Ömer'in aylardır çektiği işkenceyi anlayamazdı herhalde. Aynı gün içinde aynı adamın üstelik tam da aynı sebeplerden ötürü bir yerilip bir övüldüğünü, bir övülüp bir yerildiğini duymak insanın aklına ve ruhuna ziyandı.

"Ne zeki adam! Uyumadan sana birkaç sayfa okuyayım mı?" dedi Gail şevkle, hakikati görebilmekten kilometrelerce uzakta.

"Hayıııır!" dedi Ömer; daha doğrusu, bu sefer yüzünü yastığa gömmeyi unuttuğu için demekten ziyade cırladı.

Gail muzip bir gülüşle ona doğru dönüp şefkatle yüzünü, dudaklarını okşadı. Sonra ellerini usulca göğsünde, ne kadar uykulu olduğunu tartmak istercesine penisinde gezdirdi. Cevap gayet açık olmalıydı ki iki saniye içinde hafif hayal kırıklığına uğramış vaziyette bu teşebbüsten vazgeçti.

"Zarpandit antik bir isim" diye açıklamaya girişti anlık bir durgunluktan sonra. "Her gece ay doğarken tapınılan hamile bir Asur-Babil tanrıçası. Gümüş ışıltısı anlamına geliyor."

"Ciddi mi? Ne kadar şiirsel!" diye mırıldandı Ömer uyku ile uyanıklık arasında. Bir an için de olsa *şiirsel* kelimesi "artık burada bulunmayan" manasına geliyormuş gibi sesine gamlı bir şefkat sızmıştı.

İşte o zaman birden, bu gece yaptığı olanca tantana yüzünden kendinden utandı. O esriklikte parça parça her şeyin birbirine bağlandığına ve şaşırtıcı biçimde her parçanın kendi içinde bir anlam taşıdığına tanıklık etti. Bar tezgâhındaki uzo kadehleri, peçetede dağılan mürekkep lekeleri, dingin gecelerde ay doğarken tapınılan hamile bir Asur-Babil tanrıçası, gülen bir saksağan ve geceyarısı bir takside tek başına giden küçük bir kız çocuğunun hayali yüzü... her şey tam bir ahenk içinde bir anlam ifade ediyordu. Sükûnet ve sabırla yeterince beklemeyi başarabilirse kâinatın bütün sırlarının bir bütüne tamamlanacağı ve ardından topyekûn kendisine sunulacağı hissine kapıldı.

"Madem seni bu kadar şaşırttı, başka isimlerim olduğunu da söylesem iyi olacak."

"Ne gibi?.." diye sordu Ömer otomatik olarak, ama değil Gail'in cevabına daha kendi soru işaretine bile ulaşamadan vücudu özlemini çektiği ipeksi uykuya gömülüverdi.

* * *

Burası sıcaktı, çok sıcak. Ağzı kurudu, canı içki çekti. Bir iki adım ötede bir barın ışıl ışıl girişini gördü. Işık çok parlaktı ama yine de içeri daldı. Onun içeri girdiğini gören şimdi garsona dönüşmüş Porto Rikolu barmen ve barmene dönüşmüş garson lütfen güldüler. Tezgâhın arkasındaki bütün raflar kutularla ve dondurulmuş kuşlarla doluydu.

"Bütün bu kutularda kahve mi var?" diye sordu Ömer en yakın tabureye ilişirken. "İsimleri ne?"

"Hangisini sorduğuna bağlı. Bir sürü başka başka isim var..."

Ömer devasa pencerelerden sızan güneş ışığından korunmak için başını çevirdi.

Barmen ananas dilimleriyle süslenmiş köpüklü bir kokteyli tezgâhın üzerine koyarken, "Mesela şunun adı *caffe latte*" dedi. "Ama benim size tavsiyem..." arkasına döndü, raflardaki şişelere seğirtti ve bir kerede üç dört kokteyl bardağını eline aldı, "*coffee mocha* ya da şu öteki, spesiyalitemiz, *coffee Zanzibar.*"

"*Zanzibar... Bu ismi hatırla*" diye düşündü Ömer. "*Zanzibar... Bu ismi... unutma...*"

Barmen yegâne müşterisine arkasındaki raflardan farklı kahveler ikram ederken, ellerinin hareketleri Ömer'i kandırıyormuşçasına hızlandı.

Ömer onun hareketlerini takip etmek için ne kadar uğraşırsa uğraşsın, tezgâhın üzerine konan her kokteyl, sürekli değişen sihirli aynalar dolabında epi topu bir görüntüden ve söylenen her isim havada dağılan bir serpintiden ibaret kaldı.

Karga

Muzun içindeki harf

Şayet şahsi özellikleriniz arasında obsesif kompulsif bozukluğa, panik atağa ya da sosyal fobiye benzer bir şeyler varsa, sömestrin ilk günü Sosyal Hizmetler Bürosu'ndaki yılankavi, öğrenci-kimliği-almak-için-fotoğraf-çektirme kuyruğu sizin için bir saatten fazla kısılı kalınacak en uygun yer olmayacaktır muhtemelen. Başkaları için o kadar beter olmayabilir. Sıkıcı ama yine de katlanılabilir bir eziyet. Hatta bazıları bunu yeni insanlarla tanışma, gevezelik etme, bilgi alışverişinde bulunma, yol yordam öğrenme fırsatı olarak görüp durumdan keyif bile alabilir.

Ama o kesinlikle bu tür insanlardan değildi.

Tahammül etmesini kolaylaştıracak düşünebildiği yegâne teselli, çantasının derinliklerinde bir çikolatasının daha olduğunu bilmenin verdiği rahatlıktı. Elindeki çikolatayı bitirdiğinde ötekini yemeye başlayacaktı. O zamana kadar sıranın yeterince ilerleyeceğini, masanın arkasında oturmuş çınlayan sesiyle ricadan çok emre benzeyen "Sıradaki lütfen!" cümlesini tekrar tekrar haykıran asabi görünüşlü kadına ulaşabileceğini umuyordu.

Katran karası bir atkuyruğu şeklinde toplanmış saçını yokladı. Ona en büyük eziyet sırada-beklemek değil, başkalarıyla-birlikte-sırada-beklemekti. Mesele hep insanlardı, hep onlar. Konuşmaları, şakaları, tavırları... hep o eski bildik sorun. Çikolata mümkün olduğunca uzun dayansın diye olabildiğince küçük bir ısırık daha aldı. Bu kampusa geldiğinden beri iki gıdayla besleniyordu temelde: Çikolata ve muz; bunların göründüğünden fazla ortak noktası vardı aslında. İkisi de benzer bir kolaylıkla soyulup tüketiliyordu. Gün boyu başka hiçbir şey yemeden durabilirdi. Bazen çikolatayı ana yemek, muzu tatlı; bazen de muzu ana yemek, çikolatayı tatlı olarak yiyordu.

Hemen önünde, saçları yeni biçilmiş çimenler gibi kısacık, meşe yaprağı gibi kızıl ince uzun bir kıza iliştirilmiş iki devasa kulak vardı. Bu açıdan bakınca kızın yüzünün neye benzediğini tahmin etmek zordu ama lekesiz, bembeyaz boynu yenebilecek bir şey izlenimi veriyordu. Havuç kafa hararetle etrafını sarmış bir grup kızla konuşuyordu ve ara sıra hep birlikte bir kahkaha koyveriyorlardı.

Sıra bir adım daha ilerlerken diğer çikolatayı aramaya başladı. Çantasındaki ıvır zıvır kalabalığı arasında çikolata yerine, içi neredeyse tümüyle kararmış yarım bir muz buldu. Bunun oraya nasıl girdiğini hatırlıyordu. İki gün önce, servise ilk binişinde, şoförün yanına oturmuş sakin sakin muzunu yerken gözü yukarıdaki üç levhaya takılmıştı. Birinci levha: "Aşağılayıcı söylemin suç olduğunu biliyor muydunuz?" diye soruyordu. Biliyordu. İkinci levha bir kadın sağlığı merkezinin ilanıydı, üzerinde havaya zıplamış pişmiş kelle tebessümüyle ışıldayan genç bir kadın resmi vardı. Bunu anlamamıştı işte. Bir kadının jinekoloğa gittikten sonra böyle zıplayabileceğine pek ihtimal vermiyordu, gidilen yer ne kadar şık, alınan haber ne denli sevinçli olursa olsun. Üçüncü levha ise "Otobüste yemek içmek yasaktır" buyuruyordu. Okur okumaz göz ucuyla onu hiç mi hiç umursamayan şoförün hareketlerini izleyerek muzu çantasına koymuştu. Şimdi aynı muzu çantasından çıkardığında içini kapkara bulmuştu ve onun karası ile önünde duran boynun saf beyazlığı arasında çarpıcı bir tezat vardı. Bu tezadı iyi bir işaret, hayra alamet olarak görmeye karar verdi. Tam o anda önündeki kız arkasına dönüp gülümsedi.

"Çikolatayı çok mu seviyorsun?"

Esmer kız "Yemek içmek yasaktır" levhasının altında otobüs şoföründen azar işitmiş gibi panikle kızardı.

"Debra Ellen Thompson ben" dedi havuç kafa elini uzatarak. Tam alnının ortasında saçlarının geri kalanına ters yönde uzamış ipince bir tutam inek yalamış saç vardı.

Ama esmer kız daha ona cevap veremeden "Sıradaki lütfen!" nakaratı yankılandı.

Fotoğraf çektirme sırası Debra Ellen Thompson'a gelmişti, ondan sonra da sıra kendisindeydi. Aman ne iyi diye düşündü, nihayet son çikolatayı çantasından bulup çıkarırken. Hemen kâğıdını yırttı ve sıra kendisine gelmeden önce mideye yuvarlamak için aceleyle devasa bir ısırık aldı. Deneyimleri ona çikolataların büyük çoğunluğunun iki buçuk ısırıkta bitirilebildiğini göstermişti, ama bu sefer her zamanki skorunu bir buçuk ısırığa indirmeye çalışacaktı. Bu amaçla rekor lokmayı çevirirken ağzında bir yandan da masanın öteki tarafında aniden beliriveren keçisakallı adamı kayıtsız gözlerle izledi.

"Kusura bakma geciktim" diye mırıldandı adam cılız bir sesle.

"Valla başka zaman olsa önemli değil ama bugün yapacak bu kadar çok iş varken..." diye bağırdı asabi görünüşlü kadın, iyice asabileşerek.

Bir alay kız öğrencinin önünde bir alay azar işiten genç adamın yüzü bıyığıyla aynı renge büründü. Bunun verdiği hırçınlıkla kollarını kıvırıp buz gibi bir sesle bağırdı: "Sıradaki lütfen!"

Sıradaki mi? Ama sıradaki-lütfenlenmesine daha en azından on dakika vardı! Esmer kız panikle yanaklarını dolduran devasa lokmayı yutmaya çalışadursun gırtlağının derinliklerinden iniltiyi andıran bir ses koptu.

"Sıradaki lütfen!" diye bağırdı adam dosdoğru ona bakarak.

İşte her şey buraya kadar. Şahsi özellikleri arasında obsesif kompulsif bozukluk, panik atak ya da sosyal fobi ve benzerleri olan biri için her şeyin bittiği, zamanın durduğu felaket anı.

"Kımıldamayacak mısın?!" diye gürledi keçisakallı adam, ondan bir an bile ayırmadığı gözlerini sanki kız önünde küçülüyormuş gibi gitgide kısarak. Belki de öyleydi, belki de sahiden küçülüyordu durduğu yerde. Zaten şimdiden kendini topluiğne boyunda hissediyordu.

"*Öğle yemeğinden geç dönmen ve herkesin önünde şu uyuz kadın tarafından azarlanman benim suçum değil*" demek istedi gayet serinkanlı bir havayla, ama dudaklarını araladığında sadece homurtu benzeri bir ses çıkarabildi. Far ışığında kalmış bir tilki gibi taşlaşmıştı. Önündeki kızlar dalga geçip kıkırdamaya başladılar. Ama önemi yoktu hiçbirinin, hiç kimsenin. Donmuş haldeyken onları duyamazdı.

İşte tam o anda Debra Ellen Thompson arkasına döndü ve elinde yarım çikolatayla heykele dönüşmüş olan siyah saçlı kıza merakla baktı. Anlık bir tereddütten sonra ona dokunmaya, şöyle bir sarsmaya cesaret ettiyse de faydası olmadı, kız kendini donup kaldığı yerden kurtaramıyordu. Debra Ellen Thompson dikkatle kızın omzundan sarkan çuvalımsı çantayı açtı. İçinde çikolata kâğıtları, meşe yaprakları, atkestaneleri, kampus haritaları, taşlar ve akıllara durgunluk veren ıvır zıvır arasında kızın kâğıtlarını bulup, tamamen çileden çıkmasına ramak kala keçisakallı adama vermeyi başardı.

Ardından onu bir tabureye oturtup, Mount Holyoke College öğrenci kimliğine yapıştırmak için fotoğrafını çektiler.

Her şey olup bittikten sonra Debra Ellen Thompson halen kıkırdamakta olan kız kalabalığının arasından heykeli özenle geçirip dışarıya, temiz havaya çıkardı. En yakın banka yan yana oturdular.

"İçeride sana ne oldu öyle?"

"Baskı altında paniklerim ben" dedi heykel, damla damla eriyip gerginliğinden silkinirken.

Gergin anlardan sonra çöken sükûnet sisine sarınmış vaziyette, yarım saatten fazla oturdular orada. Sıradan uygun adım çıkan kızları seyrettiler beraber. Fazla konuşmadılar. Ne de olsa heykel konuşkan bir tipe benzemiyordu pek.

"Ben artık gideyim. İyi olduğuna emin misin?"

"İyiyim, teşekkürler!"

"Yatakhanene yerleştikten sonra beni muhakkak ara" dedi Debra Ellen Thompson dostça gülümseyerek. Bir kâğıt parçasına kendi yatakhanesinin ve odasının numarasını çiziktirdi. "Bir şeye ihtiyacın olursa... yani bir sorunun filan olursa çekinme, istediğin zaman ara."

"Ararım, teşekkürler!"

Kızıl kafası Abbey Kilisesi'nin arkasında kaybolana kadar Debra Ellen Thompson'ın uzaklaşmasını seyretti. Tekrar yalnız kalınca rahatlayarak derin derin iç çekti. Kâğıt parçasını çantasının sol cebine tıkıştırırken, aynı gözden bütün bir muz çıkardı. Bu seferki muzun oraya ne zaman nasıl girdiği konusunda hiçbir fikri yoktu, ama bunu bir işaret olarak almaya karar verdi, muhtemelen hayra alametti ama içine bakmadan bir şey söyleyemezdi. Küçük bir ısırık aldı ve yumuşak, beyazımtırak meyvenin ortasındaki koyu, tırtıklı lekeyi inceledi. Her zamanki gibi muzun içinde bir harf vardı ve bu seferki harf "P"ye benziyordu; tıpkı "Peri", "Parlak" ya da "Pekmez"de olduğu gibi ki bu iyiye işaretti. Ama bir taraftan da "H"ye benziyordu, "Hüzün", "Hayal kırıklığı" ya da "Hüsran"da olduğu gibi ki bu iyiye işaret değildi.

Çocukken annesiyle birlikte oynadıkları bir oyundu bu. Eskiden cennette Tanrı kendine bir alfabe çorbası pişirmiş ve bunu devasa bir kâseye koyup mutfak penceresinin yanında soğumaya bırakmıştı. Ama sonra kuvvetli, küstah bir rüzgâr ya da hınzır, yoldan çıkmış bir melek ya da belki bizzat şeytan, kazara ya da kasten (hikâyenin bu bölümü her anlatıldığında değişirdi) kâseyi yere, yani gökyüzüne düşürmüş ve çorbanın içindeki bütün harfler kâinata saçılmıştı, bir daha asla toplanmamak üzere. Harfler her yerdeydi, fark edilip bulunmayı bekliyorlardı. Cennet Kâsesi'nde kalsalar oluşturabilecekleri kelimelere yerleştirilmek, eski manalarına kavuşabilmek istiyorlardı.

Annesine kalsa bu oyun hem eğlenceli hem de öğreticiydi. Oysa ona göre hadi öğretici belki ama asla eğlenceli olmamıştı. Yine de hayatı boyunca bu oyunu oynamaktan asla vazgeçmemişti; annesini çocukluk cennetinden kovup sürgüne gönderdikten ve onun yokluğunda, Gözden Düşmüş Ana'yı bir gün geri alsa bile çocukluğunun asla cennet olmadığını kederle idrak ettikten sonra bile vazgeçmemişti oynamaktan. Som sessizlikte, içindeki harfin ne olduğuna bir türlü karar veremeden muzu bitirdi.

Ama harf "P" değil "H" olmalıydı ki bu olayı takip eden haftalar tek kelimeyle berbat geçecekti. Hayal kırıklığı! Mesele derslerin sıkıcı olması değildi, çünkü ne dersler sıkıcıydı ne de zaten derslere girdiği vardı. Mesele kampusta çıkan yemeğin yavan olması da değildi; ne yemek yavandı ne de zaten yediği vardı. Mesele kendisini aniden dipsiz, bitimsiz bir yalnızlık içinde bulması da değildi çünkü zaten oradaydı. Bu şartlar altında daha iyi hissetmesi gerekirdi. Güzel bir yerdi burası, hem ağaçlar da muhteşemdi. Kasaba küçüktü gerçi ama gene de keyif almak mümkündü. Buradaki yegâne bakkalda muz satılmıyordu, ama ilerdeki markete yürüyebilirdi. Kuşkusuz çok daha iyi olabilirdi bundan, eğer insanlar olmasaydı; hep aynı sorun. Sorun hep insanlardı, bu sefer tesadüfen hemen hepsi kızlardan müteşekkil şu insanlar. Mount

Holyoke College, kız ve sincap kaynıyordu.

Sincaplar ile kızlar benzer bir uyanıklık ve çeviklikle kampus nüfusunu meydana getiriyordu. Sincapların aksine kızlar gruplar halinde dolaşıyor ve sürekli gülüyorlardı. Herkese, yüzü olan her şeye tebessüm ediyorlardı. Rengârenk kâğıtlara salak salak notlar yazıyor, defterlerine parlayan güneşler çizip gösterişli cümleler çiziktiriyor, duvarlarına sırıtan yüzler yapıştırıyor, internetten aforizmalar indiriyor, sonra samimiyetlerinin ve derinliklerinin göstergesi olarak bunları birbirlerine veriyorlardı. Herhangi bir sebeple birbirlerini birkaç gün görmemişlerse, bir sonraki görüşmelerinde çığlıklar atarak birbirlerine koşuyor, orta noktada birbirlerine kavuştukları halde çığlık atmaya devam ediyorlardı. Bol bol bağırıyor, Zarpandit'in anlıyormuş gibi yaptığı afallatıcı bir kodla iletişim kuruyor ve *çok özel* olduğunu iddia ettikleri bir tür muğlak arkadaşlık kavramını fetişleştiriyorlardı. Duvarlarında, masalarında, raflarında, hatta sınav kâğıtlarında dostluğu yücelten bir vecizeler sağanağı görüyordu Zarpandit. Anlayamadığı, bu kadar eşsiz olduğu iddia edilen bir şeyin bu kadar yaygın olmasıydı. Bu kampüste en kolay kurulan şey arkadaşlıktı. Bu kızların birbirlerine sırlarını anlatmak için önce arkadaş olmalarına gerek yoktu çünkü zaten öyleydiler. Birbirleriyle ilk karşılaşmalarında, aynı otobüste Hampshire College'a on beş dakikalık yolu giderken, aynı anda aynı yöne yürürken ya da yemek seçtikleri sırada yan yana dururken anında ahbap oluyor, dedikodu yapıyor, çene çalıyor, topu topu birkaç dakika önce tanıştıkları birine en büyük sırlarını açmakta hiçbir zorluk çekmiyorlardı. Hemencecik sonuçlara varıyor, sonra da bu vardıkları sonuçlara öyle bir emniyet ediyorlardı ki Zarpandit kendi bitmek bilmez kararsızlıklarından utanıyordu. İşte bu kızlar ve kendisinin apaçık çuvalladığı her dönemeçte onların böylesine apaçık başarılı oluşunu seyretmenin ıstırabı iç dengesini altüst ediyordu. Ne çikolata ne muz teselli edebilirdi onu böyle anlarda.

İlerleyen haftalarda, kendini ait hissetmediği baba evinden yeni çıkmış, üniversite eğitiminin iyi geleceğini umut eden ayaklı endişe yumağı, antisosyal genç kızlıktan, buraya da ait olmadığına, şimdi bir de kampus hayatının içine hapsolduğuna ve artık hiçbir şeyin kendisine iyi gelmeyeceğine kanaat getirmiş ayaklı endişe yumağı, antisosyal genç kıza dönüştü.

Kızıl saçlı kurtarıcısını aramayı ciddi ciddi düşünmeye başlaması zaman aldı. O gün çantasının sağ cebine koyduğuna emin olduğu kâğıt parçasını hiçbir yerde bulamasa da, hayret, Debra'nın hangi yurtta kaldığını unutmamıştı.

Adı Zarpandit

O Brigham Hall'ün önünde oyalanırken mavinin farklı tonlarında kazaklar giymiş dört kız bir örnek gülümseyerek köşeyi döndü. Onların kendisine doğru geldiğini görünce elini çabuk tuttu, en azından tutmaya teşebbüs etti. Kimlik kartını çıkarıp kapının yanındaki makineye soktu. Ama kapı onu içeri almayı reddetti. Neredeyse robot gibi kartı tekrar sokmayı denedi, sonra üzerinde o korkunç resmi olan kimlik kartını tersyüz ederek, aklına gelen her yöne çevirerek canhıraş bir biçimde tekrar denedi. Ama kapı geçit vermedi. Kızların da yurda doğru geldiğini görüyordu, besbelli burası *onların* yurduydu. Başka birinin yatakhanesine girmek için kendi kimlik kartını kullanabileceğini düşünmekle ne büyük enayilik yapmış olduğunu anlayınca yüzü yandı. Kimse ona inanmazdı, hem biri inansa bile o özel kişi, onun içeri girme gayretlerine tanıklık eden bu kızlardan biri olamazdı. Doğruyu söyleyebilirdi elbet, onlara bir arkadaşını ziyaret etmeye geldiğini anlatabilirdi, ama kızlar ziyarete geldiğine göre neden kendi kartıyla içeri girmeye çalıştığını sorarlardı muhtemelen. Yurtları karıştırdığını da söyleyebilirdi, ama kimse bunu yutmazdı. Belki de yürüyüp gidebilirdi, ama bu suçunu kabullenmek olurdu. Birbirinden beter seçenekler arasında bir tercih yapamadığından sağlam durmaya karar verdi. Sağlam ve kaskatı.

Ama ne de olsa kapılar sadece dışarıdan açılmazlar, bir de

dışarıya açılmaları mümkündür. Tam da mavili kızlar olay yerine ulaştığı sırada birisi Brigham Hall'ün kapısını içeriden itti ve kıpkırmızı bir kafa neredeyse ışık saçarak dışarı çıktı.

Rastlantıların kendilerine has bir büyüsü vardır. Yeterince ani ve keyifliyseler bir de her biri fani yapımı minyatür boy mucizeler gibi görünebilir maruz kalanların gözlerine, özellikle de çaresizlerin.

"Merhabaaa!" diye bağırdı heyecanla. "Ben de seni arıyordum!"

Dört kız ton ton maviler içinde gülücükler saçarak geçtiler, sebep oldukları panikten hiç mi hiç haberdar gözükmeden.

"Merhaba" dedi Debra Ellen Thompson duraksayarak, böyle heyecanlı bir selama nasıl karşılık vereceğini bilememişti. "Kusura bakma, adını unutmuşum."

"Yok canım!" diye bağırdı Zarpandit, rastlantının verdiği coşkuyu üzerinden atamadan. "Yani unutmuş olamazsın. Çünkü sana hiç söylemedim."

Karşısındakinin yüz ifadesi ona lafı kısa kesmesi, hatta en iyisi baştan başlaması gerektiğini bildirdi. "Adım... Zarpandit!"

"Zır-pın-diiit???" Debra Ellen Thompson ismi dilinin üzerinde acı bir şeker gibi şaklatarak çevirdi. "Ne kadar ilginç bir isim."

Hep böyle derlerdi. Ama o artık "ilginç" kelimesinin gündelik iletişim içinde dolaşımda olan bütün sıfatlar arasında en kalın kabuklusu olduğunu öğrenmişti, kalın kabuklu demek illa da içinde bir şey olduğu anlamına gelmiyordu. "İlginç" kelimesinin hiçbir ilginç tarafı yoktu.

Debra Ellen Thompson onun gözlerinin önünde yavaş yavaş kasvetli bir sessizliğe gömüldüğünü görünce bir şeyler daha söylemesi gerektiğini hissederek atıldı: "Peki bir anlamı var mı?"

"Evet, bir Asur-Babil tanrıçasının adı..." dedi Zarpandit

ama daha fazla açıklama yapmak gelmedi içinden.

"Ya, kardeşlerinin isimlerini sormaya korkuyorum."

Provalı bir refleksle başını salladı Zarpandit. Belli ki bekliyordu bu lafı. "Kardeşim yok."

Debra Ellen Thompson teselli edercesine gülümsedi, kardeşi olmadığı için onu bağışladığını göstermek istercesine –sahip olamadığı ve olmadığı her şey için.

"Toplantılarımıza mutlaka gelmelisin, bence sana iyi gelir. Önümüzdeki çarşamba saat ikide yapacak bir işin var mı?"

Beyhude soru. Nasıl olsa ikisi de işi olmadığını biliyorlardı.

Hüsran! Hüsran! Hüsran!

"Debra! Merhaba Debra!"

Debra Ellen Thompson sivri çenesini kaldırıp, bakışlarıyla etrafındaki harala güreleyi aralayarak en az otuz kişinin bulunduğu odayı taradıktan sonra, ilerde ellerini hararetle sallayan ve kendisini selamlayan o siyah-saçlı, tuhaf-adlı kıza odaklandı. Ona doğru yürümeye başladıysa da yolda başka kızlarla konuşmak için on on beş kere durdu. Nihayet ona ulaştığında zoraki bir tebessüm iliştirdi dudaklarına: "Zarpandit, seni görmek ne güzel! Gelebilmene sevindim. Yalnız bir ricam olacak senden."

İşte bu harika, diye düşündü Zarpandit, bu anın ayaklı endişe yumağı, antisosyal kariyerinde bir dönüm noktası olabileceğini umarak. Debra Ellen Thompson besbelli başkanlığını yaptığı bu toplantıya onu davet etmekle kalmamış, onu burada gördüğüne memnun olmakla kalmamış, şimdi de ondan bir iyilik istiyordu. "Elbette" dedi kıvançla, bu kadar kısa zamanda bu kadar çok ilerleme kaydetmekten memnun.

"Bana bir daha böyle hitap etme, lütfen."

"Tabii" dedi Zarpandit otomatik olarak, ona nasıl hitap ettiğini nerede kusur ettiğini anlamadan.

"Bana herkes ismimin tamamıyla hitap eder, Debra-Ellen-Thompson, üçü birlikte daha çok hoşuma gidiyor. Umarım senin için bir sakıncası yoktur."

Zarpandit derin bir esef ve ardından daha da derin bir kabullenişle kızardı. Kendi adı da *Debra Ellen Thompson* gibi albenili, kudretli bir şey olsa, kendisi de adının tamamıyla çağırılmak isterdi.

Toplantı bütün öğleden sonra sürdü, ama Zarpandit'in aklında sadece kısa anlar kalacaktı. Yeni gelenlerin kendilerini tanıtmasının istendiği o kasvetengiz an, sıranın kendisine geldiği daha da kasvetengiz an; Debra Ellen Thompson'ın herkesi her kadının içindeki henüz-keşfedilmemiş kadını dışarı çıkarmaya davet ettiği ve bu amaca hizmet edebilecek öneriler talep ettiği bunaltıcı an; karamel rengi örgüleri olan bir kızın odadaki herkesin şimdi hemen içindeki kendinden-nefret-eden kadını yüksek sesle ifşa etmesini teklif ettiği akla ziyan an ve herkesin bu teklife atladığı daha da akla ziyan an; odadan tek çıkışın önüne gittikçe daha fazla kızın yığılmasıyla Zarpandit'in ıstırapla içeride hapis kaldığı sonucuna vardığı dehşetengiz an; Debra Ellen Thompson'ın araya girip herkesin içindeki kendinden-nefret-eden kadını açığa çıkarma fırsatı bulamayacağını çünkü toplantının saat beşte bitmesi gerektiğini söylediği o rahatlatıcı an. Odadan çıkmadan önce bir sonraki toplantının hangi gün yapılacağı duyuruldu ve herkesin gelecek toplantı için işbölümünde bulunması istendi.

İşbölümünde Zarpandit'e düşenler ekseriya ayak işleri oldu. Her geçen gün daha da kabaran sayıda el ilanını fotokopi çektiriyor, boyuyor, hazırlıyor, sonra bunları bütün kampusa dağıtmak için elinde iğneler ve bantlarla oradan oraya koşturuyordu. Ama hepsi bu kadar değildi. Yerine getirmesi gereken bir görev daha vardı: Okumak!

Zarpandit'in daimi bir üye olacağı anlaşıldığında Debra Ellen Thompson'ın başını çektiği grubun önde gelenleri, onun utangaçlığını, asosyalliğini ya da topluluk içinde kendini ifade etmesini engelleyen her neyse onu bir yenebilse dışa vuracağı çok şey olduğuna ve bu yorucu bilinçlendirme sürecini ateşleyecek en iyi yakıtın "kitaplar" olacağına oybirliğiyle karar vermişti. Bugünden tezi yok Zarpandit daha fazla okumalıydı! Birileri bir yerlerde içekapanıklığı söyleyecek sözünün olmamasıyla, söyleyecek sözünün olmamasını da cehaletle karıştırmış olmalıydı. Zarpandit'in umursadığı yoktu bu kavramsal karışıklığı, ne de olsa kitapkolik olduğundan canına minnetti daha da çok okumak. Takip eden günler ve haftalarda herkes ona illaki okuması gerektiğine inandıkları kitaplar ve kitapçıklar taşıdı. O da okudu; ne tereddüt ne itiraz ederek okudukça okudu, kitaplarla beslendi ama aynı zamanda muz ve çikolatayla da.

Alışıktı ne de olsa. Onu kitaplarla beslemek annesinin en gözde projelerinden biri olmuştu; doğrusu Zarpandit'in üzerinde başarıya ulaşan tek projesi de buydu. Zarpandit insanların nasıl olup da çocukluklarına dair o kadar az şey hatırladıklarına anlam veremiyordu pek, çünkü kendisi bu gezegen üzerindeki ikinci yılından itibaren çocukluğunun izini sürebiliyordu geriye doğru adım adım. Parça pinçik bir sürü ayrıntı vardı, ama ilk anısının genel çerçevesi zihninde daima tazeydi. Çünkü bu hayattaki ilk anısı aynı zamanda ilk "*intihar*" girişimiydi.

Mutfağı hayal meyal hatırlıyordu, masanın üzerinde duran kâsedeki kusmuğumsu püreyi, çenesindeki püremsi kusmuğu ve başka başka detayları. Annesinin göz alıcı siyahlıkta ve yumuşaklıktaki saçlarının halesini, hüzünlü gülüşlü bir adam olan babasını ve o sıralarda artık kim olduğunu unutmaya başlamış olan büyükbabasını, derken annesinin kâsedeki ne idüğü belirsiz bulamacı ağzına tıkaladığını, kendisinin de sürekli geri püskürttüğünü hatırlıyordu. Annesi oldum olası berbat bir ahçıydı. Sonra babası ona yeni bir şey yedirmeyi denemişti; omletin tadı, erimiş yağ ve bir sosis parçasının ağır kokusu, baharatlı, sıcak, geri çıkarılamaz, yutulamaz, bebek boğazının bir yerlerine yapışmıştı.

"Göğsüne bastır, göğsüne bastır" diye bağırdığını hatırlıyordu annesinin.

Ufacık bedeni kafası koparılmadan önce bacaklarından yakalanan bir tavuk gibi baş aşağı, iki kocaman el göğsüne bastırmış, dönenip duran bir çığlık girdabının merkezinde yüzmekteyken ve oda aniden tavanı duvarlardan, duvarları yerden ayırt edilemeyecek kadar sislenmişken, müthiş bir hızla düştüğünü hissetmişti. Düşüyordu, artık nefes alıp almamasının önemli olmadığı bir yere doğru hızla kayarak. İleriki yıllarda bu sahneyi defalarca gözden geçiren Zarpandit, ona hayatı boyunca eşlik edecek üç sonuç çıkarmıştı edindiği tecrübeden:

Bir: Güçlü kuvvetli bir şey seni sıkı sıkı tutmaktayken dahi düşebilirsin.

İki: Düşme edimi ille de aşağı doğru gitmek değildir; yeterince tepetaklak olmuşsan yukarı doğru düşmeyi de başarabilirsin.

Üç: Aksi yöndeki bütün yargılara rağmen yukarı doğru ölüme düşmek o kadar da kötü bir deneyim olmayabilir.

Bir, iki... üç saniye geçmiş, annesi üç çığlık daha atmış, göğsüne üç kere daha bastırılmış ve sosis parçası şampanya mantarı gibi Zarpandit'in ağzından fırlamıştı.

"Bunları hatırlaman imkânsız" diye itiraz ederdi annesi bu konu ne zaman açılsa. "O olayı tekrar tekrar anlattığımız için hatırladığını zannediyorsun."

Ama Zarpandit bunun böyle olmadığına emindi. Zira annesinin hiç anlatmadığı ayrıntıları da hatırlıyordu; hayali olamayacak kadar hakiki ayrıntılar, sonradan inşa edilen bir gerçeklikte rol oynayamayacak kadar ehemmiyetsiz ayrıntılar; dedesinin hırkasındaki büyük kahverengimsi leke, babasının yüzündeki sitem ya da annesinin tezgâhın üzerindeki mısır patlatma makinesinin yanında ağlayışı gibi –bebeği ona geri döndüğü için minnettar ama hayatı aynı kalacağı için bedbaht.

Dolayısıyla, dördüncü genel toplantının bir noktasında

Debra Ellen Thompson KÇ stratejisinden bahsetmeye başlayınca bu gezegen üzerindeki ilk anısının şevki Zarpandit'in konuya karşı ilgi duymasına sebep oldu. K. Ç., Kasti Çarpıtma anlamına geliyordu, erkek egemen dilsel kodları tersyüz etme anlamına.

"Erkek egemen kültürün erkek egemen söylemiyle karşılıklı duvar tenisi oynayacağız" dedi Debra Ellen Thompson. "Ataerkilliğin taşaklı söylemini taşlayacağız!"

Debra Ellen Thompson, Zarpandit'in mahcubiyetini taklit edince odada bir kahkaha koptu. "Neyin var?" dedi dudak bükerek. "Hiç taşak dendiğini duymadın mı daha önce? Tanrım, bazen manastırda filan yetiştirildiğini düşünüyorum. Hadi ama asma suratını Zarpandit, kendini kötü hissetmemelisin çünkü bütün strateji bundan ibaret."

Bütün strateji düşmana kendi silahıyla karşılık vermekten ibaretti. Bu durumda silah hakaret olduğundan, bütün strateji kadın karşıtı terimleri, karşıtlıkla ya da kadınlıkla alakaları kalmayana kadar kullanmaktı.

"Bize ne kadar sert saldırırlarsa o kadar sert karşılık vereceğiz. Hayli zamandır kadınlar histerik olmakla suçlandı, bu yüzden saldırıya uğradı, hedef gösterildi değil mi? Histeri dişiliğin diğer adıydı. Buna karşılık bazı kadınlar savunmada kaldı, bu hastalıkla alakaları olmadığını kanıtlamaya çalıştılar. Bazıları ise erkeklerin de histerik olduğunu kanıtlamaya uğraştı. Bunların hiçbirinin bize faydası dokunmaz. Ben bunun yerine kadınlara yöneltilen her suçlamayı canı gönülden benimsemeyi öneriyorum. Erkek egemen söylemin bütün hakaretlerini bile isteye kabul ettiğimiz anda bizi aşağılayacak gücü kalmayacak bu sistemin. Ne kadar basit ama aynı zamanda ne denli karmaşık olduğunu görebiliyor musunuz?"

Zarpandit, ne kadar büyük olduklarını daha yeni fark etmiş gibi hayretle baktı Debra Ellen Thompson'ın kulaklarına.

"Sistemin aletlerini ele geçirip kendinize mal edin" diye

devam etti Debra Ellen Thompson. "Sizi yıkmak için kullandıkları zehirli okları ele geçirin. Kaçmaya, sığınmaya uğraşmayın, yere sağlam basın. Size 'orospu' derlerse namusunuzu kanıtlamaya çalışmayın, asla bakireyi oynamayın. Her bakire, sokaklardaki bir orospunun sebebidir. Biri diğerinin sonucudur. KÇ stratejisi tümüyle farklı bir yol izler. Aşağılayıcı kelimeleri erkek egemenliğin kıllı ellerinden alıp tam ters yönde kullanmak suretiyle insanlığı, yani hem kadınları hem de erkekleri onurlandıracağız."

Toplantı bittiğinde Zarpandit doğru anladığından emin olabilmek için baş başa kaldıklarında Debra Ellen Thompson'a usulca sordu: "Yani şimdi biz övgü niyetine hakaret mi edeceğiz?"

"Evet. Tersi de geçerli elbette. Aynı zamanda erkek egemen iltifatları da aşağılayıcı şekilde kullanacağız. Bundan böyle 'kaltak' övgü, 'iffetli' hakaret olacak!" diye gürledi Debra Ellen Thompson. "Kadınlara kendi toprakları dışından fırlatılan terimleri tek tek araklayacağız. Düşmanın kirli mallarını çalmak bizimkisi, mubah hırsızlık!"

Mubah hırsızlık! O anda Zarpandit'in aklına sadece Robin Hood gelebildi.

"Ee, şey, evet bir bakıma Robin Hood gibi. Mahrumiyet çekenler adına imtiyazlılardan çalmak gibi." Debra Ellen Thompson ateşin bir sesle atıldı. "Ama ben Robin Hood'dan ziyade saksağanlara benzetirdim. Saksağanlar ne yapar bilir misin? İnsanların dünyasındaki bütün parlak nesneleri çalarlar. Biz, kadınlara karşı kullanılmasınlar diye erkek egemenliğin kelimelerini aşıran feminist saksağanlarız."

Feminist saksağanlığının ilk gününde Zarpandit saat dokuzda uyandı, yataktan çıkmadan bir muz, evden çıktıktan sonra bir muz daha yedi, sonra saat 10.30'da Tracy Harley'in dersine girdi; "Adalet, Adaletsizlik ve Akla Gelen Her Şey" birinci sınıf dersi olarak fazlasıyla iddialı bir isim sayılabilirdi ama Harley'in kendisi de zaten fazlasıyla iddialı bir hoca sayılabilirdi. Bir efsaneydi Harley; kızların yarısı onu taklit etmekle meşguldü, diğer yarısı da taklitçileri taklit etmekle. Bugün, *Prens*'ten bölümler okurken öyle şaşaalı ve lirik, yorumları öyle ilhamlı ve şık, elektrikli mevcudiyetiyle öyle güçlü bir hatipti ki duysa Machiavelli'nin bile tüyleri diken diken olurdu.

Ders bittiğinde Zarpandit açık havada bir masaya oturup günün düsturunu hatırladı: "Prens için alaşağı edilmemenin en iyi yolu nefret toplamaktan kaçınmaktır." Hakikaten ferasetli bir nasihat diye düşündü, günlük stoğundaki son muzu da çıkarırken. Bugün değilse yarın markete gitmesi gerekecekti.

Muzun içindeki harf M'ye benziyordu ki iyiye işaretti çünkü ona hemen "Muz"u hatırlatmıştı. Ama M'nin kötü tarafı H olabilme ihtimaliydi, "Hoyrat", "Hain" ya da "Hapis"te olduğu gibi. Oturmuş bu yumuşak meyveyi incelerken, Harley'in sınıfından tanıdığı sıska bir Hintli kız mesafeli bir gülüşle yaklaştı ve masaya oturmak için izin istedi. Elleri, kolları yüzük ve bileziklerle bezeliydi. "Ne dersti ama" dedi içinden gamlı bir marul yaprağı sarkan kocaman sandviçini çantasından çıkarırken. "Sence de Harley müthiş değil mi?"

"Evet, müthiş" dedi Zarpandit muzunu hızlı hızlı çiğneyerek. "*Müthiş bir zenci amcık!*"

Dehşete dönüşmekte gecikmeyen bir hayretle ona bakakaldı Hintli kız.

"Hayır, lütfen beni yanlış anlama!" diye atıldı Zarpandit berikinin KÇ stratejisinden tümüyle habersiz olduğunu fark edip paniğe kapılarak. "Ben Profesör Harvey'i çok beğeniyorum... gerçekten... onu gerçekten seviyorum... o aşağılayıcı sözleri kasten kullandım. Yermek değil övmek amacıyla. Bence... bence harika!"

Hintli kızın yüzünden belli belirsiz bir gölge geçti; bağışlama olduğunu umdu Zarpandit ya da en azından hoşgörü, ama kız çoktan kalkıp bileziklerini sinirli sinirli şakırdatarak başka bir masaya oturmuştu bile.

Demek ki H idi muzun içinde gördüğü harf. HÜSRAN! HÜSRAN! HÜSRAN!

Feminist bir saksağan olarak başladığı ilk günü şovenist bir domuz olarak bitirmişti.

Oysa domuzlardan oldum olası hoşlanmazdı, çocukken bile.

Sekiz yaşına geldiğinde Zarpandit yukarı doğru ölüme düşme deneyimini tekrar yaşamanın tam zamanı olduğuna karar vermişti. O günü gayet iyi hatırlıyordu çünkü doğum günüydü. Annesi kadın dergilerinden birine baka baka bir pasta yapmış ve adını "Armut-Ağacının-Yanındaki-Domuzcuk-Pastası" koymuştu. Bir domuzun armut ağacının yanında ne halt ettiği sorusuna Zarpandit'in verecek cevabı yoktu doğrusu, ama bu seçimin el altındaki malzemelerden kaynaklandığını tahmin ediyordu. Muhtemelen annesi önce keki kremayla kaplamış, ardından armut ağacını renklendirmiş ve ilk başta armut ağacıyla uyumlu bir kuş yapmayı tasarladığı halde hamur için pembeden başka renk kalmadığını fark ederek plandan sapmıştı. İcat edebileceği yegâne pespembe hayvan da domuzdu.

Zarpandit görür görmez nefret etmişti pastadan; hem pastadan, hem partiden, hem de tüm bu doğum günü tantanasından. Hayatta insanın eğlenmeye mecbur tutulmasından daha bunaltıcı bir şey olmadığı sonucuna varmıştı. O ikindi oturmuş pizza yerken dilimin üzerindeki sosis parçası tanıdık tanıdık göz kırptı ona. Altı yıl önce soluğunu tıkayan parçanın tıpatıp aynısıydı. Zarpandit sosisi ağzında çevirip gırtlağının yakınlarında bir yerde durdurmaya çalıştı. Başarılı olamadı. Bir daha denedi, sonra bir daha. Nafile, yarı yolda bırakmaya çalıştığı bütün sosis parçalarını eninde sonunda yutuyordu. Sonunda yöntemini değiştirip nefesini tutarak boğulmayı denemeye karar verdi.

"Öyle yapmaya devam edersen ölürsün" diye mırıldandı, çillerinin renginde kravat takmış olan küçük bir oğlan. Bir yandan da o ölürse kendi payının ne kadar artacağını kestirmeye çalışırcasına gözlerini Armut-Ağacının-Yanındaki-Domuzcuk-Pastasına dikmişti. Partide on beş civarında çocuk vardı. Biri eksilse geri kalanların pasta payında olsa olsa küçük bir artış olurdu. Oğlan bıkkın bir edayla Zarpandit'in annesini bulmak için içeri koşturdu.

İlk seferki gibi değildi. Daha zordu. Her nedense nefes içeride kapalı kalma fikrinden hoşlanmıyor, ne zaman tutmaya kalkışsa dışarı sızıyordu. Ama kolay kolay vazgeçmeyecekti.

"Sen ne halt ettiğini sanıyorsun?"

Gözlerini açtığında karşısında öfkeden köpürmüş annesini gördü. Annesi onu kollarından tutmuş, meyveye durmuş bir ağaç gibi silkeliyordu. Bari armut ağacı olmasa diye umut etti. Ortalık böyle velveleye verilince konsantrasyonu paramparça oldu. Tutamadığı nefesi geri verip ağlamaya başladı. Neden bu kadar zordu ölmek?

* * *

Her cumartesi sabahı kampusun yegâne kafesi *Aç Zihinler*'de toplanıp sırayla sunumlar yapıyor, bir kitabı, makaleyi, filmi ya da olağandışı kişiliğiyle iz bırakan bir kadının hayatını tartışıyorlardı. Zarpandit sırasını daha fazla savuşturamayacağını anladığında grup üyelerine büyüleyici bir kadının, Lou Andreas Salome'nin büyüleyici hikâyesini anlatacağını duyurarak herkesi mest etti.

Doğrusu niyeti böyleydi yola çıkarken, ama konunun derinliklerine indikçe, Lou'dan ziyade Rilke üzerine bir sunum hazırlamış buldu kendini. Lou bir yarı-Tanrı, Nietzsche ise yarı-böcekti ama işte Rilke her ikisi birdendi, çifte-mutant, yarı-Tanrı-yarı-böcek.

Doğru, tuhaf, dünyada yaşamamak
Artık, yarım yamalak öğrendiğin âdetlere uymamak,
Bir insan geleceğinin anlamını vermemek

Sunuşunun ortasında Zarpandit acımtırak koca bir fincan kahveden bir yudum almış gibi üst üste yutkundu. Tahmin ettiğinden daha zor olacaktı.

Güllere ve vaatlerle dolu başka şeylere;
Olduğun şey olmamak
Daima endişeli ellerde,
Fırlatıp atmak ismini bile kırık bir oyuncak gibi.

Başını kaldırmaya cesaret ettiğinde, kayıtsızlıkla ona bakan onlarca göz buldu karşısında. Hemen eğdi başını.

Artık istememek isteklerini, tuhaf.

Sıkıntılı, som bir sessizlik takip etti sunuşu. Şaşaalı Lou Andreas Salome karakteri üzerine bir sunum dinlemeye hazırlanmışken, onun yerine duygusal bir şiir dinletisine maruz kalan gruptan çıt çıkmıyordu. Zarpandit hatasını anlamış, çoktan pişman olmuştu olmasına da artık yapacak bir şey yoktu. Terlemeye başladı ama vücudu donuyordu.

"Lou'yu ve Rilke'yi gündeme getirmen çok iyi bir katkı oldu, teşekkür ederiz." Debra Ellen Thompson yardımına koşmuştu. "Şimdi, bu noktadan hareketle üzerinde kafa yormamız gereken bir başka meseleye, Nietzsche'nin namlı kadın düşmanlığına geçebiliriz."

Hakikaten de kafa yordular. O sömestr boyunca kadın düşmanlığı ve antitez imkânları, pornografi sorunu ve antitez imkânları, erkek egosu sorunu ve antitez imkânları, bir de ayrıca küçük gruplar halinde alttan alta, uzun uzun ve umutsuzca Zarpandit sorunu ve antitez imkânları üzerine kafa yordular.

Şükran Günü tatilinden hemen sonra Zarpandit bir kere daha, dünya üzerindeki o en eski anısındaki bitmemiş düşüşü yeniden tecrübe etme ve belki de noktalama zamanının geldiği sonucuna vardı. Debra Ellen Thompson ve diğer kızlar bahçede eğlenirken vücudunun aniden eski bir binanın camlarından fırlayacağı ve son nefesini dehşet çığlıkları ile pişmanlık hıçkırıklarının boğacağı, *Omen*-benzeri bir sahne planlamıyordu kuşkusuz. Planı bu değildi. Aslında plan falan yoktu, sadece zaten orada, ruhunun içinde daima mevcut olan, her gittiği yerde ona sadakatle eşlik eden, bazen hafiflese de asla tümüyle yok olmayan, açık bir yara gibi sızlayıp zonklayan ölümün o uçurumsu cazibesi vardı.

Bu sefer elinde bir atlama ipiyle yatakhane odasında yalnızdı.

"Sen orada ne yapıyorsun?"

Temizlikçi kadın ne suratında bir meymenet ne sesinde bir şefkat, elinde paspas, açık ağzında sakız dik dik ona bakıyordu. Böyle yukarıdan bakınca her zamankinden de kısa boylu görünüyordu. Günün bu saatinde öğrenci odalarında bulunmaması gerekirdi, ama Zarpandit de bulunmaması gereken bir yerde olduğundan ona çıkışacak durumda değildi.

"Hiç" dedi sakin bir sesle. Yok yere panikleyen bütün hiper-kaygılılar gibi gerçekten paniklenecek bir durum olduğunda serinkanlılığını koruma yeteneğine sahipti. "Yeni bir poster asmak için uygun bir yer arıyorum."

"Ben bu duvarlarda not kâğıdı yapıştıracak yer bile göremiyorum şekerim, sen iyisi mi aşağı in!"

Temizlikçi kadın her şeye kusur bulan pimpirikli bir tip olsa da haksız sayılmazdı. Zarpandit'in iki kızla paylaştığı odanın duvarları resimler, posterler ve ayın yarısı büyüklüğünde bir ay takvimiyle tıklım tıklım doluydu. Çarnaçar fikrinden cayıp, bir masanın üzerine koyduğu sandalyenin üzerine yığdığı ansiklopedilerin üzerinden indi. Elinde neden poster değil de ip tuttuğunu sorma zahmetine katlanmadı temizlikçi kadın. Zarpandit bir çekmeceyi açıp ipi içine koydu, notlarını çıkardı ve yeni bir sunum yapmak için hazırlanmaya başladı. Bu seferki sunuşu Amerika'daki gay hareketinin tarihi üzerine olacaktı.

Amerika'daki gay hareketinin tarihi uzun, meşakkatli ve teferruatlı olduğundan Zarpandit de bu konudaki sunumunun aynı şekli korumasında bir sakınca görmemişti. Uzun, meşakkatli, teferruatlı elli beş dakikalık bir konuşmanın ardından hâlâ çatallanmış sesiyle konuşuyor, azıcık sersemlemiş olsalar da hâlâ dikkatle dinleyen otuz kızı notlarından taşan ıcığının cıcığı ayrıntılarla bombardımana tutuyordu.

"Gökkuşağı bayrağı lezbiyen ve gay gururunun en popüler simgelerinden biri olmuştur. Bayrağın ilk baştaki sekiz çizgisi çeşitliliği temsil ediyordu. Çingenepembesi cinselliği, kırmızı hayatı, turuncu iyileşmeyi, sarı güneşi, yeşil doğayı, turkuvaz sanatı, çivit mavisi uyumu ve mor ruhu. 1979'da bayrağın toplu imalatına geçilmesine karar verildiğinde üretimin getirdiği kısıtlamalar nedeniyle pembe çıkarıldı, çivit mavisinin yerini de denizci mavisi aldı. Renkler ilk başta elde boyanıyordu tabii. Pembe ticari açıdan tercih edilen bir renk olmadığından çizgiler yediye indirildi. San Francisco'nun gay olduğunu açıklayan ilk yerel siyasetçisi Harvey Milk suikasta kurban gittikten sonra Gurur Geçidi Komitesi çivit mavisi çizgiyi iptal etti. Böylece renkler geçit rotasının iki yanına eşit olarak bölünebilecekti. Yani yolun bir tarafına üç renk, diğer tarafına üç renk düşecek şekilde. Bu şekilde gökkuşağı bayrağı çok geçmeden altı renge indi. Benim şahsi fikrimi sorarsanız, komitenin yedinci çizgiyi neden iptal ettiğini anlayamıyorum. Yani yediyi ikiye bölmenin zor olduğunun farkındayım ama bir çözüm bulunabilirdi, çizgilerin üçü bir tarafta, üçü öbür tarafta, yedinci çizgi olarak da bir kişi ortada yürüyebilirdi. Diğer itirazım: Toplu imalat uğruna neden çivit mavisi feda edildi? Ben o rengi severim, bence uyumu güzel temsil ediyor. Bu ayrıntılarla daha az ilgilenmem gerektiğini biliyorum, ama çivit mavisinin kaybına dertlenmekten kendimi alamıyorum. Hem denizci mavisi uymuyor. Denizci mavisinin uyumla ne alakası var?"

Cevap bir iç çekişler korosu halinde geldi.

Debra Ellen Thompson, kendi ifadesiyle, yerleşik bir lezbiyendi. Gezdikleri memleketteki yerlilerin âdetlerini öğrenmeye heves eden, sonra da mezun olup eve döner dönmez hepsini geride bırakan turistlerden değildi. Geçmişleri son derece şaibeli ama heteroseksüellikleri kesin eşlerle doluydu dünya. Debra Ellen Thompson'a göre lezbiyen olmak esasen bir cinsellik ya da cinsiyet meselesi değil, daha soyut, zihinsel bir şeydi: ZİHİN BERRAKLIĞI. Böyle bir berraklığa kavuşabilmek için bir tercih yapmak gerekiyordu, kim olduğunu ayırt etmekten çok kim olmadığını ayırt etmek. Ama Zarpandit için bunu söylemek yapmaktan kolaydı. Kim olmadığından emin değildi. Heteroseksüellik ile homoseksüellik arasında bir seçim yapmak onun için bir manaya gelmiyordu. Mümkünse tercihte bulunmamayı tercih ederdi. Mümkünse yolun iki tarafından da dışlanan yedinci çizgi olmayı, çivit mavisinin kaderini izlemeyi.

Ne kadınlar ne de erkekler arasından onu seven çıkmamıştı. Ne kadınlar ne de erkekler arasından bir sevdiği çıkmamıştı. Sevememenin bütün türleri esasen birbirine bağlıyken bunları kategorilere ayırmanın ne faydası vardı ki?

* * *

"Zarpandit biraz vaktin var mı?" diye sordu Miriam toplantıdan sonra. Arkasında kaskatı Debra Ellen Thompson durmuş somurtuyordu. Birlikte kendilerini bir endi-keye gark etmişe benziyorlardı, endişe ile öfke karışımı bir şeye. "Senin hakkında uzun uzun düşündük, zira bizim senin hakkında uzun uzun düşünmemize ihtiyacın olduğuna inanıyoruz."

Bir aralar Zarpandit'in değiştirilebileceğini, özgürleştirilip bağımsız bir kadına dönüştürülebileceğini ummuş ve bu inanca sebatla bağlı kalmışlardı, Zarpandit değişecek, onlar da bu radikal dönüşümün mimarları olacaktı. Ancak aylar boyunca hiçbir ilerleme kaydedilmeyince ona olan inançları kaybolmuş gibiydi. Fakat bunu ağızlarından kaçırmadılar. Onun yerine dolambaçlı bir ifadeyle sözü aldı Miriam: "Bu kartvizit geçti elimize, biz de senin ilgini çekebileceğini düşündük."

"Bu kartviziti al" diye araya girdi Debra Ellen Thompson yorgun bir gülümsemeyle. "Profesyonel biri. Git onu gör."

Zarpandit buna karşılık ne sorduğunu, o gün başka neler konuşulduğunu daha sonra hatırlayamayacaktı. Belki hatırlanacak önemde bir şey değildi ya da aksine, derhal unutulacak kadar önemli. Bu bellek muammasının kökeni ne olursa olsun o günkü konuşmanın sisli sözleri silinecek ama kartvizit baki kalacaktı.

Kartın önünde:

Ava O'Connell, Psikiyatr Dr.
Feminist Jungçu psikoterapi
Feminizm ilkelerini terapi pratiğiyle bütünleştirmeyi amaçlayan
tecrübeli terapist
Ücret pazarlığa tabidir

Arkasında:

Özsaygı eksikliği / kendinden nefret / stres / keder / bağımlılık
kaygı / depresyon / iradesizlik / ilişki sorunları / gündelik endişeler /
travma tedavisi / cinsel kimlik kaygıları /
toplum içinde konuşma korkusu / utangaçlık / yeme bozuklukları...
Bunlardan biri ya da birkaçı sizin için geçerliyse
yardım edebiliriz; bize bir şans tanıyın.

Zarpandit kartı çantasına attı ve hayrettir, ne zaman üzerinde düşünmek istese bulmakta hiç zorluk çekmedi. İki hafta sonra hâlâ kartı ne yapacağını bilemez vaziyette bir banka oturmuş çikolatasını yer, sincaplara somurturken en yüksek dallardan ayaklarının dibine bir atkestanesi düştü. Dikenli kabuğu çatlayıp, bir itirafın eşiğinde miskin bir gülüşe zorlanmış bir ağız gibi açıldı. Kestanenin mesajını bir alamet, kafasındaki soruya bir onaylama olarak aldı ve aksi yönde bir işaret alana kadar gidip şu Ava O'Connell'a bir şans tanımaya karar verdi.

Eski hamam eski tas

Ava O'Connell kartvizitinin çağrıştırdığı her şeyden "daha az" görünüyordu, özellikle de şimdi yaptığı gibi çırpı bacaklarını birbirinin üzerine attığında. Daha az yaşlı, daha az otoriter, daha az kudretli, daha az boylu... doğrusu Zarpandit'in beklediğinden daha az profesyonel.

"Başlamadan önce cevap vermeni istediğim birkaç soru var. Rutin icabı, olabildiğince çabuk halledeceğiz bu kısmı. Ama bu bilgiler senin kişisel geçmişini görebilmem için gerekli. Ne dersin? Kulağına nasıl geliyor?"

"Kulağına nasıl geliyor?" Ava O'Connell'ın nakaratıydı. Ama Zarpandit henüz bundan haberdar değildi. Şu anda tek bildiği söylenenlerin şimdilik kulağa iyi geldiğiydi. Bu şevkle bir dizi şahsi soruya hızla cevap verdi; yaşı (19), doğum yeri (Massachusetts), dini/etnik kökeni (yarı Yahudi ama Yahudi olan annesi değil babası olduğundan Zarpandit bütün itibariyle bunun kendisini ne yaptığını bilmiyordu), kullanmış olduğu ilaçlar (içebilmek uğruna boğazı ağrıyormuş gibi yaptığı leziz bir öksürük şurubu ama adını hatırlayamıyordu), çocukluk hastalıkları (boğaz ağrısı), kalp sorunu (yok), aile tarihinde yinelenen genetik hastalıklar (çeşitli kanserler), ailede akıl hastalığı olup olmadığı (paranoyak şizofren ırkçı bir amca vardı, hayatının son on senesinde ne zaman bir bankanın önünden geçecek olsa yolun karşı tarafına geçerdi, yüzlerinde maske, ellerinde silah taşıyan kaslı zenci hırsızlarla karşılaşmaktan müthiş korktuğu için; korkudan ziyade bastırılmış bir fanteziydi bu Zarpandit'e göre ya neyse; sonra bir de lokantalarda su içemeyen kuzeni vardı çünkü günün birinde biri çıkıp da onu zehirlemeye kalksa bu yöntemi izleyeceğine inanıyordu; içten içe her şeyin onu boğduğundan şikâyet edip durduğu için psikosomatik hastalık tedavisi gören bir teyze vardı, ama belki de bu geçerli bir örnek sayılmazdı çünkü uzun yıllar süren yanlış tedaviden sonra kadıncağızın değişik bir tür astımı olduğu ortaya çıkmıştı. Bunlar dışında, tabii, annesinin ruh sağlığı yerinde sayılmazdı, dedesi de kronik Alzheimer'den ölmüştü ama Zarpandit bu son iki malumatı kendine sakladı).

Sorular bittiğinde Ava O'Connell kelimeleri melodik bir biçimde ağzında yuvarlayarak, "Adın da... Debra Ellen Thompson" diye yazdı sayfanın üzerine büyük harflerle. "Evet" dedi yüzünde güller açan Zarpandit, yeni kimliğinin keyfini çıkararak.

O seansın ortalarında pencerenin kenarına bir karga tünedi ve Zarpandit durup bunun iyiye işaret olup olmadığını düşündü. Bu kadar az veriyle bir karara varamıyordu. Ancak bu arada saplantısı Ava O'Connell tarafından fark edilmiş ve hemen bir araştırma kaynağı haline getirilmişti. Dolayısıyla bunu takip eden dakikalarda Zarpandit kendini bir dizi yeni soruyla boğuşurken buldu, derken sorular yerini etrafımıza saçılmış işaretler ve uyarılar üzerine karman çorman bir monoloğa bıraktı. Bu minval üzre devam etmenin pek anlamı olmadığını hissedince bu sefer kuşlar üzerine daha da karman çorman bir monoloğa geçti.

"Galiba kuşları kıskanıyorum, pek çok insan gibi. Ama ben onları farklı bir biçimde kıskanıyorum. Ben onların kanatlarının peşinde değilim. Yani uçmak ilginç olabilir ama bana esas cazip gelen o değil. Kuşları isimleri yüzünden kıskanıyorum. Bizim sadece tek bir adımız var ya da belki iki. Ama kuşların yüzlerce adı var. Tek bir türün içinde bile bir sürü farklı isme rastlamak mümkün."

"Peki Debra, sence bir sürü farklı isme sahip olmak neden bu kadar *iyi*?" diye sordu Ava O'Connell tekrar bacak bacak üzerine atarak.

Zarpandit onun komik bir özelliğini fark etmişti. Bacak bacak üzerine attığında yüzü de çarpılıyordu ya da tam tersi yüzü çarpıldığında bacak bacak üzerine atıyordu. Neyse. Bunu asla öğrenemeyecekti.

Neden bir sürü isme sahip olmak bu kadar iyiydi?

İyi de bir insana neden ömür boyu geçerli olacak şekilde tek bir isim veriliyordu başka bir isim de verilebilecekken, hatta isminin harfleri karıştırılıp aynı isimden yenileri türetilebilecekken? Kendimiz de dahil etrafımızdaki her şeyi yeniden adlandırma şansı ne zaman alınmıştı elimizden?

Doğuştan bana verilen bir isme ilanihaye mıhlanıp yapıştığımı bilmek nasıl sıkmaz ki canımı, hayattaki yegâne tesellim kendim olmamayı başarabilme şansımken? İsimleri sonsuza kadar sabitleyen bir dünyaya saplanmışım, harflerin çığırından çıkmasına izin vermeyen. Ama ne vakit kaşığımı alfabe çorbasına daldırsam ismimi ve onunla birlikte kaderimi yeniden düzenlemek üzere yeni harfler yakalamayı umuyorum. *Daima endişeli ellerde eskiden olduğun şey olmama... adını bile kırık bir oyuncak gibi fırlatıp atma* olasılığının özlemini çekiyorum.

Zarpandit'in uzun zamandır yaptığı en güzel konuşmaydı bu. Ama Ava O'Connell'ın etkilenip etkilenmediğini anlamak zordu. "Biraz annen hakkında konuşmak isterdim" dedi hastasını daldığı düşüncelerden kendi gerçekliğine çekerek. "Bu kulağına nasıl geliyor?"

"Annem..." Zarpandit nefesini hızla bıraktı ve odadaki her nesneyi tek tek gözden geçirerek biraz zaman kazanmaya çalıştı. " ... berbat bir ahçıdır."

İçten içe annesi hakkında başka bir bilgi vermenin onun sırlarını ifşa etmekle bir olacağını ve buna hakkı olmadığını seziyordu. Annesinin berbat bir ahçı olmasına gelince, bunu söylemekten zarar gelmezdi. Çünkü sır değildi.

Sır demişken, herkes mahremiyete onun kadar duyarlı değildi. Hafta sona ermeden Mount Holyoke College'daki bütün kızlar ve sincaplar Zarpandit'in "psikoterapi gördüğünü" öğrenmişe benziyorlardı. Dolaşmakta olan dedikodunun ana hatları bu olmakla birlikte eldeki malzemenin süslenmesi alıcının zevkine göre değişiyordu. Dolayısıyla söylentiler topaçlandıkça Zarpandit çocukken istismara uğramış, babası/ağabeyi/amcası/komşuları tarafından cinsel taciz görmüş, üvey anne(ler) tarafından hırpalanmış, 1-10 arası farklı farklı yaşlarda evlat edinilmiş, 10-20 arası farklı farklı yaşlarda evlat edinildiğini kazara öğrenmiş, adı sürekli değişen ve kişiliğindeki kusurlardan sorumlu falanca hayali uyuşturucuya bağımlı olarak... bir kurban olarak tekrar tekrar doğdu dedikodulardan. Kimse duyduğu dedikodu parçasına güvenmediğinden, herkes hikâyenin bütününü keşfetme arzusuyla yanıp tutuşuyordu.

Henüz deşifre edilmemiş o saklı hakikat her ne ve ne kadar vahim olursa olsun, herkes Zarpandit'in zor bir dönemden geçtiği sonucuna varmıştı. Yine de ona daha iyi davranmaya başlamalarının tek sebebi bu değildi, zira yokluğunda grup üyeleri... gerçi kimse bunu nasıl ifade edeceğini bilemiyordu ama... onu özlemişti!

İnsan toplulukları zıt dinamiklerle işler. Son tahlilde herkes yana yakıla popülerlik peşinde olsa da popüler olmayan, içekapanık birine duyulan genel talep, popüler ve dışadönük birine yönelik genel talebi geçebilir. İçekapanık insanlar oksijen gibidir, etrafta olduklarında belli bir değerleri yoktur ama olmadıklarında acilen ihtiyaç duyulur varlıklarına. Hal böyle olunca, önce gruptan uzaklaştırılıp, nezaketle bir terapiste havale edilen Zarpandit, öğrencilik hayatının bir sonraki safhasında onu dışlayanların artık onu bağırlarına bastıklarına tanık olacaktı. Buna karşılık kendisine gösterilen bu beklenmedik hoşgörüyü gruptakilere yakınlaşmak yerine onlarla arasına mümkün olduğunca mesafe koymak için kullandı. "Hastalığı" hoşgörü ve kabul gördüğü için kendi bildiği yolda devam edebilir, bu sayede bahşedilen özerkliğin tadını çıkarabilirdi. Şimdilik Ava O'Connell'ın hayatına getirdiği temel değişiklik buydu. Terapi seanslarının nasıl gittiği sorulduğunda bu hissiyatını açığa vurmuyordu kuşkusuz. O özel ve daimi soru için Zarpandit'in hazırda özel ve daimi bir cevabı vardı. "İlerleme kaydediyoruz" diyordu düşünceli düşünceli. "Ama biraz zaman alacak."

Yüce gönüllü bir edayla başlarını sallıyorlardı kızlar. Bir şekilde akla yatkın geliyordu bu cevap. "İlerleme" her kapıyı açan altın anahtardı sanki. Yeter ki *ilerleme* kaydedilsin, her şeye, herkese cömertçe itimat edilebilirdi. Ancak "ilerleme kaydetmenin" sinsi tarafı, başkalarının kişiden beklediği şeylerden ziyade insanın kendisinden beklediği şeylerdi. Ne de olsa bu kelimeyi sık sık tekrar ederse sonunda inanmaya başlayabiliyordu insan. Belki de bu itkiyle, rüzgârlı bir günde Aşağı Göl'deki bir çift ördeğe bakmak için durduklarında Zarpandit, Debra Ellen Thompson'ı yüksek sesle eleştirme konusunda ilk dikkate değer teşebbüsünde bulunarak ilerleme kaydetti.

"*Her şeye* karşı çıkıyorsun" dedi pat diye. Aslında bunu ufak bir takılma olarak tasarlamıştı ama cümlenin orta yerinde bocaladı, sonlarına doğru panikledi, "... yani sadece... karşı çıkmış olmak için."

Ama Debra Ellen Thompson hiç de alınmış görünmüyordu, bir anlık sessizlikten sonra durgun bir sesle, "Bu söylediğin hayli önemli" dedi.

"Sahi mi?" dedi Zarpandit nefesini bırakarak.

"Kesinlikle. Özeleştiri her türlü insan topluluğunda inşa etmesi en zor şey olmuştur. Biz grup olarak sürekli kendimizi onaylama halinde yaşamamaya özen göstermeliyiz, bunun yerine özeleştiriyi teşvik etmeliyiz, ne kadar dikenli ve yaralayıcı olsa da. Gruba dair şüphelerin olduğunu biliyorum. Ama senin şüphelerinin, başkalarının kör adanmışlıklarından çok daha büyük katkı sağlayacağını da biliyorum."

Zarpandit duyduklarından ziyade böylesi gevrek nezaket üstü çıtır yumuşaklıktan hayrete düşmüştü.

"Neden bunu bir sonraki toplantıda gündeme getirmiyorsun? Bir sunum daha yap ama bu sefer araştırma yapma hiçbir konuda. Onun yerine bize kendimizi eleştir."

Onları eleştirmek mi? Daha neler. Ama Ava O'Connell'ın kulağına iyi gelecekti kuşkusuz.

Yine de yaptı Zarpandit. Sonraki hafta, sonraki toplantıda grubun önünde *onları* eleştirecekti. Ağzından çıkmak üzere olan her şeyden feci şekilde kuşkulandığından, sözlerini olabildiğince çok "belki" sosuna batırma ihtiyacı duyarak: "Belki de kadınları özgürleştirme fikri dışarıdan dayatılmamalı... Her kadının içindeki bastırılmış kadını dışarı çıkarma projesi bazen zararlı olabilir... en azından bazılarımız için belki. Kendi başına fena fikir değil ama belki fazla üstelersek dışarı çıkan şey o kadının içindeki en iyi şey olmayabilir..."

Belki melki bir tarafa, o sustuğunda mucizevi bir şey oldu. Hepsi ona hak verdiler! Hepsi.

Zarpandit'in bilmediği şey grupta onun sunumundan çok çok önce başlayan, sunumuyla hiç alakası olmayan bir ayrılığın zaten mevcut olmasıydı. Bu safhada onun rolü önemsizdi. Bembeyaz, tiril tiril, yeni yıkanmış bir masa örtüsünün kuruması için asıldığı balkondan kazara düşüp aşağıdan geçen bir bisikletçinin kafasına dolanmak suretiyle bisikletin ve bisikletçinin karşıdan gelen tıka basa dolu bir otobüsün direksiyonu kırarak bodosloma bir evcil hayvan dükkânına dalıp kaza yapmasına sebep olması gibi. Böylece. Masa-örtüsü-Zarpandit'in minicik tetiklemesi ardından grupta uzun süredir üstü örtülen güç çatışmalarını su yüzüne çıkaracak zincirleme bir tepkime başladı. Yere atılmış kocaman, sulu, olgun bir karpuz gibi kolayca iki büyük parçaya ve bir ince dilime ayrıldı grup. O gün birleşik bir grup olarak toplananlar odadan üç yeni öbek halinde çıktılar, her biri kendisini diğerlerinden ayıracak yeni bir isim alarak.

Miriam'ın başını çektiği birinci grubun adı SUS-SUS HEMŞİRELER'di. Doğası gereği "adını anmaya cüret edemeyen aşk"ın öne çıkarılmaması gerektiğini iddia ediyor, lezbiyenlerin geniş heteroseksüel topluma dahil edilmesini savunuyorlardı. Bir bakıma bu açıdan başarılı sayılabilirlerdi, çünkü sürekli lezbiyenlerden bahsedilse de grupta lezbiyen yoktu.

İkinci hizip Emekt adını almıştı, EMBRİYONUN MUHAFAZA EDİLMESİ KAYGISI TAŞIYANLAR'ın kısaltması olarak; bir kadının karakterinin, erkeğinkinin aksine tümüyle doğal ihtiyaçlarla tanımlandığını, embriyonu koruma kaygısı taşıyan kadınların karakterlerine korkunun hâkim olduğunu ve bu yüzden de hayatlarının büyük bölümünde erkeklerin korumasına muhtaç olduklarını iddia etme cüreti gösteren Kant'tan çalınmış bir terimdi bu. Emekt'çiler Kant'a saldırmak yerine, kasıtlı çarpıtma stratejisiyle onun bu önyargılı teşhisini neşeyle benimsiyorlardı. Kaçınılmaz olarak grubun merkezinde Debra Ellen Thompson vardı. Tabii Zarpandit de yörüngede bir yerlerdeydi.

FEMİNİ MUNDİ adını almış olmalarına rağmen en küçükleri olan üçüncü grup, sınıfsal, etnik, dini ve milli sınırları aşan bir kız kardeşlik adına daha geniş alanlarda örgütlenme gerekliliğini seslendiriyordu. Ancak bu her şeyi kapsamacılık grup nüfusunun sebebinden ziyade sonucuydu, çünkü burada Debra Ellen Thompson ile Miriam arasındaki iktidar mücadelesinde taraf olmamak dışında fazla ortak noktası olmayan her telden çalanlar ile öngörülebilir bir gelecekte iki grupla da pazarlık şanslarını kaybetmemek için şimdilik kendilerini kenara çekenler vardı.

Âdet olduğu üzre, bölünme her hizbi kendince radikalleştirdi. Radikalleştirdi ve Zarpandit'e karşı yeniden hınçlandırdı. Zira herkes ona karşı her zamanki soğukluğuna geri dönmüştü, bir nevi ajan provokatör, Büyük Yarılma'nın arkasındaki ayaklı dürtü olarak algılanıyordu.

* * *

"İlk seansta kendinle ilgili çok ilginç bir şey söylemiştin. Nasıldı... *çığırından çıkmış harfler*. Bunu hatırladın mı Debra?"

Terapinin en kötü tarafı buydu. Önce insanı hiç sakınmadan bol bol gevezelik etmeye teşvik ediyorlar, sonra da insanın her söylediğini not edip ilerde yargılamak için kullanıyorlardı.

"Geçen gün Helen Lehman'la öğle yemeği yedim, Northampton yerel gazetesini çıkaran yakın bir arkadaşım. Okur mektuplarına cevap veren kadın aniden işten ayrıldığı için perişan olduğunu anlattı bana. Acilen onun yerine koyacak birine ihtiyacı varmış. Onu dinlerken aklıma geçen gün senin söylediklerin geldi: 'Çığırından çıkmış harfler'. Toplum önünde konuşma zorluğu çeken insanların yazı yazma yetenekleri hayli gelişmiş olabilir, bunu biliyor muydun? Senin bana son beş seans için borcun var, benim Helen'e eskiden kalma bir iyilik borcum var, Helen'in bize hiç borcu yok. Vaziyet bu. Gidip onu bir gör, bak bakalım nasıl bir işmiş. Bu kulağına nasıl geldi Debra?"

Zarpandit derin bir nefes aldı, neredeyse içini çeker gibi.

"Aslında seninle bugün görüşebilirmiş. Öğleden sonra yapacak önemli bir işin var mı?"

Hayır, öğleden sonra yapacak önemli bir işi yoktu, ertesi gün öğleden sonra da. Ama cevabı zaten bildikleri halde bu soruyu sormaya neden zahmet ediyorlardı daima?

Çığırından çıkmış harfler

Öğleden sonra Zarpandit aylak aylak Northampton'da dolaştı, uzun uzun sokak pandomimi seyredenleri seyretti, bir muz yedi ama içindeki harfe bakmadı, HayMarket'ta ailelerle çiftleri izleyerek kakao içti, Ava O'Connell'ın hayatına ne getirdiği üzerine düşündü, pek bir cevap bulamadı ve bir muz daha yedi. Yerel bir gazetenin spor sayfasında, 1947-48 yılında, Sacred Heart, Our Lady of the Rosary ve St. Jerome okulları spor müsabakaları için birleştiğinde ilk amigo kızlar olan Holyoke Katolik Lisesi kızlarıyla ilgili haberi okudu. "Ponpon Kız Öncüleri"nin bir fotoğrafı da vardı; on bir kız; altısı ayakta, beşi çömelmiş. Fotoğrafın altına kızların isimleri yazılmıştı, ayaktakiler, çömelenler, soldan sağa. Bu listenin sonunda Zarpandit'in ilgisini ziyadesiyle çeken bir cümle yer alıyordu. "*Gartheride Keith resimde bulunmamaktadır.*"

Zarpandit resimdeki eksik kızı gözünde canlandırmaya çalıştı. Diğerlerinden farklı mıydı acaba? Neden resimde yoktu? Resminin çekilmesini istememiş miydi yoksa istediği halde başka bir şey mi engel olmuştu ona? Ama belki de hayatın doğası böyleydi, hep de böyle olmuştu. Yokluklar kanunu her bütünde bir oyuk, bir kayıp, bir gedik olmasını gerektiriyordu. Derin derin düşünürken iki muz daha yiyip bir kakao daha içti. O kadar oyalanmasına rağmen kendisine verilen adrese gene de zamanında gitti.

İçeride zevksiz bir büro, dünyadan bezmiş çalışanlar ve

Helen Lehman'ı buldu, her şey tam beklediği gibiydi, tek mesele Helen Lehman'ın onu bekliyora benzememesiydi.

"Tabii, seni bekliyordum" dedi kadın nihayet Ava O'Connell ile aralarında geçen konuşmayı hatırlayarak. Tıpkı Ava gibi kemikli, kısa boyluydu ama onun aksine sertti çehresi. Bakışları deliciydi, sesiyse tersine alabildiğine yumuşak. "İsmini yanlış anladım herhalde, kusura bakma şeker. Çarşambaları iki ayağımız bir pabuca girer. Her çarşamba kim olduğumu unuturum... ama kocamın kim olduğunu asla unutmam!"

Żarpandit kendisinden beklendiğini hissettiği kahkahayı koyverdi.

"Dürüst olmam gerekirse..." Üstdudağının sol tarafında kahverengimsi bir kakao izi olan bu siyah saçlı, tombul kıza şüpheyle baktı Helen.

"Gartheride" dedi Zarpandit sesi biraz titreyerek.

"Dürüst olmam gerekirse Gartheride, bu işi öyle kapıdan giren birine asla vermezdim. Hele o kaltağın bana yaptıklarından sonra. Bir sabah geldim ki Ilena'nın nerede olduğunu kimseler bilmiyor. Uçmuş! Düşünebiliyor musun?" Fazlaca şişirilmiş bir iç çekişi genzinden bırakarak bu durumu ne kadar kınadığını ayan etti. "Ama Ava iyi arkadaşımdır, bunu denememi istiyor, hem bana söz verdi. Bak canım, biz *New York Times* değiliz belki, ama senelerdir bize sırlarını açan okurlarımız var. Bize sırlarını açan... *sen*... ah, ama sen çok gençsin."

Buraya kadar diye düşündü Zarpandit. Şimdi kibarca kapıyı göstereceklerdi. Ama Helen Lehman'ın gösterdiği tarafta bir oda ve onu bekleyen mütevazı bir mektup yığını vardı. Dergilerdeki bütün o okur mektuplarını editörlerin yazdığından şüphe ettiği için gerçek adları olan gerçek insanlardan gelen mektupları görmek onu şaşırtmıştı.

"Kaltaktı maltaktı ama zekiydi şu Ilena. Dehşet. Yani kişiliği beş para etmezdi ama işini iyi yapardı. Onun yerini doldurabilecek misin bilmem."

Zarpandit kendini aşağılanmış hissetmeye çalıştıysa da editörünün cin gibi bakışı, şakrak gülüşü buna mâni oldu.

"Üstüne alınma" dedi Helen ondaki tereddüdü fark ederek. "İyisi mi bir deneyelim. Ama okurlarımızın burada olan biteni bilmesine gerek yok. Okurlar, kendilerine muhafazakâr muamelesi yapılmasını istemeyen muhafazakâr insanlardır. Yazıştıkları kişinin değişmesinden hoşlanmazlar. Ilena altı küsur yıldır mektuplarını cevaplıyordu. İnsanların emin ol *fazlasıyla* ciddiye aldıkları yüzlerce cevap mektubu yazdı. Bu konumdaki birinin ideal insan olması lazım, benzersiz. Şimdi çıkıp da onun aslında götün teki olduğunu söyleyemeyiz millete! Orospu, iki aylık avans alıp o sütü bozuk erkek arkadaşıyla ortadan kayboldu. Hayır şeker, okurlarımızı böyle tatsız ayrıntılara boğmak olmaz. Ilena'nın ismini muhafaza etmeliyiz. Bilmem anlatabildim mi?"

Daha anlamamıştı. Ama hoşlanmaya başladığı kesindi.

"İnsanlardan her ay başka birine mektup yazmalarını beklersek bize sırlarını açmazlar. 'Kusura bakmayın millet, burada ortalık karıştı ağzımıza sıçıldı' demek olur bu. Bize nasıl güvensinler, bir hafta 'Sevgili Ilena', sonraki hafta 'Sevgili...'?"

Zarpandit yardımına koştu: "Gartheride."

"Evet Gartheride! Okurlarımıza, şimdiye değin yazıştıkları kişi editörün parasını alıp kaçtığı için şimdi hayatta hiç tecrübesi olmayan genç bir kızla yazışacaklarını bildirmek zorunda değiliz. Ilena hâlâ buradaymış gibi yapacağız, ama artık yalnız olmayacak. Bir yardımcısı olacak: Gartheride! Anladın mı?"

Anlamıştı. Neredeyse.

"Tabii önce birkaç düzenleme yapmamız gerekebilir. Mesela siz ikiniz aynı mektuplara iyimser-kötümser karşıtlığı gibi iki farklı bakış açısından cevap verebilirsiniz. Ilena orospunun teki olduğundan hayatın karanlık tarafını yansıtsın. Gartheride de aydınlık yanı adına konuşsun. İnsanın koruyucu meleğinin şeytanla tartıştığını duymak gibi. Bırakırız okurlar karar versin! Ay bu fikre bayılacaklar!" Konuştukça kendi fikrinden coşkuya kapılıp yüzünde güller açmaya başladı. "İnan bana şeker, ben okurumu avucumun içi gibi bilirim, kadınları tanırım, ihtiyaçlarını da o terapistler güruhundan daha iyi anlarım, sevgili Ava da bunlara dahil ama sakın sana söylediklerimi ona yetiştirmeye kalkacak kadar densiz çıkma!"

Zarpandit, alabildiğine hayat ve belli ki Kasti Çarpıtma stratejisi uyarınca yapı bozuma uğratılmamış küfür dolu bu sıska, ufak tefek kadına içtenlikle gülümsedi. Birdenbire, böylesine alakasız tipler oldukları halde dost olacaklarını sezmişti.

"Gartheride şeker, neden şuraya oturup da çalışmaya başlamıyorsun... mesela şu... şunun üzerinde" yığının içinden bir okur mektubu seçti, Zarpandit'in omzunu sıvazladı, ardından bir fincan kahve getirip onu bu loş odada tek başına bıraktı.

* * *

Sevgili Ilena,

Üç hafta önce bir adamla tanıştım. Hayatımı değiştirdi. İlk bakışta âşık olduk. Geçen hafta evine taşındım. Nefes kesici, istediğim her şey onda var. Küçük bir sorun dışında. Evde üçüncü birisi daha kalıyor. İguanası. Bu iğrenç, çirkin, yeşil mahluk sandalyelerle halıların üzerinde evin sahibiymiş gibi geziyor. Ne zaman görsem kusacak gibi oluyorum. Üstüne üstlük Stephen (erkek arkadaşım) Edgar Allen Poe'nun (iguana) yemeğe bizimle oturmasını istiyor. Kendi tabağı var, bizimle marul yiyor. Sinirimi kaldırıyor ama hiçbir şey söyleyemiyorum.

Ne yapmalıyım? Kendi evime geri mi dönsem? Ama birlikte

harikayız. Burada kalıp Edgar Allen Poe'yu sevmeye mi çalışsam? Annelerimizin bizi inandırmaya çalıştığı gibi sevgi zamanla öğrenilir mi?

Annie Lee

Zarpandit bir dakika kadar ifadesiz bir yüzle bakakaldı mektuba. Ama sonra, neden bu başka gezegenden gelen Annie Lee'yle iletişime geçmeyeyim diye düşündü. Daha iyi konsantre olmak için etrafa ışıklar saçan bir gülen güneş resmi çizdi sayfaya, Mount Holyoke'taki kızların kapılarına bantladıkları aforizmaları hatırlamaya çalıştı ve başladı yazmaya:

Sevgili Annie,

Hakiki sevgi, Tanrı'nın kullarına bahşettiği eşsiz bir hediyedir. Bu hediyenin sana verildiğine inandığında hem ona hem de kendine karşı tümüyle dürüst olmalısın. Stephen gerçekten dediğin kadar harikaysa hislerini anlamaya çalışmalı. Onunla konuş. Onu ne kadar sevdiğini, onunla birlikte yaşamayı ne kadar sevdiğini söyle, ama Edgar Allen Poe'yla yaşamanın senin için zor olduğunu da ekle ve ondan bir çözüm yolu göstermesini iste. Açık ol. Sevginin perdelere ihtiyacı yoktur. Sakın unutma, sen ona daima içten davranırsan, o da sana daima içten davranacaktır. Eminim, ikiniz birlikte en iyi çözümü bulacaksınız.

Sağlıcakla kal,
Gartheride

Bunu bitirdikten sonra bir sonraki aşamaya odaklanmasına yardım etsin diye karanlık bir ay çizdi Zarpandit ve burada olsa Ilena'nın ne yazacağını tahmin etmeye çalıştı. Düşüncelere daldıkça Ilena'nın yüzü kafasında tanıdık kadın yüzleriyle karıştı; bir tutam Profesör Harley, bir tutam Miriam, bir tutam annesi ve kaşık kaşık Debra Ellen Thompson.

Annie tatlım,

Son zamanlarda siz genç Amerikalı kadınları anlamakta cidden zorluk çekiyorum. Sadece üç haftadır tanıdığın bir adamın evine nasıl taşınırsın? Neyse madem olan olmuş şimdi neler yapabileceğine bakalım.

Elbette göz önünde bulundurman gereken seçeneklerden biri Stephen'la konuşmak. Ama sana baştan söyleyeyim, işe yaramaz. Alınacaktır. Belli etmemeye de çalışsa ruhunun derinliklerinde daima bir kırgınlık kalacaktır. O kötü tohum, tatlım, orada büyüdükçe büyür, sonra günün birinde bakarsın tümüyle alakasız bir şeyi tartışırken aslında çoktan unutulduğunu düşündüğün iguana vakası yüzünden kavga ediyorsunuz.

Benim tavsiyem şu: Bu sırrı sakla ve iguanayla yaşamak senin için sorun değilmiş gibi davran. Yalnız abartmamaya çalış. Stephen yakınlardayken hayvana öpücükler filan vereyim deme. Onu kandırmaya çalışma. Sadece serinkanlı ol ve umurunda değilmiş gibi davran. Biraz zaman geçsin, sabırlı ol. Şartlar olgunlaşıp günü geldiğinde önünde iki seçenek var:

a. Kapıyı açık bırak, Edgar Allen Poe kaçıp gitsin. Stephen üzülüp seni dikkatsizlikle suçlasa da işe yarayabilir.

b. Edgar Allen Poe'nun yemeğine uyku hapı, barbiturat filan at. Bu hareketlerini yavaşlatır. Yeterince sersemlediğinde yaratığı Stephen'ın oturacağı bir minderin altına koy ve kendi iguanasını kendi elleriyle imha etmesini sağla. Bütün suç onun üzerine kalır, senin rolün de teselli edip rahatlatmak olur. Ona başka bir iguana alacağına söz ver. Muhtemelen sana aynı şey olmayacağını, Poe'nun çok özel olduğunu, telafi edilebilir bir meta olmadığını söyleyecektir. Daha iyi.

Ama yine de işi burada bırakmamanı tavsiye ederim, iyi geçinebileceğin bir hayvan al, mesela kedi. Evde yine üç kişi olursunuz, ama bu sefer üçüncüyü sen belirlemiş olursun. Koca kızsın. Aklını kullan.

Bol şans,

Ilena

Hamiş: İguanaya muhterem Edgar Allen Poe'nun adını vermek de neyin nesi? Sen bu adamın doğru adam olduğuna emin misin?

* * *

Sonraki günler, haftalar ve aylarda feminist saksağan Zarpandit, şovenist domuz Zarpandit, saf masa örtüsü Zarpandit, terapiye giden Debra, atik tetik mektupçu Gartheride ve kamuflaj altındaki diğer bir sürü alakasız ismi, sürekli çarpışan düşman benliklerinin hepsi düşe kalka, mucize eseri, hayret verici bir biçimde kendilerine sıcak ve güvenli bir yuva buldular birer isimden başka bir şey olmayan insanların özel mektuplarına cevap veren bir isimden ibaret olan bu yardımcı kadın rolünde. Böyle kaçak güreşmek ona çok iyi gelecekti. Gerçek ile hayalin sükûnetle birbirine karışmasını seyretmenin verdiği rahatlık, sürekli değişen isimlerle çevrili olmanın verdiği rahatlık, daima birbiriyle zıtlaşan iki farklı sesle aynı anda konuşmanın verdiği rahatlık, *ismini kırık bir oyuncak gibi atmanın, daima endişeli ellerde eskiden olduğun şey olmamanın* verdiği rahatlık... Dolambaçlı kaygı dünyasıyla başa çıkmasına yardımcı olan işte bu kargaşaydı. İki kutup arasında serbestçe salınma fırsatını ele geçirmek çift kutuplu sarkacını durultmuştu. Ne de olsa bazen tedavi özde hastalıkla aynı olabilir, tıpkı panzehirin, zehrin ruhkardeşi olması gibi.

İkinci dönemin sonlarına doğru Aşağı Göl yakınlarında tek başına bir bankta oturmuş bir aralar buz tutmuş olan suların akışını seyrederken, dünyaya çifte hayali, hayal çifti Ilena ve Gartheride, Gartheride ve Ilena'nın gözüyle bakarken, elinin altındaki harfleri Cennet Kâsesi'ne boca etti ve harfler yeniden çığırından çıkana kadar çorbayı karıştırdı. Metaforik zeval kaşığı daireler çizerken, bundan böyle giysisinin bir yerine, belki de dalgalı saçlarına gerçek bir kaşık iliştirme fikri geçti aklından. O kaşık ona kendisine yamanan her ismin silinebileceğini, yerine başka bir ismin harflerinin konabileceğini hatırlatacaktı daima.

Düşüncelerinin girdabı nihayet durulduğunda, kendisine ne getirdiğini görmek için kaşığı dışarı çıkardı. Üzerinde yeni bir harf birleşimi vardı: GAIL. Kulağına hoş geldi ve bunu yeni adı olarak muhafaza etmeye karar verdi.

Ömer Özsipahioğlu yedi yıl sonra işte bu adla evlenecekti.

Leylek

Yeni kıtada yeni olmak

Ömer Özsipahioğlu Amerika'ya ilk olarak 2002 haziranının ortasında ayak bastı. Kendisinden önce yeni kıtaya ayak basmış sayısız yeni gelen gibi hem yabancı bir ülkede yabancı olduğunu hem de aslında geldiği yerin *o kadar da yabancı olmadığını* hissetti. Amerika geleneksel yabancı ile yabancı memleket ilişkisini tersyüz ediyordu belki de. Dünyanın başka yerlerinde yeni olmak insanın neyini nasılını bilmediği yeni bir yere gelmiş olması demektir, ama zaman içinde bilinmeyenlerin hepsini olmasa da çoğunu öğrenme umudu vardır. Halbuki Amerika'ya ilk gelindiğinde insan o kadar da yeni olmayan bir yere geldiği duygusunu korur çünkü bu ülkeye dair her şeyi olmasa da çoğu şeyi bildiğini hisseder ve zaman içinde ilk başta bildiklerini unutmaya çalışırken bulur kendini. Muhtemelen Ömer Özsipahioğlu da burada yaşamaya başlamadan önce ülkenin bir vesikalığını ve vakayinamesini bu minval üzre pırıl pırıl zihnine oturtmuştu, tek eksiği boşlukları doldurmak, karanlık noktaları aydınlatmak, ayrıntıları yakalamaktı. İkinci ay bitmeden geriye sadece o boşluklar, karanlıklar ve ayrıntılar kaldı, metnin geneli bir ara bir yerlerde uçup gitmişti.

Önceleri Amerika'yı genişliğine-ve-çeşitliliğine-rağmen-özünde-basit bir ülke olarak düşünürdü; türlü türlü şişelerde olsa da her birinde az çok aynı temel madde bulunan sulandırılmış bir çözelti gibi. İçinde yaşamaya başladıktan sonra ise Amerika basitliğine-rağmen-engin-çeşitlilikte bir ülkeye dönüşmüştü, nasıl sulandırdığına bağlı olarak binlerce içki elde edebileceğin yoğun bir toz gibi. Ardından bunu üçüncü bir aşama takip edecekti; ilk günlerin acemiliği ve merakı akıp gidecek, yerini çözülmeyi talep etmeyen bir yabancılık bilmecesi alacaktı. Bu safhayla beraber nihayet uyum sağlamış olacaktı ama olaylara ve ayrıntılara karşı eskisi kadar dikkatli kalamadan. "Kültürel intibaka kendi kişisel intibakının" izlediği seyir böyleydi.

Çeşitli etkenler bu süreci kolaylaştırmış olmalıydı, özellikle S-etkenleri. Ne de olsa ateşli bir *Seinfeld* tutkunu, sadık bir *Sandman* okuru, *The Simpsons* ve aynı raddede olmasa da *Saturday Night Live* müptelasıydı; *Sundance Film Festivali*'nin öneminin gayet farkında, *Southpark*'a meraklı, ayrıca punk kraliçesi *Patti Smith*'in sadık bir hayranıydı. *Art Spiegelman*'ın Maus'una, *Tupac Shakur* efsanesine, *Steppenwolf*'un "Born to be Wild"ına hürmeti sonsuz, özellikle de Easy Rider'ın ilk sahnesindeki Peter Fonda'ya ve Stanley Kubrick'in yaptığı her şeye hayrandı, gerçi seçkin yönetmenin *Spartacus*'ü neden pek sahiplenmediğini de anlardı, S'ye rağmen. Ama oradan doğan S kaybını daima *Susan Sarandon*'a olan düşkünlüğüyle telafi edebilirdi. Amansız kahvekolikliği sayesinde *Starbucks*'ın müdavimi olmaya adaydı. Mesafeyi korumakla birlikte *Steven Spielberg* ve *Stephen King*'i gözden kaçırmamış, *seks skandalı ve seri cinayet* haberleriyle de ilgilenmişti. *Star Wars*'ın her bir bölümüyle ilgili ayrıntılı analizler yapmaktan hoşlandığı halde tam manasıyla taptığı ve onu *Salem*'i merak etmeye sevk eden *Guguk Kuşu* filmi hakkında konuşmamayı tercih ederdi genellikle. Velhasıl Ömer Özsipahioğlu içten içe, yeni kıtada yolunu tıkayabilecek, Hemşire Ratched-vari otoriter bir şahısla mücadele etmeye hazırdı. Liste bu şekilde uzayıp gittiğinden S-etkenleri konusunda görece donanımlı görünüyordu. Çoğu Amerikalının zannettiğinin aksine bu yabancı, onların kültürüne kendisininkinden daha aşinaydı.

S pek bereketli bir harf kuşkusuz ama alfabede daha ona benzemez neler var. Çok geçmeden ne kadar az şey bildiğini ve daha ustalaşması gereken bir sürü harf olduğunu anlayacaktı. Ayak uydurulması gereken çok fazla şey, incelenip öğrenilecek epeyce günlük alışkanlık vardı. Ama sonuçta ona öğrenmek değil de, ayak uydurmak battı. Ömer Özsipahioğlu, ruhunun en alt kademelerine kadar her katmanında yılgın ve huzursuz, kendisiyle alay edilmesinden korkan bir adamdı ve "zaman" denen o alacakaranlık hologramın muazzam hızı yüzünden ağır çekime indirgenmişti. Sahi, *zaman neydi?* Aziz Augustinus'un öne sürdüğü fikri takdir etse de azizin kendisine hiç sorulmayan sorunun gerçek cevabını bildiğinden emin değildi. Ömer zaten bilmiyordu. Yine de sinirine dokunan ne bu tanım, ne de hatta zamanın kendisiydi. Mesele, zamanın daima yaptığı şeydi: Akmak... akmak... akmak... Onu geren tam da bu akış kısmıydı işte, hem öyle lirik bir süzülme gibi değil son sürat, dörtnala akış. Ömer'in hafif miyop puslu kısık bakışında zaman daima sorunlaştırılıyor, bölümleniyor, çözümleniyor, damgalanıyor ve ölçülüyor, asla anlamlı bir bütün oluşturacak şekilde birbirine eklenmiyor, zinhar bir yere ulaşmıyordu. Zamandan dışarı adım atmanın yolu yoktu. Ölü bebekler doğuran ve ölenlerin yasını bile tutmadan hemen yenilerine hamile kalan, o her şeyi kapsayıcı, yutucu rahimdi zaman. İnsanı daha uzun sürmesi için azar azar boğuyor, azıcık soluklanmaya yetecek havayı vermeyi ihmal etmiyordu.

Ömer küçükken, ağabeyi de çocukken, geçirdiği erken kalp krizinin ardından babalarına kendine bir meşgale bulması tavsiye edilmiş, o da çareyi oğullarıyla kendisini her pazar şafak sökerken denize çıkaracak somurtuk bir balıkçı tutmakta bulmuştu. Sessizce Boğaz'ın karanlık sularına bakıp saatlerce titreyerek oturdukları o günlerden birinde Ömer akıntıda sürüklenerek gelip ağa takılan şişmiş bir kedi ölüsü görmüştü. Ölü kediyi yakaladıktan sonra ağabeyi kusmuş, Ömer balık yiyemez olmuş, babaları da belki o esnada belki akabinde balıkçılık sevdasını terk etmişti. Bildiği kadarıyla somurtuk balıkçıya hiçbir şey olmamıştı. Şimdi o olayı tekrar düşündüğünde zamanı, ölü ve canlı bedenlerin içinde birlikte yüzdüğü o azgın akıntıya benzetiyordu.

Zaten zamanın kendisi tahammül edilmez olduğundan Ömer Özsipahioğlu onu zamanla ölçmeyi iyice tahammül edilmez bulurdu. Dolayısıyla saat takmaz, erken kalkmak için çalar saate ihtiyaç duymaz ve neticede erken kalkamazdı. Meziyetleri arasında dakiklik yoktu. Toplantılar, dersler, programlar, ödevler... hepsine geç kalırdı. Kamuya açık yerlerdeki saatlerin yanından geçerken tedirgin tedirgin bakar, neden böyle her yere serpiştirilmiş olduklarını, nasıl olup da kale alınmayı hiç kale almayan bir şeyi daima kale alma zorunluluğundan kimsenin rahatsız olmadığını anlayamazdı.

İstanbul'da böyle yaşamıştı, Boston'a gelince de eski huyunu elden bırakmadı. Ama bu âdeti aynı kalmış olsa da uygulama azıcık değişmişti. Türkçede zamanı öğrenmek için insanlara "saat" sorulurdu. Halbuki İngilizcede zamanı öğrenmek için insanlara "zaman" soruluyordu. İngilizcede insanın zamana sahip olduğu ya da olabileceği hissi vardı, halbuki Türkçede zamanı ölçme aracına sahiptin ama zamanın kendisine asla. Bu kültürel-dilsel farkı tespit eden Ömer tespitini neye yoracağını bilememişti. Tek bildiği, kendilerini en çok kaçınmak istedikleri şeye batmış vaziyette bulan pek çok kişi gibi kendisinin de zihninin bir köşesinde zamanın hızını ölçmekten kendini alamadığıydı. Geleneksel zaman ölçme sisteminden hazzetmediği, ama bu fikri tümüyle de bir kenara bırakamadığı için mümkün oldukça kullandığı alternatif bir ölçüm geliştirmişti. Fikir basitti: Dengeyi tesis etmek için en sevmediği şeyi ölçmekte en sevdiği şeyi kullanıyordu: müziği! Saatler, dakikalar ve saniyeler yerine albümler, şarkılar ve ritimleri kullanıyordu. Birbirini takip eden iki şey arasındaki devrenin uzunluğu tekrar tekrar çalınan belli bir şarkının uzunluğuna eşitti. Temelde, zamanın aksine müziğin ileri geri alınabileceğini, durdurulup tekrar çalınabileceğini bilmek güzeldi. Müzik şişmiş bir ceset değildi. Sahte bir ilerleme mefhumuna doğru ilerleyen tek yönlü zaman akıntısına mıhlamazdı kendini. Şarkıların döngüsel hareketi, çizgisel zamanın dönüşsüzlüğünün yükünü azaltırdı.

Yani İstanbul'dan New York'a uçuşu 11 saat 15 dakika değil, düzinelerce albüm ve tekrarlanan yüzlerce şarkı sürmüştü. Uçak on dakikalık gecikmeyle 10.45'te kalkmıştı. Uçuş ve saat bilgileri veren devasa ekranlara bakarken Ömer bunu ister istemez görmüştü. 10.46'da ön sıradaki çocuk ağlamaya başlamış ve Ömer kulaklıklarını takıp çay servisine kadar Roger McGuinn'in *It's All Right Ma* (*Bir Şey Yok Anne*) şarkısını on iki kere dinlemişti. Balkanlar'ın 30 000 fit yukarısında bir yerlerden geçerken hayatlarında fazla bir şey değişmemişti; o hâlâ aynı şarkıyı dinler, çocuk da aynı viyaklamayla ağlar vaziyetteydi. İlk fazladan kahve talebi ile ikincisi arasında 4 dakika 10 saniye geçmiş olmalıydı, çünkü Stone Roses'ın *Made of Stone*'u (*Taştan Mamul*) tam tamına o kadar sürüyordu. Hostes bütün kahvedanlığı ona verme esprisini yaptıktan sonra kızgınlığını yatıştırmak için geçen süre iki kere Barry Adamson'ın *Save Me from My Hand*'i (*Beni Benden Koru*) kadardı.

Sakinleştikten sonra düşüncelere daldı. Ama kıtalararası uçuşta düşüncelere dalmak sıradan bir hadise değildir. Ontolojik bir tetiklemedir. Ömer çok geçmeden kendini bir sürü varoluşsal soru içinde debelenirken buldu; ne yapıyordu (uçakta değil hayatta), nereye gidiyordu (gene aynı bağlamda), neden memleketinden ayrılıyordu, Amerika'da siyaset bilim doktorası yapmak neyi değiştirecekti, bu uçakta olmasının gerçek sebebi bu muydu yoksa kendinden mi kaçıyordu, falan feşmekân. Atlantik Okyanusu'nun üzerinde bir yerlerde, dibe-gömen-soruların yerini yukarı-çeken-kararlar alacaktı. Ana hatlarıyla artık kendisi olmamaya karar vermişti. Teferruata inildiğinde, daha tahammüllü olmaya –ki bu daha az gergin, daha çok dingin olması anlamına geliyordu– işi üzerinde yoğunlaşmaya, hedeflerini gerçekleştirmek için mücadele etmeye, hedefi yoksa da fazla zaman kaybetmeden eli yüzü düzgün bir tane bulmaya, geçmişiyle bir nevi iç barış ilan etmeye, annesiyle babasını değiştirmeye çalışmaktan ve değişmediklerinde hüsrana uğramaktan vazgeçmeye, aşkımsıyı aşkla karıştırmayı bırakmaya, aşkı bulana kadar yeni ilişkilere atlamaktan imtina etmeye, başkalarına karşı daha az şüpheci, kendinden daha emin olmaya... kısacası olabildiğince hızlı olgunlaşmaya karar verdi.

Bu kararlardan sonra içinde peydahlanan duygu öyle huzurlu ve yatıştırıcıydı ki dönüşümün şimdiden başladığını, şimdiden daha olgun bir insan olduğunu hissetti. Üç bin milin geri kalanını bu inançla uçabilirdi, tabii ön sıradaki çocuk kahverengi, ikiyüzlü gözlerinde hiçbir gözyaşı izi olmadığı halde hâlâ avazı çıktığı kadar ağlayarak arkasına dönüp, Pixies'in *Where's My Mind*'ını (*Aklım Nerde*) altıncı kez dinlemekte olan Ömer'in kulaklıklarını çekip almasaydı. Ömer kulaklıkları fazlasıyla haşin bir hareketle geri almış, ama çocuğun kişisel tarihini göz önünde bulundurarak bunu takip eden viyaklamadan kendini sorumlu tutmamıştı. Yine de birkaç dakika sonra, geri dönüp ilk olgunluk sınavında aldığı kötü nota bakınca kendini kötü hissedecekti. O andan sonra çocuk ve feci sıkılmış annesinden gözünü ayırmasa da tıpkı çizgisel zaman gibi onlar da daha iyi bir adam olması için ona ikinci bir fırsat vermeyeceklerdi. Kemerleri bağlama ışığı yandı ve Amerika'ya bu ruh hali içinde indi.

JFK Havaalanı'nda da notunu artıramadı zira yepyeni kişiliği İstanbul'u arar aramaz kendini halefinin bıraktığı karmaşanın ortasında buldu.

"Benim!.." deyip sustu, sanki o tek kelime söylemek istediği her şeyi özetliyordu ve telefonu hemen kapatsa da olurdu. Ama Defne hiçbir şeyi fark edemeyecek kadar heyecanlanmıştı.

İronikti bir bakıma. İki yıldır çıkıyorlardı, ama son altı ayda alttan alta, ağır aksak ama istikrarla birbirlerinden kopmaya başlamışlardı. Önce miydi sonra mıydı tam bilemiyordu, ama Ömer'in Boston Üniversitesi'ne kabul edildiğini öğrendiği günlerde Defne'nin aşkı aniden epistemolojik bir kırılmaya uğramış, sonra bu kırılmadan iyice yoğunlaşıp derinleşerek çıkmış ve veda anı geldiğinde üzüntüsünü ikiye katlamıştı. "Neden daha önce gitmedin?" diye sormuştu tekrar tekrar. Bu "önce" için belirli bir tarih vermediği halde ikisi de bunun karşılıklı sadakatsizlikleri, artık alışkanlık halini alan ayrılmaları arasındaki nice dönemeçten herhangi biri olabileceğini ya da Defne'nin başka birinden hamile olduğunu itiraf ettiği, Ömer'in bebeğin babasını öğrenmek için ona haftalarca eziyet ettiği, onun Ömer'e sessizliğiyle eziyet ettiği, Ömer'in ona biraz daha eziyet ettiği, nihayet Defne'nin bebeğin babasının ondan başka kimse olmadığını, onca zamandır onu kıskandırmak için yalan söylediğini itiraf ettiği, Ömer'in ona hiç mi hiç inanmadığı, Defne'nin kendisine inanmadığı için onu asla affetmediği kürtaj sonrası döneminde olabileceğini biliyordu. O kavşakların herhangi birinde ayrılabilirlerdi ama şimdi değil, besbelli ki Defne şimdi ayrılmamaları gerektiğini düşünüyordu.

Yaz sonu gideceği kesinleştikten sonra kalan zamanı sanki o gitmeyecekmiş gibi davranarak birlikte geçirmişler, böylece Ömer'in doktorasını yapıp geri döneceği şüpheli bir geleceğe dair planlar yapma ıstırabından kaçınmışlardı. Tıpkı güneşte kurumaya bırakılmış biberler ya da bir çocuğun sallanan dişi gibi, bu ilişkiyi uzun zamandır beklenen sonuna erdirme vazifesini Ömer'in ezeli düşmanına bırakmışlardı: zamana!

"Biliyorum özlememeliyim ama özledim seni" dedi Defne.

Ömer bu vakayı hemen yeni kişiliğine havale etti, o da huzursuz, dalgın bir suskunluktan sonra nihayet mırıldandı: "Orada saat kaç?"

İstanbul'da öğlendi.

"Ben de seni özledim" diye ekledi sonra, sanki orada öğlen olduğunu öğrenmek bu ifşaatta bulunmasını kolaylaştırmıştı.

Sonra evi aradı. Ağabeyiyle konuştu. Annesinin o anda evde olup olmadığını sormadı, zira evde olsa telefonu başka kimselere açtırmazdı.

Telefon konuşmalarından sonra New York-Boston uçuşu için yolcuların çağrılmasına on iki dakika kalmıştı. Kulaklıklarını takıp David Bowie'nin *I'm Afraid of Americans* (*Amerikalılardan Korkarım*) şarkısını arka arkaya beş kere dinledi. Ama uçağa biner binmez hemen fark edeceği üzre korkması gereken daha acil şeyler vardı. Kâbus çocuk ve annesi de aynı uçağın yolcularıydı ve bu sefer daha da yakında, yanında oturuyorlardı. Ama çocuk hayret verici ölçüde sakin ve uslu görünüyordu, insana kimyevi maddelerden başka hiçbir şeyi hatırlatmayan pespembe, devasa bir lolipopu yalarken. Başını ne zaman lolipoptan kaldırsa onun tekrar ağlamaya başlamasını bekledi Ömer, ama çocuk bir kez bile ağlamadı. Ömer Özsipahioğlu bu durumu daha da sinir bozucu bularak hayattaki beklenmedik sükûnetlerle başa çıkmanın, beklenen rahatsızlıklarla başa çıkmaktan daha zor olduğu sonucuna varacaktı.

Boston'da onu bir arkadaşının arkadaşı karşılayıp, MIT yatakhanesinde Ömer'in birkaç günlüğüne kalabileceği boş bir yeri olan başka bir arkadaşına götürdü. Oraya giderken tasarruf etmek için önce metroya bindi, sonra inip taksi tuttu. Ömer'in bu uzun yolculuğu tekerleksiz bavullarla yapmasının ne kadar enayice olduğu metroya indiğinde iyice ortaya çıktı. Akşam yolcularının acıyan bakışları altında tıkış tıkış koridorlarda üç devasa bavulu sürüklemek için debelenirlerken, Ömer bu yeni şehirdeki destursuz ilk faaliyetinin şehrin kirini süpürmek olmasını ironik buldu.

Nihayet MIT yatakhanesine geldiklerinde bavulların üçünün de sağı solu patlamış, birinin tabanı fena halde açılmıştı. Ferah binaya girerlerken Ömer, bir yandan kapıya, ondan yana bakarken, bir yandan da cep telefonuna mükemmel beyazlıkta dişleriyle büyüleyici bir gülüş çakan hayli hoş bir esmer kız gördü. Gerçi gülüş besbelli telefonun öteki ucundaki, onu göremeyecek olan kişiye yönelikti ama Ömer yine de üstüne alıp bu gülüşe karşılık verdi. O zaman bir saniyeliğine de olsa konuşmasından kopan esmer kızın badem gözleri şaşkınlıkla parladı; deminden beri baktığı ama görmediği, ıstırapla iki devasa bavulu içeri sokmaya çalışmaktayken aynı anda ona gülümseyen bu uzun ince, yakışıklı genç adamı şöyle bir süzdü. Tanık olduğu gayret karşısında bu delikanlıya mukabele etmeyi bir borç bilmiş olmalı ki, bir kez daha büyüleyici bir gülüş sundu, ama bu sefer doğrudan ona.

Arkadaşın arkadaşının arkadaşı kendisine-pek-düşkün, sıska bir müstakbel-genetik-mühendisiydi ve Ömer'i Türk arkadaşları ya da Türk dostlarından oluşan ağa dahil etmek için can atıyordu. Bu sarsak dayanışma ağında (memlekete nasıl daha ucuza telefon edileceği ya da kahvaltı için nereden kaliteli siyah zeytin bulunabileceği türünden gündelik ayrıntılardan akademik ilgi alanlarını ve kişisel dedikoduları paylaşmaya kadar) geniş bir malumat yelpazesi dolaşıyor, arada bir şurada burada zincirleme tepkime halinde küçük infilaklara neden oluyordu. Bir kere bu ağa dahil oldun mu bir yabancı olarak karşılaşabileceğin her türlü sorunda yardımcı olup kıymetli nasihat verecek bir arkadaşın arkadaşının arkadaşı bulabiliyordun, karşılığında senin de günün birinde onlara yardım etmen bekleniyordu.

Bunu yapan sadece Türkler değildi. Başka ülkelerden gelen bütün öğrenciler benzer ağlara dolanmıştı, bunların kimi birbirleriyle örtüşüyor, kesişiyor ya da sadece işbirliği yapıyor, böylece daha da sarsak başka dayanışma ağları oluşturuyorlardı. Yine de memleketin uzaklığı artıp burada karşılaşılan sorunlar zorlaştıkça bu ağlar mantar gibi bitiyor, kökleşiyor ama fazla dal budak salmıyorlardı. Göçmen kuşlar, kuş âleminin en tuhaf grubunu teşkil ediyordu. Önce uzak memleketlere göç etmek için sürülerinden ayrılıyor, oraya vardıklarında da toplanıp sürüler oluşturuyorlardı.

Birkaç günlüğüne kalabileceği bir yer bulmak uğruna Ömer ellerini bu ağa değdirmiş bulunuyordu. Ama sağlamayı vaat ettiği emniyet hissi karşılığında onu içine çekmeye, yutmaya yeltenen ılık, nemli organizmayı hisseder etmez hemen geri kaçtı. Sonu ne olursa olsun, yabancı bir memlekette yalnızlık tehdidine rağmen, hem kendi sürüsünün hem de başka sürülerin dışında kalmayı tercih ederdi. Ancak bu müstakbel-genetik-mühendisi arkadaşa kolay kolay açıklanabilecek bir karar olmadığından Ömer'in tatsızlıktan kurtulmak için düşünebildiği tek çare sere serpe bir uçuş yorgunluğu uykusuna sığınmaktı. Böylece Amerika'daki ilk iki gününü temelde uyuyarak –rüyasında Amerika'da olduğunu görerek– geçirdi.

Üçüncü gün şiş gözlerini açtı ve hemencecik kapamaya çalışsa da çok geçmeden artık daha fazla uyuyamayacağı acı gerçeğini kabullenmek zorunda kaldı. Çuvala dönmüş vücudunu yataktan dışarı sürükledi, kulaklığını taktı ve doktorasının dört yılı boyunca ona kucak açacak şehrin neye benzediğini görmek için yürüyüşe çıktı. Patti Smith'in *Paths That Cross*'unu (*Kesişen Yollar*) dinleyerek, Harvard Meydanı'ndaki bir kafede dalgın dalgın koca bir kupa kahveyi yudumlarken yan sokaklardan, cafcaflı dükkânlardan, metrodan, her yerden meydana boşalan insan kalabalığını seyretti. Orada öylece durmuş bakınırken aniden tuhaf bir ferahlık, hani neredeyse aydınlanma hissine kapıldı. Sersemletici çeşitlilikte yüzlerce binlerce yüzle çevrelenmişti, ama bunlardan bir teki bile tanıdık görünmüyordu. Bu insanların hiçbirinin onun kim olduğuna dair en ufak bir fikri yoktu. Tek birinin bile. Teker teker hepsi için Hiç kimseydi, saf ve mükemmel –tümüyle isimsiz, geçmişsiz ve dolayısıyla kusursuz. Hiç kimse olduğu için Herhangi biri olabilirdi. İsimsizlik cilası altında neredeyse görünmezleşecek kadar şeffaf bir maddeden oluşan bu aidiyetsiz boşluk ne harikaydı; hemen herkesin kişisel tarihinin en küçük ayrıntılarına kadar tanındığı bu boğucu tanışıklıklar dünyasında o tam ve som bir yabancı olmuştu. Kahvesini bitirip kapıya yöneldi; uzun, ince bacaklarına, leylekvari yürüyüşüne bir nebze kibir eklenerek, tam tutulma olmanın, dışarıda kalmışlığın, burada herkesin önünde olmanın ama kimse tarafından görülmemenin keyfini çıkararak ilerledi. Bu özgürlük...

"Ömer! Abi n'aber ya, n'arıyosun burda?"

Hayal âleminin şiirsel ışıltısından hoyratça dışarı savrulan Ömer, sesin geldiği tarafa baktı kös kös. İlhamdan puslanmış gözlerinin, ağzı kulaklarında ona bağıran tıknaz, şortlu adamı seçmesi için fazladan birkaç saniye gerekti. Hatırladı. Uzun zaman önce İstanbul'da on kişilik gürültü çıkarmaya muktedir dört kişilik bir aile senelerce komşuları olmuştu. Ergen çocukları ikizdi ve birbirlerine öyle benzerlerdi ki hangisinin hangisi olduğu anlaşılmazdı. Şimdi karşısında artık ince olmayan yüzünde devasa bir sırıtışla o çocuklardan birinin büyümüş kopyası duruyordu. Ömer onu gördüğüne sevinmiş numarası yapmaya zahmet etmedi, ama ayaküstü petrol mühendisi olarak hayatını, Amerikalı karısını, gelecek planlarını anlatan adamı dinlerken yarı-latif bir ifade takınmayı başardı. Adam mutlaka aramasını, bir ara yemeğe gelmesini ve Türk arkadaşlarından oluşan ağla tanışmasını tembihleyerek bir tomar telefon numarası yazdı.

Bu şekilde Hiç kimse olmanın ayrıcalıklı zevkinden mahrum bırakılan Ömer, MIT yatakhanesine dönerken ev arama zamanının geldiğine karar verdi. Ve Boston'da bir doktora öğrencisi olarak ev bulmak, her şeyden evvel birlikte oturabileceği ev arkadaşları bulmasını gerektiriyordu.

Ev arkadaşları

Kendine bir ev ve ev arkadaşı ararken Ömer'in ilk fark ettiği şey yine geç kaldığı olacaktı. İlanların çoğu geçmiş haftalarda verilmiş ve belli ki hemen aynı dönem içinde cevaplanmıştı. Dolayısıyla o ev aramaya başladığında geriye işin tortusu, yani en beter seçenekler kalmıştı, en pahalı ya da ucuz ama berbat durumdaki evler yahut da fazlasıyla talepkâr ev arkadaşları ya da ne alırım-ne veririm tarzı tipler. Derken şu ilanı gördü:

İki Sıradan Adam ve Hiç Sıradan Olmayan Bir Köpek
Temiz ve tertipli, çevreye özenli, düşünceli, aklıselim sahibi,
psikolojik dengesi yerinde, görgülü ve saygılı...
(en azından olmaya gayret eden)
ama hepsinden ziyade
DOST CANLISI BİR EV ARKADAŞI
arıyor.
Daire üç yatak odalı
Pearl Sokağı Somerville Uygun Mevkiide
Ahşap Zeminli / Yüksek Tavanlı / Büyük Pencereli / Leziz Turtalı
750 / artı masraflar.

Dost canlısı olup olmadığı şaibeliydi, ama ev arkadaşı olmayı öğrenebilirdi. Hem günlerce durdurak bilmeden aradıktan sonra gazetelerdeki ilanları okumaktan, internette araştırmaktan, şehirde taban tepmekten yorulmuştu. Olacaksa bu olmalıydı. Numarayı aradı. Yoğun aksanlı, bir o kadar uykulu bir erkek sesi cevap verdi telefona. Her an yeniden uykuya dalabilirmiş gibi kısa, kesin, sert cümlelerle konuşuyordu.

"Adres var" dedi ses aceleyle. "Yarın gelin! Yok yok! Bugün gelin! Yedide!"

"Peki ama bana bir şey sormayacak mısınız?" diye kekeledi Ömer şimdiye değin kazandığı tecrübeyle.

"Ne gibi?" diye sabırsızca homurdandı ses. Telefonda bir hışırtı duyuldu, bir cips paketi açılmış gibi.

"Bilmem, ismim mesela?"

"Gerek yok!" dedi, çiğneme efektleri eşliğindeki ses. Kesinlikle patates cipsi diye düşündü Ömer. Biraz daha hatta kalabilse markasını bile bulabilirdi. "Burada o işler için bir test var, sizin için sakıncası yoksa. Tamam mı?"

Ömer isteksizce "Tamam" dedi ama daha *testten* neyin kastedildiğini sormaya fırsat bulamadan telefon kapanmıştı.

Kulübeden çıkmadan ikinci bir telefon kartı çıkardı cebinden, uzak mesafe Ortadoğu konuşmaları için olanlardan. Hangi telefon kartını satın alması gerektiğini deşifre etmek için listeleri incelerken, Türkiye'nin, kartlarının üzerinde Eyfel Kulesi'nin ışıltılı gece resmi parlayan Avrupa ülkeleri listesinde değil, onun yerine sırıtan bir deve resminin bulunduğu Ortadoğu ülkelerinin listesinde bulunması, tam Türklere has bir hayal kırıklığına sevketmişti onu. Yüzündeki gülüşe bakılırsa mutlu bir deve olmalıydı. Hayatında hiç deve görmemiş olan Ömer hayvanın gerçekten böyle gülüp gülemeyeceğini merak etti. İstanbul'a bağlandığında kafasında tam da bu şüphe vardı.

"Merhaba anne! Uyandırdım mı?"

Uyandırdığı besbelli olsa da mutlaka inkâr edecekti annesi. Ama böylesi daha iyi diye düşündü Ömer, çok daha iyi. Derin uykudan fırladığına göre daha şaşkın, böylece daha az buyurgan olacaktı.

"Sen iyi misin? Tayfun nasıldı?"

"Ne tayfunu anne?"

Bir gün önce tropik bir fırtına bir şehir ya da kasabada çatıları uçurmuş, ekinleri telef etmiş, camları kırmış, büyük hasar yaratmıştı. Fırtınanın nereyi vurduğunu tam hatırlayamıyordu annesi, ama Amerika'da bir yer olduğuna emindi.

"Mühim bir şey olmadı" dedi Ömer içini çekerek. Fırtınadan haberi bile olmadığını söylemek neyi değiştirecekti?

"Kendine dikkat et" dedi annesi şefkatli bir fısıltıya dönüşen sesiyle. "Kendine dikkat edeceğine söz ver."

Verdi de. Hortumlara, kasırgalara, doğal afetlere, terör saldırılarına, seri katillere, çete savaşlarına ya da sebepsizce herhangi bir yerden çıkıp gelecek kör kurşuna karşı dikkatli olacağına söz verdi.

Sonra gülen devenin deposundan artakalanla Defne'nin cep telefonunu aradı. Annesinin aksine Defne uyanıktı. Uyanıktı ve arkadaşlarla, ortak arkadaşlarıyla içki içiyordu, İstanbul'un en Dionisyak sokağında, bütün sokak boş laf köpüğü üzerinde tüy gibi süzülmeye başlayana kadar herkesin yan yana oturup içip gevezelik ettiği, içip surat buruşturduğu, içip şarkı söylediği beyaz örtülü, küçük masaların arasında bir yerlerde. O masalardan birinde içki âlemindeydi. Arka planda o kadar çok gürültü vardı ki Ömer şamataya bağırmak zorunda kalıyor, bu arada yoldan geçenlerin kısmen meraklı kısmen kınayan ama daima mesafeli bakışları altında, küçük kulübede kendi sesinin yankısına sinirleniyordu. Arayanın kim olduğu öğrenilince masada bir kahkaha koptu. Sonra Defne'nin cep telefonu elden ele gezmeye başladı. Anlaşılan herkesin sigaraçatlaklı alkol-buğulu sesiyle Ömer'e bir şeyler söyleyesi vardı. Kimileri şimdi uzak gelen yakın arkadaşlar, kimileri şimdi yakınlaşmış oysa eskiden uzak arkadaşlardı. Yine de çoğunun sesinde saklı, bastırılmış bir sitem hissedebiliyordu; geride kalanların gidene karşı hissetmeye meyilli oldukları bir sitem.

Ömer'in zihnini bir görüntüler seli bastı. Oturdukları masayı en küçük ayrıntısına kadar görebiliyordu; karışık mezeler, kızarmış kalamar ve ızgara balık kokusu, zeytinyağlı patlıcan, üçgen üçgen kesilmiş beyazpeynir, garsonların tazeleyip durduğu salata, muhabbet koyulaştıkça hızla azalan bir şişe rakı. Ve buz... masanın bir ucunda madeni bir kovanın içinde sinsi sinsi eriyen küçük buz küpleri. Harvard Meydanı'ndaki telefon kulübesinde, her safhasını az çok tahmin edebildiği uzun gecenin başlangıcına göz gezdirebiliyordu.

"Hey, *Johnny Ömer*, ilk yudum senin şerefine" diye haykırdı masada biri, ama Ömer sesin sahibini çıkaramadı.

Gecenin sonunu da önceden görebiliyordu. Beyinler fazlaca dumanlandıktan, yiyecekler bir vakitler bembeyaz olan tabaklarda ziyan edilip kuruduktan, son rakı şişesi de boşaldıktan, Çingene müzisyenlere paraları verildikten ve her kahve fincanı içenin geleceğini görmek için kullanıldıktan sonra, masadan kalkıp içine daldıkları İstanbul'un yılankavi yollarında izlerini sürebilirdi tek tek her birinin.

"Bu gece bana mail at" diye bağırdı Defne nihayet telefonu mütecavizlerin elinden kapmayı başardığında. "Bana her şeyi anlat, uyandığımda okurum."

Yazacağını söyledi. Defne bekleyeceğini söyledi. Ömer onun tam olarak neyi bekleyeceğini anlayamadı, maili mi yoksa geri dönüşünü mü? Tuhaf, iğreti bir sessizlik oldu. Arkada tekrar bir kahkaha koptu. Defne ona espriyi anlatmaya başlamıştı ki hat kesildi.

Ömer telefon kulübesinden çıktıktan sonra Harvard Meydanı'ndaki kalabalığa boş boş baktı, zamanın sürekliliği hissini kaybetmişti. Yatakhaneye dönerken Leftfield'in *Open Up*'ını (*Açsana*) yedi kere dinledi ve arka arkaya üç sigara içti. Binanın girişinde yine o muhteşem esmeri gördü, tam da onu ilk gördüğü yerde. Orta yaşlı bir kadınla konuşuyordu, muhtemelen annesiydi, güzel kızının güzel odasını görmekten memnun bir anne. Ömer bu sefer göz temasını engellemek için başını çevirerek asansöre bindi.

Biraz kestirmeyi, sonra duş almayı ve ilandaki evi görmeye gitmeden önce Defne'ye mail atmayı planlamıştı. Ama uyuyakaldığı için sadece listedeki birinci faaliyeti yerine getirebildi. Panikle giyinip sokağa fırladı, metroya bindi, hamile siyah bir genç kızın yanına oturdu ve kendini yalnız hissetmemeye, hiçbir şey hissetmemeye çalıştı. Yol 10 dakika 56 saniye sürmüş olmalıydı, dört kere Cypress Hill'in *Hits From the Bong*'u kadar. Davis Meydanı'nda indi, birine saati sordu, 19.38 olduğunu öğrendi, Pearl Sokağı'nı bir uçtan bir uca yürüdü, birine adresi sordu, sonra hatasını anlayıp bütün yolu geri yürüdü ve nihayet evi buldu: Tipik, soluk, üç katlı bir Boston evi.

"Geciktiniz" dedi kapıyı açan çocuk, sesindeki tenkit kırıntısına rağmen nezaketle gülümseyerek. Kısa boyluydu, siyah, parlak gözleri, dalgalı koyu kızıl saçları ve çenesinde, alnındaki çatıklığı yumuşatan komik bir gamzesi vardı. Ömer onun Arap olabileceğini düşündü ama emin olamadı. Emin olduğu tek şey, telefonda konuştuğu kişinin o olmadığıydı.

Kapı küçük bir sundurmaya açılıyordu, sundurmadan da son derece temiz ve rengârenk geniş bir mutfağa geçiliyordu. Ömer etrafa şöyle hızla göz gezdirirken mutfağa kadın eli değip değmediğini merak etti ama bunu kendine sakladı.

"Hoş geldiniz!" diyerek öteki kapıdan girdi öteki çocuk. Diğerinden biraz daha uzun ve çok daha cüsseli, hatta tombuldu. Yuvarlak gözlüklerinin ardındaki uysal gözleri elaydı ve gamzeli, neredeyse kıpkırmızı yanakları ya şeker hastalığına ya da kronik utangaçlığa delaletti. Ömer onu gördüğü anda sevdi.

Baharatlı bir kokunun sindiği mutfakta dururlarken havadan sudan konuşup birbirlerini merakla incelediler. Oturma odasında ona nereli olduğunu sorduklarında, "Türkiye" cevabını alınca da bir ağızdan "Ya, demek Türkiye?" dediler.

Ömer artık alışmıştı buna. Amerika'da sık sık ona nereli olduğunu soruyorlar, cevabı aldıklarında da ya talimat formatında "Ha, Türkiye!" ya da soru formatında "Ya, Türkiye?" cevabını yolluyorlardı, duruma göre bu arada nazik bir merakla "Aman ne kötü!" ya da "O kadar kötü mü?" dercesine yüzünü inceliyorlardı.

"Peki evi görmem mümkün mü?" diye sordu Ömer.

"Elbette görebilirsiniz" dedi kırmızı yanaklı başını sallayarak, sesinden telefonda konuşanın o olduğu anlaşılıyordu. Ömer onun İspanyol kökenli olabileceğini düşündü ama emin olamadı. "Ama her şeyin bir zamanı var. Küçük bir test hazırladık. Fazla vakit almaz."

"İyi geçinebilecek miyiz görmek için. Aceleye ne lüzum var?" diye katıldı kısa çocuk. "Derler ya, patlıcan yemiyoruz, değil mi?"

Ömer kimin böyle bir laf ettiğini bilemediğinden cevabı kestiremedi. Zaten görene kadar "Ev Arkadaşı Testi"nin neye benzediğini de kestiremezdi.

EV ARKADAŞI TESTİ

Aşağıdaki sorular kişiliğinizi ya da ahlakınızı yargılamak için değil, nasıl geçineceğimizi tartmak için hazırlanmıştır, herkesin yararına. Bu yüzden lütfen dürüst cevaplar verin.

1. Beni iyi tanıyanlara göre:

a. Hastalık derecesinde olmasa da büyük bir temizlik ve düzen saplantım vardır.

b. Temiz ve tertipliyimdir.

c. Düzenli olmasam da rahatsız edecek kadar düzensiz değilimdir.

d. Biraz dağınıkçayımdır.

e. Feci dağınığımdır!

2. *Sopranos* politikam şudur:

a. Tek bölümünü kaçırmam.

b. James Gandolfini İmzalı Makarna Fotoğrafım olduğunu söylemem yeter.

c. Hayattaki fuzuli şeylere zaman ayırabildikçe seyrederim.

d. Günün birinde DVD'de seyretmek hoş olur ama şimdi çalışmam lazım.

e. Opera sevmem.

3. Günün birinde yatıya misafir çağıracak olsam bu kişi muhtemelen,

a. Akrabam olur.

b. Yakın bir arkadaşım olur.

c. Nişanlım/uzatmalı sevgilim olur.

d. Bir gecelik takıldığım biri olur.

e. Herhangi biri olabilir, yeter ki muhabbetini seveyim.

Ömer derin bir nefes aldı dişlerinin arasından. Nefret etmişti bu test işinden. Yalnız duruma göre onlardan tam olarak niçin nefret edeceğini anlayabilmek için bu saçmalığı şaka olsun diye mi yoksa ciddi ciddi mi yaptıklarını kestirmeye çalışıyordu. Ciddiyseler küstahlıklarından, yok eğer şaka yapıyorlarsa mizah anlayışlarından nefret edecekti. Dönüp somurtkan bir edayla baksa da delikanlılara, karşılığında ikisinin de yüzünde o sinir bozucu iyicil gülümsemeyi görünce gönderdiği bakış mesajını doğru çözümlediklerinden şüphe etti. Bu durumda bu işi olabildiğince hızlı halletmeye karar verdi. Hepsini sonuna kadar okumaya ne gerek vardı? Her sorunun cevabı için aynı şıkkı işaretleyecek ve neticeyi bekleyecekti. Bir anlık tereddütten sonra sabit cevap olarak "e" şıkkını seçti ve sordukları her şeyi e-lemeye başladı.

4. Televizyonda dini/etnik/ırkçı/cinsiyetçi/milliyetçi önyargılarıyla nam salmış bir program karşıma çıkarsa tavrım şu olur:

a. Hemen kapatıp başkalarının seyretmesini de engellerim.

b. Bir müddet seyredip bir şans tanırım, belki hoşuma gider.

c. Bu toplumsal olguyu daha iyi analiz edebilmek için bilimsel tarafsızlıkla baştan sona seyrederim.

d. Her halükârda seyrederim, fark etmez.

e. Televizyon seyretmem!

5. Müzik tercihim:

i. klasik / ii. blues ve caz / iii. rock / iv. heavy metal / v. new age / vi. etnik ve bu müziği şöyle dinlerim:

a. Kulaklıkla.

b. Kulaklıksız ama olabildiğince alçak sesle.

c. Sadece kendi odamda duyulabilecek kadar yüksek sesle.

d. Belki üst kattan duyulabilecek kadar yüksek sesle.

e. BANGIR BANGIR! Adam gibi müzik öyle dinlenir.

6. Uyku alışkanlığım:

a. Tavuk gibi. Erken yatar erken kalkar çok yol alırım.

b. Baykuş gibi. Geç yatar geç kalkarım.

c. Geç yatarım ama olabildiğince erken kalkarım ve hangi hayvanın bunu yaptığını bilmiyorum.

d. Minderdeki kediler gibi. Uykuya bayılırım.

e. Zinhar-Uyumaz-Arroz nam bir köpek gibi.

7. Bir gece aniden bütün akşam takıldığım arkadaşlarımı eve davet etmeye karar versem bir sonraki adımım şu olur:

a. Önce evi arayıp ev arkadaşlarımdan izin alırım

b. İnsanları davet eder sonra evi arayıp ev arkadaşlarıma haber veririm.

c. İnsanları davet eder, ev arkadaşlarımı onlara aratırım.

d. İnsanları davet eder, evi arama kısmını atlar, ötekilerden önce eve gelip ev arkadaşlarıma grubun yolda olduğunu haber veririm.

e. Konuklarla birlikte çıkagelir ev arkadaşlarıma sürpriz yaparım.

8. Korku filmleri hakkında temel görüşüm:

a. Gençleri statükoyu bozabilecek eleştirel düşüncelerden uzak tutmak için egemen güçler tarafından kurnazca yayılan görsel afyondurlar.

b. Zaman kaybıdırlar.

c. Pek düşkün değilimdir ama ara sıra seyrederim.

d. Sadece sinematografik açıdan iyi iseler seyrederim.

e. Korku filmlerinin nesi varmış, bayılırım.

9. Rita Hayworth'ın *Casablanca*'daki performansı konusundaki samimi fikrim:

a. En iyi performanslarından biri değildi.

b. Klasikti sanırım, bütün klasik filmlerde olduğu gibi.

c. Rita Hayworth'ı hatırlamıyorum.

d. *Casablanca*'yı hatırlamıyorum

e. Filmin seyri güzeldi ama aynı zamanda şekere bulanmış Şarkiyatçı önyargılarla doluydu.

10. Sarmısak konusundaki genel yaklaşımım şudur:

a. Olumsuz. Yemeklerde kokusuna tahammül edemem, hele hele insanlarda!

b. Tarafsız. Yemek lezzetli olduğu müddetçe benim için fark etmez

c. Demokrat. Asla sarmısak yememem ama isteyen yiyebilir

d. Olumlu. İnsanların sarmısak yemesinden rahatsız olmam, kendim de yerim.

e. Hastasıyım. Sarmısağa bayılırım!

Bu kadardı. Aptal şeyin başı sonu buydu. Ömer arkasına yaslandı, kollarını kavuşturdu, kaşlarını çattı ve içinden bir sigara yakmak, yanında da koyu, kopkoyu bir kahve içmek geçti.

"Hemen değerlendireceğiz" diye neşeyle mırıldandı Arap'a benzeyen çocuk formu alırken ve ekledi: "Derler ki ihtiyar bir çamaşırcı kadının ayaklarının derisi kadar katı da olsa gerçek, sen gene de gerçeği söyle!"

Kim Allah aşkına bunlar diye sormamak için kendini zor tuttu Ömer. Dünyada bu lafları geveleyen başka kimse var mıydı? Ama önüne konan kocaman bir böğürtlenli turta tabağı sinirlerini çabucak yatıştırdı, yanında sıcak bir içecek bekliyordu, kahve olmasını umdu.

"Parmaklarını yalayabilirsin, kız arkadaşım çok iyi bir ahçıdır" dedi İspanyol-görünüşlü başını sallayarak, "kız arkadaşım" lafını telaffuz ederken kızarıp bozararak.

Sonra ortadan kayboldular.

Tek başına kalan ve kahve değil sıcak çikolata ikram edildiği için canı sıkılan Ömer gözleriyle odayı taradı ama dikkatini çekecek fazla bir şey bulamadı. Kocaman, rahat bir kanepe, bir büfe, büyük ekranlı bir televizyon, en üstlerinde *Texas Testere Katliamı* adı seçilen bir yığın video kaseti, sağda solda İspanyolca dergiler, her yerde karikatür dergileri. Ömer içini çekip turtadan bir lokma ısırdı, sonra hemen bir lokma daha ısırdı. Bu kadar lezzetli olacağını beklemiyordu. Tam birinci dilim bitmek üzereyken kapı aralandı ve içeriye şimdiye değin gördüğü en buruşuk yüze sahip, en iri, en hantal, siyah beyaz New Finland girdi. Tam sol gözünün altında, ona sokak kavgasında fena dayak yemiş havası veren, fındık şeklinde siyah bir leke vardı. Kavganın sonucu ne olursa olsun onu kurt gibi acıktırmışa benziyordu çünkü içerideki yabancıyı tanımak için isteksizce şöyle bir kokladıktan sonra köpek bütün dikkatini böğürtlenli turtaya verdi. Kendisine sunulan parçayı memnuniyetle kabul edip hemen mideye indirdi ve acınası siyah, acınası aç gözleriyle daha da imrenerek tekrar Ömer'e baktı.

Neyse ki onu fazla bekletmediler. "Jüri kararını verdi mi?" diye sordu Ömer çocukların odaya girdiğini görünce, son beş dakikadır bütün turtayı köpeğe vermek ile bu iç kıyıcı bakışa tahammül etmek arasında kalmanın verdiği gerilim yüzünden sesi istemediği kadar aksi çıkmıştı.

"Tebrikler! Sarmısak testimizde en yüksek puanı aldın."

"Ne sarmısak testi?" diye sordu Ömer şaşkın şaşkın ama cevabı sezmişti. "Bütün bu saçmalık sarmısak uğruna mıydı? Neden sarmısakla aramın nasıl olduğunu doğrudan sormadınız?"

"Ama o zaman çok bariz olurdu ne duymak istediğimiz" cevabını aldı.

Kendilerini tanıştırdılar. İspanyol görünüşlü olan İspanya'dan gelmişti. Adı Joaquin'di ama nedense kendisine Piyu denmesini tercih ediyordu. Tufts Diş Hekimliği Okulu'nda bursluydu. Arap görünüşlü olan Faslıydı. Adı Abed'di ve kendisine tam da böyle hitap edilmesini istiyordu. O da aynı üniversitede, biyoteknoloji mühendisliğinden diploma almaya çalışıyordu.

"Ya köpek?"

"Bana sorma" diye somurttu Abed, "Piyu'dan başkasına sorma. Şu devasa mide onun köpeği oluyor."

"Testteki Arroz bu işte!" Piyu elinde bir süpürgeyle belirmiş, göz açıp kapayana kadar Arroz'un halıya döktüğü kırıntıları süpürmüştü. "Zinhar-Uyumaz-Arroz. Sakın seni kandırmasına izin verme, hep açtır."

Böğürtlenli turtadan artakalanları kendilerine sakladılar. Ömer içecek bir şey rica etti, mesela kahve, ama Abed ona Vicks gibi kokan koca bir fincan çay getirdi.

Daha sonra, o gece yeni evinde uyumaya karar veren Ömer, MIT yatakhanesine dönüp bir iki eşyasını aldı, müstakbel-genetik-mühendisi Türk'e bir not yazdı ve güzergâhı bilince metrodan yeni evine uzanan yolun dört kere System of a Down'ın *Chop Suey*'si kadar sürdüğünü keşfetti. Yeni evine döndüğünde üç yeni ev arkadaşını televizyona yapışmış *Sopranos* izler vaziyette buldu, test artık daha manalı görünüyordu gözüne, en azından sorulardan biri. Büfenin üzerinde yeni bir turta vardı, yanında içecek bir şey, mesela kahve istediğinde, Piyu ona koca bir kupa kakao getirdi.

"Testinize eklemeyi unuttuğunuz bir şey var" dedi Ömer turtadan sızan kremalı sosu incelerken. Bu seferki tarçınlı elma turtasıydı. "Ben sigara içiyorum ve sizin için sakıncası yoksa kendi odamda içmek isterim."

"Odalarımızda istediğimizi yaparız" dedi Piyu gözlerini ekrandan ayırmadan.

Sigara izni aldığı için gözle görülür ölçüde rahatlayan Ömer yüzünde güller açarak ekledi: "Bu arada *Casablanca*'da Rita Hayworth'ın oynadığına emin misiniz?"

"Haklısın, o değildi" dedi Abed omuzlarını silkerek. "O hileli soruydu."

Demek hileyi seviyorlardı.

* * *

Hileyi hakikaten seviyorlardı. Sarmısak konusunda bile tümüyle dürüst olduklarını söylemek zordu. Ama Ömer kendisine verilen malumattaki eksikliği, onlarla birlikte yaşamaya başlamadan tam manasıyla anlayamayacaktı. Gerçi fazla zaman gecmesine de gerek kalmamış, durumun netleşmesi için bir hafta yetmişti.

Evdeki ilk yedi gününde Ömer yeni ev arkadaşlarının, iddia ettikleri üzre sarmısak-tüketen, hatta ima ettikleri üzre sarmısak-seven insanlar değil, ne dinden olduklarını söylerlerse söylesinler tam manasıyla *sarmısağa-tapan* insanlar olduklarını gördü. Sarmısak burada âdeta kutsaldı.

Listedeki tek çarpıtılmış gerçek de bu değildi. Bir kere eve dair söylemeyi unuttukları şeyler vardı. Hiç kimse Ömer'e, Doğu Somerville'in bu muhitindeki evlerin çoğu gibi bunun da biraz sorunlu ve hayli eski bir ev olduğunu söylememişti. İşin iyi tarafı evde bir süredir tadilat yapılmakta oluşuydu. İşin kötü tarafı tadilat bir süre daha devam edecekti, bu da demekti ki her sabah işçiler ellerinde çekiçlerle binanın cephesine dayanmış merdivenlere tırmandıklarında çıkacak tantanaya katlanması gerekecekti. Gene hiç kimse onu ikinci kattaki küveti doldurmaması konusunda uyarmamıştı çünkü küvet dolduğunda içindeki su mutfak tavanından aşağı damlıyordu. Bu ve benzeri gerçekler Ömer Özsipahioğlu için hâlâ muammaydı.

Bu safhada başka şeyler öğreniyordu. Abed mesela. Ömer tabii ki onun tahammülfersa geveze olduğunu, deste deste itirazlar, yorumlar ve neredeyse her konuda bulup çıkardığı atasözleriyle dolup taştığını bilmiyordu. Tuhaftır o kadar konuşmak günün sonunda hiç de bitkin düşürmüyordu onu. Her gece huzur içinde uyumak için neredeyse iki korku filmi seyredecek enerjiyi buluyordu kendinde. Genellikle ikinci VHS'nin ortasında bir yerlerde kanepenin üzerinde uykuya dalıyor, filmdeki karakterler birbirinden beter ölümlerle telef olurken huzur içinde horluyordu. Gök gürültüsünü andıran horlamasına gelince, Abed'in hafif kemerli burnunun hayatına getirdiği bir diğer müşkülattı sanki. Hayatı boyunca müzmin saman nezlesinden mustarip olduğundan geçmişi, şimdisi ve geleceği burnunun boyunduruğu altına alınmış gibiydi. Vicks, nane buharı, nefes açıcılar, burun spreyleri... ve niceleri için bir şey ifade etmeyecek daha bilumum ilaç Abed'in kadim dostuydu.

Öteki çocuk, Piyu hakkında da öğrenecek şeyler vardı. Mesela temizlik ve hijyen saplantısı. Başkalarından çoktan umudu kesmiş gibi bütün temizliği kendisi yapıyordu, bu ilk bakışta iyi görünse de uzun vadede bezdiriciydi. Bir hav, bir kırıntı, bir kırpık... yere düşer düşmez Piyu temizlemeye başlıyor, etraftaki herkesi terörize edip kendilerini pis domuzlar gibi hissetmelerine yol açıyordu. Saplantısına ek olarak sivri şeylere karşı gayet tuhaf bir fobisi vardı. Değil dokunmak bıçak görmeye bile tahammül edemezdi. Mutfakta çok az bıçak olmasının, yiyeceklerin çoğunun çubukla ya da kaşıkla yenmesinin sebebi de oydu. Dişçilik mesleğini nasıl icra edeceği sorusunu ona soracak kadar yakın hissetmemişti Ömer ilk başta kendini; nihayet sorduğundaysa Piyu'nun bundan rahatsız olduğunu hissetti. Piyu temizlik ve düzeni sadece mutfakta değil hayatının her alanında seviyor, her ne pahasına olursa olsun her şeyi kontrol altında tutmaya çabalıyordu. Ömer onun üçüncü katta yatmayı tercih etmesinde bunun bir etkisi olup olmadığından emin değildi, ama sanki Tanrı'ya mümkün olduğunca yakın olmak istiyordu. Dini bütün bir Katolik'ti, kız arkadaşı ondan da fazla. Harika bir ahçı olmasına rağmen çöp gibi ince, derin, kurşuni gözleri olan genç bir Meksika kökenli-Amerikalıydı, adına hiç benzemeyen: Alegre, yani Neşe!

Arroz'a dair de keşfedilmeyi bekleyen bazı gerçekler vardı. Veciz, ilginç ve kayıtsız şartsız sessiz gerçekler. Zira Arroz sağırdı. Kulakları kapalı, gözleri de o kadar keskin olmayan Arroz hayattaki yegâne rehberi olarak burnunu tayin etmişti. Doğrusu bu açıdan işinin ehliydi. Sesleri, hatta çığlıkları duymuyor olabilirdi ama tıkırtıların, çıngırtıların, vızıltıların, hatta en hafif hışırtıların *kokusunu* alabiliyordu. Geceyle gündüzün birbirinden farkı yoktu onun için çünkü dokuz yaşındaki bu hülyalı görünüşlü New Finland uyumuyordu. Bütün gece evde devriye geziyor, dalgın dalgın pencerelerden dışarı bakıyor, ulaşabildiği yenebilir her şeyi yiyor, saatlerce durup derin uykudaki ev sakinlerini seyrediyor, bedenleri buraya çakılı kalmışken kendilerinin nereye gittiğini koklamaya çalışıyordu.

Velhasıl 2002 haziranının son gününde Ömer hoş bir muhitte hoş bir evde, hepsi hayatta kendi işine bakan üç ev arkadaşıyla birlikte olduğu için kendini şanslı hissederek uykuya daldı. Ancak günler ve geceler geçtikçe, yavaş yavaş başka bir hakikate uyandı; fazlasıyla geveze bir Faslı, fazlasıyla fobili bir İspanyol, dahası fazlasıyla aç bir köpekle beraber, her sabah çekiçlerle dövülen eski bir Somerville evinde oturduğu hakikatine. Bütün bunlar ayda 750 dolara, artı masraflar!

Alegre ve ıstırap

Pazartesi sabahı Doktor Marc Fitzpatrick'in muayenehanesindeki masasında oturan Alegre, haftalık kadın dergilerinin yeni sayılarının hepsini okumayı bitirmişti çoktan. Şimdi önünde açık duran sayfada "Okumadan duramayan kız!" başlığı altında altı yaşında bir kız dişsiz bir gururla ona gülümsüyordu. Kızın beş yaşında okumayı söktüğü yazılıydı ve o günden röportajın yapıldığı güne kadar 2 278 kitap okumuştu, yıl sonuna kadar bu sayıyı 4 000'e çıkarmayı planlıyordu, günde altı kitap okuyarak. "Kızımıza yetişemiyoruz!" diyordu annesi şikâyetçiymiş numarası yaparak; babası da kitapları yerel kütüphanelerden ve kitapçılardan eve kocaman bir çöp tenekesi içinde taşıdıklarını ballandıra ballandıra anlatıyordu. Diğer sayfada kızın başka bir fotoğrafı vardı; bu sefer üzerinde pijaması, iki yanında annesiyle babası yatağında yatmış, sanki hasta ama herkes bu hastalıktan pek bir memnun.

Alegre popüler bir kadın dergisi daha alıp şöyle bir karıştırdı. 600 küsur kadına uygulanan bir anket, bir kadının en sevdiği çorba ve partneriyle ilişkisi arasında sıkı bir bağlantı olduğunu ortaya çıkarmıştı. Tavuk suyuna şehriye çorbası tercihi erkeklerle ilişkilerinizde anaç bir tavuğa benzediğinizi gösteriyordu; etli sebzeli İtalyan çorbası tercihi ise her şeyin açık olmasını istediğinizi; sebze çorbası tercihi becerikli ve daima kendi kendine yeten biri olduğunuza delaletti; yok tercihiniz domates çorbasıysa bu sizi faal bir maceracı yapıyordu. Halbuki Alegre'nin daha başka gözdeleri vardı. Arkadaşlarına ya da ailesine yemek pişirdiğinde baharatlı gazpaço ya da sosisli mercimek çorbası tercih ederdi; Çorba Evi'nde evsizlere dağıtmak için etli fasulye çorbası yapardı; evde tek başınaysa sade-suda-haşlanmış-sade-kabak çorbası yapardı kilo almamak için, lokantalarda başkalarıyla birlikte yemek yerken ise tatlı&ekşi çorbayı tercih ederdi, içmek&kusmak için. Ankette bu seçeneklerden hiçbiri olmadığından o sayfayı es geçti.

Hem erkeklerle ilişkilerini düşünmekten kaçınmayı tercih ederdi. Aslına bakılırsa şimdiye kadar doğru dürüst tek ilişkisi tek bir erkekle, yani Piyu ile olmuştu ama onunla da o kadar çok ayrılıp barışmışlardı ki başından bir sürü ilişki geçmiş gibi hissediyordu. Sonraki sayfada iş hayatında öne çıkmanın beş şaşırtıcı yolu sıralanmıştı. Bir: *Yavaş konuşun!* Bir araştırma, yavaş konuşan insanların aynı konuda hızlı konuşanlara nazaran yüzde 38 daha bilgili göründüğünü kanıtlamıştı. Alegre bunun yanına bir artı işareti koydu. Teyzelerinin aksine o hep yavaş konuşmuştu. İki: *Nazik olun.* Bir artı daha. Üç: *Hayır işleri için gönüllü olun.* Bir başka araştırma, hayır işlerine gönüllü olanların işlerinden yüzde 25 daha memnun olduğunu ve kendilerine daha fazla saygı duyduğunu ortaya koymuştu. Bir sürü artı. Geçen yaz Alegre nisanda emeklilerle bowling oynamış, mayıs ayı boyunca Somali göçmeni bir ailenin çocuklarına ders vermiş, haziranda sığınaklara dağıtılmak üzere kuru erzakları ayırmıştı, temmuzdan beri de Kate'in Çorba Evi'nde muhtaçlar için yemek yapıyordu. *Günlük tutun* dördüncü öneriydi, zira başka bir araştırma, umutlarını ve rüyalarını düzenli olarak bir günlüğe kaydedenlerin amaçlarına ulaşmasının yüzde 32 daha muhtemel olduğunu kanıtlamıştı. Bir artı daha.

Beş: *Doğru insanlarla görüşün.* "Eğer tembellerle öğle yemeğine çıkarsanız" demişti bir psikolog gayet kendinden emin, "patronunuz sizi onlarla ilişkilendirir ve çok çalışsanız bile sizin de tembel olduğunuzu düşünür." Alegre kalemi elinden bırakıp psikoloğun fotoğrafına kaşlarını çattı ve düşünceye daldı. Haftada üç kere öğle saatlerinde yeme bozuklukları olan kadınlara yardım etmek için kurulmuş terapötik okuma grubuna katılıyordu. Kuşkusuz doğru insanlar değildi bunlar, hatta bu ukala psikoloğun patronunuzun gözünde asla özdeşleşmemeniz gerektiğini söylediği olağan şüphelilerdi. Yine de durum biraz daha karmaşıktı çünkü Alegre'yi oraya gitmeye zorlayan patronu Doktor Marc Fitzpatrick'ten başkası değildi. Sayfayı geçti.

"Burada durduğumu ne zaman fark edeceksin merak ediyorum."

Sandalyesinde sıçrayan Alegre tam arkasında duran Doktor Marc Fitzpatrick'i görür görmez toparlanıp gülümsedi. Bunun karşılığında doktor gözlerindeki o tanıdık tenkit olmasa, onu tanımayan birinin hatta belki Alegre'nin bile gülümseme zannedeceği bir hareketle dudaklarını ince bir çizgi haline getirdi. "Son günlerde seni hayli endişeli görüyorum, hem daha da zayıfladın sanki. Yine kilo mu verdin?"

Alegre, çok gizli bir mikroçipi düşmana vermektense yutmayı tercih etmiş gibi yüzünü buruşturarak zorla yutkundu. Bir iki saniye düşünceli bir suskunlukla bekledi. İnkâr etmenin faydası yoktu çünkü doktor onu hemen tartıya çıkarıverirdi. Ona *arada bir* vücuduyla ilgili *kaygılara* kapıldığını söylediği o lanetli ikindiye ziyadesiyle esefleniyordu. Sadece bunu söylemişti, o kadar. Hemen ertesi günü kendini dönüşsüzce terapötik okuma grubuna yazılmış bulmuştu; haftanın üç günü, insanı sıkacak ölçüde delilikten uzak Connie ile birlikte delice sıkılmış kadınların oluşturduğu halkadaki yerini alıyor, yeme bozukluklarını yenmiş kadınların, "anlatacak hikâyesi olan" kadınların daha da iç bayıcı kitaplarını okuyorlardı. Bu kitaplardan seçme bölümler üzerinde yapılan tartışmaları dünya edebiyatından uzun, bezdirici ve ekseriya kasvetli pasajlar takip ediyordu. Bunlar yüksek sesle okunurken, bir yandan da gruptan birinin vazife icabı pişirdiği yemeği hep birlikte yiyorlardı.

Bu proje, nöropsikoloji kariyerine devam etmeden önce itibarlı bir psikoloji ödülü almayı kafasına koymuş psikoloji mezunu Connie tarafından geliştirilmişti. Yeme bozukluğu olan kadınların yüz yüze kaldığı en büyük sorunun "yemek" değil "yalnızlık" olduğu savından hareketle. Onlar için yalnız bir edimdi yemek yemek. Çoğunlukla çevrelerinde pek fazla kimse olmuyor, tek başlarına yemek yiyorlardı. Bundan yola çıkarak bu kadınları genişleyen üç halka içinde bir araya getirmeyi önermişti Connie. İç halka: Her üyenin diğerine yalnız olmadığını kanıtlayacağı okuma grubu oluşturulacaktı. İkinci halka: ABD'de benzer koşullarda yaşayan kadınların yazdığı kitaplar sayesinde üyeler uzun zamandır tek başlarına çektikleri sorunların ulus çapında ne kadar yaygın olduğunu görecekti. Üçüncü halka: dünya edebiyatından, özellikle "yiyecek" ve "beden" kültürel mefhumlarına meydan okumak üzere seçilmiş bölümler sayesinde halka küresel çapta genişletilecekti. Bu amaçla açlık ya da kıtlık çeken ülkeler ya da tombul kadınların kıymetli olduğu kültürlere dair metinler okuyorlardı düzenli olarak. Bir keresinde Chiamaka adındaki Afrikalı bir çocuğu anlatan hikâyeyi okumuşlardı, başka bir sefer haremde şeyhin gözdesi olmak için kilo almaya çalışan bir Arap kadını hakkındaki hikâyeyi. Connie'nin hırsla arzuladığı ödülü almak için geliştirdiği projenin parçası olmak Alegre'nin zerre kadar hoşuna gitmiyordu doğrusu. Bu arada Connie'yle çocuk nöropsikiyatristi Marc Fitzpatrick arasındaki bu işbirliğinin sadece *mesleki* olmadığından şüphe ediyordu içten içe.

"Eee, Alegre grupta ne vaziyette?" diye sorar doktor otel odasının şık dinginliğinde (çünkü evliydi, Connie de öyle) bu

arada Connie onun memelerini öpmekte, yalamakta, emmekte ve ısırmakta, tek-gram-fazla-yağı olmayan vücuduna hayran kalmaktadır. (Doktor düzenli olarak jimnastik salonuna giderdi ve haftanın üç günü öğle tatilinde saunaya girerdi, Alegre okuma grubundayken.)

"Ah sorma, Alegre'yi bilirsin. O mega-maço Latin kültürüyle sarmalanmış vaziyette olduğundan pek şansı yok. Üstüne üstlük büyük teyzesi onun için berbat bir rol modeli. Alegre'nin teyzelerine meydan okuması imkânsız. Kendi hayatı üzerinde hiç kontrolü yok!"

"Biliyorum canım, biliyorum" diye dem çeker Doktor Marc Fitzpatrick, Connie'nin başını aşağı itmeden önce iki elinin arasında tutmanın hazzıyla dalgalanır sesi. Bunlar aklından geçer geçmez Alegre, patronu ile Connie etrafına kurduğu fantezinin gözlerinden okunabileceğinden korkmuş gibi hemen başını eğdi.

"Bugün okumaya gideceksin, değil mi? İstersen erken çıkabilirsin" dedi doktor, sekreterinin tertibinden dolayı sevdiği masasının üzerindeki ucuz kar küresine düşünceli düşünceli bakarak.

Kar küresinin içinde Nuestra Señora de San Juan de los Lagos, üzerinde göl mavisi bir pelerin ve ayağının altında pembe-kırmızı çiçeklerle duruyordu. Kürenin her sallanışında yaldızlı bir kar fırtınası sükûnetle etrafını sarıyordu Bakire Meryem'in. Alegre kar küresini daima masanın üzerinde bulundurur ama nadiren sallardı.

"Yalnız rica ediyorum Alegre, lütfen daha fazla çaba göster. Connie çok zekidir, özeldir. Ona güvenebilir, açılabilirsin. Güvenini hak etmek için herkes Katolik rahip olmak zorunda değil ya!"

Her zamanki laflarından biriydi bu da. Doktor Marc Fitzpatrick kendisini asla dogmatik olmayan, her dine ve inanca saygılı, açık görüşlü bir Hıristiyan olarak görürdü. Katolikliğin (ve İslam'ın ve Yahudiliğin ve Hinduizm'in) sorunu onun standartlarına uymamalarıydı. Yine de bu mevzuları bu inançlara sahip insanlarla tartışmamaya özen gösterirdi. Alegre'ye asla doğrudan yargıda bulunmaz, onun *hakikati kendi kendine bulmasına* yardım etmeyi tercih ederdi. Son haftalarda Alegre masasının üzerinde defalarca Boston'daki Katolik Kilisesi skandalını konu edinen dergiler bulmuştu. Doktor Marc Fitzpatrick'in tipik bir özelliği de bu dolaylılıktı.

Bir dakika sonra, tam da küskün bir sessizliğe yuvarlanmanın eşiğine gelmişlerken kapı zili Alegre'nin imdadına yetişti. Zihinsel özürlü altı yaşındaki oğlu Manuel'le Bayan Serrano gelmişti. Annesi içeride doktorla onun durumuna dair özel bir konuşma yaparken Manuel, iki elinde birer renkli kitap, sessiz ve uysal ilişiverdi bekleme odasında bir koltuğa.

Manuel kitaplara bayılırdı. Nereye gitse yanına beş altı tane kitap alırdı. Kitaplar da onu seviyor olmalıydılar ki sayfalarına yanardöner girdaplar çizmesine, sıkılana kadar üzerlerini karalamasına, sıkılınca da onları bin parçaya bölmesine ses çıkarmıyorlardı. Her şeyden ziyade konfetileri severdi Manuel.

Alegre sadece Manuel'le yalnız kaldıkları anlarda onu neşelendirmek için masasının üzerindeki kar küresini sallardı.

* * *

Sabah 10.33 ile 10.35 arasında, mektuplar ve kolilerle dolu bir UPS kamyonu, senenin bu zamanında pek alışıldık olmayan ılık bir esinti, kendisini "hacker" olmakla suçlayan öğretmeninden intikam almak için adamın bilgisayarına girmek üzere yola çıkmış bir hacker, Modern Sanatlar Müzesi'ne giderken yolunu kaybetmiş Norveçli bir turist ve az önce tanımadığı iki kişi tarafından aranan –birincisi ekstra mantarlı büyük bir vejetaryen piza siparişi, ikincisi de kız arkadaşının onu dün gece aldattığı haberini vermişti– pizzacı çocuk, her biri kendi ayrı ritimlerinde ama benzer şekilde dalgın ve usulca Pearl Sokağı'ndan geçtiler. Onlar birbiri ardına geçerken, tadilat halindeki bir evin üçüncü katına dayanmış merdivenin üzerindeki adaleli, neşeli işçi sabahleyin Joe'nun yerinde öğrendiği melodiyi ıslıkla çalarak hepsini şöyle bir seyretti, çekici kemerinden çıkardı ve cephenin gevşemiş çivilerini dövmeye başladı. Tam o anda duvarın öteki tarafında Ömer suratına tokat yemiş gibi uykusundan sıçradı ve ABD'deki ilk evinde gözlerini panikle açtı.

Gürültüden sonra ona daha büyük darbeyi indiren evdeki kokuydu, mutfağa yaklaştıkça her adımda yoğunlaşan o ağır koku. Oradaydılar. Üçü birden. Piyu sosis kızartıyor, Abed yumurta çırpıyor, ortalarında Arroz siyah, mahzun, aç gözlerle doyurulmayı bekliyordu.

"Günaydın!" diye bağırdı yeni ev arkadaşları bir ağızdan.

Ömer onlara tedirgin bir bakış fırlattı. Sabahları daima biraz asabi olduğundan insanların uyandıklarında nasıl böyle manasızca neşeli ve sonsuz enerjik olabildikleri onun için bir muammaydı.

"Yumurtayı nasıl sevdiğini bilmediğimizden omlet pişiriyoruz" dedi Piyu gülümseyerek. "Merak etme bu sosis domuz sosisi değil."

Ömer başının ağrımak üzere olduğunu hissetti: "Domuz eti yerim. Omlet sevmem. Kahve nerde?"

"Omlet sevmez misin?" dedi Piyu hayretle.

"Domuz eti yer misin?" dedi Abed hayretle.

Sonra birlikte hayretlerini katmerlediler: "Kahve? Kahve mi istiyorsun?"

Ama bu vaatkâr bir sorudan ziyade meşum bir ünlemdi. Gerçi ev arkadaşlarının bir kahve makinesi vardı (dolaplardan birinde olmalıydı) ama evde kahve yoktu (bir yerlerde gözlerine ilişmişti sanki). Ama fikrini değiştirdiyse nane çayı ya da sıcak çikolata içebilirdi.

Böylece yeni evindeki ilk sabahında Ömer bir sürü keşifte bulunmak zorunda kaldı, bu keşifler arasında kahve satan en yakın dükkânın bir blok ileride olduğu, evden oraya yürümenin beş kere Barry Adamson'ın *The Vibes Aint notin' But the Vibes* (*Duygu, Bütün Mesele Duygu*) şarkısı kadar sürdüğü, dolapta gerçekten de bir kahve makinesi, hem de hayrettir iyi bir kahve makinesi bulunduğu ama kahve değirmeninin bozuk olduğu ve kahve çekirdekleriyle birlikte en azından acil durumu atlatmasına yarayacak bir fincan kahve almamakla enayilik ettiği de vardı. Sabahın geri kalan bölümünü kahve değirmenini onarmakla geçirdi ve merdivendeki adaleli, keyif kumkuması işçi ilk molasını vermeden önce çekirdekleri iri taneli bir toza dönüştürmeyi başardı. Sonra gururla ve hürmetle bir kahvedanlık dolusu zifiri kara eserini odasına taşıdı.

Nihayet birkaç fincan devirip sakinleştiğinde kıvrılmış bir kâğıt parçasıyla oynamaya başladı. MIT yatakhanesinden ayrılmadan önce esmer kıza kendini takdim etmiş, adını sormuş, Tracey olduğunu öğrenmiş, sonra eve çıktığını ve onunla tanışabilmek için tek şansının telefon numaralarını hemen değiş tokuş etmek olduğunu söylemişti, kendisinin bir telefonu olsa numarasını seve seve verirdi ama olmadığına göre Tracey kendisininkini veremez miydi acaba? İnanmakta hâlâ güçlük çekse de Tracey telefonunu vermişti.

Doğrusu Piyu ve Abed'in kendileri hakkında Ömer'e eksik bilgi vermeleri gibi o da bazı gerçekleri saklamıştı. Hayati sarmısak meselesi ya da başka bir konuda yalan söylememişti gerçi. Kahvesi, sigarası, otu ve alkolü bulunduğu müddetçe genelde... teorik olarak... geçimli biriydi. Normal bağımlılık koşulları altında iyi bir ev arkadaşı olabilirdi kuşkusuz. Onun baştan haber vermeyi ihmal ettiği şey sonsuz bir zincir halinde birbiri ardına evi ziyaret edecek muhtemel kadınlar silsilesiydi. Daha doğrusu, önceden bildirmediği hatta çıtlatmadığı şey hayatının bu ayan beyan yanlışlıklarla dolu ama asla değişmeyen, daima yinelenen çekim ve itimiydi: Kız arkadaşlar!

Ömer'in karşı cinse meyli, bir oyuncak arabanın kendi yolunda güvenle ilerlerken karşısına çıkan her engelin önünde acıklı acıklı debelenmesine benzetilebilirdi. Tıpkı o pilli arabalar gibi, ne zaman engelin üzerine çıkmayı başaramayıp sırtüstü yuvarlansa, ters dönmüş bir kaplumbağa gibi debelenir ve nihayet taklasını tamamladığında tekrar tırmanıp tekrar düşer, pilleri tümüyle bitene ya da bir dış güç onu bu taklanın içinden çekip çıkarana kadar asla yöntemini değiştirmeyi aklına getirmeden bunu ha bire tekrarlardı. İşleri daha da karmaşıklaştıran, onu bir kadın taklasından çekip çıkaranın genelde başka bir kadın olmasıydı.

* * *

"Kusura bakmayın" dedi Alegre soluk soluğa içeri girerken.

"Sorun değil Alegre, biz de yeni başladık zaten" dedi Connie, halkadakilerin hepsini gülüşüne dahil etmek için çepeçevre gülümseyerek. "Amy bize Maureen'in günlüğünü nasıl yorumladığını anlatıyordu."

Amy Alberts evinde yaptığı köpek bisküvilerini satarak hem şöhret hem de epeyce para kazanmış sonra biricik kızı tarafından acımasızca piyasadan silinmiş ve sinir krizi geçirerek hastaneye kaldırılmış bir orta sınıf, hırslı ev hanımıydı. O gün bu gündür buğday, kepek, çavdar... kendisinin bir zamanlar yapmaktan gurur duyduğu köpek bisküvilerinin rengine benzeyen ya da malzemesini içeren hiçbir şey yiyemiyordu. Bu yiyecek-terapisinin iyileşmesini sağladığını söylüyordu ama Alegre genelde onun insanların hayatlarına burnunu sokmak için geldiği fikrindeydi, tek kızı da muhtemelen bu yüzden ona sırt çevirmişti. Yine de kuşkusuz grubun en cakalı üyesi, Connie'nin gözbebeğiydi. Bu üstünlüğünü kaybetmemek için azami gayret sarfediyor, bütün grup üyelerinin ısrarla hazırlamaya *teşvik edildiği* BU HAFTAKİ YEMEK GÜNLÜĞÜM'ü en ince ayrıntısına kadar yorumluyordu. Alegre grup terapisinin en büyük sorununun tam da bu noktada yattığı kanaatindeydi. Bir müddet sonra bazı grup üyeleri kendilerini terapist sanmaya başlıyorlardı.

"Maureen'in günlüğünü gördüğümde, bu hafta yediklerini gördüğümde üzüldüm ve kızdım... Üzüldüm ve kızdım" diye yineledi Amy, belki ilk söylediğinde anlaşılmamıştır diye. "Şu cumartesiye bakın. Kızarmış patates, soğan halkaları, duble hamburger! Rezillik. Pazar günü de aynı. Belli ki hafta sonları Ken evde olduğu ve böyle şeylerle beslendiği için. Ken yanında olduğunda Maureen kendisi olamıyor."

Hepsinin gayet iyi bildiği üzre Ken, Maureen'in ikinci kocasıydı. Her seansa onu arabayla Ken getiriyor, sonra gelip alıyordu. Alegre, adamcağızın kendisine tümüyle yabancı olan bunca kadın tarafından durmadan nasıl kötülendiğini bilip bilmediğini merak ediyordu, acaba öğrense karısını getirmeye devam eder miydi?

"Ya sen Alegre? Günlüğünü getirdin mi?" diye sordu Connie.

Alegre kibarca gülümseyerek geçen haftanın günlüğünün fotokopilerini grubun üyelerine ve son olarak da Connie'ye dağıttı.

Pazartesi 21: Enerji ve kararlılıkla işe geldim. Dr. Marc Fitzpatrick'in yedi randevusu vardı, yoğun bir gündü. Öğlen hindili sandviç yedim. Akşam yemeğini evde yedim.

Salı 22: Hastaneye La Tia Piedad'ı ziyarete gittim. Ona gazpaço götürmemi ve sonraki sefere Piyu'yla gelmemi istedi.

Çarşamba 23: Bütün gün işteydim. Öğlen salamlı sandviç yedim.

Connie'nin ısrarlı uyarılarına rağmen Alegre'nin günlükleri kısa ve güdüktü, iç dünyasını pek açığa çıkarmıyordu, yediği şeyler hakkında daha da az bilgi vardı, tabii yedikten hemen sonra kustuklarından hiç bahsetmiyordu. Grup yorumlama işlemine nasıl başlayacaklarını bilemez vaziyette birbirine baktı. Kadınlardan biri konuşmaya gönüllü olduysa da Gazpaço'yu bir erkek zannedip Alegre'nin hayatında bir aşk üçgeni aramaya yeltenince diğerleri tarafından hemen susturuldu.

"Bu aralar grup için yemek pişirmek ister misin?" diye sordu Connie, kimsenin yapacak yorumu olmadığı anlaşılınca.

Alegre her zamanki gibi nazik, uysalca başını salladı. Ne de olsa hayatında en iyi yaptığı şey ve burada bulunmasının en iyi tarafı yemek pişirmekti. Günlüğünü bırakıp ÖNÜMÜZDEKİ HAFTA YAPILACAKLAR LİSTESİ'ni çıkardı, "Sonraki seans için yemek pişirilecek!" yazdı.

Seansın geri kalanında Connie, kendine Şişko Piliç Hayranı diyen bir adamın itiraflarını okudu. Adam hep şişman kadınlarla çıkmıştı ve günün birinde bütün dünyaya bunun sebebini ilan eden bir manifesto yazmıştı. Batı kültürünü kadınlara bu daracık deli gömleğini dayattığı için şiddetle tenkit ediyor, kızların arzulanır olmak için şişmanlatıldığı kültürleri övüyordu. *Las chicas gorditas* hayranı Latin erkeklerini örnek veriyordu, dediğine göre Latinler "kemiğin köpekler, etin erkekler için" olduğunu biliyorlardı.

Alegre okuma devam ederken kimi grup üyelerinin dönüp dönüp onun tahta gibi göğüslerini kırıcı bir gülüşle süzdüklerinin farkında değilmişçesine sessizce oturuyordu.

Amerikalılar!!!

Amherst'ten Boston'a dükkân sahipleriyle kontratını yenilemek için gelen iriyarı, kel arıcının suçu değildi, Ömer'le birlikte markette sırada beklerlerken sütsüz ve şekersiz koca bir bardak kahveyi onun pantolonuna dökmek. Kuşkusuz aklı başka yerde olmasa daha dikkatli olabilirdi arıcı; senelerdir mallarının alıcısı olan dükkân sahibi bu sabah ona getirdiği balın ve akçaağaç şurubunun kalitesinden memnun olduklarını ama artık kendisinden elmalı çörek almayı keseceklerini söylemişti. *Elmalı çöreklerinin nesi vardı ki?* sorusuyla boğuşuyordu adam belki de biraz dikkatsizce geriye dönüp, tam arkasında duran uzun, ince, asık suratlı delikanlının üzerine elindeki koca bir fincan kahveyi döktüğü esnada. Bu kazanın bir suçlusu varsa o da Ömer'di, adam değil, zira kasaya haddinden fazla yakın durmuş, önündeki müşteriye kıpırdayacak alan bırakmamıştı. Kuşkusuz Ömer de daha dikkatli, üstelik daha az somurtkan olabilirdi, şayet iki haftalık vasat muhabbet, vasatötesi seks sergüzeştinin ardından Amerikalı ikinci kız arkadaşı Elaine yarım saat kadar önce aralarındaki *bu şeyden bir şey çıkmayacağını* söylememiş olsaydı. Bu yüzden de her ne kadar ilk bakışta arıcı ile Ömer çarpışmış gibi görünseler de, esas çarpışan arıcının satış yaptığı dükkânın sahibi ile Elaine'di.

Ömer elinde (arıcının aldığı) yeni bir fincan kahve, pantolonunda kocaman kahverengi bir leke ve yüzünde daha da karanlık bir ifadeyle dükkândan çıktığında arka arkaya üç sigara içip Alabama 3'ün *Mansion of the Gods* (*Tanrıların Malikânesi*) şarkısını tekrar tekrar dinleyerek bir müddet yürüdü. Biraz neşelenmek için kendine güzel bir yemek ısmarlamaya niyetlendi, sonra ev arkadaşlarının da yiyebileceği güzel bir şeyler almakta karar kıldı. Abed'e hediye olarak bir Fas lokantasından "kuzu etli kuskus" ve incir tatlısı aldı, yakınlarda bir yerde mönüsünde paella olan bir yer bulamadıysa da "salçalı biftekli tako"nun Piyu'yu Alegre'nin yaptıkları kadar mutlu edebileceğini umuyordu. Kendisi içinse üç şişe kırmızı şarap aldı.

"Eee neyi kutluyoruz?" Piyu o yumuşak gamzeli gülüşüyle güldü.

Aslında daha sekiz gün vardı ama yine de birinci ay dönümlerini kutlamaya karar verdiler. Yemek masası sadeliği ve şatafatsızlığıyla samimiydi. Piyu'nun hayret dolu bakışları altında, Abed Ömer' in içkisini, Ömer ise Abed'in içmemesini görmezden geldi. Müslüman memleketlerden gelenlerin yurtdışında yan yana düşüp de o sırada, hatta belki asla yüzleşmek istemeyecekleri kadar keskin ayrılıkları olduğunu hissettiklerinde birbirlerine karşı takındıkları o yarı hoşgörülü, yarı umursamaz bir sessizliğe bürünmüştü ikisi de. Yemek sırasında, her biri bir öncekinden keyifli hikâyeleri arka arkaya anlatan Ömer hiç de sabahları olduğu gibi aksi görünmüyordu hatta ikinci şişeyi de devirdikten sonra iyice açılmış, galeyana gelmişti.

Ama çok geçmeden pek o kadar da eğlenceli olmayan şeylerden, geçmişteki acılardan ve kabahatlerden, gelecektekilerin ona verdiği korkudan bahsetmeye başladı. Ruh halindeki bu ani değişiklik göründüğü kadar sebepsiz değildi, sadece şarabın marifeti, hatta Elaine'in sebep olduğu burukluk da değildi. Bu geçişin sebebi ruhunun derinliklerinde başka bir yerde konumlanmıştı. Her ne kadar zaman zaman kendini

Türkiye'den kopuk hissetse de, Ömer içinde büyüdüğü kültürel ethosu bilerek ya da bilmeyerek içine sindirmişti. Çok gülenin çok ağlayacağına inanan, fazla ya da yüksek sesle gülmenin iyi olmadığını, hatta uğursuz olduğunu öğütleyen, zira bu neşe sağanağını bir elem sağanağının takip edeceğinden korkan bir ethos. Gözlerinden yaşlar gelene kadar gülersen sana şu basit gerçeği unutmamanı tavsiye eder bu öğreti: "Göz yaşarana kadar gülmek" gülmekten ziyade ağlamaya yakındır.

Ama birinin korkulardan, evhamlardan bahsettiğini dinlemek onu esnerken seyretmeye benzer. Daha onunkiler bitmeden bir de bakarsın sen kendininkileri saymaya başlamışsın. Çok geçmeden Abed ile Piyu da Kader'in onlara ne oyunlar oynayacağı konusunda kafa yormaya başlamışlardı. Yine de masaya boca edilen çeşit çeşit endişelerin en büyük paydası "yabancı memlekette yabancı olmak" olduğu için bir süre sonra konuşma ortak ilgi alanlarına yöneldi: "Amerikalılar!"

"Kütüphanenin her yerine yapıştırdıkları şu fosforlu sarı DİKKAT DİKKAT bantlarını gördünüz mü? Birilerini bıçakladılar filan sandım" dedi Piyu. "Meğer neymiş, insanları yağmura karşı uyarıyorlarmış!!!

"MERDİVENE DİKKAT! yazıyor merdivenlerde, DİKKAT ALÇAK TAVAN! levhası var Öğrenci İşleri'nin tek tek bütün katlarının tavanlarında. Kahve bardaklarının üzerinde DİKKAT SICAKTIR! meyvelere yapıştırdıkları çıkartmalarda OLGUNLAŞINCA YUMUŞAR! yazıyor. Arabaların yan aynalarındaki etiketlerde Aynadaki nesneler göründüklerinden daha yakındır uyarısı var, halk otobüslerinin kapılarında açılabilecekleri belirtiliyor! Herhalde sadece Amerika'da KAR KAYGANDIR diye bir uyarıyla karşılaşabilir insan..."

"Ben en çok, en ufacık kıytırık şeylere dahi ıcığının cıcığı isimler vermelerine hastayım" dedi Abed elinde bir tomar renkli şeritle odasından döndükten sonra. Açık tonlardan koyu tonlara doğru sıralanmış her şerit değişik bir renge ayrılmıştı. "Şunlara bakın. Evlerini dekore etmeyi planlayan insanlar kullanıyor bunları. Bunları bulduğum dükkânda yüzlercesi var. Her bir tona acayip bir isim takmışlar!"

Bej rengine *Çöl Şafağı Yankısı,* kahverenginin koyusuna *Çocukluğun Kum Kaleleri*, açık maviye *Göksel Bulmacalar*, tozpembeye *Yastık Muhabbeti*, beyazın bir tonuna *Dünmüş Gibi*, cırtlak turuncuya *Aron'un Çilleri*... ismi verilmişti. Şeritlerin üzerindeki tuhaf isimlere bakarken üçü de hayretle başlarını salladı: "Amerikalılar!"

Hiç böyle bir niyetleri yokken, kendiliğinden, sohbetlerini "*Amerika'da Amerikalı olmamanın zorlukları*" ismindeki ortak renkle boyamaya başlamışlardı. Aynı rengin biraz daha koyu bir tonuna "*Gündelik Hayatın Zorlukları*" denebilirdi. Buda'nın temel öğretileri dünya çapında yabancıların sorunları için de geçerli olsa gerek. Zira burada da Buda'nın dediği gibi "en basiti başarmaktır en zor olan".

Telefon konuşması yaparken, bu sefer doğru alan kodunu çevirdiğine, doğru parayı doğru zamanda attığına yüzde yüz emin olduğun halde mekanik hanımın "Özür-dileriz-konuşmanız-tamamlanamamaktadır" mantrasını yinelediğini duyunca cinnet geçirmemek mesela. Sürekli başka özel kartlarla karışan bir özel kartla çalışan fotokopi makinesini nasıl çalıştırmalı, satıcı kadının delici bakışları altında hangi ekmekciğin üzerine (yirmi küsur çeşidi var) hangi peyniri (vitrinde on küsur çeşidi var) istediğine nasıl hemen karar vermeli, penisindeki kaşıntıyı eczacıya nasıl anlatmalı... gündelik hayatın yılankavi patikalarında salınırken sabahtan akşama, rutinin basit ama bir o kadar alengirli makinesini nasıl yürütmeli ve en ufak şeyleri yanlış yaparken tekrar tekrar budala gibi görünmemeyi nasıl başarmalı? İnsanı en fazla küçük düşüren, her şeyden çok mahcup eden işte bu basit gündelik hayattı.

"Buraya geleli daha bir ay olmamıştı" diye mırıldandı Abed bir itirafın eşiğinde. "Domates almak için süpermarkete gittim. Sonra domateslerin önünde sohbet eden iki şık hanım gördüm. Onları rahatsız etmemek için markette dolaşmaya başladım, tabii ihtiyacım olmayan bir sürü şey aldım ama döndüğümde hâlâ oradaydılar. Tekrar yanlarına geldiğimi görünce konuşmayı bırakıp, bir tehditmişim gibi sabit gözlerle benim hareketlerimi seyretmeye başladılar. Gözlerinden okunuyordu böyle düşündükleri. Bozuntuya vermeden domates seçmeye başladım ama hâlâ bana bakıyorlardı. Sonra korkunç bir şey oldu. Tanrım, burnumdan nefret ediyorum! Bir domatesi almak için öne eğildim, aniden burnumun aktığını gördüm, kadınların da gördüğünün farkındaydım, panikledim, kâğıt mendilimi bulamadım, daha beter panikledim, kaşla göz arasında sümüğüm domateslerin üzerine akıverdi. Ouaghauogh! Çok utanç vericiydi. O anda tek gördüğün seni nasıl gördükleri. Arap'a benzeyen şüpheli bir adam yaklaşıyor, burnu domateslerin üzerine akıyor, kesin Arap!"

Piyu ile Ömer, ikisi de onun ne demek istediğinin kendince gayet iyi farkında, dostane gülümsediler. Onlara bu olayı anlattığına memnun olan Abed biraz rahatlamış görünüyordu. Ama anlatmadığı şeyler de vardı. Şık bir kafede otururken içeri başörtülü üç Müslüman kız girdiğinde ne kadar tedirgin olduğunu kimseye anlatamazdı mesela. Kızlardan birinin kucağında bebek vardı, gencecik bir anne. Onları gördüğü andan itibaren Abed bir gözüyle onların hareketlerini, öteki gözüyle diğer müşterileri takip etmeye başlamıştı. Etraftakilerin kızlara bakıp bakmadığını, bakıyorlarsa ne gördüklerini çözme merakı yüzünden kendisinin gözlerini kızlara dikmesi ironikti bir bakıma. Sonra kızlar hararetle muhabbete devam ederlerken bebek annesinin kucağından inip öteki masalarda ne olduğunu keşfetme hevesiyle yerde emeklemeye başlamıştı. Kötü bir şey olmamıştı. Olağandışı bir şey yoktu. Bir süre sonra anne bebeği yerden almış, sonunda kızlar çaylarını bitirip kalkmışlardı. Kimse onlara kötü ya da düşmanca davranmamıştı. Abed'in kendine açıklayamadığı şey, Müslüman kızlar kafeden çıkana kadar hissettiği inanılmaz gerginlikti. Amerikalıların gözüne nasıl göründüklerini görebilmek için Abed kızlara, bilhassa da anneye yargılayan nazarlarla bakmış, bebeğin kirli yerlerde emeklemesine izin verdiği için ona sinir olmuştu. Hayır, bu hadiseyi anlatmayacaktı ev arkadaşlarına. Ayakkabı aldığı dükkâna gidip her ay muntazaman şikâyette bulunan arkadaşı Cemal'den de bahsetmeyecekti keza. Cemal'in bunu yapmasının tek nedeni her seferinde dükkânın ayakkabıları geri alıp ona yeni bir çift ayakkabı vermesiydi. Abed, Cemal'in tüketici hakları sistemini –rasyonel kapitalist Batı dünyasında nice gayri-Batılının *irrasyonel* bulduğu bu sistemi– sömürmek için duyduğu doymak bilmez arzudan ne kadar utandığını da kaçırmayacaktı ağzından.

Sıkıntılı bir sessizliğin ardından Ömer mırıldandı: "İnsan yabancı oldu mu kendisi olamıyor artık. Başkalarının gözünde bir ulusal kimlikten ibaretim artık. Kendim hariç her şeyim."

Bu hissini onlarla paylaşmak güzeldi. Ama bir ay önce Tracey' le sevişmeye başladıklarında başına gelenleri asla anlatmayacaktı onlara. Bir ara Ömer hâlâ kızın üzerindeyken cebinden bir prezervatif çıkarmış ve kulağına fısıldayarak takmasına yardım etmesini istemişti. Ama kız birden geri çekilip suratını asmıştı: "Türk prezervatifi mi bu? Takmadan önce deliği var mı kontrol et." Şaka mıydı? Ciddi miydi? Ömer bunun cevabını bilemiyordu. Tek bildiği kendisi hiç alınmamış numarası yapsa da penisinin ondan daha dürüst davrandığı ve *Türk prezervatifi* içinde hızla büzüştüğüydü. Hayır, bu meşum hadiseden ev arkadaşlarına bahsetmeyecekti.

"Latinler iki arada bir derede. Bu ülkenin bir parçası haline gelmişler ama bir bakıma pek kaynaşamamışlar. Herkes diyor ki bütün göçmenler burada tutunuyor, Hispanikler neden başarısız? Alegre anlattı, dokuz yaşındayken müdür annesine bir mektup yollayıp okulda hiç ilerleme kaydedemediği için evde çocukla İngilizce konuşmalarını, İspanyolcayı askıya almalarını rica etmiş. La Tia Pie-dad bunu duyduğunda meseleyi öyle ciddiye almış ki Alegre yanlarındayken ailedeki herkesin İngilizce konuşmasını buyurmuş. Düşünebiliyor musunuz? *Ahora we speak con la niña in English!* Dil Amerika'da kudret demektir. Latinler bunu herkesten iyi bilir. İşitilmek istiyorsan söylediğini galibin diliyle söylemelisin!"

Piyu bu küskünlüğü içinden attığı için rahatlamış görünüyordu ama kendine saklamayı tercih ettiği şeyler vardı. Alegre'yi ve *teyzelerden* oluşan geniş ailesini ne kadar severse sevsin zaman zaman âdetlerine ayak uydurmakta zorlandığını ve kendi kültürünü kesinlikle Avrupa medeniyetinin bir parçası, hatta onun biraz donuk zevkini renklendiren bir unsur olarak gören, gayet yetenekli bir İspanyol olarak zaman zaman buradaki Hispanik cemaatlere, bilhassa da Tex-Mex âdetlerine kendini inanılmaz uzak hissettiğini asla itiraf edemezdi. Danslar, doğum günleri, barbeküler, evlilik yıldönümleri, tombala çekilişleri... bir araya gelmek, sosyalleşmek için hiçbir fırsatı kaçırmıyor gibiydiler. Piyu'nun nasıl ayak uyduracağını kestiremediği, aslında ayak uydurmak isteyip istemediğini dahi bilmediği bir tempoydu bu. Hayır, bunlardan bahsedemezdi ev arkadaşlarına.

"Madem derdimiz ortak birbirimize yardım edebiliriz!" Ömer, yüzü manik bir alevle yanarak sandalyesinden kalktı ve arkasındaki kitaplıktan tuğla gibi bir İngilizce-İngilizce sözlük alarak kupasını kaldıran gururlu bir şampiyon gibi başının üzerinde tuttu. Yapmak üzere olduğu teklifin ehemmiyetini daha iyi verebilmek istercesine derin bir nefes aldı. "Gündelik hayatımızda az sayıda İngilizce kelime kullanıyoruz. Daha fazlasına ihtiyacımız var. Daha fazla kelime, daha fazla güç demek!"

Piyu'yu dinlerken aklına gelen şey, üç kişiyle oynanacak bir kelimeler oyunuydu. Sırayla birisi bir kelime soracak, diğer ikisi de o kelimenin eşanlamlısı ile zıt anlamlısını bularak örnek cümlelerde kullanacaktı. Bir skor tabelasının da yardımıyla oyunu gayet çekişmeli bir hale getirebilirlerdi.

"Ya diğer iki kişi kelimenin anlamını bilmezse?" diye sordu Piyu.

Ömer omuzlarını silkti: "O zaman soruyu soran bütün puanları toplar."

Ama zaman geçtikçe bu kuralın fazlasıyla sorunlu olduğu ortaya çıkacaktı. Sırf puan toplamak uğruna sorular çığırından çıkabiliyordu. Bu yüzden de sonraki günler ve haftalarda kendi istekleri hilafında bazı bitkiler ve böceklerin karıncalara cazip gelmesine *myrmicophilism*; bir boşaltma havzasında balıkların nehirde aşağı yukarı hareket etmelerine *potanadromous* dendiğini; *floccinaucinihilipilification* kelimesinin bir şeyin değersiz ıvır zıvır olarak kategorize edilmesi olduğunu; üzeri mısırlarla kaplı harfleri bir tavuğun yemesi esasına dayalı fal bakma yöntemine birilerinin *alectryomancy* adını taktığını; *copoclephily* diye bir kelime olduğuna göre bu gezegen üzerinde reklam anahtarlıkları toplayan insanlar bulunduğunu ve oyunu bu şekilde oynamayı sürdürürlerse hepsinin *sesquipedalianism*, yani uzuuun kelime kullanma tutkusundan mustarip olacağını keşfettiler.

Bu durumda iyice zıvanadan çıkmasın diye bazı kuralların değiştirilmesi gerekti. Yerine yeni bir kural kondu: *El-insaf kuralı!* Yeni düzenleme gayet sarih ve basitti: Soruyu soranın *Allah aşkına biraz insaflı olması* bekleniyordu.

Ebediyen pişirmek

Bir sonraki seans için yemek pişirmesi istenmiş olmasaydı dahi, Alegre kliniğe dönerken gene sürekli yemek ve yiyecek düşünecekti. Yemek onun düşünce uçuşlarında daima business-class yolcusuydu, hep ön sıralarda, diğer yolculardan daha ayrıcalıklı, daha itibarlı. Ayrıca yalnız yolculuk etmeyi sever, kalabalıklar arasında hiç rahat edemezdi. Ne de olsa Alegre başkalarının yanında nadiren yemek yerdi, özellikle de yeterince yabancı değillerse. Arkadaşları ve akrabalarıyla aynı masaya oturmaya mecbur kaldığındaysa yemeğini yer ama bu yağlı yükü yemekten hemen sonra vücudundan dışarı atardı. İçinde yuvarlandığı bir fasit daire ise bu, süregiden tekerrürün gayet iyi farkındaydı, ne kadar az yerse o kadar çok yemek düşündüğünün, bunun da onu inanılmaz miktarda düşük kalorili yiyecek yemeye sevkettiğinin, neticede bu yiyeceklerin büyük miktarda karbonhidrat ve bol bol suçluluk ürettiğinin, bu yüzden de kusulmaları gerektiğinin ama onun ardından kendini daima temiz ve daha da aç hissettiğinin ve sil baştan yediğinin farkındaydı elbette. Sorununu biliyordu ve kesinlikle gafil değildi. Üzerinde *çalışıyordu*. Ruhunun inşaatı dur durak bilmeden devam ederken ona gerçekten faydası dokunan bir şey vardı: Başkalarını beslemenin zevki. Kate'in Çorba Evi'ndeki evsizleri beslemekten memnundu, *las tias*, yani teyzeler ve halalar için sık sık yemek yapardı, Piyu'yu doyurmayı her şeyden çok severdi, tabii daima aç olan ev arkadaşları ve elbette Arroz vardı bir de. Alegre hiçbir yemek yapma çağrısını geri çeviremezdi. İşte otobüs durağındaki ilanı gördüğü sırada ahçılık tarihi kısaca böyleydi.

YARDIM! YARDIM! YARDIM! isteniyor, 12 ekim cumartesi akşamı evimde yaklaşık 20-30 kişiye vereceğim bir partide saat 6 ile 10 arasında, yaklaşık dört saatlik yardıma ihtiyacım var. Samimi bir toplantı olacak!

YEMEK konusunda yardım edecek birini arıyorum, istediklerim: basit parti yiyecekleri, kokteyl aperitifleri, börekler, çin börekleri, peynir köfteleri, sizin önerebileceğiniz lezzetli ve güzel (ve fazla pahalı olmayan) her şey.

Emeklerinize karşılık en az 4 saatlik ücret ödeyeceğim. Saat ücreti dolgundur. İlgileniyorsanız lütfen beni arayın. Sadece ciddi ahçılar başvurmalıdır.

Bu ilanda Alegre'nin en çok ilgisini çeken büyük harfle yazılmış kelimelerdi: YARDIM ve YEMEK. Bu iki kelime zaten senelerdir bilinçaltının keşfedilmemiş derinliklerinde kusursuz bir ikili oluşturduğundan hiç tereddüt etmeden ilandaki telefon numarası ile adresi bir kenara not etti.

* * *

Abed tam çaydanlığı çalıştırmaya gidiyordu ki panik içinde durup geri kaçmaya çalıştı. Ama nafile, geç kalmıştı. Mutfaktaki kız onu görmüştü bile. *Bir diğer diş-fırçası-sahibi* tarafından tespit edilmişti.

"Günaydın!" diye ışıltılı bir selam gönderdi kız.

İki buçuk ay Ömer'le aynı evde yaşayıp, onunla aynı banyoyu paylaştıktan sonra Abed bir diş fırçasının sıradan bir nesne olmadığına iyiden iyiye kanaat getirmişti. Bir kere her şeyden önce modern bir kız arkadaşın çeyiziydi diş fırçası. Ömer'in boğazına kadar içine batıp çıktığı bu duraksız flörtler dolambacında banyodaki yeni diş fırçası yepyeni bir maceranın başladığını müjdeleyen bir ulaktı. Hep diş fırçalarıyla gelirlerdi çünkü. Hep önden gelirdi diş fırçası. Diğer bütün şeyler, temizleme pamukları, losyonlar, nemlendiriciler, yulaf ve bilmemne maskelerinden sonra sürülen avokado ve yabani ahududu tonikleri ve bütün o şişelerdeki ne idüğü belirsiz sıvı toz ve kremler diş fırçasını takip ederdi. Ancak ne hikmetse ilk gelen en son giden olurdu. Her nedense kız arkadaşlar ayrıldıklarında diş fırçalarını asla almazlardı. Bu yüzden de ilişkilerin başladıklarını anlamak kolay ama bittiklerini kavramak daha zordu. Kozmetiklerini yanlarına alır, diş fırçalarını bırakırlardı. Abed banyoyu Ömer'le paylaşmaktan nefret ediyordu. Yine de duruma katlanabilirdi, tabii eğer diş-fırçasının-ardındaki-yüzle-karşılaşma safhası olmasa. Ama artık bundan kurtuluş olmadığını biliyordu.

"Selam ben Lynn!" dedi mutfaktaki kız gülerek. Ayağında yırtık bir kot vardı, altdudağında bir piercing.

"Merhaba Lynn" dedi Abed zoraki gülümseyerek. Başına geleceklerini bu kadar iyi bilmese daha içten gülebilirdi kuşkusuz.

"Sen de... Halid olmalısın!?"

Hadi bakalım, yine aynı şey! Belli ki Ömer, kız arkadaşlarını ya da kız arkadaşı olması muhtemel olanları eve getirmeden önce onlara ev arkadaşlarından bahsetmeyi alışkanlık haline getirmişti. Her ne anlatıyorsa, kızlar eve gelip de Abed'le karşılaştıklarında, anlaşılmaz bir sebepten ötürü başta adı olmak üzere onun hakkında sahip oldukları şüpheli bilgileri ifşa etmekten kendilerini alamıyorlardı. Adını doğru hatırlasalar ya da hatırlayamadıklarında hiç olmazsa sorma zahmetine girseler bu kadar kötü olmayacaktı netice. Ama sormak yerine tahminde bulunmayı tercih ediyorlardı. Bir atış yapmayı. Rasgele bir atış. Sırf akıllarına esen ismin tortusu kulaklarına zaten orijinali kadar yabancı geldiği için serbestçe uydurma hakkını kendilerinde buluyorlardı.

"Doğrusu Abed" diye düzeltti, talimli bir nezaketle ve harfleri tek tek saydı.

Bu kız arkadaşları silsilesinde en beteri ilkiydi. Şu MIT öğrencisi sağlık-düşkünü, uzun boylu, esmer kız. Onun gibi toksik-maddesiz bir kızın nasıl olup da sigaracı, içkici, *kimbilirdahaneci* Ömer'le anlaşabildiği Abed'in çözmeyi başaramadığı bir bilmeceydi. Uzun sürmemesine şaşırmamıştı. Gerçi Ömer'le kimsenin ilişkisi uzun sürmüyordu ya neyse. O kızla karşılaşmak sonradan gelenlerle karşılaşmaktan daha sarsıcı olmuştu Abed için. Muhtemelen zamanla durumu kanıksadığı, evde tanımadığı kızlarla burun buruna gelmeye, banyoda başka başka diş fırçaları görmeye alıştığı için. Ama ilk başta Tracey onu gafil avlamıştı. O sabah Abed mutfakta sükûnetle nane çayının kaynamasını beklerken, bu kız nefes nefese içeri dalıp "Merhaba! Ben Tracey..." diye bağırmıştı kesik kesik. Koşudan filan dönmüş gibi bir hali vardı. "Sen de... Law-ren-ce olmalısın?!"

Abed, suratı hayretten çarpılmış vaziyette bakakalmıştı ona, çaydanlık ötmeye başlamasa daha epeyce öyle duracaktı. Bir yerlerde bir karışıklık olduğu besbelliydi ama kızın daha neleri birbirine karıştırdığını merak etmişti. İnsan beyninin haritalanmamış kıyıları ona bir oyun oynayıp gördüğü bir Arap'ı *Arabistanlı Lawrence*'a iliştirmesine mi neden olmuştu? Abed'in bunca zaman sonra dahi bulabildiği yegâne akla yatkın açıklama buydu.

Diğer kızların hiçbiri bu kadar uçmamıştı ismini kafadan atarken. Doğrusu Tracey'le kıyaslandığında diğerleri bayağı yaklaşmış sayılırdı. Abed'in onlarla bir alıp veremediği yoktu aslında. Hatta başka bir yerde, *bunun* dışında bir bağlamda karşılaşsalar içlerinden bazılarıyla iyi arkadaş bile olabilirdi. Ancak bu özel koşullarda, iki tarafın da ilgisi asılsız, hatta sahte olmak durumundaydı. Çünkü ne Abed ile Piyu, ne de kız arkadaşlar gerçekten, içtenlikle konuşuyorlardı; sadece rutin bir nezaketin ya da nazik bir rutinin şurupsu kelimelerini kullanıyorlardı. İlk başta bütün kız arkadaşlar Abed, Piyu ve hatta Arroz'u sadece yeni erkek arkadaşları dolayımıyla, yani onun fazladan uzantıları olarak algılıyorlardı. Ömer'le bir ilişki yaşamaya başladıktan sonra onu, arkadaşları, akrabaları, hobileri ve diğer sahip olduklarıyla birlikte bir bütün olarak kucaklıyorlardı. İyi pişmiş bir biftek siparişi vermeye benziyordu bu, yanındaki patates püresi ve brüksellahanasını da seve seve kabul ediyorlardı. Belki de daha çok kaynaşabilmek için hepsinin tek ihtiyacı biraz zamandı. Ama hiçbir ilerleme kaydedilemeden, Piyu, Abed ya da Arroz daha iyi bir role terfi edemeden ilişki sona eriyor, kozmetikler gidiyor, derken kısa bir durgunluk hasıl oluyor, onu da banyodaki yeni bir diş fırçası takip ediyordu. Bu yinelenen tarihi göz önünde bulunduran ve öngörülebilir bir gelecekte herhangi bir iyileşme umudu olmayan Abed, Lynn'in sohbet girişimlerini kibarca ama kararlılıkla savuşturdu ve hızlı tarafından demlediği bir çaydanlık dolusu nane çayıyla odasına geri koştu.

Çikolatalı pastadaki zehir

Boston'da saat 15.30'u, İstanbul'da 22.30'u, Madrid'de 21.30'u, Marakeş'te 20.30'u gösterirken Alegre, alet çantasıyla işe giden bir musluk tamircisi gibi çantası yemek kitapları ve en sevdiği baharatlarla dolu vaziyette parti evine vardı. Kapıyı çaldı ve bir yabancıya gülümsemeye hazırlandı. Ama kapıyı açan tanıdık biri olacaktı. Terapötik okuma grubundaki şu kızıl saçlı kadın. Şaşkınlıktan ziyade huzursuzlukla birbirlerine baktılar. Aslında aynı terapi grubundan olanların dışarıda asla karşılaşmaması gerekir. Grup terapilerindeki kişilikler ve olaylar daima, en azından kısmen, kurgusal kalmalıdır; gerçek hayatla benzerlikler rastlantısal olsa da rastlanılmaması daha iyidir. Terapist için de aynı şey geçerlidir. Terapistinizi, üç karnabahar alana indirim yapılan bir süpermarkette yığının içinde bezgin bezgin üçüncü karnabaharı seçmekteyken ya da bir eczanenin raflarında heyecanla Vajina Nemlendirici Jel aramaktayken görmemelisiniz asla. Terapistler gündelik hayatın usul usul döndüğü kamusal alana kesinlikle girmemelidirler, terapi-daşlar da.

Ama karşılaşmışlardı işte. Yüzlerinde yarım bir somurtmayla tamamlanan yarım bir tebessüm, kapıda durmuş birbirlerine bakıyorlardı. Hemen ardından, yine aynı anda, hızlı bir bellek yoklamasına giriştiler. İki kadın da diğeri hakkında bildiği şeyleri hatırlamak için belleklerindeki karman çorman dosyaları gözden geçirdi. Ama ikisi de pek az şey bulabildi. Kapıyı açan kadının Alegre hakkında hatırlayabildikleri isimleri birbirine benzeyen bir sürü teyzesi ve çeşitli sorunlar yaşadığı bir erkek arkadaşı olan aşırı zayıf, ufak tefek, gözlerinin altı torbalı Katolik bir kız olduğu, günlüklerini yenilemeyi ihmal ederek Connie'yi daima hayal kırıklığına uğrattığı ama aynı zamanda yemek pişirme sırası kendisine her geldiğinde harika şeyler yaparak grup üyelerine ziyafet çektiğiydi. Onun hakkında bütün bilip bildiği bundan ibaretti.

Alegre'ye gelince karşısındaki hakkında tek hatırladığı, bembeyaz tenli, kocaman kulaklı, kıpkızıl saçlı, fazlasıyla asabi, Debra diye biri olduğu, saçının önündeki inek yalamış ters tutamın onu olduğundan daha cana yakın gösterdiği, yakın bir kız arkadaşıyla bazı sorunlar yaşadığı, artık onun tarafından sevilmemeye dayanamadığı (ki Alegre bunun neden sorun olduğunu anlayamıyordu) ve belirsiz bir sebepten dolayı muz ya da çikolata yiyemediğiydi. Hepsi bu. Altı aydır paylaştıkları seanslar boyunca Alegre'nin bu kadına gösterdiği bütün ilgi bu kadardı.

"Ne hoş tesadüf" dedi Debra zoraki bir neşeyle, "çok sevindim. Ne kadar iyi bir ahçı olduğunu biliyorum." Değişik bir hali vardı, okuma grubundakinden çok daha kendine güvenli görünüyordu. "Senin için bir sakıncası yoksa çalışmaya hemen başlayalım, zaman geçiyor ve hiçbir şey hazır değil."

Alegre'yi soktuğu çivit mavisi mutfak duvardan duvara paketler, kutular, konserve kutuları ve kavanozlarla doluydu, gıda, gıda, gıda. Misafirlerin yediden sonra gelecekleri ve büyük olasılıkla sekiz buçuk civarında kurt gibi acıkacakları söylendi. Toplam yirmi iki kişi bekleniyordu. "Biz de iki kişiyiz. Doyuracak yirmi dört boğaz eder. Ne dersin? Başarabilir miyiz?"

Ama çok geçmeden ortaya çıkacağı üzre "biz" diye bir şey yoktu. Sadece Alegre vardı. Kendi ahçılık tarihinde bu kadar kısa sürede, bu kadar çok insan için bu kadar çok yemek pişirdiği olmamıştı hiç. Yine de yiyecek konusunda kendisine böyle muhtaç olunması sinirlerini yatıştırmış olacaktı çünkü kendini bu işin altından kalkmaya tamamen muktedir hissediyordu. O malzemeleri incelerken Debra Ellen Thompson da onu inceleyecek vakit buldu. Alegre'nin değişik bir hali vardı şimdi, okuma grubunda olduğundan daha az ürkekti.

Gerçekten de kendinden emindi Alegre, hatta Debra nihayet mutfak kapısının öteki tarafındaki sürekli mızıldanan kadın sesinin yardımına koşup onu mutfakta yalnız bıraktığında kendine güveni iyice artacaktı; dışarıdan gelen sese bakılırsa biri oturma odasını akşam için derleyip toplamaya çalışıyor ama aslında bu işi yapmak istemiyordu, hem de hiç. Alegre mutfakta tek başına kalınca oturma odasında olanları hiç merak etmedi, tıpkı evin geri kalanıyla ya da misafirlerin nasıl insanlar olduklarıyla ilgilenmediği gibi. O olmak istediği yerdeydi: mutfakta. Başka birine ait olsa da *onun* mutfağıydı burası artık. Tek bilmek istediği tam olarak ne pişirmesinin istendiğiydi. Ama kimse bu konuyu açıklığa kavuşturmak için gelmedi. Onun yerine içeri komik, basık burunlu, aşırı uzun tüylü, duman grisi tombul bir kedi girdi ihtişamla, hemen onun arkasından da ne işler karıştırdığını anlamak için yine aynı türden, tekir ve belki daha az mağrur bir başka kedi geldi. Ev sahiplerinin ona nasıl bir mönü istedikleri konusunda ipucu verecek kadar sorumlu davranmasını beklemekten ve kedileri seyretmekten sıkılan Alegre, bu yiyecek gemisinin tek kaptanının kendisi olduğuna ve karar vermenin de kendisine düştüğüne kanaat getirdi. Buzdolabında bulduğu keçi peynirini pidelerin üzerine ufaladı. Dolaplarda bir sürü ton balığı konservesi buldu ve bunlardan bol bol şehriyeli ton balığı fettuccine yaptı. Buzluktaki kıyma çabucak köfteye dönüştü; tezgâhın üzerindeki lahana barbunyalı lahana salatası oldu; artık mısırların bir kısmı puding, geri kalanı mısırlı kabak sotesi halini aldı. Patatesler her zamanki gibi fazlasıyla işe yaradı. Alegre onları haşladı, kızarttı, fırınladı, ezdi, üzerlerine çeşit çeşit baharatlarla soslar döktü. Geri kalanları domuz pastırması ve peynirle doldurdu. Dolaplarda bulduğu tako soslarının hiçbirini fazla tutmasa da tavuklu burritos doldurdu. Fıstıklı banma sosu ve tavuk ciğerli börek hazırladı. Bildik aperitifleri sıraladı; sarmısak soslu karides, söğüş salata ve peynirler. İki koca kâse cevizli Sezar salatası ve birilerinin bütün bunlara rağmen aç kalması ihtimaline karşı yirmi dört tane hindili klüp sandvici yan yana dizdi. Geri kalan yumurtalar ile limon suyunu limon kremalı turta yapmakta kullandı. Buzdolabında gördüğü yığın yığın muzla da muzlu turta yapmayı planlıyordu ki, yorgunluktan bitkin düştüğü için oturup biraz dinlenmesi gerekti.

Bu yiyeceklerin hiçbirini değil yemek tatmak dahi istemiyordu. Çantasını dolduran kırmızı greyfurtları çıkardı ve çiğnerken hesaba başladı: 11 kırmızı greyfurt, her biri 70 kalori, toplamda 910 kalori!

"Şu hale bak, inanamıyorum!" Debra Ellen Thompson iki küsur saattir adımını atmadığı mutfağa girdiğinde bağırmaktan kendini alamamıştı. Tezgâhın üzerindeki her yemeğin karşısında konuk selamlar gibi tek tek saygıyla durdu. "Tanrım, ne diyeceğimi bilemiyorum. Muhteşem bir iş çıkarmışsın. Bu müthiş! Müthiş!"

Ama kendisi "müthiş! müthiş!" görünmüyordu hatta "müthiş!" bile görünmüyordu. Daha ziyade saatlerdir ağlıyormuş gibi görünüyordu.

"Sen iyi misin?" diye sordu Alegre kaşla göz arasında greyfurt kabuğu yığınını ortadan kaldırarak.

"Evet... aslında hayır... ev arkadaşımın canı son zamanlarda çok sıkkındı, onu neşelendirmek için mutfağı çivit mavisine boyadım... en sevdiği renk... ama pek işe yaramadı, sonra bir parti vermenin iyi bir fikir olacağını düşündüm ama ne kadar salaklık ettiğimi şimdi anlıyorum... bu kalabalık ona iyi gelmeyecek."

Alegre ona, ev arkadaşını mutlu etmesinin neden bu kadar önemli olduğunu sormak istedi ama birden bu yorumun fazlasıyla Connie-vari olacağını hissetti. Hem gerçekten de çene çalacak zaman değildi. Misafirler gelmeye başlamışlardı bile.

Bütün tepsiler ile tabaklar oturma odasına taşındıktan sonra Alegre mutfakta yine yalnız kaldı. İçeri girip insanlarla tanışacağına ve onlarla birlikte yiyeceğine söz vermişti Debra'ya, ama son anda yan çizeceğini gayet iyi biliyordu. Mutfağı toplamayı, tezgâhı temizlemeyi, çöpleri atmayı, birkaç tava ovmayı tercih etti. Sonra içerideki seslerin dingin bir müzik çeşitlemesine, neşeli sohbetlere, hafif şakalara, şen gaflara çoğalmasını dinleyerek üç greyfurt daha yedi, 210 kalori daha; giderek değişti sesler, ara sıra sinirli alaylar, aksi atışmalar da çalınıyordu kulağa. Derken bir yerlerden davul sesleri yükseldi ve fonda çalınan müzik aniden hızlandı. İçerdeki herkes aynı anda dans etmeyi zıplamakla, zıplamayı da tepinmek ve hoplamakla karıştırmaya karar vermişçesine zangır zangır sarsılmaya başladı ev.

Saatler Boston'da 23.33'ü, İstanbul'da 06.33'ü, Marakeş'te 04.33 ve Madrid'de 05.33'ü gösterdiğinde Alegre mutfaktan çıkıp parasını talep etme zamanının geldiğine karar verdi. Dikkatle kapıyı açıp içeri baktı. Ama baktığı şey altı saat önce orada gördüğü oturma odasıyla o kadar alakasızdı ki alacakaranlık kuşağına girdiği ve bu eşikten başka, bambaşka bir eve, yağmalanmış bir köye geçtiği hissine kapıldı. Debra görünürlerde yoktu. Alkole doymuş yüzler, esrardan bulanmış bakışlar ve bitkinlikten ağır çekim sallanan bedenler gördü, bazı çiftler aslında durup ayrılmak istiyorlarmış da görünmez bir el onları sonsuza kadar birbirlerine yapıştırmış gibi bezgin, baygın bir salınımla hâlâ dans ediyorlardı; bazıları divanlarda ya da masanın etrafında alçak sesle kırık dökük muhabbet ediyorlar, bir zamanlar *müthiş! müthiş!* olan yiyeceklerden artakalanları tırtıklıyorlardı. Alegre temkinli adımlarla odada dolaştı, ama kimse onu fark edecek kadar uyanık görünmüyordu. Bütün bu insanların büyük bir şok yaşamışlar da etkisini üzerlerinden atmaya çalışıyor gibi bir halleri vardı.

Alegre mutfağa döndüğünde orada karşılaştığı sahne, oturma odasında geride bıraktığı sahneden de hayret vericiydi. Dizlerinin üzerine çökmüş, başını fırının içine sokmuş bir kadın vardı mutfakta. Fırın yeraltına giden gizli bir geçitmiş ve kendileri de kadının peşinden o âleme gitmeye hazırlanıyormuş gibi yanında duruyordu kediler.

"Af-eder-siniz" diye kekeledi Alegre zar zor duyulan bir sesle.

Ama fırındaki kadın onu duymuş olmalıydı ki hemen dışarı çıktı, en azından çıkmaya çalıştı ve bu arada kafasını da çarptı.

"Ay, ödümü kopardın! Sen kimsin?" dedi çatlak bir sesle, nihayet bacaklarının üzerinde doğrulmayı başardığında. Ama sonra buz mavisi gözleri ani bir hatırlamayla parladı. "Ha kim olduğunu biliyorum! Debra Ellen Thompson'ın koruyucu meleğisin. Alegre'ydi değil mi? Parti kurtaran Alegre! Mucizeler Azizesi!"

"Sen... orada... ne yapıyordun?" demekten kendini alamadı Alegre, şüpheli şüpheli ötekinin başına bakarken. Genç kadının zifiri kara saçlarından uzun saplı, gümüş bir kaşık sarkıyordu ve tuhaf, hayli keskin bir kokusu vardı, şey... gaz gibi.

"Ölüyordum ama görünüşe göre başarısız oldum" dedi beriki sırıtarak, elindeki bira kutusunu, Alegre'nin de elinde bira olsa tokuşturacakmış gibi havaya kaldırdı, ama Alegre, elinde bira olsa bile neye içtiklerini bilemeyecekti, "ölmeye" mi yoksa onun bunu başaramamasına mı?

"Belki de başarısız olmamışımdır... sen gerçek bir melek olmayasın sakın?"

Alegre gergin bir soluk saldı burnundan, duyduklarından sonra düşünebildiği yegâne tepki bu olabilmişti. "Ölmediğine sevindim" diye mırıldandı içtenlikle. "Debra'nın nerede olduğunu biliyor musun?"

"Yooo, sakın o hataya düşeyim deme!" Kız saçındaki kaşığı savurarak başını dalgın dalgın iki yana salladı. "Onun adı Deb-ra-El-len-Thomp-son. Sakın yarısını söyleyeyim deme! Kızar sonra!"

Alegre'nin yüzü afallamayla mücadele etmeye çalıştıysa da hemen kaybetti. Yüzündeki ifade kadar şaşkın bir tonlamayla sorma gereği hissetti: "Siz... sen onun arkadaşı mısın?"

"*Arkadaşı* mıyım!?" Kızın tiz kahkahası biraz daha bira içmek için susana kadar devam etti. "Bir düşüneyim... öyleyim herhalde... yok ama, daha fazlasıydım... ama artık değilim... demek ki artık *arkadaşız*... herhalde."

Alegre konuyu değiştirme teşebbüsünde bulundu. "Kediler çok tatlı. İsimleri ne?"

Ayaklarına yapışmış kedilere bakarken yüzü yumuşadı kızın, konuştuğunda sesi de bir parça yumuşamıştı. "Bu güzeller güzeli West" dedi şarkı söyler gibi, hayli tombul, hayli tüylü duman grisi kediyi bir an başının üzerine kaldırdıktan sonra burnundan şapırdatarak öptü. Göz hizasına geldiklerinde kızla kedi bir iki saniye tümüyle hareketsiz kalıp birbirlerinin gözbebeklerine baktılar. Sonra onu usulca yere bırakıp öteki kedinin başını okşadı kız. "Bunun adı da The Rest. Bu yüzden ona daha kötü, hor davranıyoruz."

"Artık gitsem iyi olacak" dedi Alegre tedirginlikle paltosuna bakarak. "Tanıştığımıza memnun oldum."

"Hayır olmadın. Laf olsun diye söylüyorsun Alegre, ama olsun" diye lafını kesti kız, aniden hıçkırmaya başlamıştı. "Dur daha gitme. Debra hıck Ellen Thompson'ı bulup hıck paranı al önce. Bu gece hıck harika iş çıkardın. Canını sıktığım için gerçekten üzgünüm hıck, cidden. Harika bir hıck ahçısın. En iyisi!" Sesini sır verir gibi alçalttı. "Ben de bir pasta yapmıştım, hıck, muzlu ve çikolatalı, en sevdiğim hıck pasta, kalsa sana da verirdim. Misafirler bayıldılar!" Sadece kendisinin anladığı bu şakaya kıs kıs güldü.

Alegre ona bir bardak su verdi. Kız nefesini tutup sol elindeki sudan bir yudum, sonra sağ elindeki biradan daha da büyük bir yudum aldı. Saygılı bir sessizlikle bir hıçkırık ömrünün geçmesini beklediler, bu arada birbirlerini süzerek. Kız buz mavisi gözlerini Alegre'nin boynundaki altın İsa'ya dikmişti, ama hâlâ kıpırdamadan nefesini tuttuğu için bu konuda ne düşündüğünü anlamak zordu. Alegre'yse onun saçlarına odaklanmıştı, nasıl bu kadar gür ve siyah olabildiklerine şaşıyor, boyayıp boyamadığını merak ediyordu. İntihara meyilli kız bir hıçkırık süresini başarıyla savuşturduğuna karar verdikten sonra bu koyu sessizliği bozdu:

"Bana özür dileme şansı vermelisin. Dükkânımıza uğra lütfen. Yarın ya da ne zaman istersen." Çekmecelerin birinden bir kart çıkarıp Alegre'ye uzattı. "Çikolata yapıyoruz. Aslında çikolatayı ben yapıyorum, Debra Ellen Thompson pazarlıyor. Gelecek misin? Sana fındıklı çikolatadan harika bir çarmıha gerilmiş İsa yaparım."

Alegre buna ne cevap vereceğini bilemeden öylece dikilirken kız elini yakalayıp sıktı. "Bu arada..." dedi, hâlâ gaz kokuyordu ve yeniden hıçkırmaya başlamıştı, "benim adım Gail ve seninle tanıştığıma hıck memnun oldum."

* * *

Geceyarısı Alegre hâlâ parti evinden çıkma mücadelesi vermekteyken Pearl Sokağı 8 numaranın üçüncü katında Piyu'nun onun nerelerde olduğuna dair endişeleri tahammül edilmez bir seviyeye ulaşmıştı. Alegre'nin dönüp dönmediğini anlamak için teyzelerinin evini tam dört kere aramıştı, maalesef her seferinde telefonu La Tia Piedad açmış ve çarpık mantığıyla Piyu'yu azarlayıp Alegre'nin ne cehennemde olduğunu sormuştu. Beşinci bir aramaya katlanacak hali yoktu.

Bu arada ikinci katta Lynn, son otuz dakikadır sürekli elinden kaçan, orgazm sonrası uykusunu zaptetmeye uğraşıyordu. Adaletsizce yanında uyuyan seyrek tüylü göğse, bir saat önce tutkuyla arzuladığı ama şimdi tam bir yabancı gibi hissettiği vücuda bakarken iç geçirdi. Ardından onu dürtükledi: "Uyanık mısın? Bana biraz su getirebilir misin?"

Ömer ona dönüp gözlerini açtı, "tabii"ye benzeyen bir şey mırıldandı ve horlamaya devam etti. Lynn ona söylenerek ayağa kalktı, öfkeyle pöfürdedi ve odadan karanlık koridora çıkana kadar da pöfürdemeye devam etti. Düğmeyi bulmaya çalışırken çok yakında bir yerde bir camın kırıldığını duydu, ardından da canhıraş bir çığlık işitti. İlk tepkisi korkuydu. Zira Lynn her ne kadar *Halid*'le karşılaşmış ve onun alışkanlıkları hakkında önceden bilgilendirilmiş olsa da, kimse onu korku filmleri konusunda uyarmamıştı. Karanlıkta yüzü kasılmış, vücudu gerilmiş, gözleri fal taşı gibi açılmış vaziyette öylece kalakaldı, ta ki aşağıdan gelen canavar şapırtılarının *sadece film* olduğuna ikna olup sersemliğini üzerinden atana kadar. Yine de yürümekte tereddüt etmesinin tek nedeni *sadece film* değildi. Karnında ani bir kasılma olmuştu, bir histen çok bir şüphe gibi, bu yeni ilişkiden memnun olduğu ve sevildiği halde şu anda doğru adamla birlikte olmadığı şüphesi. Bunu hani o insanın içine işleyen sezgi takip etti: Aslında birlikte olması gereken adam dışarıda bir yerdeydi ve o burada olmakla şansını, kaderini, *onu* kaçırıyordu. Nihayet düğmeyi bulup ışığı açtığında bu yeni hakikatin aydınlığından gözleri kamaştı.

Tam o anda aşağıda birinci katta, Amerika'da geçirdiği bir buçuk yılın ve ondan önce İngilizce öğrenmekle geçen bir sürü senenin ardından Abed hayatında ilk olarak İngilizce rüya görmeye başlamıştı. Gerçekten de *her* rüyanın anlamı bir dileğin gerçekleştirilmesi olabilir. Ama Freud, bir gurbetçi, göçmen ya da kendi dilinden uzak kalmış Batılı-olmayan mütevazı bir doktora öğrencisinin hayatını yaşasaydı, bazen rüyanın sadece konusunun değil tam da biçiminin bu dileği gerçekleştirdiğini ekleyebilirdi bu saptamasına. Mesajın içeriği değil biçimi. Biçim kendine ait bir yol tutturup, mesajla açıktan açığa çelişebilir bile. İşte bu yüzden bir ülkedeki yabancılar zaman zaman güzel rüyalardan, bir şeylerini kaybetmişler gibi sıkıntılı bir duyguyla uyanırlar (bu kaybın anadillerinden bir parça olduğunu kestiremeden) ya da en kasvetli kâbuslardan yeni bir kazanım edinmişler gibi açıklanamaz bir sevinçle uyanırlar (bunun kendilerine ait olmayan dilden koparılmış bir parça olduğunu bilmeden). İngilizce rüya görmeye başlamak bir eşiktir, daha büyük bir değişimin, insanın artık aynı kişi olmasına izin vermeyecek kadar derinden bir değişimin yolda olduğunu gösteren bir işaret. Geceyarısı uyanıp rüyanın temasını değil hikâyenin size anlatıldığı kelimeleri hatırlamaya çalışırsınız. Bu kelimelerin henüz bilmediğiniz kelimeler olduğunu fark etmek sizi şaşırtabilir. Çünkü rüyalar bizim aksimize, birden fazla zaman kuşağında yaşamaya muktedirdir ve Morpheus'un topraklarına ayak bastığınızda geçmiş ile gelecek tek ve aynıdır.

Bütün bunların farkında olmayan ve muhtemelen rüyalar üzerine bir spekülasyonla pek ilgilenmeyen Lynn temkinle, neredeyse parmak uçlarında geçti oturma odasından, bir sallanan sandalyede horlayan *Halid*'e, bir ekrandaki marul yeşili canavara bakarak. Televizyonu kapatmak istemedi. Televizyona yaklaşmadı bile. Usulca mutfağa süzüldü ve buzdolabını açıp içine baktı.

Tam o anda yukarıda üçüncü katta Arroz, gecenin bu saatinde Pearl Sokağı 8 numarayı örten tanıdık sesler arasında şüpheli madeni bir sesin kokusunu alarak hop diye yataktan atladı. Lynn'i bu sefer elinde bir bardak sütle geri dönerken, parmak ucunda Abed'in sandalyesinin arkasından geçerken yakaladı. Lynn gözlerini ekrandaki marul yeşili canavarı baltayla parçalayan kadın kahramana dikmiş, düşüncelere dalmış olduğundan, Arroz'u fark etmedi. Köpeğin tehditkâr gövdesine çarptığında refleksle bir çığlık attı ama hayrettir sütün tek damlasını bile dökmemeyi başardı. Sesle sıçrayan Abed gözlerini kısarak ekrandaki kan kusan canavara baktı boş boş. Arkasında duran Lynn'in de Arroz'un da farkına varmadan derin derin içini çekip tekrar uyumaya çalıştı. Ama ne kadar gayret ederse etsin eski eşiğe varamıyor, o yola açılan kapıyı bulamıyordu. İlk İngilizce rüyası orta yerinden kopmuştu.

Ömer'in odasına girene kadar Arroz tarafından adım adım takip edilen Lynn gergin bedenini tekrar yatağa attığında derhal cenin pozisyonu aldı. Ömer'in düzenli nefes alış verişlerini dinlerken *doğru-adam-millerce-ötede-ya-da-şu-anda-hemen-alt-sokaktayken-yanlış-yerde-yanlış-adamla* olduğu hissi her nefeste koyulaştıkça koyulaştı.

Doğru düzgün uyuyamadığı gibi sinirden sütü içmeyi de unuttu.

* * *

"Demek tanıştınız!" Debra Ellen Thompson yüzünde burukluk, sesinde katılıkla konuşmuştu, kirli bardaklar ve plastik tabaklarla dolu bir tepsiyle nihayet mutfakta boy gösterdiğinde.

Burnunda ya birkaç saat önceki ağlamanın kızarıklığı vardı ya da yeniden ağlamıştı. "Seni burada bu kadar uzun süre yalnız bıraktığım için çok özür dilerim Alegre. Ama her şey kontrolden çıktı. Sarhoşları banyoya taşıyıp kusmalarına yardım ettim, bayılanları ayılttım, ayılmayanları da sürükledim. Bu parti tam bir felaket oldu. Tek iyi şey yemekti biliyor musun? Sana çok şey borçluyum... ve ücretin iki katını ödeyeceğim."

"Yok canım, ne lüzumu var..." Alegre samimiyetle gülümsedi ama adını söylemekte tereddüt etti. *Debra* mı yoksa *Debra Ellen Thompson* mı demeliydi, her neyse, onu yeniden gördüğüne memnundu. "Parti neden kötü gitti ki?"

"Ona sor" diye aniden cırladı Debra, Gail'i işaret ederek. Bu arada Gail iki yanında iki kedi, lotus pozisyonunda yerde oturuyor, bir dakika önce avuçlarının arasında eze eze buruşuk bir top haline getirdiği bira kutusuna kısık gözlerle dalgın dalgın bakıyordu.

"Gail masaya kocaman bir çikolatalı muzlu pasta getirdi, ah nerden bileyim? Sen yaptın zannettim. Herkes yedi, düşünebiliyor musun? Hepimize en az ikişer dilim yedirdi. Sadece ben kurtuldum çünkü muz da çikolata da yemem üniversite yıllarından beri. Derken insanlar saçma sapan hareketler yapmaya başladılar, içkiyi fazla kaçırdılar zannettim. Yalan da değil hiç durmadan içiyorlardı ama sebep bu değilmiş. Meğer bu sonuçmuş. Yedikleri kek yüzünden o kadar içiyorlarmış. Tanrım, Gail, bunu nasıl yaparsın..." Belki de "bana?" demek istemişti ama "bütün bu insanlara?" diye bitirmeyi tercih etti.

Biri yırtıcı, diğeri şaşkın iki çift gözün sorgulayan bakışları altında Gail çenesini kaldırıp ikisine birden sırıttı ve madeni eserini incelemeye devam etti.

"Onları zehirledi mi yoksa?" diye sordu gözleri dehşetten fal taşı gibi açılan Alegre.

Gail ağzını gürültüyle şaklattı. Debra yüzünü buruşturdu, Alegre kızardı. West hepsine himaye eder gibi baktı, The Rest patisini yaladı.

"Ben artık gideyim, çok geciktim" dedi Alegre panikle.

"İzin ver seni evine bırakayım." Debra Ellen Thompson bir taraftan Gail'i azarlarken bir taraftan da Alegre'yi teskin etmeye çalışıyordu. "Merak etme, herkesin aksine ben ayık ve sağlamım."

Ama Gail artık ne onlarla ne de elindeki buruşuk bira kutusuyla ilgileniyordu. Sanki yattığı yer soğuk mutfak zemini değilmiş de yumuşacık, rahat bir döşekmiş gibi yüzünde doygun bir gülümsemeyle derin uykuya dalmıştı. Dört kere onu yatağına taşımaya teşebbüs ettiler ama her seferinde artan bir gerilimle önce yalvardı, sonra homurdandı, sonra azarladı ve nihayet tek bir santim bile kımıldatılmamayı emretti. Sonunda üzerine bir battaniye örtüp iki yanında muhafız kedilerle onu orada uyumaya bıraktılar.

Araba kocaman çivit mavisi bir cipti. Bindiklerinde Alegre rahatlayarak içini çekti, Debra Ellen Thompson ağlamaya başladı.

Yolun ilk on dakikasında tek kelime etmediler. Ama sonra, yaya geçidinde yavaşladıklarında Debra Ellen Thompson kendi sessizliğini bozdu: "O kadar değişti ki bazen onu tanıdığımdan şüphe ediyorum. Metamorfoz gibi..."

Alegre karşıdan karşıya geçen kadına baktı, önlerinden ağır aksak adımlarla geçen, ellisine merdiven dayamış, yardım kurumunda hiç görmediği ama belli ki evsiz bir kadındı, farın ışığı sarkık yüzünü çiğ çiğ parlatmış, hastalıklı bir beyaza boyamıştı. Gök mavisi kadife bir şapka vardı başında ve asırlar önce çıktığı bir yolculuğu hâlâ sürdürmekteymiş gibi arkasından eski püskü, lime lime, tekerlekli bir bavulu sürüklüyordu.

"Metamorfoz demekle ne kastediyorsun?"

"Belki bu durum için bu kelime bile azdır" diye inledi Debra Ellen Thompson, üst üste burnunu çekti. "Düşünebiliyor musun, Gail eskiden, biz üniversitedeyken mesafeli, aşırı ürkek, içine kapanık, komik isimli bir kızdı. Öyle utangaçtı ki bir yabancı ona soru sorduğunda kımıldayamazdı bile. Sonra gizemli bir biçimde değişti, bambaşka birine dönüştü. Hoyrat, hırçın, huysuz..." Sırada H'yle başlayan başka bir kelime var mı görmek için durakladı. "İpin ucunu kaçırdım ben" diye ekledi üzüntüyle altdudağını ısırarak. "Manik olduğunda ona ayak uyduramıyorum. Depresif olduğunda da o hayata ayak uyduramıyor. İki hafta önce kendini öldürmeyi denedi. Bir kutu Valium yuttu. Tanrım... çok korkunçtu..."

Alegre'nin içindeki iyi kız olumlu, teselli mahiyetinde bir şeyler söyleme ihtiyacı hissetti: "Yarın doğum günüm. Bir iki arkadaşla Çin lokantasına gidiyoruz. Gelmek ister misin?" Çok hevesli olmasa da otomatikman ekledi: "Gail'i de getirebilirsin."

Ama doğum günü partisinden bahsetmek derhal pasta getirmiş olmalı ki aklına çözümsüz kalmış bir bilmeceyi sorma gereği duydu birden: "Sahi Gail'in yaptığı pastanın içinde ne vardı?"

"Esasen muz ve çikolata, bir de bol bol haşhaş..." Debra Ellen Thompson acı acı güldü.

Evsiz kadın nihayet karşı kaldırıma çıkmıştı ama oraya varır varmaz bir şey, *herhangi* bir şey düşürmüş mü diye bakmak için durup çabucak arkasına döndü. Görünmez bir eşyasını düşürmüşse bile cip onu bulmasını beklemeden çivit mavisi bir ışıltıyla gecenin içinde kayboldu.

* * *

"Lynn, hadi çık artık!"

Ömer içeriden gelecek cevabı duymak için öne eğilerek usulca kapıyı tıklattı ama tek duyabildiği su sesiydi.

Kapıyı tekrar tıklattı, bu sefer daha sert. "Lynn! Hadi çık, kahvaltı hazır. Kahve yaptım ikimize!"

"Ben Abed! Şu kapıyı yumruklamayı kes" diye bağırdı aksi bir ses. Bir iki saniye sonra kapı ardına kadar açıldı ve Abed'in yüzü hınzır bir gülümsemeyle belirdi. "Lynn gitti dostum, sabah erkenden. O ziftin pekini tek başına içmek istemiyorsan daha erken kalkmalısın... Ama kahvaltıda sana bendeniz eşlik edebilirim. Duştan sonra!" Kapı Ömer'in yüzüne kapandı, ama göz açıp kapayana kadar tekrar aralandı. "Omar dostum! Bu akşamki yemeği unutmadın ya."

Ömer unutmamış numarası yapmaya kalktıysa da yüzündeki şaşkınlık ele verdi onu.

"Alegre'nin doğum günü, unutmasan iyi olur. Daha önce hiç görmediğimiz birilerini çağırmış. Beni o şık lokantada yabancıların arasında yalnız bırakma. Hem Çin yemeklerini hiç sevmem! Zamanında gelsen iyi olur!" Kapı tekrar kapandı.

Ömer, Lynn'in neden böyle aniden gittiğine akıl erdiremeden aşağı indi. Orada, mutfak masasında kuş gibi ufak tefek, asırlar kadar yaşlı bir kadını sakin sakin otururken buldu.

"Yeni kiracı sen misin bakayım?" dedi yaşlı kadın bıcır bıcır, keskin, sade aksanıyla kimi heceleri yuvarlayarak. Tepeden tırnağa beyaz ve buruş buruştu. Saçları, teni, giysileri, elleri... gölgesi bile beyaz ve buruşuk olmalıydı. "Ben Oksana Sergiyenko, ev sahibinizim. Böyle habersiz gelmemeliydim biliyorum ama bana bir fincan sabah kahvesi ikram edersin belki. Harika kokuyor."

"Tabii" dedi Ömer keyiflenerek. "Nihayet bir kahve arkadaşı bulduğuma çok sevindim."

Beklenmedik misafir, kahvesine krema ile şeker koydu, Ömer her zamanki gibi sade içiyordu.

"Söyle bakalım annenle baban nerede yaşıyor, çok uzak mı?" diye sordu ev sahibesi olduğunu söyleyen kadın, beyaz-buruşuk kolunu mecalsizce kaldırıp pencereyi işaret ederek, sanki *çok uzak* denilen aslında o denli yakındı.

Dakikalar sonra Abed duştan çıktığında Ömer'i, ev sahiplerinin bunak annesine heyecanla İstanbul'daki çocukluk günlerini anlatırken buldu. Kadın pür dikkat onu dinliyor, ikisi de usul usul üçüncü fincanlarını yudumlarken ellerinde sigaralar baca gibi tütüyorlardı.

Las tias

Birbirleriyle alakasız olduğu zannedilen kültürler, Talih'i tasvir etmekte hatta onunla dalga geçmekte birbirlerine şaşırtıcı ölçüde benzer. Kilise büyüklerinin metinlerinde olduğu kadar Müslümanların halk hikâyelerinde de Talih'in iki özelliği vurgulanır; körlüğü ve dişiliği. Çarkını çevirip insanlara tek tek hayattan alacakları payı dağıtmaya başladığında da zerre kadar adil davranmamasını eskiler kör olmasından ziyade kadın olmasının doğal bir sonucu sayarlardı. Kadın düşmanlığı bir yana, bir noktada haksız sayılmazlardı. Keyfi bir cömertliği olan Talih daima aşırıya kaçmıştır, dün olduğu gibi bugün de; kimilerine gani gani şans, yığın yığın variyet, tepe tepe iktidar, bol bol servet getirir. Alegre'nin durumunda da Talih'in ona bol bulamaç ihsan ettiği bir şey vardı: *Las tias*, teyzeler ile halalar!

Önce en büyükleri vardı. Büyük büyük teyze, La Tia Piedad. La Tia Piedad *hep* vardı, herkesten ve her şeyden önce. Alegre için La Tia Piedad oldum olası seçilmiş, gizemli bir varlıktı, sonsuzluğun, geçmişin, şimdinin, geleceğin numunesi, başka bir boyuttan, besbelli kâinatın dışından kazara bu gezegene düşmüş yılmaz bir kadın savaşçı. Yine de La Tia Piedad hep buradaydı, bu dünyaya sıkı sıkı bağlı, kazık çakmışçasına. İkinci Dünya Savaşı'ndan ya da Sırbistan veliahdına yapılan suikasttan, San Francisco depreminden hatta İspanyol-Amerikan Savaşı'ndan çok önce buradaydı. İlk ananas konservesi yapıldığı zamanlarda, Harley-Davidson motosikletleri piyasaya çıktığında, kadınlar için ideal bel ölçüsünün 45 santim olduğu, ilk Ford arabanın yolda denendiği, Karındeşen Jack'in Londra'da altıncı cinayetini işlediği zamanlarda buradaydı, bu hayatta. Dinlenme zamanı olarak "hafta sonu" kavramının yeni yeni yaygınlaşmaya başladığı, ülke çapında ortalama insan ömrünün kırk civarında olduğu dönemde, o ellisine merdiven dayamıştı. İşte bu kadar yaşlıydı.

Ama yaşının tam olarak hesaplanması, genci yaşlısı bütün akrabaları için daimi bir merak konusuydu. Aile toplantılarında, dedikodular ve sohbetler arasında birisi La Tia Piedad'ın yaşı meselesini ortaya atar, sonra artık hepsi bunun imkânsızlığına kanaat getirmiş oldukları halde coşkulu bir işbirliğiyle bilmem kaçıncı defa yaşını hesaplamaya girişirlerdi. Aile arşivlerinde bölük pörçük bilgiler mevcuttu; anılar, kanıtlar, fotoğraflar. Ama kesin tarih yoktu. La Tia Piedad'ın çocukluğuna, hatta gençliğine şahit olanların hepsi çoktan göçüp gittiği için doğum tarihi bilmecesini çözmeye yardım edebilecek kimse kalmamıştı. Aile büyüklerinin en eski hatıralarında bile La Tia Piedad "olgun" bir kadın olarak resmediliyordu. Mesela İspanyolca yayın yapan KDCE radyosunun yayınladığı dini hikâyeleri düzenli olarak dinlediği ve torunlarına da zorla dinlettiği gayet iyi biliniyordu; bu bilgi kırıntısı onun 1950'lerde orta yaşını çoktan geçmiş olduğunu gösteriyordu ki bu da en azından son elli yıldır "yaşlı bir kadın" olduğunu ima ediyordu.

La Tia Piedad'ın yaşı sorusuna cevap verebilecek yegâne insan kuşkusuz La Tia Piedad'ın kendisiydi, ama artık herkes onun bu bilgiyi vermeyeceğini idrak etmişti. Alzheimer ya da *onun yaşında* birinden beklenebilecek herhangi bir hafıza sorunundan mustarip olduğundan değil, sadece ağzını sıkı sıkı kapalı tutmayı tercih ettiğinden. Bir sürgünler, göçler, savaşlar, soykırımlar, felaketler, toplu katliamlar çağında hayatta kalmayı, hatta yaşlandıkça yaşlanmayı nasıl başardığını anlatmayı reddeden pek çok kişi gibi, la Tia Piedad'ın kalbi de narin bir suçluluk duygusuyla doluydu. Arizona'da bir yerlerde güpegündüz, hiç yok yere, park edilmiş bir karavana çarpıp, çıktıkları Güney gezisinden asla geri dönmeyen hayat dolu bir kız evlat ve damadın annesi; koşuya çıktığında tecavüze uğrayıp döve döve öldürülmüş bir yeğenin, tek suçu sarhoş bir şoförle aynı yoldan gitmek olan sevecen bir gelinin, yeni doğmuş kalp yetmezliği olan bir bebeğin ve AIDS'e fazla dayanamamış iki yeğenin büyük teyzeleri olmak, suçluluk duygusunu alabildiğine derinleştiriyordu. Bu kadar uzun yaşamış olmakla ve halen buralarda oyalanmakla hayata erken veda etmiş bütün akrabalarının ömürlerinden bir şekilde çalmış gibi kendini tek tek her birine karşı kabahatli buluyordu.

Yaşını böyle gizli tutarak, aile üyelerinin gözünde ölümle yaşamın, ümitsizlikle ümidin, kızgınlıkla hürmetin bulutsu bir karışımına dönüşmesinin onların zihinsel dengesine nasıl zarar verdiğini bilmiyordu La Tia Piedad. Bir taraftan uzun hayat timsaliydi kuşkusuz ve bu vasfıyla akrabalarını da benzer uzunlukta bir ömrün beklediğini muştuluyordu alttan alta. O bu kadar uzun yaşamayı başarabildiğine göre diğerleri de aynı skoru elde edebilirdi. Bu düşünce, bu örtük vaat, akrabalarının kendilerini ona bir parça borçlu hissetmelerine neden oluyordu, âdeta onlara kıymetli bir armağan vermişti, genleri mi artık her neyse. Bilhassa bu genlerin doğrudan alıcısı olan dört kızının beklentileri herkesten fazlaydı, gerçi beşinci kardeşlerini bir araba kazasında kaybetmek onları hayattan bir şey beklemenin tehlikelerine karşı uyarmamış da değildi. Yine de ailelerinin tıbbi tarihi sorulduğunda saklı bir kıvanç hissediyorlardı, hele asırlık annelerinin hâlâ turp gibi olduğunu söylediklerinde. Şüphesiz bu bilgiyi sigorta şirketleriyle paylaştıklarında gönençleri katlanıyordu.

Ancak bu hakikatin sadece bir parçasıydı. Çünkü La Tia

Piedad aynı zamanda derin bir içerlemenin, hatta öfkenin de sebebiydi, sanki yukarıda, cennetin dokuzuncu katında bir nevi göksel karışıklık, hatta neredeyse adam kayırma cereyan etmekteydi de kendisi bunca zamandır utanmadan bundan sebeplenmekteydi. Neticede La Tia Piedad'ın aile üyelerinin çoğu amansızca, inatla ve çarnaçar seviyordu onu marazi bir sevgiyle.

Sonra *las otras tias* vardı, diğerleri. Dördü (Tia Tuta, Tia Flaca, Tia Licha ve Tia Graciela) Alegre'nin ölmüş annesinin kardeşleriydi, geri kalan dördüyse (Tia Chita, Tia Cata, Tia Bertha ve Tia Martha) ölmüş babasının kardeşleriydi; sadece lüzumsuz cömertliğin değil lüzumsuz adaletin de Talih'in saymakla bitmez erdemleri arasında yer aldığını kanıtlamak istercesine eşit olarak iki tarafa dağılmışlardı. Yine de Talih *las tias*'a bir kıyak geçmişse bile iş kocalara geldiğinde durum büsbütün değişiyordu zira biri hariç hepsi, farklı sebeplerden ötürü ama benzer biçimde apansız ölüp gitmişlerdi. Kocalarını böyle çabuk, böyle beklenmedik biçimde kaybetmek *las otras tias*'ın öfkelerini bilemişti, sadece asla diş geçiremedikleri La Tia Piedad'a karşı değil, daima rahatça diş geçirebildikleri hayattaki tek koca El Tio Ramon'a da.

Kısacası Alegre, kadınların çoğunluğu oluşturduğu, daha çok acı çektikleri ama hayatta daha sağlam tutunabildikleri, tia dolu geniş bir aileye mensuptu. Asla görülmeyen hesapların, ateşi-sönmüş dumanı-tüten çekişmelerin, İngilizce konuşmayı başaramayınca ağzına badem sabunu sürülen, sabun işe yaramayınca konuşma terapistlerine gönderilen çocukların sülalesiydi bu. Kendi çocuklarıyla iletişim kurmayı başaramayan, ama İngilizce kelimeleri yanlış telaffuz ettiklerinde onların kendileriyle nasıl dalga geçtiğini gayet iyi sezebilen kırgın annelerin sülalesi. Aralarında sessiz boşluklar, kırık ifadelerden mürekkep uzaklıklar olan anneler ile çocukların, daha iyi bir gelecek için çıkılan yolun bir yerlerinde bir vakitler kaybedilmiş kelimelere duyulan özlemlerin sülalesi.

ABD'de doğmuş ve büyümüş beşinci kuşağa dahil olan Alegre'nin geçmişi, şimdisi ve geleceği bir süreklilik hissi içinde birbiriyle kaynaşıyordu zira o da, kendinden küçük kuzenleri de büyüklerin çektiklerine benzer zorluklar yaşamamışlardı. Ne var ki içinde fazlaca acı çekmiş çok fazla insanın bulunduğu bir ailede acı çekmemiş biri olmak kadar acı bir şey yoktur. Aradaki eşitsizliği insanın kendi ailesi kapatır. Müdahalelerinde *iyi* niyetliydiler kuşkusuz. Ama iyilik yapma niyeti, iyilik yapmakla karıştırılmamalıdır. Aynı şekilde, birini mutlu etmek için safça ve samimiyetle alınan özel bir hediye, onu ille de mutlu etmeyebilir. Sebep, sonuç değildir, saf mantığın temel çıkarımları açısından niyetiniz ne kadar rafine olursa olsun.

Tutkuyla çalışan bir aileye mensup olduğundan ne tutkulu ne de çalışkan olması gerekmişti. Doğumundan itibaren hep yanındaydı *las tias*, bir fısıltı mesafesinde. Onu ve küçük kuzenlerini koruyucu bir sisle sarmalamıştı şefkatleri –tatlı ve aşina bir şey olsa da sis sisti işte, öteyi görmeye izin vermezdi. Sonra Arizona'daki korkunç kazanın haberi Boston'a ulaştığında o ince sis göz açıp kapayana kadar Alegre'nin etrafına kenetlenmiş, kaya gibi sağlam bir sevgi, alaka ve düşkünlük zırhına dönüşmüştü. Hem annesini hem de babasını kaybeden Alegre, takip eden senelerde teyzeleri ile halalarının tek tek ona ana babalık etmeye çalışacağını görecekti, zırhın miğferi olarak en başta da La Tia Piedad. *Las tias*'tan hiçbiri kendi konumundan feragat etmek istemediğinden her biri adanmışlıkla, sebatla, durmadan hayatının en ücra köşelerine sokulan sekiz anne, sekiz baba, bir de mega-anne-baba sahibi olmuştu.

Oysa annesi onu hiç zorlamazdı. Geçmişte çok acı çekmiş, ama artık hali vakti ve şöhreti iyi bir aileye doğan Alegre'nin hiçbir eksiği olmadığına inanırdı. Kızının çok becerikli olmasına, hele hele bir kadına yakışandan fazla hırslı olmasına hiç gerek yoktu. Yine de Alegre'ye zaman zaman hatırlatmadan edemezdi: *"Tienes que hacer concha hija."**

Ne gariptir ki annesinin, Alegre'nin edinmesini bu kadar çok istediği *concha* onun ölümüyle otomatik olarak belirivermişti. O günden beri, dışarıdaki hayatın ona bir ihtimal dokunabileceği bütün delikleri tıkamaya niyetli bir ilgi ve sevgi kalesinin arkasında yaşıyordu Alegre. Fazla geliyordu bu alaka. Bu aşırı sevginin onu boğduğunu asla itiraf edemezdi. *Las tias* o kadar yüce gönüllüydü ki onlarla mücadele edilemezdi. La Tia Piedad elektrikli mevcudiyetiyle öyle eşsiz ve kudretliydi ki ilgi yörüngesinden bir an bile çıkmanın mümkünü yoktu.

Yer değiştirmelerin etkileri tuhaftır. Yarım gün boyunca çeşitli saat dilimleri üzerinden uçmak "kişinin bedenindeki biyolojik ritimlerin bozulmasına" (uçuş yorgunluğunun sözlük karşılığı) neden oluyorsa, insanın memleketinden temelli havalanıp çeşitli kültür dilimleri üzerinde süzülmesinin de "kolektif hafızadaki zihinsel ritimlerin bozulmasına" (hüzün için önerilen karşılık) sebep olabilir. Geçmişi sona erdiren arzulanmayan değişikliklere maruz kalmak gelecekteki değişimlere ta baştan son verme arzusunu uyandırabilir. Muhafaza edecek daha az şeyi olanlar sonunda herkesten muhafazakâr olup çıkarlar.

Geçmiş on yıllardaki pek çok göçmen gibi La Tia Piedad için de yer değiştirmek her şeyden çok yeri doldurulamayacak kayıplar demekti. Zaten birbiri ardına gelen beş ayrı yönetici tarafından iyice keşmekeşe gömülmüş Hargill'den Big Apple'a gelirken ahşap evini ve çok sevdiği sebze bahçesini kaybetmişti. Yol üzerinde, yanına alabildiği şeylerin çoğu bir yerlerde bir şekilde kaybolmuştu; işlemeli çarşaflar, tespihler, *retablos*, dantel masa örtüleri gitmişti. New York'a gel-

* "Kendine bir kabuk örmen lazım kızım."

diklerinde taptığı kocasını ve artık çetelesini tutamadığı bir sürü şeyi kaybetmişti. Bir daha hiç evlenmemiş, altı kere birbirine benzeyen mahallelere taşınmış, her seferinde bir şeyler kaybetmiş, nihayet onu bekleyen kayıplardan habersiz, beş kızını yetiştirmek üzere Boston'a yerleşmişti. Bütün bu kayıplar ve kederler sergüzeştinde kaybetmemeyi başardığı tek bir şey vardı, aslında toplam 87 şey. Kendi elleriyle boyadığı porselen bir yemek takımı. Bilmeden seçtiği desen manidardı, ortasında sarı bir gülüş olan küçücük mavi bir çiçek, meşhur Myosotis Alpetris, bilinen adıyla *unutmabeni*.

12 pasta tabağı, 12 çorba kâsesi, 12 tatlı tabağı, 3 salata tabağı, kapaklı bir tencere, bir çaydanlık, bir kahvedanlık, tabaklar, fincanlar, fincan tabakları... 87'si birden Talih'in ona sakladığı değişimler ve yolculuklar boyunca sadakatle, mucize eseri tekinde dahi tek bir çizik olmaksızın peşinden gelmişti.

Porselen takımın tarihi bu kadar müthiş olunca, istikbali de öyle oluyordu. Ve seneler sonra şimdi temel soru şuydu: "La Tia Piedad ölünce porselen takımı kim alacak?" Doğrusu bu soruyu asla tam manasıyla çözülmeyen, dikenli, münakaşalı bir mesele haline getiren büyük büyük teyzenin kendisiydi. Arada bir, şu ya da bu sebepten mirasçısını ilan eder ama sonra birden başka biri lehine fikrini değiştiriverirdi.

La Tia Piedad'ın gözbebeği olduğundan porselen takımı almaya en yakın görünen kişi Alegre'ydi. İçten içe bunu çok istiyordu. Porselen takım her parçasıyla asla sahip olunamayan bir bütün, bir tamamlanmışlık hissiydi. Sadece geçmişle gelecek arasında bir köprü değil, aynı zamanda sevgi barometresiydi de; onun sayesinde La Tia Piedad'ın kendisini ne kadar sevdiğini ölçerdi ailenin her ferdi. Porselen takım kime geçmişse birincilik de ona geçerdi.

Böyle narin porselenler için aşırı bir baskıydı bu.

Kızımız oldu!

Önde yürüyen atkuyruklu sarışın adam, kullanılmış mobilya satan bir dükkândan çıkan kırk-kırk beş yaşlarındaki kadın, bu rüzgârlı havada göbeğini açıkta bırakan bir bluz giymiş olan aşırı makyajlı kız, iki çocuklu genç bir anneyle konuşan üç çocuklu genç bir anne, Brookline Booksmith'in girişinde ya henüz kavga edip birbirine küsmüş ya da aynı anda *Mao Çe-Tung'un Şiirleri*'ne somurtan bir çift. Anlık bir tereddütten sonra Ömer saatin kaç olduğunu sormak için bunlar arasında kırk yaşlarındaki kadını seçti, cevabı duyduğunda da panikle yine geciktiğini anladı. Queensryche'nin *Suite Sister Mary*'sini çalmak için düğmeye bastı, şarkı sona ermeden Japon-Çin lokantasına ulaşmayı umarak. Ama ancak şarkı üçüncü seferini tamamladığında verilen adrese ulaşabildi. Önemsiz bir gecikme sayılmazdı, şarkının uzunluğu düşünülürse: 11 dakika 33 saniye.

Jamaica Plain'deki plakçı dükkânındaki o çılgın tezgâhtar Vinessa yüzündendi hep; harika punk koleksiyonu yüzünden günaşırı gittiği, her seferinde de daha fazla kaldığı, kötü aydınlatılmış in gibi bir yerdi. Vinessa, Joe Strummer'ın bütün şarkı sözlerini bilirdi ve bu alanda ne kadar uzmanlaştığını kanıtlamak için çalışırken yüksek sesle The Clash çalar, aynı zamanda Strummer'dan bile daha yüksek sesle şarkı söyler, müşterilerin tercihlerini ya da olası tepkilerini umursamazdı. Tekmil hayalperest şarkıcılar gibi o da kendine ait sıkı bir grubu olmasını hayal ediyor, bu arada elindekiyle yetiniyordu. Elindeki grubun adı *Rock Smear*'di. Ömer bu kızla gevezelik etmekten hoşlanıyordu ama bugün onun kocaman, siyah, yıldızlı gözlerinde flört parıltısı fark ettiği için ayrıca mest olmuştu. Ne var ki bu, Alegre'nin doğum günü yemeğine gecikmek için pek iyi bir bahane sayılmayacağından adımlarını sıklaştırırken bir yandan da daha iyi bir bahane düşünmeye çalıştı ama nafile. Lokantaya yaklaştığında kaldırımdaki sokak lambasına bağlanmış, sıkkın mı sıkkın Arroz'u gördü. Köpek çenesini kaldırıma koymuş, gözleri ardına kadar açık, geçen her ayakkabıya şüpheyle bakıyordu. "Geri döndüğümde söz sana Çin yemeği getireceğim" dedi Ömer eğilip köpeğin göbeğini kaşıyarak, bunun karşılığında fazla coşkulu olmasa da bir kuyruk sallama koparmayı başardı.

İçerisi insan kaynıyordu; bir kısmının yemeye ayıracak vakti yoktu sanki, zira durmadan konuşuyorlardı, bir kısmının da konuşmaya ayıracak vakti yoktu, onlar da durmadan yiyorlardı. Arkada sol köşede önce Piyu'nun geniş tebessümünü seçti, sonra yuvarlak masa etrafında dizilmiş, ölçülü ölçülü tartışır görünen temkinli, nazik yüzleri gördü ve nihayet tanıdık bir nakaratın patladığını duydu: "Ama benim karşı çıktığım *tam da* bu işte!"

"Abed bu sefer *tam da* neye karşı çıkıyor?" diye takıldı Ömer, yanındaki boş sandalyeye otururken.

"Merhaba!" diye bağırdılar hep bir ağızdan.

Doğum günü sahibi Alegre soruyu cevapsız bırakmaması gerektiğini hissetmişti belki ama bu arada Ömer'i masadaki iki kızla tanıştırmayı unutmuştu. "Abed bu lokantanın hem Japon hem de Çin lokantası olduğunu iddia etmemesi gerektiğini söylüyordu, çünkü..."

"Çünkü bunlar iki farklı kültür" diye araya girdi Abed, kendi savunmasını yapabilmek için avukatını reddeden bir müvekkilin azmiyle. "İki farklı, iki kadim kültür! Bunları hop diye birbirine karıştırıp *ÇinVietnamBurmaJapon Mutfağı* yaparsanız, isteseniz de istemeseniz de: Yuvarla gitsin! demiş olursunuz. Ne fark eder, çünkü son tahlilde hepsi aynı. Sarı suratlar, çekik gözler! İma edilen bu."

Ömer mönüyü alıp yarım yamalak aperatifler sayfasının arkasına saklanırken birlikte yemek yiyeceği yabancılara şöyle bir göz gezdirdi. Masada ikisi de pek güzel olmayan, daha önce hiç görmediği iki kız vardı. Alegre'nin yanında oturanın neredeyse domates kırmızısı saçları oğlan çocukları gibi kısacık kesilmişti. Önde komik duran bir tutam ters saçı vardı, devasa kulaklarındaysa, bir kısmı sonsuza kadar oraya mıhlanmış izlenimi veren küçük küpeler diziliydi. Zümrüt yeşili kadife gömleği ona vakur olmasa da mesafeli bir hava veriyordu. Öteki kız siyah bir elbise ve silah yelek giymişti, kafasını onlardan da kara saçları çevreliyordu. Saç demişken o çalılığın içinden kaşığa benzer gümüş bir şey sarkıyordu. Ama Ömer onun üzerine daha fazla gözlem yapamadan, kızın onun bakışlarını yakaladığını fark etti ve gözlerini hemen tekrar mönüye indirip "*Pu Pu Tabağı* (iki kişilik)" yazısına denk geldi.

Piyu "*demek istediğini anlıyoruz*" manasına gelen teskin edici bir tebessümle Abed'e baktı, sonra azarlayıcı bir bakış fırlatmak için Ömer'e döndü ama onun yerine, yüzünü kaplayan mönüyle karşılaştı. "Madem artık *herkes* geldi" dedi Piyu, *malum* kişi mesajı alsın diye "herkes" kelimesini vurgulayarak, "farklı yemekler sipariş edip paylaşmayı öneriyorum."

Ama çok geçmeden bu önerinin imkân dahilinde olmadığı ortaya çıkacaktı, yemeyi istedikleri şeylerden ziyade yemeyi istemedikleri şeyler yüzünden. Masadaki herkesin yemeyi reddettiği en azından bir şey vardı ve bunlar birbiriyle çakışmıyordu. Abed içinde domuz eti olan bir şey istemiyordu; Alegre'nin kız arkadaşları et, yumurta, tereyağı, hatta yapay et yemeyi reddeden katı vejetaryenlerdi. Piyu dişlerini kaydırdığı için bambu filizi yemek istemiyordu çünkü dişleri kayınca kendini bıçağa dokunmuş gibi hissediyordu, Ömer de çocukluğundan beri balık yemezdi. Sadece Alegre yemek seçmiyor gibiydi. Birisi tarafsız bölgede görünen *Ayın Etrafında Dönen Yedi Yıldız* yemeğini önerdi, yıldızlar, şefin özel kahverengi sosunda pişirilmiş brokoli, kuşkonmaz, kırmızıbiber, yeşilbiber, sarmısak ve patlıcandı ama garson kız maalesef yedinci yıldızın ya ördek ya da domuz eti olması gerektiğini söyledi.

Garson kız iki kaşına da piercing yaptırmıştı ve görünüşe göre hayata tahammülü kıttı. Ya da belki tahammül edemediği hayat değil, Abed'in sorularıydı. Yemek isimlerinin Çinceden mi çevirildiğini yoksa Amerikan tüketicisi için yeniden mi isimlendirildiğini öğrenmek istiyordu Abed, eğer ikincisi doğruysa bu isimleri kim seçmişti. Garsonun buna verecek cevabı da yoktu, sıradaki sorulara sabrı da. Bu arada herkes paylaşmak yerine kendi yemeğini sipariş etmeye karar vermiş görünüyordu.

Tantana bitip garson hepsinden nefret ettikten sonra Alegre masayı kaynaştırma vazifesinin kendisine düştüğüne karar verdi. "Gail ve Debra Ellen Thompson'ın çikolata dükkânları var" dedi gülümseyerek. "Kendi çikolatalarını yapıyorlar! İnanabiliyor musunuz?"

Samimiydi sevincinde. Dükkâna gitmiş, çikolataları görüp koklamıştı. Hindistancevizli, fıstıklı, kremalı, badem ezmeli, kavrulmuş fındıklı... beyaz, sütlü, siyah envai çeşit çikolata. Bir bulimiğin gölgeler şatosu.

"Siz nasıl hem çikolatacı dükkânı işletip hem de bu kadar zayıf olabiliyorsunuz? Sattıklarınızı mideye indirmiyor musunuz?" diye sordu Abed.

"Sanırım jinekolog olmak gibi bir şey."

Siyah-saçlı-siyah-elbiseli kızdı konuşan. Bu sefer ona daha dikkatli bakan Ömer saçlarının beyaz bir kız için inanılmaz siyah olduğunu fark etti, kulağının yanındaki o gümüşümsü kaşığa benzer şey de... gümüş bir kaşıktı!

"Yani heteroseksüel erkek ya da tabii lezbiyen bir jinekolog gibi. İkisi de arzu nesnelerini sürekli görür ve ona dokunurlar ve artık bir nesneye dönüştüğü, arzuyla hiç alakası kalmadığı için onu arzulamazlar. Bilmem anlatabildim mi?"

Anlamamış gibiydiler. Zaten hepsi başka yerlere bakıyorlardı. Abed ile Piyu gözlerini farklı yönlere kaçırmışlardı. Ama sonra Piyu durumun daha da beter olabileceğini fark etmiş gibi tuhaf bir rahatlamayla tekrar ona baktı, mesela kızın saçındaki şu kaşık sivri uçlu bir bıçak olabilirdi. Alegre başını eğmiş, halıda, ayağının yanındaki kırmızımsı bir lekeyi inceliyordu. Debra Ellen Thompson büktükçe büktüğü peçetesine bakıyordu. Ömer bu arada gülmemek için kendini zor tutarak lokantayı gözleriyle tarıyordu, özellikle öteki uçtaki masaları. Garson, neyse ki YEMEKLE geri geldiğinde onları bu vaziyette kıvranırken buldu.

Alegre, Gail'in zumlayamayacağı yeni bir konu açmak için Müslümanların oruç tutma alışkanlıklarını sordu. Sakıngan adımlarla usul usul açılarak farklı dinlerin yasakladığı yemekler ve yasakların mantığı üzerine konuşmaya başladılar. Muhabbetten ziyade gözcülüğü andırıyordu, herkes vazife başındaki nöbetçi gibiydi, dışlayıcı olmasa da çekingen ve dikkatli. Çünkü hepsi-farklı-kimliklere sahip insanlardan oluşan gruplarda, ilk kez karşılaşan ya da birbirlerini iyi tanımayan alakasız insanlar arasında, bir konuya girmek onun etrafında dolanarak önceden keşif yapmayı gerektirir. Karşındakilerin senin kültürel arka planını ne kadar bildiğinin, ne kadar alıcı olacaklarının, önyargılarının nerede başlayacağının haritasını çıkarman gerekir çünkü bir yerlere yapışmış bir önyargı *daima* vardır. Abed böylesi bir ihtiyatla, malumatı dinsel değil de kültürel bir seviyede tutarak, ramazan ayından bahsetmeye başladı. Onlara bu ay boyunca yapılan yemekleri, pidelerin mis gibi kokusunu, gün boyu oruç tuttuktan sonra en basit bir zeytin ya da hurmanın bile nasıl lezzetli geldiğini anlattı. Sonunda da bütün bu işin temelde yemekten uzak durmak gibi görünebileceğini ama aslında bundan daha soyut olduğunu, temel amacın hırsı ve arzuyu bastırma, sabretmeyi öğrenme olduğunu belirtti. Diğerleri onu dikkatle dinlerken, tatlı tatlı anlatıyordu. İçlerinde en destekleyici ve anlayışlı olan Piyu'ydu. Yine işi dinden ziyade kültür seviyesinde tutarak o da Katoliklikten anlatılanlara yakın olabilecek örnekler verdi. Altı farklı yemek ve altı farklı çorbayla donanmış olan masayı bir nezaket ve hoşgörü esintisi sardı. Bu esinti onları Müslümanların sabır kavramından İspanyolcanın *aguantar* fiiline taşıdı. Dindar teslimiyetten dünyevi tahammüle, ne olursa olsun hayata devam etmenin gerekliliğine doğru, sabretmenin, şükretmenin yüceliğinden dem vurdular, *aguantar la vara como venga.** Arada bir tadına bakılan yemekler hakkındaki yorumlar ve övgülerle, sürekli şapırtı sesleriyle yaldızlanan dingin, barışçıl bir muhabbet. Her şey ılımlı, mütevazı ve yumuşaktı, ta ki beklenmedik bir müdahale havada asılı duran bu tülümsü nezaket perdesini tutup alaşağı edene kadar.

"Kusura bakmayın ama ben buna karşı çıkıyorum. Bana sorarsanız gayet ince bir çizgi var ve onu geçince konuştuklarınızın hepsi saf, basit kadercilikte son buluyor!"

Yine siyah-elbiseli siyah-yelekli kızdı. Çeçuan Usulü Tofu'dan sinirli sinirli bir ısırık alıp çiğnerken malzemeleri arasında et olabileceğinden şüpheleniyormuş gibi kaşlarını çatarak içine baktı. Şüphesinden kurtulmuş olmalı ki lokmasını yutup herkesin gözlerinin içine bakarak konuşmaya başladı:

"Meksika'nın serbest ticaret bölgelerinde parça başı iş yapılan emek yoğun imalathaneler bu kadar kolay kurulabiliyorsa bunun tek nedeni orada emeğin ucuz olması değil, si-

* Boğa güreşlerinde kullanılan bir terim: Kılıç nereden gelirse gelsin dayanmak.

zin bahsettiğiniz *aguantar* ya da sabır. Meksikalı, Filipinli, Salvadorlu kadınlar ile çocuklar hem daha kolay sömürülebildikleri hem de daha marifetli, minik parmaklara sahip oldukları için tutuluyorlar. Günde sadece on dakikalık iki tuvalet molasıyla 14 saat çalıştırılıyorlar, Avrupa, Japonya ve Ortadoğu'daki burjuva tüketiciler daha büyük bir çeşitlilikte Nike'lar alabilsin diye. Bunun en üzücü, en kahredici yanı ne biliyor musunuz? Bu fabrika işçilerinin çoğu sömürüldükleri için minnettar. Üzücü olan bu işte! Minnettarlıkla katlanıyorlar. Onlara ne olursa olsun minnettar olmayı, her haksızlığa katlanmayı öğreten koca bir düşünce ve inanç sistemi var. O Nike'lar o kadar düşük fiyata o kadar büyük ıstıraplarla üretilebiliyorsa bunun nedeni kültürlerarası kaderci öğretiler... *aguantar* ya da sabır... her ne haltsa!!!"

Derin sessizlik. Şaşkın sessizlik. Derin ve şaşkın sessizlik.

"Kuzu eti nasıl Abed? İyi mi?"

İyiydi iyi olmasına, birinin *Mutlu Mutlu Kuzucuk* adını verdiği bu yemek lezizdi leziz olmasına da onu bahane ederek Alegre'nin doğum günü partisini kurtarma teşebbüsü bile yetmedi Abed'i yatıştırmaya: "Peki *sen* ne öneriyorsun bize?"

"Bilmiyorum" dedi beriki. "Başlangıç olarak isimlerimizi değiştirmeye ne dersiniz?"

Alegre çubuklarıyla tombul bir mahun cevizini daha tabağın bir tarafından öbür tarafına taşırken içini çekti. Debra Ellen Thompson, Gail'e masadaki kimsenin fark etmediği ters, şifreli bir bakış fırlattı. Bu esnada iki masa ötedeki kahverengi saçlı, eskiden-çocuk-yıldız olup da şimdi-emlakçılık-yapan kadın, tam nefret ettiği gerdanını saklamak için en iyi açıyı ararken başını eğdiği sırada bu bakışı gördü, duraladı, hemen ardından kendinden emin, yüksek sesle: "E*vet!*" dedi. Kadın refleksle az önce yakaladığı buz gibi bakışın hedefine bakmış, orada bula bula siyah saçlı bir kız bulmuştu, başında da kaşığa benzeyen bir... şey... bir kaşık vardı. Kapıldığı şaşkınlık yüzünden gözlerini bu acayip insanlarla dolu acayip masadan koparması üç, belki beş ya da sekiz saniye sürmüş, sonra karşısında oturan ve yaptığı evlenme teklifine cevap vermekte böyle beklenmedik bir biçimde gecikmesini gizli bir tereddüde yoran adamın endişeli yüzüne dönmüştü.

"İsimlerimizi değiştirmemizi mi istiyorsun?" diye sordu Piyu nağmeli bir sesle.

"Evet isimlerimizi, yani metaforik olarak. Doğduğun kişi olmaktan gurur duymak yerine gururlanmamak kimliğinden, tutup başka biri olmak."

Ani bir emir almış gibi Alegre cevizlerle oynamayı bırakıp önce birini, sonra ötekini, sonra hepsini, derken teker teker bütün karidesleri yedi ve korkutucu ölçüde hızlı değil, öyle fazla aheste de değil ama neredeyse robot gibi bütün *İmparatoriçe Gurme*'yi başladı mideye indirmeye.

"Bu şeye benziyor... yani Meksikalı olarak doğmuşsan bir yıl Arap gibi yaşamaya çalış, ertesi sene başka bir şey gibi, 'Öteki'lerden öteki beğen. Adını, kimliğini değiştir. Adın, kimliğin olmasın. Ancak kendimizi bize verilen kimliklerle özdeşleştirmeyi bırakırsak, ancak bunu başarabilirsek her türlü ırkçılığı, cinsiyetçiliği, milliyetçiliği, köktenciliği ve insanlar arasına sınırlar koyarak bizi farklı sürülere, altsürülere bölen her şeyi saf dışı edebiliriz."

"*Senin* için bunu söylemek kolay" diye homurdandı Abed. "Sürekli ayrımcılıkla mücadele etmek zorunda olan sen değilsin. *Casablanca*'yı seyrettin mi? Humphrey Bogart müthiş etkileyici bir aktör! Ama o filmde Faslılar hakkında ne dediklerini biliyor musun? *Şu yürüyen çarşaflar!..* Sömürgecilerin gözünde benim atalarım bu işte. Yürüyen çarşaflar! Ben de çoğunluğa göre hâlâ buyum! Bunu unutup adımı değiştirmemi nasıl beklersin?"

Bunu takip eden sessizlikte Alegre izin istedi ve hızlı, işini bilir, kaygan adımlarla, başka müşterilerin neler yediğine bakarak masaların arasından çaprazlama geçip aşağıdaki tuvalete yöneldi.

"Abed haklı" diye bağırdı Piyu tüyleri diken diken olmuş vaziyette, çünkü birden dişlerinin kamaştığını hissetmiş ve tabağındaki hem kemiksiz, hem de içinde o çirkin sarı bambu filizleri bulunmayan Müessesenin Özel Ördeği'ni ihtiyatla incelemişti. "Dahası ben insan olarak zaman zaman yaşamak zorunda kaldığımız bütün o ıstırabın bir sebebi olduğuna samimiyetle inanıyorum. Bazen Tanrı böyle zorluklarla inancımızı sınar. Sebepsiz sıkıntı yoktur."

"Yapma ya, kim sınanmak ister? Ben istemem!" diye gakladı Gail, yüzü dilinden daha keskin parlayarak. "Bana kalsa, bana ne kadar ihtiyacı olduğunu O'na hatırlatmayı tercih ederim. Tıpkı Rilke'nin yazdığı gibi: *Ben ölünce ne yapacaksın Tanrım? Beni kaybetmekle kaybedeceksin anlamını.* İster Tanrı, ister milliyet, ister falanca din olsun... en önemli bulduğun şey her neyse ona şöyle demelisin: *Ben –yani milyonlarca küçücük karınca arasındaki bu küçücük karınca– öldüğümde, bensiz ne yapacaksın?*"

Tuvalette Alegre, ellerini yıkayan kahverengi saçlı halinden memnun görünüşlü hanıma yumurta şeklindeki bir ayna üzerinden mahcup mahcup gülümsedi, bir an onu daha önce gördüğü hissine kapıldı ama nerede gördüğünü çıkaramadı, havadaki yoğun, ağdalı hindistancevizi kokusunu içine çekti ve koku kadından mı yoksa tuvalet parfümünden mi geliyor merak etti, en uzak tuvaleti seçip kapıyı kapadı, klozetin üzerine eğilip kadının çıktığını duyana kadar o vaziyette bekledi, sonra elini gırtlağına soktu. Bulantı çabucak geldi, her zamanki gibi. İlk kusmuk dalgası geldiğinde sesi bastırmak için sifonu çekti. Kusarken, yüzü ondan bağımsız ağlıyormuş gibi gözleri yaşardı. Yaptığı şey yüzünden en ufak bir endişe, bir üzüntü hissetmiyordu. Hissettiği bir şey varsa o da dipsiz bir uyuşmaydı.

"Ama ben de tam buna karşı çıkıyorum" diye çınladı Abed'in sesi. "Bak Gail, geçmişte bir sürü mutasavvıf buna benzer şeyler söylemiştir. Kulağa radikal, hatta zındıkça gelen şeyler çıkmıştır ağızlarından. Ama onlar ne radikaldiler ne de zındık. Hakiki inanç sahibi insanlardı."

İkinci dalga daha güçlü, birinciden daha kabarıktı, midesine ağırlık yapan, ruhuna eza eden bütün yükü dışarı çıkardı. O pembe bulamaç çıktığında, zaman geriye alınmış, bir yük atılmış, Alegre ferahlamıştı. *İmparatoriçe Gurme*'nin bedeninden atıldıktan sonra aldığı soluk renge bakakaldı. Tropik adalar gibi kokan o tuvalette kıpırdamadan, sesini çıkarmadan dururken eline şu ev dekorasyonu broşürlerinden biri geçse, klozetin dibinde baktığı bu özel rengin 52-E olduğunu görecekti, adı da şuydu: *Kızımız Oldu!*

"... o radikal konuşmaları yapan onların ağızları değil, söylediklerini yanlış işiten kulaklardı. Toplumun kulakları. Batıni kelamlar kendi düşünce sistemleri içinde anlaşılmalıdır. Sözlerini düz anlamlarıyla almak büyük hata olur. Sadece Kiril alfabesi bildiğin halde Çince bir metin okumaya benzer. Çince metinleri okuyabilmek için Çin alfabesi bilmelisin. Her mesajda iki anlam bulabilirsin: Bir dış anlam, bir de iç anlam. Sufiler daima iç anlamın dilini konuşurlardı. O sözleri söylediklerinde bambaşka bir ruh hali içindeydiler. Tanrı'ya duydukları sevgiyle coşmuş, derin düşüncelere dalmış, kendilerinden geçmiş, transa girmişlerdi."

"Sarı mantardan olmalı!" diye atıldı Ömer. "Herhalde halüsinasyon gördüren, LSD ya da meskalin gibi bir şey çekmişlerdir!"

"Ne ne ne?" Abed baskı altında daima yaptığı gibi çenesindeki gamzeyi kaşıyarak, Müslüman biraderine dehşetle baktı.

Alegre üçüncü bir dalga için parmağını tekrar bastırdı ama bu sefer sadece acı su geldi. Tuvalet kâğıdından bir parça koparıp klozet kapağına saçılmış pembemsi lekeleri dikkatle temizledi ve tekrar sifonu çekti. Su delikten boşaldığında her şeyi alıp götürmüş, geride hiç iz kalmamıştı.

"LSD" dedi Ömer ona cevaben. "Lizerjik asit dietilamidin'in kısaltması, beynin bir bölümünü fazlasıyla uyararak, tepkilerini çarpıtan..."

"LSD'nin ne olduğunu biliyorum, mankafa! Muhterem Sufileri senin kıytırık esrarkeşlerinle nasıl karıştırırsın?"

"İyi de semptomlar aynı" dedi Ömer omuzlarını silkerek. "Halüsinasyon gördüren madde alanlar nesneleri olağanüstü parlak, güzel ve farklı boyutta görürler. Algının kapıları açılır. Yeni bir şey değil. Eski bir teknik. Ben bunda bir kötülük görmüyorum."

"Ama ben görüyorum" dedi Abed ters ters. "O dervişler bilge adamlardı, dünyevi arzularını bastırmak ve Batıni bilgilere ulaşmak için seneler verdiler. Bu dünyayla alakaları yoktu, hele maddi sunularıyla hiç. Sen de karşıma geçmiş onların hipiler gibi esrar mesrar içip, güneşe uzanıp hayaller gördüğünü söylüyorsun! Madem öyle uyuşturucuya yetecek parası olan herkes Sufi olabilir!"

"Herkes olamaz elbette" dedi Ömer düşünceli düşünceli. "Mesele doğru insanlarla doğru uyuşturucuları buluşturabilmekte."

"Ah! Tam zamanı..." Alegre'nin geldiğini gören Piyu'nun yanakları kızardı, gözleri parladı. Belli ki kız arkadaşının Gail ile Abed, Abed ile Ömer arasında bir tampon bölge kurup bu doğum günü yemeği yıkıntısından hiç olmazsa artakalanları kurtarmasını umuyordu. "Tam tatlı zamanında geldin! Kimse şöyle güzel bir tatlı istemiyor mu?"

"Ben isterim" dedi Alegre sevinçle.

Midesinde pineklemekte olan kalorilerin toplamı sıfıra düştüğünden yeniden yemeye başlayabilir, her istediğini, hatta isterse bin kalori olsun listedeki en ağır tatlıları bile yiyebilirdi. Zira blumialı, Sıfırın bitimsiz özgürlüğünün hikmetine varan kişidir, hem rakamlar arasında hiç de sıradan bir rakam değildir Sıfır. Aslında Sıfırın sayı olup olmadığı da şüphelidir, başka bir küreye açılan esrarlı bir kapı, başka bir küre olmasa da başka bir ekosistem, daha yüksek bir bilinç, her şeyin mümkün olduğu, hiçbir şeyin dönüşsüzce kaybedilmediği, sonların, dolayısıyla başlangıçların da olmadığı bir öte diyar. Blumialıların günümüzde bildikleri ve tecrübe ettiklerini Eski Babilliler de bilir ve tecrübe etmekten bilgece kaçınırlardı. Yazılarında ya da hesaplarında sıfır sayısını kullanmamaları rastlantı değil. Zaten denilebilir ki Birinci Babil Hanedanı'ndan sonra dünya yaşanması daha zor bir yer halini aldı.

"Burnunu mu pudraladın Alegre? Kızların tuvalette nasıl bu kadar uzun kalabildiğini anlamıyorum..."

Piyu komik bir şeyler söylemenin devam etmekte olan dalaştan kestirme bir çıkış sağlayacağını ummuş olmalıydı, ama son sözlerinin Debra Ellen Thompson'ın yüzündeki etkisini görünce lafını hemen yarıda kesip mönüde bütün acılıkları giderebilecek bir tatlı aramaya başladı.

Ne var ki Çin lokantası tatlı açısından pek zengin bir yer değildir, *ÇinJapon* lokantası bile olsa. Mönüyü inceledikten, garsona başka bir seçenek (pasta?) olup olmadığını sorduktan ve mutfağa tecavüz edip özel bir şey yapabilir mi diye ahçıya sorduktan (ama bugün kız arkadaşımın doğum günü!) sonra Piyu sadece üç top erimek üzere Yeşil Çay Dondurması bulabilecekti.

"Ne kadar güzel" dedi Alegre cıvıl cıvıl, Piyu seferinden hüsranla döndükten sonra.

Sağ elinde Abed ile Ömer'den aldığı ortak hediyeyi tutuyordu, altın bir zincirin ucunda incili bir haç. Piyu, bir hipnoz buğusu içinden sallanan kolyeye bakarken, suçluluk, öfke ve elem de dahil pek çok duygu hissetti. Erkek arkadaşı olarak Alegre'ye *bunu* aşacak bir hediye almadığı için suçluluk duymuştu. Kendisine *bundan* hiç bahsetmedikleri için ev arkadaşlarına öfkelenmişti. Elini cebine atıp, ne kadar esip yağsa da *bunun* ihtişamını gölgeleyemeyecek, paketlenmiş kar küresini yoklayınca da elem duymuştu.

Dondurma fena sayılmazdı ama Piyu artık Alegre'ye doğru düzgün bir doğum günü tatlısı temin etmekle ilgilenmiyordu. Dünya üzerindeki kaşları piercingli tek Çinli garson hesabı istenir istenmez getirerek onları birbirlerine daha fazla katlanmaktan kurtardı.

Lokantadan çıkmadan önce Alegre tekrar tuvalete gitmek için izin istedi.

Zıt anlamlısı "normal"

"Kelime *Gail*" dedi Piyu alayla, elinde süpürge, kahvaltı masasının altındaki kırıntıları avlayarak.

"Kibirli/kendini beğenmiş/kaba/küçümser... K'yle başlayan bütün bu kelimelerle eşanlamlı" dedi Ömer şiir okur gibi. "Benim örnek cümlem: Öteki kız için K'yle başlayan daha başka şeyler de söylenebilir. *Etobur* hayat tarzının bir parçası olduğu için yapay et bile yemediğini söyleyerek böbürlenişini duydunuz mu?"

"Zıt anlamlısını söylüyorum: *Normal*" dedi Abed. "Benim örnek cümlem şu: Alegre gibi normal bir kız bu zirzopları nereden bulmuş?"

Hep beraber kıkırdayarak yeni puanlarını eklemek için buzdolabına yöneldiler. Sayı tabelası orada, mor dinozor mıknatısının altında duruyordu, telefon faturalarının, Joe'nun telefonla ısmarlanan mönüsünün, indirim kuponlarının, Ananas Soslu Glase Biftek tarifinin (Alegre'nin), çarpık, sarhoş bir suratın (Ömer'in sızıp kaldığı zamanlardan birinde çekilmiş bir fotoğraf –alkolün bedeni ve ruhu üzerindeki zararlı etkilerini kanıtlamak için Piyu tarafından çekilmiş–), bir LA punk grubunun Ömer'in odasında Abed tarafından bulunmuş indirimli albüm kapağının (üzerinde çıplak Polaroid bir fotoğrafını gönderen herkese yüzde 15 indirim yapılacağı yazdığı için Abed ortalığı şamataya vermişti), bir Starbucks kuponunun (Ömer'in), tepeden tırnağa banyo köpüklerine bulanmış Arroz'un şaşkın bir fotoğrafının, paltıcan morunun "*Kalıcı*" diye adlandırıldığı mor tonlarında bir renk cetvelinin, "Hispanikler Söyledikleri Kadar İyi Âşıklar mı?" başlıklı bir makalenin (herkesin Piyu'ya, Piyu'nun da Alegre'ye ait olduğunu düşündüğü makalenin kökeni belirsizdi) yanında.

Sayıları kaydederlerken Abed yeni bir esprinin eşiğinde gibiydi ama hemen kendini tuttu. Alegre, rengi her zamankinden solgun içeri girmişti.

"Çocuklar, dışarısı acayip soğuk" dedi neredeyse bağırarak; bir elinde küçük bir kutu, öbür elinde bir zarf vardı. Birinciyi Piyu'ya, ikinciyi Abed'e verdi: "Sabah haberleri! Posta kutunuzu daha sık kontrol etmelisiniz."

Piyu kutuyu açtığında mutfağı kuvvetli bir koku kapladı. Sarmısaklı ekmek kokusu kahve kokusunu bir hamlede yutarak Ömer'in keyfini kaçırdı.

"Sen de kakao iç" dedi Alegre kokuların savaşını fark ederek.

"Evet, haklı. Şu çamuru içmeyi bırak, seni asabileştiriyor" dedi Abed ya da Piyu, onu nane çayı ya da sıcak kakao içmeye davet ederek.

Ömer azizlere has bir havayla, bu ölümcül günah için hepsini affediyormuş gibi gülümsedi.

"Büroya yetişmem lazım. Dün için teşekkür etmeye geldim." Alegre, Piyu'ya dönmeden önce düşünceli düşünceli sıska, solgun göğsünde asılı duran incili haçı okşadı. "Onlara partiden sonra aklımıza gelen fikri söyledin mi?"

Piyu, Arroz'un ilgisini kendi üzerine, karşı tezgâha, sarmısaklı ekmek dışında herhangi bir şeye çekmek için ellerini çırparken boş boş baktı. Yüzündeki bakış, bu fikir her neyse, *onların* değil *Alegre'nin* aklına geldiğini ima ediyordu alttan alta ama Ömer ile Abed bu ayrıntıyı fark etmemiş gibi yaptılar.

"Piyu ile ben evde bir Cadılar Bayramı partisi vermenin hepimize iyi geleceğini düşündük. Ne dersiniz?"

Ömer başını kaşıyarak omuzlarını silkti, ağzı sarmısaklı ekmek dolu olan Abed gırtlağından bir homurtu çıkardı. "Güzel!" Alegre bu iki hareketi de onaylama şeklinde yorumlayarak, teşekkür edercesine gülümsedi. "Madem öyle ne kıyafet giyeceğinizi düşünmeye başlayın!"

"Abed, hani geçen gün anlatmıştın ya, Faslılara 'yürüyen çarşaf' denmesini kınayan bir kostüm giymeye ne dersin?" dedi Ömer birden neşelenerek.

"Nasıl yani? Yürüyen yastık mı olayım?" diye homurdandı Abed, henüz okumaya başladığı mektuptaki bir cümle gözüne takılmasaydı daha da homurdanacaktı. Gözlerini o satır üzerine sabitleyip kırık bir sesle mırıldandı: "Annemden geliyor. Beni görmek istiyormuş."

"Ay yapma gitmek zorunda mısın?" diye sordu Alegre, sanki yürüyen yastık fikri pek hoşuna gitmişti de bu kadar çabuk yürüyüp gitmesine şaşıyordu.

"Hayır, *o* gelecekmiş." Abed koyu gözleri endişeyle bulutlanmış vaziyette başını kaldırdı. "Geliyor!"

"Ne güzel haber, öyle değil mi?" dedi birisi yüksek sesle.

"Tabii..." dedi Abed ama yüzü gözle görülür ölçüde buruşmuştu. "Mesele... nasıl geleceği. Hayatında hiç... hiç uçağa binmedi. Amerika hakkında en ufak bir fikri bile yok."

"Olsun, gelince öğrenir, neden endişeleniyorsun ki?" dedi Piyu aynı anda hem arkadaşını teskin etmeye, hem köpeğini kontrol etmeye, hem de sarmısaklı ekmek yemeye çalışıp her birinde başarısız olarak.

Ama Abed artık onu işitmiyordu. Konuşmuyordu. Nefes almıyordu. Gamzesiyle birlikte çenesini yukarı kaldırarak, düşmana esir düştüğü halde gururunu yitirmemiş bir asker gibi başı dik, uygun adım yürümeye başladı, sonra yürümeyi bırakıp koşuya geçti. Gene burnu akmaya başlamıştı. Ömer onun nereye gittiğinin ve bunun olası sonuçlarının farkına varamadan Abed çoktan yukarı çıkıp dosdoğru banyoya atılmış ancak kilitli kapı tarafından püskürtülmüştü bile. O orada şaşkın şaşkın dikilirken kapı ardına kadar açıldı ve gördüğü en parlak kömür karası gözlere ve en geniş gülümsemeye sahip genç, uzun boylu, siyahi bir kız dışarı çıktı.

Mahcup mahcup gülerek, "Kusura bakma, banyoda ben vardım" dedi cerbezeli bir sesle. "Adım Vinessa. Sen de... Abdül olmalısın?"

Abed dramatik bir biçimde başını çevirdi ama banyo kapısında bakacak öyle fazla bir yer olmadığından bir iki saniye içinde tekrar kıza bakmak zorunda kaldı. "Doğrusu Abed" diye düzeltti, burnunu çeke çeke harfleri tek tek sıraladı.

Nihayet kendini banyoya atan Abed'in burun kaygısı-sonrası sükûnetinde zihnini üç düşünce işgal etti. Birincisi kızın adı Vinessa mıydı yoksa Vanessa mı? İkincisi Lynn'e ne olmuştu, daha diş fırçası burdaydı!

Üçüncüsü... Zehra geliyordu!

Burnu tekrar akmaya başladı.

* * *

"Zavallı Arroz'u tek başına bırakmamalıydık. Nasıl melül melül bakıyordu görmedin mi? *Pobrecito*!" diye mızıldandı Piyu.

"Ama yanımıza alsaydık da girişte bırakmamız gerekecekti" dedi Alegre, neredeyse iç çeker gibi nefesini bırakarak.

"Biliyorum, biliyorum!" dedi Piyu şikâyetçi bir sesle.

Söyleyemediği bir şey varsa o da kendisine köpekle eşit muamele talep ettiğiydi. Hastane kapısında onun içeri girmesini kesinlikle yasaklayan bir yazı hayal etti: *Ni perros o piyus!** Böyle bir tabela olsa bu bahanenin rahatlatıcı meşruiyetine sığınıp, Alegre'nin hasta ziyareti yapmasını mutlu mutlu dışarıda beklerdi. Ama fırsat eşitliği gerçek hayatta olduğu gibi gündüz düşlerinde de pek akla yatkın değildi. Kendini ne kadar

* Ne köpekler ne Piyular girebilir!

zorlarsa zorlasın gözünün önüne getirebildiği yegâne görüntü, Arroz'un içeri alınmak için yalvararak küskün küskün ona baktığı, Piyu'nun da dışarıda kalabilmek için yalvararak küskün küskün Arroz'a baktığı, her ikisinin de birbirinin yerinde olmayı arzuladığı bir "hastane sahnesiydi".

"Önce çiçekçiye gidelim. La Tia Piedad geçen seferki şarabi gülleri çok sevmişti."

"Alegre *por favor*, işleri zorlaştırma" diye mızıldandı Piyu, son hastane ziyaretinin bezdirici anılarını birden hatırlayarak; bu anılar şarabi güllerden ziyade batıcı dikenlere dairdi, mesela çiçeklerin fiyatı ve devasa bir buketi taşımanın verdiği utanç duygusu vs.

"Neden sevimli ve basit bir şey almıyoruz? Neden bu kadar... bu kadar?.."

Hem öfkesini ifade etmesini sağlayacak hem de kulağa öfkeli gelmeyecek o bol-yetenekli kelimeyi, doğru kelimeyi bir bulabilseydi. Alegre'yi sırtını acıtmadan yere yıkacak kelimeyi. "*Gösterişli*" biraz çirkin kaçacaktı, "*züppece*" daha da beterdi, "*havalı*" ise yeterince sert değildi. "*Aşırı cömert*" kelimesine bir şans tanımaya karar verdi ve bağırdı: "İyi de bu kadar *aşırı cömert* olmak zorunda mı?"

"Cimrilik etme" dedi Alegre, küçük bir çocuğu susturur gibi sabırla başını sallayarak. "Tabii ki La Tia Piedad için üç beş kuruş ayırabiliriz! Amma eli sıkısın!"

Piyu başka bir itirazda bulunmadı. "*Aşırı cömert*" hedefi ıskalamıştı.

Kavga etmediler. Aslında *hiç* kavga etmezlerdi. Ne bugün, ne en kötü anlarında, ne de çıkmaya başladıklarından beri bir kez olsun kavga etmişlerdi. Bunca zamandan sonra Piyu, Alegre'nin ne onunla ne de bir başkasıyla asla doğrudan çatışmaya girmeyeceğine iyice ikna olmuştu. Hayal kırıklığını ya da kırgınlığını ifade etmek için alternatif yöntemler geliştirmiş gibiydi. Çorbayı normalden daha sıcak sunmak, kakaoya gereğinden fazla şeker koymak, musluğu sızdırır vaziyette bırakmak, yatağı yapmamak, bir mobilyayı yerinden alıp başka bir yere koymak... Alegre duygularını dile getirmek için gayet incelikli bir modus operandi icat etmişti. *Las tias*'a has bir vekâlet lehçesi.

Alegre'nin *todas las tias*'la, yani hepsiyle ilişkisi, Piyu'nun görebildiği kadarıyla, Yin-Yang şeklini andırıyordu, ama burada siyah yarının adı Yin değil, "*sen* bizim *gibi değilsin, bizimkinden daha iyi bir geleceğin olacak*"; beyaz yarının adıysa Yang değil "*sen* onlar *gibi değilsin, bizden biri olduğunu, köklerini unutma*"ydı. Buna karşılık Alegre'nin çifte inzivası, dairenin iki yarısının içindeki farklı renkli noktalara benzetilebilirdi. Bu yüzden de zamanının yarısını *las tias*'ı *onlar* gibi olmasının beklenemeyeceğine çünkü özde farklı olduğuna ikna etmekle, zamanının diğer yarısınıysa onlardan çok farklı olmasının beklenemeyeceğini çünkü özde *onlar* gibi olduğuna iknaya çalışmakla geçiriyordu.

Her şeyden önce dili farklıydı. Meksika'ya gitmemişti –hayatında bir kere bile. İspanyolcası zayıf olmasa da kendini İngilizce konuşurken daha rahat hissederdi ve hem Arroz hem de Piyu'yla İspan-gilizcenin otantik bir versiyonunu konuşurdu. Yine de Alegre'nin *las tias*'la aynı dili konuştuğu çok bariz bir alan vardı. Nazar dili onun da anadiliydi.

Teyzeler konuşmuyor değillerdi. Konuşurlardı elbet. Ama *conversando, charlando, chiflando, platicando, hablando, murmurando, turuquiando, chinchorreando* yaparken bile nazar dilini bırakmazlardı. Hayatları boyunca birbirlerine en alengirli mesajları bu lehçe üzerinden göndermişlerdi. Yabancılar arasında hiç sesleri duyulmadan, tek kelime etmeden konuşabilirdi *las tias*. Konuşmaları dillendirmeye gerek yoktu. Titiz cümleler inşa etmeye gerek yoktu. Bu gereksiz ayrıntıların ağırlığını çekmeye ne lüzum vardı? Tam anlamlarını, olası göndermelerini açıklığa kavuşturmak için ne kadar uğraşırsan uğraş daima esas hedeflediğinden çok daha azını anlatan bir kelime çığının baskısı altında zihni felç etmenin ne âlemi vardı ki? Dolayısıyla *las tias*, hem İngilizce hem de İspanyolca kelimelerin yerine, sadece kelimeler de değil pöfürtüler, kıkırtılar, kahkahalar da dahil seslerin yerine, bir dizi göz hareketi koymuşlardı; göz şekilden şekile giriyor, kırpılıyor, açılıyor, kısılıyordu. Verilen mesajın içeriğine bağlı olarak Nazarın, uzatmalı bakışlar ya da kaçamak göz gezdirmeler girdabında tekrar tekrar döndüğü görsel bir jimnastikti bu.

İşte Piyu'nun fazlasıyla kafa karıştırıcı bulduğu bu dolaylı dil ve onun bitmeyen lehçeleriydi. Ruhunun derinliklerinde Piyu çok istiyordu Alegre'nin biraz daha... biraz daha kadınsı olmasını... *kadınsı kadınların* daima yaptıkları gibi ağlamasını, dırdır etmesini, kusur bulmasını, vıdı vıdı yapmasını. Çorbanın sıcaklığından, yatağın üzerinde açık bırakılmış bir kitabın satırları arasından ya da *enchiladas*'ın tuzundan Alegre'nin şifrelerini çözmek sinir bozucuydu. Son zamanlarda Piyu her seferinde La Tia Piedad'a aldıkları çiçeklerden şüphelenmeye başlamıştı; asla takip edemediği bu dolambaçlı dile dahil miydi renkleri (neden şarabi?) ya da türleri (neden gül?).

Her zamanki gibi bu sefer de ifrata kaçan bir debdebesi, gösterişli bir nezaketi ve can sıkıcı bir yavaşlığı vardı çiçekçi kadının. Güller ile dekoratif yapraklar arasında balerin adımlarıyla süzülüyor, sanki bir hafta sonra ölecek bir tomar bitki değil de sonsuzluğa yeminli antik papirüslermiş gibi her birinden on ikişer taneyi muazzam bir zarafetle seçiyordu. Elindeki makas havada daireler çizdikçe Piyu bayılacak gibi oldu. Bir çiçekçide bu keskin aletlerin işi neydi? Makaslar, bıçaklar, falçatalar, çakılar... cephanelik gibi. Dışarı kaçıp orada bekledi.

Tekrar yola koyulduklarında Alegre mutlu görünüyordu, büyük bölümü *aşırı cömert* bir buketin ardında gizlenmiş olan Piyu'nun yüzünden ise pek bir şey anlaşılmıyordu. Buketin üzerindeki kartta bir not vardı: "*A la mejor tia en el mundo!*"*

La Tia Piedad bir gün önce hastaneye kaldırılmıştı. "Sabahtan beri sırtı ağrıyordu, çok fena!" diye bilgilendirmişti Alegre *las otras tias*'ı telefonda. Piyu'nun odasından her birini teker teker aramış, her seferinde tamı tamına aynı kelimeleri söylediği ve görünüşe göre karşılığında aynı yorumları aldığı halde hiç azalmayan bir coşkuyla tekrar tekrar anlatmıştı hadiseyi. Söylediklerine bakılırsa bir gün önce yemek masasında her şey normal görünüyordu. La Tia Piedad yaptığı yeşil bezelye çorbası yüzünden en genç hizmetçiyi azarlamış, tenceredeki bulamacı *yenebilir* bir şeye dönüştürmek için mutfağa gitmiş, masadaki misafirlerden o dönene kadar yemek yememelerini istemiş ama sonra bir türlü geri dönmemişti.

En genç hizmetçi mutfağa tekrar girecek cesareti topladığında, çorbayı yeşil bir esrimeyle ocağın üzerinde fokurdar, La Tia Piedad'ı da elinde tahta kaşık, yerde yatar vaziyette bulmuştu. La Tia Piedad hemen hastaneye, dünya üzerinde güvendiği tek doktora götürülmüştü: Ricardo Aguilera'ya. Büyük büyük teyzenin *Ricardo Aguilera-cılığının* sebebi onun ülke çapında başarılı bir doktor olarak nam salmış oluşu, yarı Meksikalılığı ("yarı marı değil! *Annesi Chicana ise*, kendisi de öyle" derdi La Tia Piedad her seferinde) hastalarına karşı iyi kalpliliği... ama Piyu'ya göre, hepsinden çok o ışıltılı porselen gülüşüydü.

La Tia Piedad ne zaman hastaneye kaldırılsa ufak değişikliklerle aynı sahne tekrarlanırdı. Pembemsi (vişne rengi, bordo ya da şarap rengi) bir gecelikle yatakta otururdu La Tia Piedad, *todas las tias* (dönüşümlü olarak) at nalı şeklinde yatağının etrafına dizilirdi, ağzına kadar çiçeklerle dolu lüks odada, masanın üzerinde hastaların koruyucu azizi San Ca-

* "Dünyanın en iyi teyzesine!"

milo'nun bir tasviri olurdu. La Tia Piedad, Alegre'nin kapıdan girdiğini görür görmez *"Donde esta tu Piyu?"** diye bağırırdı. Bu soruyu bir kez olsun ihmal ettiği görülmemişti. Buna mukabil Alegre de tek bir kez Piyu'yu yanında götürmeyi ihmal etmemişti, hastanelerin sivri şeylerle dolu olduğunu bile bile.

"Merak etme. Uzun sürmeyecek, söz." Binaya yaklaşırlarken Alegre onu yüreklendirmek için güldü. "*La tia*'yı bilirsin. Hep aynı hengâme, daha hepimiz hastaneye ziyarete gidemeden düzeliverir. Bazen kasten yaptığını düşünüyorum, hepimiz onun gücüne boyun eğelim diye, pişmiş tavuktan beter edene kadar."

Piyu hafiften titreyerek başını salladı. Alegre'nin söz dağarcığının büyük kısmını, doğrudan yemek kitapları ve tariflerden alınmış gastronomik sözlerin oluşturduğunu öğrenmişti artık. İnsan ilişkilerini baharatlar, tatlar ve pişirme usulleriyle anlatıp anlamlandırdığı kendine has bir jargonu vardı. Keza ona göre aşk da dilimlenip ince ince doğranabilir, çözülene kadar karıştırılıp pembeleşene kadar kavrulabilir, düşük ısıda fırınlanıp kemikleri çıkarılabilir, kremalı sosa bulanıp terbiye edilebilir, haşlanıp soğumaya bırakılabilir, içi yumuşak şeylerle doldurulup isteğe göre fazladan şekerle servis edilebilirdi.

Park yerinde sakin sakin puro içen El Tio Ramon'u gördüler. Uykulu yüzüyle selam verdi. "İyi iyi bir şeyi yok. Merak etmeyin" diye geveledi sıkıntılı bir sesle.

Piyu her zamanki gibi onunla göz göze gelmemeye çalıştı ve her zamanki gibi başarısız oldu. Aralarında tuhaf bir şey vardı; bir küsur yıldır süren soyut, muğlak bir gerilim. El Tio Ramon'la ne zaman göz göze gelse, orada gördüğü delici ışıltıyı alaydan başka bir şey olarak yorumlayamıyordu Piyu. El Tio Ramon'un onunla ya da onda gördüğü bir şeyle, belki de

* "Senin Piyu nerede?"

kendi yansımasıyla, sessizce, alttan alta, amansızca dalga geçtiğini düşünmeden edemiyordu. "Bir zamanlar bambaşka bir adamdım, bu çılgın aileye girdikten sonra böyle mülayim bir *El Tio* olup çıktım" diyordu sanki.

Mesaj gerçekten buysa, Piyu bunun ima ettiği şeyleri üstüne alıyordu doğrusu. Bu gibi zamanlarda kendini zorlayarak bir karşı mesaj düşünürdü. Asla El Tio Ramon gibi olmayacak, kişiliğinden vazgeçmeyecekti, ne de bağımsızlığından, sonra...

"Hadi Piyu, gidelim, *vamonos!*"

El Tio Ramon'un yorgun çehresini alaycı bir tebessüm çatlattı. Onu orada bırakıp içeri girdiler. Altıncı katta bir boydan bir boya odayı ararlarken, Tanrı'ya şükür asla topuklu ayakkabı giymediği halde ayak sesleri boş koridorda yüksek sesle tınlayan Alegre'nin adımlarının yankısını dinledi Piyu. İki tarafta da duvarlar bel hizasında uçuk yeşile boyanmıştı. Piyu'da o renk kataloglarından biri olsa bakmakta olduğu rengin 35-E, *Seçilmiş Ülke* olduğunu bilecekti. Seçilmiş Ülke'nin koridorlarında bir yerlerde doğru odayı buldular. Alegre önden girdi.

"Donde esta tu Piyu?"

Piyu başını buketin arkasından çıkarıp herkesi selamladı. *Todas las tias* yatağın etrafında yarım daire şeklinde duruyorlardı. Koro halinde selamına karşılık verdiler ve *charlando, chiflando, chinchor-reando* faaliyetlerine devam ettiler. Bu tanıdık ama yine de her zamanki gibi yabancı şamatanın ortasında Piyu büyük büyük teyzenin sesini işitti: "Dün gece rüyamda birinin bana seslendiğini duydum. Bu odada açtım gözlerimi. Sonra çok parlak bir ışığın yatağımın üzerinde yükseldiğini gördüm. Anladım ki yakında öleceğim. Son nefesimi vermeden önce porselen takımımı Alegre'ye bırakıyorum!"

Bu açıklamayı herkesi susturan, odadaki her kımıltıyı

bastıran huzursuz, dipsiz bir sessizlik takip etti. *Las otras tias* alınmış, Alegre de sevinmiş görünmemeye çalıştılar. Piyu bu vaziyetten faydalanabileceğini gayet iyi bildiği için yavaştan dışarı süzüldü. Dışarı çıkınca bir dolara sıcak kakao veren bir makine buldu. Etrafta kimseler yoktu, ne bir hasta, ne bir doktor, ne bir hayat belirtisi. Acildeki herkes acil bir durum için dışarıya koşmuş gibiydi. Peki bu katta kimse yoksa etrafa yayılmış bütün o neşterleri ve bıçakları kim kontrol edecekti? Daha fazla nefes alıp daha az paniklemeye çalıştı. Daha fazla nefes al, daha az panikle... Neyse ki Alegre tam zamanında geldi, zira sırayı şaşırmaya başlamıştı: Daha az nefes al, daha çok panikle.

"*Vamonos* Piyu!" diye cıvıldadı Alegre ağzı kulaklarına vararak.

Dışarıda, park yerinden geçerlerken neyse ki El Tio Ramon ortalıklarda yoktu.

Artakalanlar

Akşam 19.08'de Alegre ile Piyu metroya binerlerken Ömer metrodan çıktı. Caddede yürümeye başlar başlamaz içine bir hüzün çöktü. Kederinin sebebini aramaya başladı, umduğundan fazlasını buldu, Lagwagon *Coffee and Cigarettes*'ı (*Kahve ile Sigara*) yedi kere kulaklarına söylerken arka arkaya beş sigara içti. Prince Sokağı'na dönerken, İstanbul'daki kuzeni Murat'a çok benzeyen bir adama çarpacaktı neredeyse.

"Ah, kusura bakmayın!" dedi adam, kusura bakılacak bir şey olmadığı halde. Üstdudağında kıvrılan o komik, şen gülüşü bile Murat'ınkinin aynıydı. Bu rastlantıdan işkillenen Ömer adama dik dik baktı ve ancak o zaman berikinin saçlarının kuzeninden daha seyrek olduğunu, hatta bir iki yıla kadar iyice kel kalacağını tespit etti. Yaşadığı şehirde ve inşallah dünyanın başka hiçbir yerinde kuzeninin bir kopyası olmadığına sevinen Ömer, ters bakışını tatlı bir gülüşle telafi etmeye çalıştıysa da maalesef adam bu sefer de bunu yanlış yorumladı.

Şimdi eskisinden de beter somurtan Ömer, Lagwagon'ın yerine Lou Reed koyup *Stupid Man* (*Aptal Adam*) eşliğinde yürümeye devam etti. İki dakika otuz bir saniye. Ama şarkıyı ikinci kez dinlemeye başlamadan önce görmeyeli belki kuzeninin de saçlarının dökülmüş olabileceği geldi aklına. Muhabbet etmeyi bırakalı bir yıldan fazla olmuştu, son görüşmelerinin üzerindense en azından beş ay geçmişti. Böyle uzaklaşmış olmaları çok üzücüydü. Üzücüydü çünkü bir zamanlar her şey çok farklıydı. Anneleri hem kardeş hem komşu oldukları için birbirlerinin evinde kendi evlerinden daha fazla vakit geçirirlerdi; kendileri de aynı yaşta olduklarından bütün çocukluklarının birbirine yapışık geçmesi kaçınılmazdı. O zamanlar çok ortak şeyleri vardı ya da belki ikisi de sadece diğerinin dile getirdiklerini yankılıyordu. Aynı şeyleri biriktirirlerdi: Pul, yabancı paralar ve kız tokaları. Prensip olarak tokaların satın alınmaması, tanıdıkları kızların saçlarından araklanması gerekirdi. Koleksiyonun her parçasının ardında bir kimlik ve bir hikâye olmasının nedeni buydu. Hazinelerini keşfeden annelerinin aynı anda ve abartıyla olay çıkarıp koleksiyona karşı çıkmaları bu projeyi sona erdirse de ortak ilgi alanlarının uzun listesinden bir şey eksiltmemişti. Aynı meslekleri hayal etmiş (önce meyhaneci, sonra çocuk doktoru, ardından kadın doktoru, tekrar meyhaneci), aynı kitapları okumuş *(Pal Sokağı Çocukları, Seksen Günde Devriâlem, Tom Sawyer'ın Maceraları)*, aynı takımı tutmuşlardı (Fenerbahçe); her söylediklerinde kendilerini tutamayıp güldükleri o salak küfre (Eğil de karpuz götünü ye!) bayılırlardı, çağrışımları zihinlerinde biraz bulanık olsa da. Yedikleri içtikleri ayrı gitmez, ilgilendikleri şeyler, başarıları hatta başarısızlıkları birbirine benzerdi, üstüne üstlük birbiriyle yakın arkadaş olan kızlarla çıkmaya başlamış, hatta bir keresinde aynı kıza âşık olmuş, aylar sonra ikisinin de onunla yattığı ve onun tarafından aldatıldığı ortaya çıkmış... her neyse, tatsız bir hikâyeydi bu ama o zaman bile bozuşmamışlardı. Dostlukları bu kadar sağlamdı işte.

Ne var ki ilk belirgin ayrılık bundan kısa bir süre sonra, Ömer' in yatağının altındaki porno koleksiyonu annesi tarafından bulunup, ele geçirilip, ortadan kaldırıldığında ortaya çıkacaktı. Dergiler aslında kuzeni Murat'a aitti. Ömer bunu annesine söylememişti tabii. Bir açıklama yapmasına da gerek kalmamıştı zaten. Annesi önce bütün dergileri imha etmiş, sonra da hiç böyle bir şey olmamış, dolayısıyla konuşacak bir şey de yokmuş gibi davranmıştı. Anlaşmazlıkları çözmek konusunda takındığı tutum hep bu olmuştu zaten: Azimle inanırsan ortada mesele olmadığına, inancı gerçeğe dönüştürebilirsin. Annesinin her türlü pisliği kiri böyle çiçekli yamalı örtülerle kaplayıp örtmesi, bu ahenkli ikiyüzlülüğü Ömer'in canını sıkardı.

"Sen aklını mı kaçırdın? Hiçbir şey söylemediğine memnun olman lazım. Benim annem olsa canıma okurdu. Çok şanslısın!" diye çıkışmıştı kuzen Murat.

Dostluklarının yüzeyindeki ilk gedik böyle açılmış olmalıydı. Kendi başına pek bir anlamı olmayan, önemsiz, cılız bir çatlak ama onları bekleyen kırıkların, kırgınlıkların habercisi. O kopukluk genişleyip derinleştikçe Ömer, kuzeni Murat'la ancak geçerken istasyonda yan yana gelmiş iki tren kadar yakın olduklarını, yola çıkış anı geldiğinde zıt yönlere hareket edeceklerini fark etmişti.

İkisi de üniversite sınavlarında çok yüksek puan alarak en çok istedikleri bölüme (ODTÜ Endüstri Mühendisliği) girdikleri haberini aldıklarına, anneleri sevinçten ağlamıştı. Ankara'da oğlanlar için küçük ama rahat bir ev tutulmuş, birbirlerine göz kulak olacakları düşünülmüştü. Çocuklar yola çıkmadan, aileleri dört sene sonra mezuniyetlerinde ortak müthiş bir kutlama yapmaya söz vermişti. Ancak bunun imkânsızlığı çok geçmeden kendini gösterecekti. Müstakbel endüstri mühendisleri olarak ilk iki dönemlerinde Ömer anarkososyalist bir kıza âşık oldu, derslere girmeyi bıraktı, Marx okumaya başladı, Marx okumaya devam etti, Marx'ın şiirselliğini kuramcılığından daha çok sevdi ama bu saptamasını kendine sakladı; yeni kız arkadaşıyla, geç-kapitalist toplumlardaki sosyalist geleneğin sefaletini, sosyalist ülkelerdeki muhalefet hareketlerinin sefaletini, Felsefenin Sefaletini ama aynı zamanda kızın aniden, tek taraflı olarak, akıllara durgunluk verecek şekilde ilişkilerinin platonik kalması gerektiğini ilan etmesiyle sona eren cinsel hayatlarının sefaletini konuşup durdular o dönem boyunca. Sonraki safhada Ömer şaşkın bir âşık, ondan da şaşkın bir Marksist oldu, öğrenci derneğine katıldı, kız arkadaşından ayrıldı, öğrenci derneğinin liderleriyle kavga etti, gösterilere katıldı, tutuklandı, biri dışında tüm derslerden kaldı... bu arada kuzeni Murat doğru yoldan sapmadan, gözünü bile kırpmadan, sadece ve sadece çalıştı... çalıştı... çalıştı.

Ömer gözaltından çıktıktan sonra herkesi evde buldu, sofrada da yığınla yemek vardı, en sevdikleri, sanki iki gün gözaltında değil de yıllarca aç açına hapiste kalmış gibi gani gani devasa tepsilerde...

"Kötü arkadaşlar edinmişsin! Bu solculuk işlerinin bu ülkede hâlâ devam ettiğini bilmiyordum" dedi teyzesi dudağını bükerek, bir yandan Ömer'e yoğurt çorbası koyuyordu.

Konunun açıldığını duyan annesinin sandalyesinde tedirgin kımıldandığını gördü Ömer; annesi farklı bir konu arayacak, bulamayınca da sosu karıştırmak, tatlıları donatmak için mutfağa kaçacaktı.

"Bu solcular sadece artakalanlar anne" dedi Murat, hem annesinin hem de masadakilerin kendisinin bunları tasvip etmediğini anlaması için yüzünü abartıyla buruşturarak.

Ömer itiraz etmemişti. Kuzen Murat haklıydı aslında. Tam da öyleydiler: "Artakalanlar", on üç yıl önceki darbenin öldürücü depolitizasyonundan sonra kendilerini toparlamayı başaramamış, genç, orta yaşlı, yaşlı, teker topal politize insanlar. Ömer'in çocukluğunda 1970'ler boyunca, 1980 darbesine kadar esip gürleyen o güçlü, yoğun, canlı muhalefetin kalıntılarından, artıklarından başka bir şey değildi bugünkü direniş.

Artakalanların bazıları geleneksel ailelerden geliyordu. Kimileri eski solcu anababaların çocuklarıydı; bu ailelerin büyük bölümü çocuklarına "Devrim" (kız erkek ayrımı yoktu zira devrimin androjen olduğu düşünülüyordu) adını koymuşlar, askerler yönetime el koyar koymaz bu kararlarından pişman olmuşlar ve sonraki yıllarda dengeyi kurmak için bilerek ya da bilmeyerek bu çocukları olabildiğince depolitize yetiştirmişlerdi. İşte bu yüzden, ne komiktir ki Türkiye'deki ayaklı Devrimlerin çoğu statükonun en hararetli savunucuları arasındadır.

Bu arada, bu Devrimlerin aileleri bir daha aynı hatayı tekrar etmeyeceklerdi. Kimi anababalar ikinci çocukları için daha iyi bir isim buldular: "Evrim". Birkaç yıl daha geçip üçüncü ya da dördüncü çocuk beklenmeye başladığında hiçbir geniş kapsamlı çağrışımı olmayan başka isimler seçtiler, bir çiçek ya da yıldız ismi, yeter ki sevimli ve parlak olsun, şüphe uyandırmasın. Ömer, Türkiye'den başka bir yerde, aynı aile içinde isimleri "Devrim"den "Evrim"e, oradan da "Lale" ya da "Meltem"e uzanan kardeşler var mıdır merak ediyordu.

İki kuzen arasındaki yabancılaşmaya gelince, Ömer'in salıncaklanıp durduğu sonraki yıllar boyunca bu kopukluk geçmeyecekti; bu arada Ömer endüstri mühendisi olmak istemediğine karar vermiş, tekrar üniversite sınavına girip Boğaziçi Üniversitesi Kamu Yönetimi Bölümü'nü yazmış ve kendisi de dahil herkesi şaşırtarak yüksek bir puan alıp kuzenini arkada bırakarak İstanbul'a geri dönmüş, bir kez daha eski şehrin kaosuna âşık olmuş, başka kızlar ve gruplarla tanışmış, yine kendisi dahil herkesi daha da hayrete düşürerek derslerinde son derece başarılı ama karşı cinsle bütün ilişkilerinde başarısız olmuştu. Aynı zamanda Marksizm'den situasyonizme, Marx'tan Guy Debord'a kaymış, oradan da hazcılık, karamsarlık ve sinizme doğru tatlı tatlı atını sürmüş, derken dörtnala dipsiz nihilizme dalmış, çok içmiş, çok kusmuş, çok flört etmiş, çok düzüşmüş, çok kahrolmuş ve gayet istikrarlı olarak hayatta bir inip bir çıkmış, tökezleyip doğrulmuştu. Tüm bu zaman zarfında kuzen Murat çalışmış... çalışmış... çalışmış... mezun olmuş, iyi bir iş bulmuş, evlenmişti. Şimdi düşündükçe Murat'ın saçlarının dökülmüş olması ihtimali Ömer'in daha çok aklına yatıyordu, o halde bir kopyasının Boston sokaklarını arşınlıyor olması ihtimali sandığından daha yüksekti.

Pearl Sokağı 8 numaranın önünde kulaklığını çıkarıp eve girerken, daha doğrusu giremezken Lou Reed'i susturdu, zira kapı coşkulu bir karşılamayla ablukaya alınmıştı: "Hoş geldin! Hoş geldin! Hoş geldin!"

Sofa kapısının arkasında, kuyruğu drum'n base temposunda sallanan, had safhada sıkılmış, had safhada acıkmış Arroz devasa cüssesiyle hoplayıp zıplıyordu. Sofaya girip ıslak kaygan kucaklamalardan kendini kurtardıktan sonra beş sandviç yaptı Ömer. Üçünü Arroz, ikisini kendi yedi. Sonra birlikte divana gömülüp Sugarcult'ın *Stuck in America*'sını (*Amerika'da Kısılıp Kalmak*) dinlediler. Üç dakika yirmi saniye. Telefon çaldığında şarkıyı üçüncü kere dinliyorlardı.

Ömer, Vinessa'ya iş çıkışında onu almaya gideceğini söylemişti, ama içinden tekrar dışarı çıkmak gelmiyordu. Geçerli bir bahane aradı, ama bula bula şunu buldu: "Evde kimse yok. Ben de çıkarsam Arroz tek başına kalır! Canı sıkılır." Doğruydu, en azından kısmen. Bahanesine güvenerek telefonu açtı. Ama arayan uzak bir yerden uzak bir sevgiliydi.

"Orada saat kaç?" diye sordu Ömer ilk iş, sanki konuşmaya devam edebilmesi için bunun açıklığa kavuşması gerekiyordu.

"Burada mı orada mı?" dedi Defne; sesinde hafif bir asabiyet vardı.

Ömer sustu. İnsanın derin düşüncelere kapıldığı anlarda sustuğu gibi değil. Beklenmedik bir itki karşısında, mesela yolda anında yanından geçen arabanın renkli camında kendi tükenmiş imgesini görüp kendi gerçeğiyle yüzleşmesi gibi hem irkiltici ama hem de tanıdık bir şey karşısında nasıl susulursa öyle susmuştu. Soru nasıl sorulursa sorulsun cevabın yanlış kalmaya mahkûm olacağını fark etmesini sağlayan da benzer bir ürpertiydi. Liman ya da istikamet ne olursa olsun, Defne'nin "burada"sı Ömer'in "orada"sı olacak, kesişemeyeceklerdi.

* * *

TEDİRGİN RUH ÇİKOLATA DÜKKÂNI'nın vitrini arkasında Gail, bir tepsi Gazaba-Gelen-Şiva çikolatasının boyunlarındaki yılanların gözlerine karamel benekler damlatmakla meşguldü ki, o kadının yine dükkânın önünden geçtiğini gördü. Her gün tam 11.45'te dükkânın önünden geçiyor, yarım saat sonra elinde kesekâğıdıyla geri dönüyordu. Yakınlardaki bir aşevine gittiğine emindi Gail, kesekâğıdının içinde de çorba olmalıydı, tavuklu şehriye muhtemelen. Ne zaman geçtiğini görse gözlerini kadından alamıyordu. Aslında Gail her gün bu saatlerde, bu evsiz kadının tekerlekli eski püskü bir bavulu arkasından çekerek ve kötü kokular yayarak sokakta belirmesini bekler olmuştu. Kadın bazen yoldan geçenleri, ama sadece kendi seçtiklerini durduruyor ve her zaman aynı cümleyi sarfediyordu: "İsa bana fazladan bir dolarınız olduğunu söyledi..." Bunun dışında hemen hemen hiç konuşmazdı kimseyle.

Kadın geçerken, Gail gözlerini tekinsiz bir korku ve hayranlık karışımıyla onun ellerine dikti; parmak uçları vişne rengiydi, tırnakları bir kir tortusu içinde, büyük, buruşuk, nasırlı ellerinde hiç yara izi olmadığı halde katılaşmış kan pıhtıları vardı. Gail bu ellerde onun ilgisini neyin bu kadar çektiğini, bu evsiz kadında onu aynı anda hem coşturan hem de hüzünlendiren şeyin ne olduğunu tam olarak adlandıramasa da sezebiliyordu.

Öte yandan Gail, *İsabanafazladanbirdolarınızolduğunusöyledi* Kadın'ın da kendisinin farkında olduğundan şüpheleniyor ve bunu hem ürkütücü buluyor, hem de içten içe umuyordu. Evsiz kadın bir kez bile başını çevirip dükkânın içine bakmadığı halde, onun her gün buradan geçerken çaktırmadan kendisine, ruhunun ta derinliklerine baktığını düşünmekten kendini alamıyordu Gail. *İsabanafazladanbirdolarınızolduğunusöyledi* Kadın, belki de Gail'in onun varlığıyla neden hipnotize olduğunu, neden yörüngesine çekildiğini gayet iyi biliyordu. Gerçi bunu Gail de biliyordu ya. Sonuçta, aslında ikisi çok da farklı değillerdi birbirlerinden. Vitrinin arkasından onu seyrederken, onları ayıran sınırın bu cam kadar ince ve kırılgan olduğunu düşünüyordu Gail elinde olmadan.

İsabanafazladanbirdolarınızolduğunusöyledi Kadın'ı seyrederken, bu evsiz dışlanmışın başkaları tarafından nasıl görüldüğünü de seyrediyordu. Onun defaten küçümsenerek uzaklaştırıldığını, merhamet dalgası eşliğinde zaman zaman yardım gördüğünü, ama en çok, sistematik olarak görmezden gelindiğini gözlemlemişti. Ondan hastalıklıymış gibi kaçanların bir yerde haklı olduklarını düşünüyordu Gail çünkü gerçekten de bulaşıcıydı, ama onların zannettiği gibi değil. Bu hastalık, bu uyumsuzluk, bu gam her neyse sadece ve sadece bunu zaten kapmış olanları etkileyen bir şeydi. Tümüyle farklı sebeplerle bu virüsü zaten taşımakta olanları etkileyen bir salgın; onları toplumda yaşamaktan, hatta başarılı bir biçimde toplumun parçası olmaktan alıkoymayan, ancak başarılarının zirvesindeyken dahi her şeyi birden bırakıvermenin, reddetmenin ve reddedilmenin, delirmenin eşiğinde tutan o nadide hastalık. Gail korkmak için artık çok geç olduğundan korkuyordu, zira muhtemelen kendisi de vücudunda aynı virüsü barındıyor, kendi tüylerini kendi gagalarıyla yola yola mevcudiyetlerini didikleyenlerin, kendilerini bitirenlerin damgasını taşıyordu.

Noel'de, karamela Noel Babalar, pralin geyikler, kozhelva ziller, ballı-tarçınlı melekler, nugattan bebekler ve Noel-Baba'ya-İnanıyorum şekerlemeleri arasında, *İsabanafazladanbirdolarınızolduğunusöyledi* Kadın bonbonları yapmayı tasarlıyordu Gail. Bunları mutlu ailelere ya da mutlu aile kurma hırsı olanlara satacaktı. Böylece farkında olmadan bu evsiz kadının gölgesini, her gece istisnasız aşırı aydınlığın dışarının karanlığını örttüğü, boğduğu o şık ve zarif evlerine taşıyacaklardı. Bonbonları çok lezzetli, çıtır çıtır yapacaktı. Her *İsabanafazladanbirdolarınızolduğunusöyledi* Kadın'ın dışı bitter çikolata kaplı olacak, bu sert, koyu renkli zırh ısırıldığında, içinden orada keşfedilmeyi bekleyen yumuşak ve tatlı fondan akacaktı.

Delik

Evi Zehra için hazırlamaya kalkıştıklarında onun hakkında ne kadar az şey bildiklerini fark etmeleri uzun sürmedi. *Gelenekçi* miydi? Mesela alkol, domuz eti ya da şimdi akıllarına bile gelmeyecek herhangi bir yiyeceği tüketmelerinden rahatsız olur muydu? Gerçek hayatlarını ona nereye kadar göstermeli, ne kadarını saklamalıydılar? Zehra ne severdi? Kendisi nasıldı?

"Ona ne pişireyim?" diye sordu Alegre, üst dolaplardan birine koyduğundan emin olduğu fondü takımını bulmak için üzerine çıktığı sandalyenin tepesinden.

Ama Abed herkesin ona Zehra'nın alışkanlıklarını sormasından bıkmıştı. Bıkmış ve biraz da gerilmiş: "Sürekli yemek pişirmek zorunda mısın? Biraz dinlensen!"

Ama bu sözler ağzından çıkar çıkmaz söylediğine pişman oldu. "Kusura bakma Alegre, öyle demek istemedim. Sadece şey, bana yemek pişirmek annemin hoşuna gider. O buradayken sen pişirmesen de o pişirse olmaz mı?" diye lafları ağzında geveledi Abed, ondan istediği fedakârlığı fark ettiğinden sesini iyice alçaltarak. "Topu topu iki haftalığına..."

Alegre uysalca başını salladı ama dikkatini fazlaca vermediğinden bu teklifin kendisi için karmaşık sakıncaları olabileceğini idrak edememişti. O anda tek isteği fondü takımını bulmanın yanı sıra Abed'in endişesini yatıştırmaktı. Zehra'nın gelişi Pearl Sokağı 8 numarada sağlam ve kusursuz bir yoldaşlık ruhu yaratmıştı; farklı boyutlara ve ambalajlara da bürünse, dünyanın başka başka yerlerinden de gelse, içinden ne çıkacağını gayet iyi bildikleri, özünde hep birbirine benzeyen o mahrem, eşsiz, egemen figürü karşılamaya hazırdılar: anneyi! Anne! Eşsiz bir dayanışma içinde birleşmişlerdi.

"Alegre aşağı in lütfen" diye inledi Abed, sandalyeye sıkı sıkı yapışmıştı; Alegre aşağıdan o kadar zayıf ve kırılgan görünüyordu ki aşağı düşse paramparça olacaktı sanki. Son zamanlarda daha da mı zayıfladı diye merak etti Abed. Ama onun yerine başka bir şey sordu: "Fondü takımı ne işimize yarayacak? Zehra böyle şeyler kullanmaz!"

"Hah, burada" dedi Alegre sevinçle fondü takımını çıkarırken, sonra parçaları teker teker Abed'e vermeye başladı. "Her şeyin mükemmel olması lazım. Memnun etmemiz gereken çok fazla insan olacak. Zehra geliyor. Partiye davet ettiğimiz onlarca insan geliyor. Cuma büyük gün!"

"*Perşembe* demek istedin" diye düzeltti Abed haşin bir sesle. "Cadılar Bayramı perşembe günü!"

"Hı hı, ama parti cuma günü" diyerek emaye tencereyi uzattı ama Abed artık aşağıda değildi.

Onunla tartışmak yerine mutfaktan koşarak dışarı çıkmış, Piyu' yu Ömer'in odasında bulana kadar koşmaya devam etmişti. İçeri girdiğinde Piyu ile Ömer'i bilgisayar ekranına yapışmış, yeni yapılmış bir Kanada web sayfasının parıltılı animasyonlarını incelerken buldu.

"Piyu, *amigo*, Alegre'yle konuşman lazım. Bir şeyler yap!" Abed ellerinde fondü çatallarıyla içeri daldı. "Alegre partinin cuma günü olduğunu söylüyor. Zehra da o gün gelecek. Zehra'nın uçuşunu erteleyemeyeceğimize göre partiyi başka zaman yapalım!"

Bakışlarını ışıklı animasyonlardan Abed'in fazlasıyla donuk yüzüne çevirmekte zorlanan Piyu'nun bu konuşmanın manasını sökmesi her zamankinden birkaç saniye fazla sürdü. Mesajı çözünce önce gömleğinin manşetini ısırdı, sonra bırakıp sızlandı: "Yapamam, o kadar çok kişiyi davet etti ki!"

"Madem Cadılar Bayramı perşembe günü ne demeye Cadılar Bayramı partisini cuma günü yapıyor?" Abed ellerini ve halen tutmakta olduğu fondü çatallarını asabi asabi savurdu. Gözlerinin önünde daireler çizip üstüne üstüne gelen sivri uçlu çatallara hipnotize olmuş gibi bakakalan Piyu'nun zihninin devre dışı kalması için bir iki hareket daha yetecekti, yüzü sararıp solmuş, yanakları kül gibi olmuştu.

Ömer sandalyede kendini geriye atıp çifte şaşkınlıkla ev arkadaşlarına baktı: "Neden sakinleşmiyorsunuz? Ben burada bir sorun görmüyorum. Parti cuma günü. Zehra cuma günü geliyor. N'olmuş yani? Bunda ne acayiplik var?"

"Ne *acayiplik* mi var?" Abed ona doğrulttuğu çatalla balestra yapan bir eskrimci gibi öne hamle etti. "Bu kadın hayatı boyunca herkesin birbirini en küçük günahına kadar tanıdığı küçücük bir kasabada yaşadı. Amerikan kültürü hakkında hiçbir fikri yok. Burada nasıl bir hayat yaşadığımı merak ediyor ve benim için çok endişeleniyor, tamam mı? Yegâne oğlunun ne vaziyette olduğunu görmek için bu yolculuğu göze alıyor. Bu ülkedeki hayatıma dair ilk izlenimi Iggy Kıllıkurtçuk kurabiyeleri ve üzerine yıkılan bir yığın sarhoş canavar olmamalı!"

Bunu takip eden dakikalarda Piyu, Alegre'ye partinin gününü değiştirtmek için iki teşebbüste bulundu ama ikisinde de onu telefonda *cuma* günü için yeni yeni insanlar davet ederken yakaladı; Abed nette Fas'tan alternatif uçuşlar aramaya başladı ama çok geçmeden artakalan sağduyusu onu durdurdu, Ömer ise ikisinin de hiç yol alamayışını seyredip kendi kendine kafa bularak sandalyesinde oturdu.

"Bu cuma ne yiyeceğinizi bilmek ister misiniz çocuklar?" diyerek içeri daldı Alegre, yanlış zamanda yanlış ruh haliyle.

Mezar toprağı ezmesi, Öcü-Gözü-kanepe, beyin ameliyatı salatası, kopmuş parmak kurabiyesi, yeşil-hayalet-jölesi, kanrevan makarna, içinde gözler yüzen çorba... şeklinde uzayıp gidiyordu CADILAR BAYRAMI ÖZEL MÖNÜSÜ, listenin her maddesiyle Abed'in sinirlerini daha da gererek. İşte tam o sırada Piyu'nun aklına arabulucu bir çözüm geldi: Odaları değiştirmek!

Cuma akşamı 20.30 sularında Abed Zehra'yla havaalanından dönecekti. Parti o sırada daha yeni başlıyor olacaktı. Pek fazla kişi gelmemiş olacağından, herkesi oturma odasına tıkıp kapıları sıkı sıkı kapamak mümkündü, böylece Abed Zehra'yla birlikte geldiğinde onu arka kapıdan hemen üst kata çıkaracak ve annesinin istenmeyen canavarları görmesini engelleyecekti. Gecenin geri kalanında Zehra üçüncü kattaki yatak odasında kalıp mışıl mışıl uyuyabilir, orada emniyette olurdu.

Bu plan çok sayıda düzenleme gerektirdiğinden akşama kadar o işlerle uğraştılar. Bazı eşyalar üçüncü kattan Abed'in yatak odasına taşındı (Yeni Kudüs İncili, Hıristiyanlık Tarihinin Önde Gelen Azizleri Özel Sayı, haçını sırtlamış porselen bir İsa, Mavi Madonna gece lambası, 16x20'lik Koruyucu Melek resmi, Piyu'nun çarşafları ile pijaması, Alegre'nin ona yazdığı özel notlar ve aşk mektupları ve Arroz'un eşyaları ile havada sıçrayıp yakalaması için alınmış ama bir kez olsun tutmaya zahmet etmediği fosforlu frizbi). Tabii birinci kattan Abed'in yeni odasına taşınması gereken bir dolu şey de vardı (Kuran-ı Kerim, Abed'in babasının resmi, nazara karşı Zehra'nın verdiği ve her gittiği yere götürmesini söylediği deri bir muska, Safiye'nin mektuplarını sakladığı bir müzik kutusu, giysiler, çarşaflar, kitaplar ve çengelliiğneler de dahil odadaki bütün sivri şeyler).

Gizlemekte gittikçe zorlandığı artan bir keyifle evdeki bu karşılıklı dini nesne tahliyesini seyreden Ömer de karşı cinsle gündelik libidinal rutinine ara vererek bu feragatlere katkıda bulunmaya hazırdı. Ama en büyük feragat Alegre'den geliyordu. Mutfağını Zehra'ya teslim edecekti.

Hazırlıklar bitip feragatler yapıldıktan, eşyalar geçici olarak sürgüne gönderildikten sonra, Abed akşamın ilerleyen saatlerinde nihayet rahatladı. Sofada sigaraların birini söndürüp birini yakan Ömer'e eşlik etti, sonra şaşırtıcı bir biçimde ondan bir sigara ödünç aldı. Abed sise dumana boğularak komik komik içiyordu sigarayı; içmeye alışık olmayanların her denemelerinde yaptıkları gibi. Ömer gülmemek için kendini zor tuttu. Gözleri evin önündeki akçaağaçta, sokağa bakarak sessizce, kımıldamadan oturdular.

"Geçen sene baban öldüğünde... burada mıydın?"

"Babam ben gelmeden hemen önce vefat etti" dedi Abed bir altokümülüs daha püfürdeterek. "Tufts Üniversitesi'nden kabul gelmişti, hazirana kadar her şeyi hazırlamıştım. Yola çıkmadan iki hafta önce babam öldü. Uyurken kalbi durmuş. 'Huzur içinde öldü' dediler. Cenazeden sonra planlarımı değiştirmeye karar verdim, Zehra'yı yalnız bırakmak istemedim. Taziyeye gelenler Zehra'ya kocası arkada bir erkek evlat bıraktığı için memnun olması gerektiğini söylüyorlardı. Oradakilerin zihniyeti bu yani. Baba yoksa anneyle ilgilenmek oğulun vazifesidir. Ama Zehra kabul etmedi. Sana annem hakkında bir şey söyleyeyim Omar dostum. Kafasına bir şeyi koymuşsa dünya üzerinde onu aksine ikna edebilecek HİÇBİR ŞEY yoktur. Beni buraya gönderdi ve diplomamı almadan dönmememi tembihledi."

Ağdalı, karamelimsi bir koku doldurdu sessizliği. "Harika kokuyor Alegre" diye bağırdı Abed omzunun üzerinden; öğleden sonra ona terslendiği için kendini hâlâ kötü hissediyordu.

"Gulyabani Çöreği" diye bağırdı Alegre'nin şen sesi mutfaktan, onu çoktan affetmişti. "İyice pişince daha da güzel kokacaklar."

Bir araba, akçaağaçla birlikte verandayı da bir iki saniyeliğine aydınlatarak geçti. Son günlerde ağacın yaprakları harika bir kızıla dönüşmüştü, tam zamanında, diye düşündü Abed memnuniyetle, Zehra da görecek. O anda elinde şu renk kataloglarından biri olsa bu renge *Kiraz Bayramı* dendiğini görecekti.

"Okumamış kadınların eğitime duydukları bu bağlılığı ilginç bulmuyor musun?" diye fısıldadı Abed. "Yani benim annem pek okumamış malum, ama bütün kalbiyle, bütün benliğiyle daha telaffuz bile edemediği bir dalda doktora yapmamı istiyor. Katalizör hidrojenlerin ona ne faydası olacak? Yine de mesleğime benden daha çok inanıyor."

İkisi de düşünceli düşünceli dışarıdaki ağaç siluetine bakarak bir müddet sessiz kaldılar.

"Kayıp gözün yeri boş kalır."

"Ne?"

"Taziyeye gelenlere böyle demişti Zehra." Abed sigarayı söndürdü. "Gözünü kaybettin mi yerini boş tutman gerekir, dedi. Boşluğa kil doldurmaya kalkarsan, sadece çukur şeklinde bir kil topağı geçer eline. Oğlum Amerika'ya gidecek çünkü bir oğulun varlığı babasının yokluğunun yerini dolduramaz. Kayıp gözün yeri boş kalır. Çukur çukur kalmalıdır."

Zehra ve Iggy Kıllıkurtçuk

Perşembeyi cumaya bağlayan gece Abed üçüncü kattaki yeni odasında kan ter içinde uyandı. Tam bir yıl boyunca ortalarda görünmedikten sonra geri dönmüştü: Kâbuslarının kadını. Her zamanki gibi uğursuz ve ürkütücüydü ama bu sefer daha da tehditkârdı sanki. Abed tekrar uyuyamayacağını zannetse de vücudu onu yalancı çıkardı. Sabahleyin rüyayı hatırlamak için ne kadar uğraşırsa uğraşsın sadece bir sahnesini çıkarabildi; mutfakta toplanmışlardı ama bu mutfak yerdeki devasa bir oyuktu. Köşedeki tek ocağın üzerinde bir kazan kaynıyordu. Alegre sakin sakin kazana fondü çatallarını batırıyordu. Abed sonra korkuyla içinde bulundukları çukurun aslında yüzme havuzu olduğunu ve birazdan burada yüzme yarışması yapılacağını öğreniyordu. Çukurun her an suyla dolacağı korkusuyla herkesi toparlanıp gitmeleri için uyarıyordu, ama Alegre kazanı almadan gitmemekte direnecekti. Bu arada Piyu ve diğerleri havuzun öteki ucundaki devasa, tahta masada çalışıyorlardı, olup bitenlerden bihaber. Sonra aniden birisi muslukların açıldığını, suyun geldiğini haykırıyordu. Ama Abed o tarafa döndüğünde dehşetle, gelenin su değil rüyalarındaki kadın olduğunu görüyordu.

Rengi atmış, uzun, kirli elbiseli kadın ona şöyle bir baktıktan sonra kaynayan kazanın etrafında bir dolanıp ortadan kayboluvermişti. Hiçbir şey dememiş, yapmamış, hiçbir şeyi değiştirmemişti; belli ki senaryoda belli bir rolü yoktu. Abed ertesi sabah bunun üzerine düşünürken tuhaf bir duyguya kapıldı. Sanki o tümüyle özerk bir rüya görürken bu kadın her nereden çıkmışsa çıkmış, rüya sınırlarına tecavüz etmiş, rüyayı bir uçtan bir uca kat edip yürüyüp gitmişti.

Ama cuma günü bir rüya üzerinde uzun boylu durulacak gün değildi. Abed'in gün boyu kafa yorması gereken başka şeyler, yapması gereken düzenlemeler vardı. Nihayet akşam 17.05'te evden çıktı, acilen yıkanması gereken külüstür Volkswagen'e yürüdü, ön camdaki biçimsiz leke çalındı gözüne, önemli bir şey olmadığını anlayınca arabaya bindi, gayriihtiyari dışarı baktı ve donakaldı. Akçaağaç yok olmuştu. Onun yerinde o göz alıcı ağaç ihtişamının kötü bir sureti gibi kuru, çirkin, çırpı gibi bir şey dikiliyordu dalga geçercesine. *Kiraz Bayramı* sona ermişti maalesef, o büyüleyici kızıl yaprakların dallarını terk etmeleriyle sönüp gitmişti, ölmekte olan bir hayvanın damarlarından umarsızca akıp giden kan gibi. Abed üzerine bir gerginliğin çöktüğünü hissetti. Bu ruh halinden bir an önce kaçabilmek için motoru çalıştırdı. Zehra'nın geldiği gün böyle ani bir hüzne kapılması tuhaftı.

Bu örtük keder havaalanına kadar ona eşlik etse de Zehra'yı görür görmez unutacaktı. Sanki on saattir uçakta hiç kıpırdamadan oturan, bir müddet sonra durumu kanıksayıp sonsuza kadar uçsalar dahi yadırgamayacak kıvama gelen kendileri değilmişçesine gümrük kuyruğunda on dakika ayakta durmaktan aciz ve mızmız yolcular arasındaydı annesi. Ama onların aksine göz alıcı bir dinginliği vardı Zehra'nın; krem rengi eşarbı ve ipeksi, uzun, gri mantosu ya onu olduğundan daha kısa ve şişman gösteriyordu ya da aradan geçen süre zarfında biraz kilo almış biraz da kısalmıştı. Ama o gizli kokusunun hep aynı olduğunu çabucak teyit etti Abed. Annesi ona sarılıp ağlarken, sorular sorup ağlarken, öpüp ağlarken, bağrına basıp ağlarken ve sadece ağlarken, incecik ipek bir eşarp gibi onu sarmalayan o şerbetsi kokuyu içine çekti Abed ve o biricik, sevgili sığınağın içine iyice gömüldükten sonra kendisi de ağlamaklı oldu. Ama bunu havaalanlarının bildik telaşesi takip etti, bagaj bandı etrafındaki itiş kakış, biri hariç bütün bavulları alış, kayıp bavulu beklemeye başlayış, kayıp bavulu merak etmeye başlayış, kim bilir hangi yolcu tarafından alınıp konduğu arkalarda bir yerde uysal uysal durduğunu görene kadar meraka devam ediş. Sonra trafik. "Herhalde kaza filan oldu" dedi Abed Zehra'ya çünkü havaalanı yolunun bu kadar uzun sürdüğü olmamıştı hiç. En azından Abed'in bildiği kadarıyla.

Dolayısıyla esasen metalik-kahverengi olduğu halde şimdi metalikliği gitmiş kahverengisi kalmış Volkswagen nihayet Pearl Sokağı 8 numaranın önünde park ettiğinde, Abed'in akşam göğü altındaki akçaağacın çıplaklığına esefle bakarak donakalmasının üzerinden dört saat on dakika geçmişti. Dört saat on dakika birtakım mühim değişikliklerin baş göstermesine yeter de artardı bile. Mesela *Ephemeroptera* ya da *Dolania Americana* diye güzel bir ismi olan mayıssineğinin dişisi son kozasını attıktan sonra beş dakikadan daha az yaşar. İşte bu süre zarfında çiftleşir, yumurtlar ve ölür. Dört saat on dakika dünya sathında gayet uzun bir zamandır. Parti evi sathı da istisna değildir.

"Hey Abdül, yihuuu..."

Arabadan indikten sonra Abed ile Zehra gözlerini kısarak sesin geldiği tarafa baktılar, önce evin karanlık siluetini (evi süsleyen ama içerideki kalabalığı gölgelere gömen balkabağından altı fener ve titrek mumların loş ışığında Pearl Sokağı 8 numara böyle görünüyordu), sonra o siluetin içinde bir yerlerde hareket eden bir şey seçtiler (kendini henüz icat ettiği bir dansın hezeyanlı çırpınmasına kaptırmış gibi ellerini kollarını sallayarak açık bir pencerenin önünde duran, aynı zamanda elinde bir, başının üzerinde de iki boş şarap kadehi tutan bir kız. Vinessa'ya benziyordu. Gerçekten Vinessa'ydı. Tabii Vanessa değilse).

"Onları nasıl düşürmüyor öyle?" dedi Zehra hayranlıkla, açık pencereye doğru yürürken.

Olduğu yerde sallanan bu siyahi kızın başında ve vücudunda aynı sağlamlıkta duran başka nesneleri yeni yeni seçmeye başlamıştı, bir çalar saat, bir kül tablası, bir musluk; belki daha başka şeyler de görecekti, tabii Abed bir şeyler homurdanarak koluna yapışıp onu evin etrafından dolaştırıp hiç durmadan arka kapıya sürüklemeseydi. Ama arka kapı diye bir şey de kalmamıştı. Onun yerinde yüzleri hiç tanıdık olmayan, biradan mayışmış, üç bezgin görünüşlü adam, bir mağara kadını duruyordu; ya eza verici ölçüde dallanıp budaklanmış zorlu bir konunun dibini bulmak için sözlerini dörtnala kaldırmışlardı ya da sadece, basitçe İspanyolca çene çalıyorlardı. Susmaya, hatta anlık da olsa mola vermeye yeltenmediler ama efendice ayağa kalkıp Abed ile Zehra'nın geçmesine izin verdiler. Bir taraftan da kısa, tombul kadının kostümünü inceliyorlardı merakla. Abed sıkıntıyla önüne, ayakkabılarının bağlarına, kapının kulpuna, bu zıvanadan çıkmış dünyadaki mütevazı fani varlığına baktı... ve bütün ontolojik meseleleri paspasın üzerinde bırakarak Zehra'yı itekleyerek loş koridora soktu.

İçeride aynı anda hem nazik hem de buyurgan olmaya çalışarak Zehra'nın elini tuttu ve onu artık koridor olmaktan çıkıp sallanan ve terleyen bedenlerle dolu boğucu bir cendereye dönüşmüş tünelden geçirdi. Çok geçmeden nezaketi bırakıp buyurganlığı seçti; annesinin elini bırakıp kolunu tuttu ve kadıncağızın cüsseli bedenini merdivenlerden yukarı iteleye iteleye doğrudan üçüncü kattaki yatak odasına çıkarıp kapıyı arkalarından kapattı. İçeri girdikten sonra Zehra'nın nefesinin düzelmesi için dakikalar geçmesi gerekti, her saniyesi Abed'in vicdanını sızlatan dakikalar. Utanarak makul bir açıklama getirmeye çalıştı ama ancak: "Hepsi de iyi çocuklar anne!" diyebildi.

Hepsinin iyi dostlar olduğunu ve küçük bir kutlama için toplandıklarını söyledi, abartacak bir şey yoktu. Bir iki saat içinde bitecek tipik bir Amerikan partisiydi işte.

Zehra halen soluk almakta zorlanarak merakla etrafına baktı. Şirin, derli toplu bir odaydı biricik oğlunun odası ve neyse ki pencereleri sabahın ilk ışıklarını alacak şekilde doğuya bakıyordu. Kıble'nin ne tarafta olduğunu merak etti ama tam sormak için döndüğünde Abed'in gözlerinde dönen gölgeleri fark etti ve onun yerine, "Nasıl iyi uyabiliyor musun oğlum? Kâbus görüyor musun gene?" diye sordu.

"Hayır, anne kâbus... yani *onu* görmüyorum" dedi Abed duraksayarak; son kâbusunu kendine saklamaya karar vermişti.

Bavullar birer birer açıldı, güzelce sarılıp sarmalanmış kutular ve hediye paketleri etrafa yayıldı, önce yatağı sonra da halıyı işgal etti. Anlaşılan Zehra kendisi için hiçbir şey almamış, her şeyi Abed'e getirmişti.

"Burnun nasıl?"

"Burnum! Burnum felaket!" diye köpürdü Abed birden güvenini kaybederek. "Buraya geldiğimden beri bir an durmadı. Canıma okuyor!" Ama sonra sesine cıvıltılı, neredeyse çocuksu bir neşe doldu. "Burnum senden uzak olmayı sevmiyor annecim."

Zehra, yüzünü yumuşak, nemli avuçlarının arasına aldı ve yakışıklı ama çok da mızmız oğluna gülümsedi. Abed yeniden ağzını açıncaya kadar ılık, sakıngan bir şefkate gömüldüler:

"Eee Safiye nasıl anne? Bana... hiçbir şey göndermedi mi, selam filan?"

Bir anda ruh hali cetvelinin bir ucundan diğerine savrulan Zehra'nın yüzü kasıldı. Bir müddet Abed'den uzaklaşıp kıpırdamadan, konuşmadan durdu ama sonra memnuniyetsizliğinin büyüklüğünü her hareketine yansıta yansıta bir paket çıkardı. Abed annesinin mesajını anlamazdan gelerek paketi aldı ve uzun uzun esnedi, artan gerilimi azaltmak için bildiği tek yöntem buydu, en azından kendi gerilimini azaltmak için.

"Acıkmışsındır. Ben aşağı inip sana yiyecek bir şeyler getireyim. Bir sürü yiyecek var, seveceksin."

Ama mutfağa inmeden önce ikinci katta durdu, banyo doluydu, Ömer'in kapısını çaldı ama içeriden gelen sesleri beğenmedi, ardiye olarak kullandıkları küçük odaya girdi, yere çömelip Safiye'nin gönderdiği paketi açtı. İçinde bir mektup, büyük ablasının oğluyla bir fotoğrafı ve küçük, kokulu, süslü bir kutu vardı. Abed mektubu bitirdiğinde yeniden başlamak zorunda kaldı, daha ayrıntılı bir değerlendirme yapmak ya da satır aralarını okumak için değil, ilk seferde satırları aşırı hızlı geçip mektuptan hiçbir şey anlamadığı için.

İkinci okumadan sonra biraz düşünmek için yalnız kalmaya ve sessizliğe ihtiyaç duydu, ama aşağı indiğinde parti ekibi ona böyle bir şey için doğru zaman ve doğru yerde olmadığını hatırlattı çabucak. Envai çeşit akla hayale sığmaz kıyafet giymiş insanlara çarpa çarpa koridordan geçerken kederini bırakmak zorunda kaldı Abed; biraz hırpalanmış, biraz yorulmuştu ve bu partide kimin kim ya da *ne* olduğunu anlamak için merakı kabarmıştı.

Kıçına şeker şeklinde devasa bir yastık yapıştırılmış olan pespembe mayolu, uzun boylu, iriyarı bir kız tam da böyle bir bilmeceydi.

"Bil bakalım ben neyim!" diye bağırdı kız Abed'e, yanlış cevaplarsa ona verecek uygun bir ceza arıyormuş gibi kıstı fettan gözlerini.

"Şeker-götlü!" diye bağırdı arkadan biri, bir diğer parti budalasını daha malumatıyla aydınlatmış olmanın memnuniyetiyle. Bu hadiseden sonra Abed'in içinden kimin kim ya da ne olduğunu merak etmek gelmedi. Ama herkes onu bu konuda bilgilendirmek için yarışıyordu. Nereye dönse, ya korsan ya da korsan köpeği kıyafeti giydirilmiş olan Arroz'u görüp duruyordu. Piyu'ya baktı ama ortalıkta göremedi. Neyse ki etrafta ayaklı çarşaf ya da yastık yoktu. Debra Ellen Thompson bezelye yeşili uzun bir elbise giymiş, eline plastik meyvelerle dolu bir sepet almış, başına da saçlarını daha da kırmızı, kulaklarını daha da büyük gösteren bir zeytin dalı takmıştı. "Ben Tabiat Ana'yım" dedi. Ama Abed'in ona olan ilgisi dağılmıştı; şimdi gözleri bu akşam annesini pencerede karşılayan kıza çevrilmiş, kostümünde kaçırdığı ayrıntıları yakalamaya çalışıyordu. O şarap kadehleri dışında daha bir sürü şey asılıydı Vinessa'nın kostümüne, lekeli bir çarşafa sarılmış beyaz bir kutu, onun üzerinde kül tablası, çalar saat, kimi şaibeli bir maddeyle dolu rengârenk prezervatifler. O Vinessa'ya bakarken Ömer de bitiverdi yanında. Üzerinde tekerlek ve kan izli yırtık pırtık bir kedi kostümüyle kız arkadaşının omzuna kolunu atıp sırıttı.

"Ben otobandan geçerken can veren kedi kılığındayım, Vinessa da 'Tek Gecelik Aşk' kılığında" dedi Ömer tekila gururuyla. Abed önce içinden sonra dışından Ömer'e bir avuç küfür salladı. Ömer arkasını dönüp *I Kissed A Drunk Girl*'ü (*Sarhoş Bir Kız Öptüm*) çalmaya gitti ve parça bitene kadar Vinessa'yı öptü. Üç dakika yirmi saniye. Şarkı bittiğinde bir kere daha, bir kere daha çaldı, sonra... herkes Ömer'e bir avuç küfür salladı. Bu bir bakıma her şeyin başlangıcıydı. Çok geçmeden hemen herkes azıtıp, güm güm gümleyen müziği kontrol altına alabilmek uğruna CD çaları ele geçirmek için kavga etmeye başladı. Abed herkese bir avuç küfür salladı.

Nihayet mutfağın yolunu bulduğunda, "Merhabaaa Abed, parti harika gidiyor değil mi?" diye neşeyle selamladı onu dünyanın en sıska korkuluğu. "Annen nasıl? Bak ona götürmen için bir tepsi hazırladım."

Gerçekten de hazırlamıştı. Kırık-diş-ezik-kemik-peynir-topları, solucan şeklinde pateler, mezarından çıkan hayalet püresi, kadavra sosisler, pörtlek göz biçiminde açılmış domates dolmaları... hepsi yukarı götürülmeye hazırdı. Abed cadı parmağı kurabiyelerine, tırnaklarının altından nasıl olup da kan sızabildiğini anlayabilmek için aval aval baktı. Alegre'nin mutfaktaki becerisine saygıda kusur etmek istemese de bu meşum mönüyü nazikçe bir kenara kaldırıp yerlerine dünyanın en sade, en nadide yiyeceği olan birkaç dilim peynir ekmek koydu, bir bardak da süt ilave etti.

Ne var ki elinde tepsi geri dönerken, daima aç bir güruhun arasından yiyeceklerle geçmenin nasıl da belalı bir iş olduğu ortaya çıktı. Ama zaten fazla ilerlemesine gerek kalmayacaktı. Tam önünde, divanın üzerinde, *Blade Runner*'daki Zhora'nın camlardan geçerek koştuğu sahneyi Zhora kılığındaki bir kıza ballandıra ballandıra anlatan Gail'i gördü. Zaten gür ve dehşetengiz olan saçları şimdi tutam tutam jölelenip dik dik yukarı kaldırılmış, giysileri yanıp yırtılmıştı. Abed, orada kanepede, Yolda-Yürürken-Yıldırım-Çarpmış-Masum-Yolcu kılığındaki Gail ile çikolata bir örümceği tutkuyla birbirlerinin dillerinde dolaştıran bir çiftin arasında afallamış, tedirgin, yine de gülümseyen yüzünü gördü annesinin.

"Anne! Zehra!" diye haykırdı bu ikisi ayrı insanlarmış gibi. "Senin burada ne işin var?"

Zehra omuzlarını silkti. "Susadım. Sana seslendim seslendim duymadın. Ben de aşağı indim."

"Anne lütfen hemen bu tepsiyi alıp odana çık, ben sana su getiririm, *yorgunsundur*" dedi Abed yutkunarak; terliyor, kıpırdanıyor, bir bahane arıyordu. "Yarın şehri gezeriz. Şimdi dinlenmen lazım."

"Senin kostümün nerede?" diye sordu Zehra. "Neden arkadaşların gibi kostüm giymedin?"

"Benim de kostümüm var ya. *Bu-odadaki-tek-aklı-başında-insan* kılığındayım!" dedi Abed sırıtarak. "Bütün bu şamatayı aptalca bulmuyor musun anne?"

"Her memleketin âdetleri başka" diye mırıldandı Zehra. "İnsanlar çeşit çeşit. Madem onların memleketindesin uyum sağlayacaksın. Misafir umduğunu değil bulduğunu yer."

Abed ona hayretle baktı.

Baktı ve bakakaldı. Abed bütün gece ona bakadursun *tek-kelime-İngilizce-bilmeyen* annesi: Balkabağı fenerlerin tükenen mumlarını yenileyip yaktı / mutfaktaki sıska korkuluğa yardım etti / herkese kurukafa şekerlemeler ve kurtadam pençeleri ikram etti / Tabiat Ana'nın uzun elbisesinin eteklerindeki nakışı inceledi / kafası-kesilmiş-bedene fazladan biftek ve sarmısak aromalı patates cipsi, siyah bandanalı ve bir gözü bantlı bir köpeğe tabak tabak yiyecek taşıdı / bir kâse yağlı baharatlı çorbayı üzerine döktüğü pespembe mayolu kızdan özür dilemek için tekrar tekrar hararetle hareketler yaptı / hoplayıp zıplarken kaybettiği çalar saatini bulabilmek için yerlerde emekleyen 'Tek Gecelik Aşk'a yardımcı olmak üzere onunla beraber yerlerde çalar saat aradı / üzeri tekerlek izleriyle kaplı, şimdi de banyoda gürültüyle kusmakta olan hırpalanmış bir kediye nane limon kaynattı / nane limonu gerisingeri getirip, halen banyoda gürültüyle kusmakta olan tekerlek izli hırpalanmış kedi için koyu, zehir gibi kahveler pişirdi...

* * *

Ertesi sabah... aslında ertesi sabah yoktu.

Her biri farklı sebeplerden, Ömer (baş ağrısı), Piyu (mide ağrısı) ve Abed (kâbuslar) ertesi sabah güneş esintisiz gökyüzünü yarılayana kadar uyanamadılar. Uyandıklarında da yataktan kalkamadılar, gerçi bunun nedeni bitkinlikten ziyade parti-sonrası enkaz-temizliğini savuşturma çabalarıydı. Öğleden sonra 15.00'te, artık yataklarında oturup parmaklarıyla oynayamaz hale geldiklerinde birer birer mutfakta boy gösterdiler. İnsanın eziyetli bir âlem gecesinden sonra girmeyi istediği son yerdir mutfak, ama sabah her nasılsa ilk iş oraya gider. Ama hayrettir, ne tezgâhın üzerinde kirli tabak dağları, ne lavaboda leş kokulu terkibi meçhul maddeler, ne çoktan kokuşmaya başlamış artıklar vardı... mutfak her zamanki gibi pırıl pırıldı (Piyu'nun da kabul edeceği gibi), üstelik ya genişlemiş ya da güzelleşmişti.

Ancak mutfak sahasının sadece başlangıç olduğu anlaşılacaktı çok geçmeden. Nihai istikametin belirsizliğine rağmen kendince iddialı bir denizaşırı keşfe çıkmadan önceki ilk liman. Sonraki saatlerde Zehra'nın hijyen sağanağı, bir BBC belgeselindeki dünya haritasında Tang Hanedanı'nın deniz ve ipek yollarını gösteren kırmızı, mavi okların hızı ve kararlılığıyla akla gelecek her yöne doğru, evin göze görünen her oyuğuna yayıldı.

Oklar aşağı yukarı ilerlerken hijyen evin her köşesine bodoslama daldı ve bu esnada Zehra da görmemesi gereken şeyleri görmüş oldu. Böylelikle mutfakta bir plastik torba dolusu zar gibi soyulmuş, kabuğuna kadar kemirilmiş greyfurt kabuğu; Ömer'in odasında karanlıkta parlayan prezervatifler ve sahte leopar kürküyle astarlanmış, partneri çeşitli şekillerde bağlamayı mümkün kılmak için üzerlerine birer halka takılmış deri manşetler buldu; Piyu'nun yatağının yanındaki çekmecelerde gördüğü Kuran-ı Kerim onu içten içe sevindirdi ama Abed'in odasındaki Hıristiyan azizi kolyesi enikonu endişelendirdi ve nihayet Arroz'un pirelerini keşfedip günün geri kalanını onu sabunlayıp yıkamakla, tekrar sabunlayıp tekrar yıkamakla, şampuanlayıp durulamakla, pudralayıp fırçalamakla, tımar edip üzerine kokular sıkmakla geçirdi.

Yapması gereken başka keşifler de vardı Zehra'nın zira ertesi gün karşılaştığı insanlardan hiçbirini, Cadılar Bayramı partisinde vakit geçirdiği ucubeler ve mahluklarla özdeşleştiremiyordu. Bu yüzden de bazı insanların onunla ikinci kez tanıştırılması gerekti. Gerçi Zehra'nın çok sevdiği Vinessa bu insanlar arasında yoktu çünkü partiden iki gün sonra Vinessa ile Ömer, kimseyi pek de şaşırtmayan bir ivedilikle ayrılmışlardı.

Zehra Alegre'yle tanıştığında ondan genel itibariyle hoşlandı. Çok sıska ve *mutfağına* burnunu sokmaya meyilli olduğu halde kızcağız hayli sevimliydi ve pekâlâ Abed için iyi bir eş olabilirdi. Zehra, Debra Ellen Thompson'la tanıştığında onu da sevdi. Gerçi saçları cehennem gibi kırmızı ve ancak çile çıkaran bir dervişinki kadar kısa, kollarındaki çiller de Süleyman Peygamber'in ordusundaki kuşlar ile balıkların sayısını aratmayacak kadar çok olsa da hoş birine benziyordu ve –pekâlâ– Abed için iyi bir eş olabilirdi. Zehra Gail'le tanıştığında ondan hiç hoşlanmadı. Gerçi bu kız ne sıskaydı ne çilli, gece karası saçları her yeri kaplayacak kadar gürdü ve belli ki mutfak işleriyle hiç alakası yoktu ama gözlerinde Zehra'yı rahatsız eden bir şey vardı: maviydiler!

"*Lâ tetezevvec bi ımraetin aynüha zerka' velev kânet temlükü sandûkan melîyen bizzeheb.*"*

"Ne diyor?" diye sordu Gail.

"Senin çok güzel olduğunu söyledi" dedi Abed nazik nazik gülümseyerek.

Çarpıtmıştı ama doğrusunu söylemek gerekirse bu ilk sefer değildi. Arada bir tercüme ettiği kelimelerin kusurlarını biraz makyajlıyor ya da büsbütün atlıyordu Abed. Ne var ki bunu yapan sırf Abed değildi. Zira her çevirmen ister basit ister külliyatlı bir metni çeviriyor olsun, şöyle ya da böyle bir hırsızlığın suç ortağıdır. Tıpkı kervanlarla bir yerden bir yere taşınan kıymetli mallar gibi kelimeler de yolda yağmalanırlar, tepeden tırnağa karalara bürünmüş sinematografik haydutlar tarafından değil, yazar, şair, yayıncı ve *özellikle* çevirmen kılığına girmiş kültürlü şahıslar tarafından.

* "Bir sandık altını da olsa sakın mavi gözlü bir kadınla evlenme."

Ama Abed'in düzenli yalanlarına, çarpıtmalarına rağmen, ileriki günlerde Gail ile Zehra arasında beklenmedik bir yakınlık, kendi yolunu takip edip kendi söz dağarcığını doğuran bir dostluk gelişecekti. Giderek Gail daha sık boy göstermeye başladı Pearl Sokağı 8 numarada, Zehra'nın hayatını, kültürünü, bilhassa da "*baraka*" mefhumunu merak ettiğinden.

"Annene bir sorsana Abed, yiyeceklerin de kendilerine ait bir *barakası* var mı?"

Ekmek ile suyun vardı tabii, incirin de.

"Annene bir sorsana Abed, mekânların da kendilerine has bir *barakası* var mı?"

Camiler ile evliya türbelerinin vardı tabii, kuyuların da.

Bu böyle sürüp gidiyordu. İlk başta Abed, Gail'le ahbaplık etmenin annesine ilginç gelebileceğini tahmin etmiş ama tahmininde haklı çıktıktan sonra bu sefer de bundan rahatsız olmaya başlamıştı. Gerginliğinin bir sebebi son zamanlarda doğru düzgün uyuyamamasıydı. Rüyalarındaki kız tıpkı eskiden olduğu gibi her gece her gece görünmeye başlamıştı. Son bir haftayı onunla boğuşarak geçirmişti. Uykusuz, gergin, tetikte. Kızın ziyaretleri her gece bir bölümünü seyretmeye mecbur tutulduğu bir diziye dönüşmüştü, daha sonra kan ter içinde uyanıyor, bir daha gün ağarana kadar uyuyamıyordu.

"Abed gelsene, annene bir sorar mısın şu yara izleri nedir, bir tür tedavi filan mı?"

Gene uykusuz bir gecenin sabahında Abed, Gail ile Zehra'yı, yüzlerinde şaşırtıcı ölçüde birbirine benzeyen ışıltılı bir dinginlik ifadesiyle, Benetton reklamları gibi mutfak masasında yan yana parıldar vaziyette bulmuştu.

Abed bu sefer soruyu sormak yerine kendisi cevap vermeyi tercih etti. "Bir tür kan akıtma" diyerek elini havayı keser gibi salladı.

Eskiden kadınlar *serratalarla* kan akıtma toplantıları düzenlerlerdi, evliyalarla akraba olan muhterem kadınlar. Serratalar el ve ayak bilekleri etrafına çizik atar, sonra bunlar yıkanıp üzerlerine safran, kına ya da *akr* sürülürdü. "Uzun zaman önce" diye ekledi Abed otoriter bir edayla, "artık Fas'ta böyle şeyler göremezsin."

Modernleşmek ve dolayısıyla *Batılılaşmak* için köklü dönüşümler geçirmiş yaşlı toplumların gençleri, fazla malumat sahibi olmayan bir Batılı kalkıp da onlara kültürleri hakkında sorular yönelttiğinde ve bu sorular aslında kendilerinin hiç mi hiç ilgilenmedikleri, hatta esasen kestirip atmak istedikleri, hatta yekten reddettikleri tek bir cephesiyle bağlantılı olduğunda daima bu mantrayı tekrar ederler: "*Ha o mu?*" derler. "*Vardı öyle şeyler ama eskiden, o çok eskidendi. Ülkemde artık böyle şeyler göremezsiniz.*"

Zihninde dönmekte olan bir sonraki soruya geçti Gail: "Anneне bir sorar mısın Abed, ya şu kına nedir, kınayı sorar mısın?"

"Eline sürdüğün koduğumun kınası işte! Soracak bir şey yok" diye patladı Abed. "Neden sorup duruyorsun bunları? Neden onunla gerçekten ilgileniyormuş gibi yapıyorsun?"

Gail ona ters ters baktı: "Belki gerçekten ilgilendiğim içindir!"

"Ya ne demezsin" dedi Abed alayla gülerek. "Ne heyecan verici bir kültür! Egzotik! Değişik! Ücra! Ezilmiş! Üçüncü Dünyalı hemşireni kucaklıyorsun!"

"Yuh, ne fesat zihnin var! Neden merakım seni bu kadar rahatsız ediyor? Belki de sen kendi geleneklerinden utandığın içindir!"

Zıt kutuplara konmuş iki farklı mıknatıs tarafından aynı anda çekilmiş gibi birbirlerinden hızla uzaklaştılar. Zehra'ya da içini çekerek, püfleyerek, neler olduğunu merak ederek tek başına mutfakta kara kara düşünmek kaldı. Kımıltısız bir endişe içinde bir müddet bekledikten sonra Abed'in ne yaptığını görmek için yukarı çıktı ve onu tepesinden parmak ucuna kadar kalın bir battaniyenin altına gömülmüş, ya kendini boğmaya ya da biraz uyumaya çalışır vaziyette buldu.

Bir müddet konuşmaya çekinse de içindeki sıkıntıyı artık bastıramayan Zehra diken üstünde yatağa oturdu ve zihnindeki soruyu saldı: "Safiye ne diyor? Paketin içinden mektup çıktı mı?"

"Pek bir şey dememiş" diye cevap verdi battaniye boğuk bir sesle. "Babasının hastalığı, havaların değişkenliği, kız kardeşinin düğünü... öyle şeyler..."

Ama yorumbilgisi geleneği her metnin birden fazla seviyede okunabileceğini söyler bize. Eski fal tarihçeleri, hayli sıradan görünen metinlerin bile içrek mesajlar saklamaya muktedir olduklarına şahadet eder. Safiye'nin mektubunda da içi boşaltılmış metinlerde sıkça rastlanan o ibare vardı: *Bilenler bilenlere anlatsın, bilmeyenler de görmesin zaten!*

Doğru, Safiye'nin mektubu havadan sudan bahsediyordu, şu dış tabakadan, *zahiriden* bakarsan o metne. Yine de *Batıni'nin* iç katmanlarına inildiğinde farklı bir mesaj taşıyordu, buna göre Safiye'nin babası yakında öleceğinden korktuğu için kızının evlenmesini istiyordu, sıra kendisinde olduğu halde küçük kardeşi bile evlendiği için kendisi de artık zamanının geldiğini hissediyordu. Mektup ayrıca kafasının karışık, ruh hallerinin değişken olduğunu sezdiriyordu. Zahiri katman havadan sudan söz ederken, Batıni katman, Safiye'nin Abed'i fazla uzun beklemeyeceğini fısıldıyordu.

Zehra çenesini kaldırdı, söyleyeceği şeyin şiddetini hissettirme gayretiyle alnını kırıştırdı ama yegâne izleyicisi battaniyenin altından bu hazırlıkları göremiyordu.

"Safiye sana yaramaz, bırak kendi yoluna gitsin."

Zehra bu meseleye dair memnuniyetsizliğini şimdiye kadar çeşitli şekillerde ifade etmiş olsa da ilk defa itirazını bu kadar doğrudan dile getiriyordu. Odanın atmosferi aniden aralarında kabaran gerginlikle ağırlaştı. Ta ki Zehra bir sonraki sözünü söyleyene kadar: "Sen en iyisi mavi gözlüyle evlen!"

Abed'in kafası battaniyenin altından fırladı, gözleri fal taşı gibi açılmıştı: "Cadı Gail'le mi evlenmemi istiyorsun?"

"Evet, neden olmasın?"

"Çenesinden geçilmiyor hanfendinin!"

"Olsun, konuşkan olması iyidir" dedi Zehra gülerek. "*Hıf min benî âdem es-sâkit.*"*

Abed burnundan hava püskürterek bir kahkaha saldı, sonra birkaç kahkaha daha attı. "Belki fark etmemişsindir, boyu benden uzun" dedi dişlerinin arasından, ne kadar uzun olduğunu göstermek ister gibi gözlerini tavana kaldırdı. Bu konuşmayı hemen burada sonlandırmak amacıyla göklerden süzülecek bir kurtarıcının tavandan aşağı düşmesini bekliyormuş gibi.

"O uzun değil" dedi Zehra omuzlarını silkerek. "Sen birazcık daha kısasın. Deve kendi hörgücünü görmezmiş."

Bunun üzerine Abed daha büyük bir kozu kullanmaya karar verdi: "Anne, o *Yahudi!*"

Zehra'nın yüzünden, Abed'in ilk başta "hayret" sandığı ama aynı zamanda "kabullenme"ye yormaktan da kendini alamadığı uysal bir sorgulama ifadesi geçti: "Ya öyle mi? Evdeki örümcekleri öldürmemesini rica et ondan! Örümceklerin peygamberin hayatını kurtardığını anlat" diye mırıldandı sükûnetle, odadan çıkarken. "Sen iyisi mi uyu biraz."

Maalesef uyudu. Gecelerdir süren işkenceli uyuklamaların ardından uykuya dalması uzun sürmeyecekti. Ama *kâbus kadını* bu sefer elini daha da çabuk tutmuştu. Ölgün beyaz yüzünde kömür gibi iki kocaman göz parlıyordu, bir kardanadamın donuk bakışı gibi, gözleri iki karanlık, dipsiz deliğe gömülmüştü. Abed panikle uyandı. Ne var ki bu sefer rüyasındaki kadını göğsünde oturur buldu, daha yakındı, daha amansız. Rüyadan, ne menem bir gerçeklikse bu gerçekliğe ışınlanırken müthiş küçülmüş, oyuncak bebek boyutuna in-

* "Sükût eden âdemoğlundan kork."

mişti. Korkutucu, uğursuz bir Barbie, sıkıştırılmış dehşet.

Abed içgüdüsel olarak kadının ona izin vermeyeceğini bildiği halde hareket etmeye çalıştı. Annesini, birini, *herhangi* birini çağırmak için ağzını açtı ama sadece bir soluk çıkabildi ağzından. Kadın onu hareketsiz, sessiz, neredeyse baygın tutuyordu, göğsünü eziyordu. Abed bir daha bağırmaya çalıştı... bir daha... her seferinde daha çok gayret gösteriyordu... ki odasının kapısı küt diye açıldı:

"*Habibi*... Abed!.. Abed!"

Titreyen bir kucakta uyandı, Zehra panikle sarılmıştı ona. Arkasında Gail, Piyu ve Ömer yüzlerinde aynı tedirgin ifadeyle dizilmişlerdi. "Ne oldu Abed?" diye sordu birisi hepsi adına ya da hepsi aynı anda.

"Kötü bir rüya gördüm." Bir an durakladıktan sonra geri kalanını da anlatmaya karar verdi. "Her zamanki kâbus, çocukluğumdan beri böyle gelip gider. Galiba yine mevsimi geldi. Ama bu sefer fazlasıyla sahici görünüyordu. Göğsüme oturdu ve kıpırdamama izin vermedi. *Ouaghauogh*... ödümü koparttı."

Abed konuşmalarını annesine tercüme etmek için döndü ama Zehra'nın yüzünü kaplayan elem neden bahsettiklerini zaten *bildiğini* gösteriyordu.

"Bu kâbus kadını neye benziyor anlatsana?.." diye sordu Ömer.

"Genç, uzun, kapkara saçları var... aslına bakarsan Gail'e benziyor."

"Teşekkürler!" dedi Gail sırıtarak.

Kıkırdadılar, aslında daha da güleceklerdi ama Zehra'nın suratının asıldığını fark ettiler. Bunu takip eden sessizlikte Zehra onlara yarı hazin yarı haşin bir bakış fırlattıktan sonra, oğlu daha onu teselli etmeye fırsat bulamadan odadan çıktı.

Dumansız ateş

Öncelikle onları diğerlerinden, alacakaranlık kuşağındaki diğer mahluklardan ayıralım. Uzaylılardan, elflerden, gulyabanilerden, perilerden, hatta vampirlerden... tüm bu mahlukata siz ister inanın ister inanmayın günün birinde yolunuza çıkabilirler. Hayatınıza sızmak için hiçbirini önceden tanımanıza gerek yoktur, hem de hiç. Ama dumansız ateşten yaratılanlar, adlı adınca "cin" diye bilinenler için durum böyle değildir, onların sizinle kuracağı münasebet önceden tanınmalarına bağlıdır. Diplomasinin temel kuralları insan-cin ilişkileri için de geçerlidir aslında: Burada da ötekinin varlığının ayrı bir mevcudiyet olarak tanınması iki taraf arasındaki ilişkilerin gelişmesi açısından elzemdir.

"*Bazıları adildir*" der Kuran, "*bazıları başka türlü.*"

Kemlik de buradan çıkar zaten. İşin *adil* kısmından değil, ama ille de *başka türlü* kısmından da değil. Mesele bu ikisi arasında durmadan gidip gelen sarkaçtan, hani şu mini minnacık "ya da" takısının içerebileceği ya da *içermeyebileceği* olasılıklardan.

Şahsi rotalarının bir noktasında bütün cinlerin iyi ile kötü arasında bir seçim yapmaları gerekir. Çoğu yapmıştır bu seçimi ama daha saflarını seçmemiş niceleri de vardır. Yine de kötülüğe karar kılmış olan cinleri dahi son tahlilde bu kadar ürkütücü kılan kötülükleri değil, kötüymüş gibi görünmemekteki eşsiz yetenekleridir. Aslında içinde kem olsa da erdemli izlenimi vermeye muktedirdir her cin. Daha da beteri zamanla taraf değiştirebilmeleridir. Başta erdemliyken sonradan kem olabilirler ya da tam aksi. Üstüne üstlük tıpkı insanların dünyasında olduğu gibi cinlerin dünyasında da belirleyici etken cinsiyettir.

Dişi cinlerin erkeklerden daha kaprisli, dolayısıyla da daha değişken olduğu söylenir. Hayran olunmak, iltifat görmek, el üstünde tutulmak isterler. Bunu gerektiği gibi adabıyla yapmayı başaramayanlar dişi cinlerin öfkesini çeker üstlerine, öte yandan bunu gerektiği gibi, adabıyla yapanlar da dişi cinlerin aşklarının nesnesi olabilir ki uzun vadede hangisinin daha kötü olacağını kestirmek zordur.

Şeytan bile cinler kadar sinir bozucu değildir. Malum kötüdür şeytan ve tutarlıdır kötülüğünde. İnsan şeytandan hep en kötüsünü bekler, muhtemelen daha beterini alır gerçi ama en azından bir belirsizlik yoktur ortada. Öte yandan cin hem dost hem düşman veya dostken düşman, düşmanken dost olabilir. İşte onlarla her karşılaşmayı asla anlamlı bir bütüne ulaşamayacak bir nevi zihin yağmalayan bilmeceye dönüştüren de bu olabilir-de-olmayabilir-de sarkacıdır. Cinler belirsizlikle maluldur.

İnsanlar da belirsizlikten duydukları korkuyla.

Nihayet Zehra'yı verandada oturmuş dalgın dalgın dışardaki akçaağaca, daha doğrusu onun yerine konmuş amatör taklidine bakarken bulan Abed, "Canını sıkma anne" dedi kelimeleri usulca ağzında yuvarlayarak. "Nedenini biliyorum. Son zamanlarda korku filmi seyretmiyorum, eskisi gibi aşağıda, televizyonun başında uyursam her şey yoluna girer."

Aynı anda hem boğazını temizleyip hem de buna inanmadığını belli eden Zehra hıh diye güldü; bu ses çetrefil bir konuşmanın peşreviydi sadece. Konuştu, konuştu, konuştu. O konuşmasını bitirdiğinde Abed biraz sarsılmış vaziyette sendeleyerek verandadan içeri girdi. Zehra ise öylece oturuyordu. Hiç hareket etmeden. İki saat sonra pek fazla bir şey değişmemişti. Zehra hâlâ verandada, hâlâ kımıltısız ve sessizdi, Gail ile Arroz ara sıra ne vaziyette olduğunu görmek için gelip yokluyorlardı.

"Ne oldu?" diye sordu Ömer ile Piyu bir ağızdan.

"Ne mi oldu?" dedi Abed homurdanarak. "Amerika'ya geldiğinin üçüncü günü aklını kaçırdı. Olan bu!"

Nihayet homurdanmaktan bıkıp hikâyeyi anlattı. Dura dura, yorgun argın, kendine ait olmayan sözler ve ayrıntılarla, Zehra'nın çok genç ve yeni evliyken bir cinle nasıl karşılaştığını ve bu *karşılaşmanın* nasıl hâlâ karşılarına çıkmaya devam ettiğini nakletti onlara.

Yirmi beş küsur yıl önceymiş, şubat ortası.

Buz gibi, rüzgârlı bir günde Zehra mutfakta tek başına böğürtlen reçeli yapıyormuş. Hayatı boyunca hep iyi bir ahçı olsa da o sıralarda hâlâ tecrübesiz olmalıymış ki kazana gereğinden fazla şeker koymuş, kaynattıkça bozuyor, ağdalıyormuş reçeli. Çaresizlikle uzun, biçimli parmaklarını rahminin üzerinde kavuşturmuş ve üzüntüyle içini çekmiş. O anda ne elleri ne de yüreği bunu bilse de Zehra hamileymiş. Abed'e hamile.

Zehra'nın bu konudaki bilgi eksikliği ilk başta göründüğünden daha önemli sayılabilir, zira hamileliğinin bu kadar erken bir döneminde olmasa evde yalnız bırakılmazdı. Ne de olsa gebe kadınlar cinlerin, özellikle de dişi cinlerin en gözde avları arasındadır ve asla yalnız bırakılmamalıdır. Ama o soğuk şubat sabahı yün bir hırka ve gafletin rehavetine sarılmış olan taze gelin Zehra'nın cinlerden korkmak için hiçbir sebebi yokmuş. Korkamayacak kadar hareketli, genç ve gailesizmiş. Tek derdi işte o kara kazanda kaynatılıp durdukça buruk bir renk alan ve ağdalandıkça ağdalanan reçelmiş. Bir süre sonra kapının çalındığını duymuş ve yabancılara karşı hep dikkatli olduğu halde nedense hiç tereddüt etmeden gidip kapıyı açmış.

Kapıda yırtık pırtık giysili ama gördüğü en güzel siyah gözlere sahip bir kadın duruyormuş. Elindeki çanak dilenci olduğunu gösterse de hiç öyle durmuyormuş. "İyi günler" demiş kadın mırıl mırıl. "Çok açım ve çok susuzum. Üç uzun gün üç uzun gecedir ağzıma bir lokma girmedi."

Zehra kendisinden isteneni gayet iyi duymuş olmakla beraber mıhlanıp kalmış olduğu yerde, o siyah mücevher gözlerdeki gececi girdaplardan hipnotize olmuşçasına. O zaman dilenci, talebini tekrarlamak için belki de iki elini birden ağzına –ya da bir ağzı olsa bulunacağı yere– kaldırmış.

Zalimce mükemmel bir burun ve sivri bir çenenin arasında ne ağız varmış ne de ağza benzer bir şey. Ne üstdudak ne altdudak, ne hiç olmazsa pembemsi bir çizgi, sadece koyu kızıl bir boşluk –her şeyi yutmaya hazır haris bir oyuk. Bunca sene sonra dönüp kadını düşündüğünde Abed onun ya korkunç bir kaza ya da cüzzam gibi ölümcül bir hastalık geçirdiğini tahmin ediyordu. Sebep her neyse kadının ağzını koparıp atmıştı.

"Şu biçareye bir dilim ekmek verirsen hayırduamı alırsın" diye yankılanmış kızıl boşluk. Sonra mutfaktan süzülen şurupsu kokuyu yakalamak ister gibi başını kaldırmış. "O ekmeğin üzerine tatlı bir şey, mesela şu kaynattığın böğürtlen reçelinden sürersen, gebe olduğun erkek evladın hayırduamı alır."

İçeri girmeye çalışır gibi eşiğe hamle etmiş. İşte tam o anda genç, toy bir kız olan Zehra panikleyerek refleksle kapıyı tutmuş, sertçe kadının yüzüne çarpmış. Korku ve pişmanlık içinde donmuş vaziyette, dışarıdan gelen en küçük sesleri bile dinleyerek kim bilir ne kadar durmuş orada. Nihayet kapıyı tekrar açacak cesareti bulduğunda, artık dışarıda kimse yokmuş, dar, çamurlu yolda yavaş yavaş eriyen buz dışında. Mutfağa döndüğünde böğürtlen reçelinin taşıp ateşi söndürdüğünü görmüş.

Yine de bu hadiseyi aklından savmış çabucak ve Abed doğana kadar da bir daha düşünmemiş. Ne var ki Abed göbeğinde, irkiltici bir biçimde ağıza benzeyen koyu kızıl bir lekeyle doğmuş.

"Vay, ne acayip. Karnında hâlâ duruyor mu o dövme, seni seksi şey seni" diye kıkırdadı Gail alayla, siyah yelesini bir yandan bir yana savurarak.

"Bahsettiğimiz bir dövme değil" dedi Abed ters ters, ama bugün Gail'e sinirlenmemeye karar vererek derin bir nefes aldı. "Zehra o dilencinin aslında cin olduğuna inanıyor. Ama esas mesele bu değil. Mesele cin olsa da olmasa da yaptığı şeyin yanlış olması. Zira Tanrı'nın yarattığı hiçbir mahluktan bir dilim ekmek ile bir bardak suyu esirgememelisin. Ahlak dersi bir yana cin bizi lanetlemiş, özellikle beni. Doğacak erkek evladı. Zehra benim tehlikede olduğumu düşünüyor."

"Haa! Şu kâbuslarındaki kadın da o mu?" diye sordu Ömer yüzü merakla aydınlanarak. "Afet-i devran cin hanım! *Femme fatale*!"

"Bana bak oturup fantezi kurasın diye anlatmadım bunları, sapık şey! Türkiye'de cin yok mu? Bu tür inanışların ne manaya geldiğini biliyor olman lazım!"

Neyse ki Gail ile Piyu'nun korktukları başlarına gelmedi de bir nevi cin milliyetçiliğine kaptırmadılar kendilerini. Onun yerine Abed huzursuz sesi sonlara doğru iyice alçalarak, Zehra'nın cinin şimdiye kadar Abed'e gönlünden geçen zararı verememiş olmasının geçmişte verdikleri sadakalardan ve kestikleri kurbanlardan kaynaklandığına inandığını anlattı. Bunlar cinin gücünü gözle görülür ölçüde azaltmış, yaşlanmasını engellemiş (ne de olsa yaşlı cinler gençlerden daha güçlüydü; dişi cinler erkek cinlerden; yani en beteri yaşlı dişi bir cindi) ve onu zaman zaman Abed'i ziyaret eden şu genç kıza dönüştürmüştü. Sadakalar ile kurbanlar onu dişsiz bırakmıştı. Ama bu sene, Abed bursu aldığı gün Zehra bir koç adadığı halde önce çeşitli sebeplerle erteleyip durmuştu bu adağı, sonra da kocasının ölümüyle büsbütün unutmuştu. Borcunu geciktirdikçe dişi cin anbean birazcık daha yaşlanıp güçlenmiş, her geçen gün Abed'in gecelerini ve kâbuslarını daha çok ele geçirmeye başlamıştı.

"Vay!" Gail nihai bir çözüm bulmaya çalışıyormuş gibi dalgın dalgın başını salladı ama o dalgınlıktan sıyrıldığında yeniden "Vay!" demekten başka bir şey yapmadı. Zihninden cin şeklinde sütlü çikolatalar yapmak geçse de bu fikri basiretle kendisine saklayıp dükkânın yolunu tuttu.

Gail odadan çıkar çıkmaz Ömer ile Piyu uzaktan kumandalarının düğmelerine basılmış gibi Abed'e saldırıp kazağını sıyırdılar ve göbeğine baktılar. Haklıydı. Leke oradaydı! Tam karnının üzerinde heavy metal albüm kapaklarındaki Gotik kabartmalara benzeyen kızıl bir ağız duruyordu, bu benzetme Abed'in hoşuna gitse de gitmese de. Görmek için can attıkları şeyi gördükten sonra, hâlâ yerde homurdanmakta olan Abed'in ayağa kalkmasına yardım ettiler, sonra *Sopranos* seyretmek için hep birlikte oturma odasına yöneldiler. Bölüm bittiğinde hepsi birer birer dışarı göz attılar. Zehra hep aynı konumda, inatla verandada oturmakta, Arroz da kendi kendine buyurduğu bir vazifeye mutlak sadakatle onun ayaklarının dibinde durmaktaydı.

Veranda alanını gözetleme nöbeti kendine geldiğinde "Uyumayacak mı?" diye fısıldadı Alegre huzursuzca.

"Nereden bileyim?" diye umutsuzca mırıldandı iki mutfak kapısı arasında mekik dokuyup durmadan volta atan Abed. Akşamleyin üç kere verandaya çıkıp annesini içeri girmeye iknaya teşebbüs edecek ama her seferinde tek başına ve kıpkırmızı geri dönecekti. Üçüncü teşebbüsten sonra artık kendini tutamadı: "Aklını kaçırmış! Koç kurban etmek istiyor, hem de hemen!"

"Nasıl *hemen*?" diye sordu Piyu, aklına hemen bıçak ve satır getiren kurban lafının verdiği dehşetle.

"Hemen-şu anda değil şapşal, *hemen-yakında..."* Abed gözlerini mutfağın tavanına, arada bir yukarıdaki küvetin sularının sızıp damladığı çatlağa kaldırdı. "Tanrım..." diye inledi, "... Boston'dayız!" Sanki Tanrı onun yerini kaybetmişti de koordinatları yeniden veriyordu.

Ama koordinatlar, artık sahte akçaağaca ve bir de Arroz'a evdeki herkesten fazla güveniyormuş gibi görünen Zehra'yı geri getirmeye pek yardımcı olmadı. Aniden hayata karşı korkuları nüksetmiş, her an bir kaza olacak diye beklemeye başlamışı. Dünya bir felaketler piyangosu olmuş, ona da sonraki çekilişte oğlunun ne kazanacağını tahmin etme eziyeti düşmüştü. Aniden bastıran uçuş korkusu bu genel korkunun küçük bir parçasıydı sadece. Hayatında ilk olarak uçağa binmek Zehra için hiç sorun olmamıştı ama şimdi o uçağa tekrar binme fikri bile elinin ayağının kesilmesine yetiyordu. Eve dönmek, Abed'i bu yabancı ülkede tek başına bırakmak, hiçbir aksilik olmayacağını, her şeyin yolunda gideceğini ummak, çarnaçar ummak... sonraki hamlesi ne olursa olsun, karşılığında bir şey vermeden, bir bedel ödemeden o hamleyi yapmak istemiyordu. Sadaka aritmetiği. Aklın, salt aklın kılavuzluğunu tanıyanlar bu rakamsız matematiği anlamakta zorluk çekseler de öte dünyayla uzlaşmada artılarla eksilerin hesaplanıp denkleşmesi elzemdir. Hayattan olumlu bir gelişme bekleyebilmek için denklemi dengelemek, karşılığında bir şeyler vermek gerekir.

Reggae sadakası

Ertesi sabah Alegre'nin hazırladığı muhteşem kahvaltıyı ve koca bir bardak taze sıkılmış portakal suyunu tepsiyle verandaya taşıdı Abed. Yarım saat sonra son kırıntısına kadar yenmiş kahvaltının bulaşıklarını bir de portakal suyunu geri getirdi. Ne de olsa Arroz bir tek portakal suyuyla ilgilenmemişti. Zehra bu arada hiçbir şeye elini sürmemişti. Ömer onu bir sabah kahvesine ikna etmeye çalıştıysa da işe yaramadı. Koca sürahi kendisine kaldı.

"Madem bu kadar kahveyi tek başına içmeye niyetlisin neden en azından *café con leche* yapmıyorsun?" Kaşlarını çatmış, kollarını kavuşturmuş Alegre'nin sesi yanında durduğu buzdolabının uğultusunu bastırıyordu.

Ömer'in yüzü aydınlandı. "*Café con leche!*" dedi sırıtarak. "Bana İspanyolca birkaç güzel kelime öğretir misin?"

"Rezalet!" diye araya girdi Abed, verandaya yaptığı bir başka beyhude ziyaretin dönüşünde. "Şu herife İspanyolca rezalet nasıl denir onu öğret, Alegre. Bahse girerim sırada Hispanik bir kız vardır. Öyle değil mi dostum Omar?"

Ömer omuzlarını silkti. "İftira, hep İspanyolca öğrenmek istemişimdir."

"Abed, Zehra'ya söylesene madem bir hayır yapmak istiyor bağış yapsın" dedi Alegre, bu teklifiyle onu biraz olsun teskin etmeyi umarak. "Zavallı koça vereceği parayı bizim hayır kurumuna bağışlayabilir. Dernek Katolik Kilisesi'ne bağlı ama inanç gözetmeden herkese yemek yardımı yapıyoruz."

"*Muchas gracias* ama senin tavuk suyuna şehriye çorban annemin kurban standartlarına uygun değil" diye homurdandı Abed mutfak penceresinden bakıp içini çekerek. Gerçi seyredecek fazla bir şey yoktu. Zehra hâlâ aynı sandalyede, aynı konumda, gözleri hâlâ aynı ağacın yapraksız iskeletine dikili oturuyordu. Yegâne canlılık işareti Arroz'da gözleniyordu; yasemin ve alacakaranlık kokan bu tombul kadını koruma vazifesine sadık kalmak ile eve girip başka kahvaltı kalmış mı bakmak arasında kararsız, iki üç saniyede bir sağa sola dönüyordu.

Ne var ki iki kutup arasında savrulan sadece Arroz değildi. Akşama doğru bir içeri bir dışarı mekik dokumaktan bıkan Abed nihayet bu sorunu kökünden çözmek için harekete geçmeye karar vermişti. Bu kararlılıkla Müslüman biraderinin kapısını çaldı.

"Omar kardeşim. Bana yardım et. Ne olursa olsun Müslüman'sın değil mi?" Bu sorduğu soruya anında pişman olduğundan cevabı beklemeden konuşmaya devam etti: "En azından Müslüman bir ülkeden geliyorsun. Bu evde bana yardım edebilecek bir tek sen varsın. Yarım saat sonra Jamal'le buluşacağım, akıl danışmak için imama gideceğiz. Bu arada sen de..." parmağını Ömer'e doğrulttu, "sen de git bir kasap ara."

"Neden öteki türlü yapmıyoruz? Sen kasap ara, ben gerisini halledeyim."

"Olmaz. Muhterem imamla konuşmak için doğru kişinin sen olduğuna emin değilim" dedi Abed. "Hatta doğrusunu istersen yollarınızın kesişebileceğini dahi zannetmiyorum."

Bu açıklama yeterince ikna edici olduğundan ikisi de üstlerine düşeni yaptılar.

O gün hiçbir ilerleme sağlayamadılar. Doğru, Boston'da helal et satan Müslüman kasaplar vardı. Ama iş koçu parça parça almak yerine kurban etmeye gelince durum değişiyordu. İki kasap en erken bir ay sonraya randevu verebileceklerini söylemişlerdi. Pearl Sokağı 8 numarada kimse Zehra'nın verandada o kadar uzun zaman hayatta kalabileceğini tahmin etmiyordu.

Bir haftada Boston'un göbeğinde Müslüman bir kadının nasıl koç kurban edebileceği üzerine kafa patlatmaktan daha beteri bunun getirdiği mahcubiyet, asabiyet ve Amerikalı arkadaşların hadiseyi duymaları halinde gelebilecek tepkiden ya da yadırgamadan duyulan rahatsızlıktı. Tuhaftır, Abed bu konuyu Alegre ya da Piyu' ya açmakta hiç zorluk çekmemişti. Tam olarak sebebini bilmese de Hispaniklerin, özellikle Meksikalıların kendisiyle aynı saftan olduğunu hissediyordu. Ama o ikisi hariç Müslüman olmayan arkadaşlarına bu hadiseyi anlatmamayı tercih ederdi. Bilhassa bir tanesi yapay ete bile karşı olan şu nebatoburlara. Hayır bu *cinayetten* ne Gail'in ne de Debra Ellen Thompson'ın haberi olmalıydı.

İki gün daha geçti. Daha pek çok kereler aynı cevapları duydular: Hem Amerikan standartları hem de İslam'ın gereklerine uygun şekilde mezbahada koç ve koyun kesen bir sürü Müslüman kasap vardı ama bu iş biraz zaman alacaktı, tabii ev ahalisinden biri kesimi kendisi yapmaya gönüllü değilse.

Ömrü billah en büyük düşmanı zaman olan Ömer işte bu noktada, bu senaryodaki rolünü oynamaya başlaması gerektiğini hissetti. Abed'in onu bu işe karıştırmasının bir sebebi olmalıydı; Abed'in dahi bilmediği ama muhtemelen bilinçdışının kuytularının çözümlediği bir sebep. Abed'in dini törelere karşı sarsılmaz bir inancı, annesine karşı da ona asla yalan söyleyemeyecek kadar derin bir sevgisi olduğundan, Ömer gibi birine havale etmeden başaramayacağı tek bir şey vardı: Üçkâğıt!

Ömer gidip koç kesemeyeceğini biliyordu ama daha başka bir yardımda bulunabilirdi. Neticede bir hayvanı öldürmek kitabında yazmasa da insanları kandırmak yazardı şüphesiz. Dolayısıyla dördüncü gün, Müslüman bir kasabın bütünü tamamlayacak şekilde ona parça parça sattığı, bir zamanlar bir... hatta iki... belki üç koça ait olan taze etle dolu bir kazanla mutfağa daldığında, kendisine çok çok zararsız görünen bir yalanı Zehra'ya söylemekten zerrece utanç duymadı Ömer.

"Güzel koçtu" dedi pişkin pişkin başını sallayarak. "Dini bütün bir Müslüman kasap mezbahada kesti. Sizi götüremezdim çünkü Amerikalıların kurallarına göre yetkili olmayanlar içeri alınmıyor."

Abed, Ömer'in sözlerini Zehra'ya tercüme ederken annesinin ikna olmayacağından korktu çünkü kendisi ikna olmamıştı. Ama mayasında kitabında böyle sahtekârlıklara yer olmayan Zehra'nın yüzü ferahtan ışıldamıştı bile. Son dört günün büyük bölümünü yapışık geçirdiği sandalyeden kalkıp hemen işe koyuldu. Hayvanın başını, paçalarını, işkembesini ve bağırsaklarını aradı önce, bulamadı. Ama bunların nereye gittiğini tekrar tekrar sorsa da Abed soruları diğerlerine tercüme etmedi.

Kendilerine etin çok az bir kısmını ayıran Zehra geri kalanı yedi farklı haneye dağıtılmak üzere yedi tabağa böldü.

"Maddi durumu iyi olmayan yedi komşuya dağıtın" buyurdu.

"*Ne yedi komşusu anne?*" diye sormak geldi Abed'in içinden, kafasından East Sommerville'de ikamet eden vejetaryen bohemleri geçirirken.

Alegre yedi parçadan birini en küçük hizmetçileri Marta'ya götürmeye karar verdi. Marta istemezse, marketten almış gibi yaparak La Tia Piedad'a pişirebilirdi. Geri kalan altı parçanın üçünü Abed, Tufts'ta doktora yapan ikisi Mısırlı, biri Pakistanlı üç Müslüman arkadaşına dağıttı, hiçbiri fakir değildi belki ama kıt gelirleriyle epey zorluk çekiyorlardı. Geri kalanlardan birini Jamal'e ayırdı. Son olarak Piyu bir parçayı, güzel ve taze olduğu müddetçe her türlü eti seve seve kabul edeceklerini bildiği iki eski arkadaşına götürdü. Böylece geriye bir parça kaldı.

"Mutlaka fakir birine verin" diye buyruğunu tekrarladı Zehra.

Hayır işleri için koşuşturmaktan yorulan Abed bu görevi Piyu'ya, Piyu Abed'e, nihayet ikisi birlikte ittifakla Ömer'e havale ettiler.

Ömer bir sadakanın sadaka olabilmesi için boğazına düşkün arkadaşlardan ziyade yabancılara verilmesi gerektiği kanaatindeydi. Dolayısıyla mahalledeki dilenciler, keşler ve evsizlerle işe başladı, ama kırk yıl düşünse beklemeyeceği bir ilgisizlikle karşılaştı o cephede. *İsabanafazladanbirdolarınızolduğunusöyledi* Kadın vejetaryen çıkmıştı, Bay *Birfincankahveiçinbirpenny* bu teklife şüpheyle yaklaşmıştı çünkü belediye başkanının sokaklardaki evsizleri zehirlemek için emir verdiğinden kuşkulanıyordu. Birkaç teşebbüste daha bulunup birkaç kere daha reddedilince Ömer eski bir sevgiliden yardım istemek için yeterli bahanesi olduğuna karar verdi. Hem hayatında bir kez olsun, evet neden olmasın, aşk ve nefretin karmaşıklığı hiçbir şekilde inkâr edilmemek kaydıyla eski âşıkların temel düşmanlıklarını halledip, zor anlarda birbirlerine yardım edebilecek kadar olgun davranacaklarını, zaman içinde gerçekten iyi arkadaş olabileceklerini kanıtlamak istiyordu!

Plakçı dükkânında Vinessa'yı tezgâhın arkasında yine bir The Clash şarkısı söylerken buldu; mekânda-yeni müşterilerin çoğu bundan yarı-hoşlanıp yarı-dalga geçerek çaktırmadan ona bakıyorlardı. Ömer'in geldiğini görünce sesi yükseldi: "*Öldürüldü biri / Bilinmiyor ismi / Küçük bir leke oldu kaldırımda / Çıkaracaklar kazıya kazıya.*"

Şarkı bittiğinde sesini alçaltmaya zahmet etmeden içerideki bütün müşterilere bir ilişki gayet iyi giderken bir günde bitiriliverмesinin ve Ömer adındaki bu adamın aniden "*aralarındaki bu şeyin yürümediğini*" ilan etmesinin tuhaf olup olmadığını sordu. Geri dönüp utanmazca gayri-romantik aşk maceralarına baktığında Ömer'in onu hiç sevmemiş olduğu sonucuna varıyordu ve madem onu HİÇ sevmemişti, diye haykırdı Vinessa, kendine punk ve post-punk CD'leri alacak başka bir dükkân bulsa iyi olacaktı.

Ömer buna cevaben yutkundu, ancak fısıltı halinde çıkan sesiyle punk ya da post-punk CD'leri için gelmediğini söyledi ve ona koç meselesini anlattı. Hikâyesini bitirdiğinde Vinessa bir an düşünceye daldı. Ömer için parmağını bile kıpırdatmazdı, hem ne sebeple olursa olsun, hayvanların öldürülmesine karşıydı ama öte taraftan *Abdül*'e ve Cadılar Bayramı partisinde çok sevdiği tatlı, tombul annesine yardım etmeyi gerçekten çok isterdi.

Vinessa'nın her gün Huntington Bulvarı'nın farklı bir köşesinde şarkı söyleyen birkaç Jamaikalı arkadaşı vardı, taze eti seve seve kabul edeceklerine emindi.

Böylelikle Zehra'nın kurban edilmemiş kurbanlık koçunun yedinci parçası bir avuç meteliksiz reggae-müzisyeni tarafından hindistancevizi sütünde pişirildi. Müzisyenler daha sonra Vinessa'ya etin gayet leziz olduğunu, yeni *bağışları* dört gözle beklediklerini söyleyeceklerdi.

* * *

Üç gün sonra Zehra her biriyle farklı farklı vedalaştıktan sonra uçağına bindi.

Piyu'ya: "Taze süt dostlar için, ekşi ayran şifalı ot meraklıları içindir."

Ömer'e: "Taşların seni tanıdığı memleket, insanların seni tanıdığı memleketten iyidir."

Alegre'ye: "Kem gözlü biriyle karşılaşırsan, hemen dilini çıkarıp, 'Uzun gecenin karın ağrısı' de."

Debra Ellen Thompson'a: "Arkadaşın bal bile olsa hepsini yeme."

Gail'e: "Gecenin içinde fenerle yürümek, bulutlu günden iyidir."

Arroz'a: "İnsanlar seninle yemek yerse sana ihanet ederler ama bir köpek seninle yemek yerse bil ki seni sevdiği içindir."

Nihayet Abed'e: "Burada arkadaşların olduğu için şanslısın. Unutma, yakındaki arkadaşın uzaktaki kardeşten iyidir."

Sonra da kendine "*El-farah seb'ate eyyâm vel huzn tûlül ömr** diye hatırlattı.

* Sevinç yedi gün sürer, hüzün bir ömür boyu.

Kış

Sabah saat 11.30'da, kırk iki yıldır olduğundan çok daha yaşlı gösteren ve son altı yıldır Sultanahmet Camii önünde güvercinler için darı satan, bir deri bir kemik, sırtı kambur, dişleri eksik bir kadın, aniden havalanan bir güvercin sürüsünün kapladığı semaya bakmak için kemikli, kırışık elini kaldırıp gözlerine siper etti. Art arda "cık!", "cık!", "cık!" benzeri kınama sesleri çıkararak hoşnutsuzlukla başını salladı. Kırışık yüzü hiçbir ipucu vermediğinden bu sesin üç muhtemel hedeften hangisine yöneltildiğini kestirmek zordu. Belki güneşti kınadığı, ışıltısının bu kadar kolay parçalanmasına izin verdiği için. Belki güvercinlerdi, yok yere ortalığı velveleye verdikleri için. Belki de asırlık caminin kapısından öfkeye bulanmış sloganlarla dışarı dökülüp güvercinleri bulutsuz gökyüzüne kovalayan, böylece dingin kış güneşini huzursuz ışınlara bölmelerine neden olan genç protestoculardı kınadığı. Duruma göre her birinde başka bir manaya bürünebilirdi "cık!" Ve buna binaen kadının hangi meşrepten bir güvercin yemcisi olduğu anlaşılabilirdi.

Cık-cıkladığı şey yukarıdaki güneşse semavi bir ricada bulunuyor, belki Tanrı'dan çatısız gökyüzünden aşağı bakıp, onu içinde bıraktığı kaosu görmesini rica ediyor olabilirdi.

Yok eğer kınadığı şey güvercinlerse belki dünyevi işlerle, mesela bu sene kaç güvercinin öleceği, darı fiyatının artıp artmayacağı ya da bu kıt gelirle nasıl yaşayacağı türünden meselelerle daha meşgul olabilirdi.

Öte yandan o "cık!" sesini ateş püsküren kitleye yöneltmişse, belki İslamcı protestocuları kendince protesto eden laik bir yem satıcısıydı kadın.

Belki de artık bunları düşünmek için çok geçti. Çünkü saat çoktan 11.35 olmuş ve "cık! cık!"lar boğulmuştu, bağırış çağırış ve sloganların tantanası, yaklaşan polis kuvvetlerinin düzenli ayak sesleri, polis otobüslerinin arkasında sıkışan trafikte kalmış arabaların kornaları, göstericilere, gelip geçenlere, turistlere, polislere ya da kimi bulurlarsa ona su, sahlep, nohutlu pilav, kehribar tespih satan seyyar satıcıların kısık sesleri arasında. Bir deri bir kemik, kambur sırtlı, eksik dişli güvercin yemcisinin üçüncü "cık!"ını bastıran hengâme buydu işte. O tarrakada ister semavi ister dünyevi hiçbir kulak, hatta kendi kulakları bile işitemezdi bu sesi.

11.36'da siyah miğferinin altında gözleri kıpır kıpır, öfkelendiğinde yanakları kızaran, çok öfkelendiğinde çok kızaran adaleli bir polis elindeki copla havada bir daire çizdi ve bu daire sahneye girmesini sağlayacak bir kapıymış gibi içinden geçip kalabalığa doğru yürümeye başladı. İşte tam o anda kitlenin önünde, birbirlerine şaşılası raddede benzeyen, iki farklı adamdan ziyade aynı adamın kopyalarını andıran iki sarımtırak sakallı gösterici yeni bir slogan başlatarak arkadakileri de ikinci turda kendilerine katılmaya teşvik ettiler. Gene aynı anda nihayet elde ettiği aydınlık ve netlik ayarından memnun olan cevval bir Reuters foto muhabiri makinesini odaklayıp fotoğraf çekmeye başladı. Bunu takip eden on beş karede yakaladıkları şunlardı: Siyah miğferli, siyah kalkanlı, gözleri kıpır kıpır, adaleli bir polis iki göstericiye arkadan yaklaşıyor / polisin copu havada bir daire çiziyor / arkadaki polisin hiç mi hiç farkında olmayan iki gösterici sloganlar atıyor / cop bir ileri bir geri giderek en yakındaki göstericinin alnına birkaç kere iniyor / kalabalığın önündeki iki sarımtırak sakallı gösterici, artık birinin yüzünden oluk oluk kan boşaldığı için artık birbirlerine benzemiyor... eski caminin dingin ihtişamı var bütün fotoğrafların fonunda, öndeyse arbede içindeki kalabalığın üzerinden uzak bir ufka somurtan sıska güvercin yemcisi. Reuters fotomuhabiri resimlerin güzelliğinden memnun ruloyu çıkarıp yerine yenisini taktı. Hepsi hepsi sekiz saniye sürmüştü.

O sekiz saniye zarfında Marakeş'teki evine dönmüş olan Zehra gözbebeğini kem gözlerden korumak için bir tencere soğuk suyun içine erimiş kurşun döktü. Dertli dertli cızırdadı kurşun. Aynı anda, Arizona'nın boş düzlüklerinde bir çakal, sekiz yıl önce tam bu sırada bir Buick'in yol kenarına park etmiş bir karavana çarptığı yerde bitmiş olan garip bir bitkiyi kokladı. Bitki palverde kadar lezzetli değildi ama çakal yine de yedi.

İstanbul'daki fotoğraf makinesinin çıkırtıları ve Marakeş'teki kurşunun cızırtıları kesildiğinde ve çakal Arizona'daki bitkiyi mideye indirdiğinde Harvard Meydanı'ndaki saat 03.37'den 03.38'e geçti. İşte tam o anda geldi Boston'a kış.

Akla ziyan bir süratle çıktı geldi kış Boston'a, göz açıp kapayana kadar. Bir dakika önce yoktu, bir dakika sonra her yerdeydi. Zira dört mevsim arasında önceden elçilerini gönderdiği, ikazları ayan beyan ortada olduğu halde insanı gafil avlamayı başaran bir tek kış vardır.

Polisler İstanbul'daki kalabalığı dağıtmaya başladığı, Zehra'nın kurşunu suyun üzerinde yüzen bir göz şeklini aldığı ve yol kenarındaki bitkiden geriye sadece kökleri kaldığı sırada kış bütün şehri fethetmişti bile. Şehirdeki her şeyi ve herkesi kontrolü altına aldığında muazzam ağırlığının altında gıcırdayan tahtına çıktı. İstanbul'daki cık'ın, Marakeş'teki cızırtının, Arizona'daki çakalın yutkunmalarının aksine Boston'daki "gıcırtı" arada kaynayıp gitmedi.

Arroz o kendine has gıcırtıyı hissettiği anda, yanında derin uykuda olan bir çift ayağı ezerek yataktan atladı, kapıyı açıp daha iyi işitmenin bir yolu da buymuş gibi havayı kokladı, sonra hedefe yönelmiş bir ok gibi hızlı ve kararlı alt kata inip içeriden gelen iniltileri kale almadan ikinci kattaki yatak odasının yanından geçti, birinci kata koştu, oturma odasındaki korku filminden gelen çığlıkları hiç umursamadan mutfağa yöneldi ve verandanın kapısını açıp oraya çıktıktan sonra kocaman açtığı gözleriyle dışarı bakmaya koyuldu.

Dışarıda her yer kıştı, çılgınca raks eden kış. Mevsimler panteonundaki yegâne gerçek panteist olan kış en ufağı en büyüğe, parçayı bütüne bağlamaya muktedirdi kendine has çemberinde, tek ve saf bir kisvenin altında birleştirerek birleşmez sanılanları. Bir anda Boston, Alegre'nin karküresi içindeki bir oyuncak şehre dönüşmüştü. Ve o küreyi birileri durmaksızın sallıyor olmalıydı ki aralıksız yağıyordu kar.

Kışın geldiğini keşfeden ikinci kişi Abed oldu. Ama o Arroz gibi sükûnetini muhafaza edemedi. Zira sabah kalkar kalkmaz bütün dünyanın karla kaplandığını görmenin insanlar üzerinde sosyalleştirici bir etkisi vardır. Abed anında merdiveni çıkmaya başladı, Ömer'in odasından ve neme lazım banyodan uzak durup üçüncü kata tırmandı ve Piyu'yu yatağından dışarı sürükledi.

Ömer bile odasından çıkıp iki ev arkadaşının neden usulca ama ısrarla kapısını çalıp durduklarını anladığında her zamanki gibi sabah huysuzluğuna gömülmeyip coşkuya kapıldı. Odaya döndüğünde Marisol'ü şapırtıyla öperek kulağına fısıldadı: "Uyan kahve çekirdeğim, dışarı bir bak!" Bu şen şakrak, ele avuca sığmaz Porto Rikolu kız uzun boylu, sakar mı sakar yeni sevgilisi için kahvenin ne manaya geldiğini, Ömer'in kitabında bu sevgi sözcüğünün en yüce iltifat olduğunu gayet iyi bilse de şüphesiz daha hoş komplimanlar almayı tercih ederdi. Zaten kahveydi tanışmalarına vesile olan. Marisol bir yandan sosyolojide okurken, boş zamanlarında da Rao'nun Kahvehanesi'nde garsonluk yapıyordu zira. Kahve benzetmesi yetmediğinde Ömer'in onu mutlu etmek için iltifatına eklediğini fazladan tatlar vardı: "*Mi morena café con leche y mucha crema.*"* Marisol bu iltifatın salaklığına kıkırdayıp, yollar kapanmadan evine koştu.

Uzun bir kahvaltıdan sonra, ilk coşkuları azalsa da hâlâ keyifli olan üç ev arkadaşı, ellerinde en sevdikleri içeceklerle odalarının pencerelerinde durup dışarıyı, bu ilk Amerikan kışının hayatlarının ortasında dönenip durmasını seyrettiler.

Ama şevkleri uzun süremeyecekti. Çok geçmeden kasvetengiz dinamizmiyle hepsinin enerjisini sıfırladı kış. İlk gün hiç durmadan yağdı kar; ikinci gün kısa sürelerle kesildi ama üçüncü gün kaybettiği zamanı telafi etti ve dördüncü gün işi iyice azıttı. Çamaşırhane, bakkal, video dükkânı, eczane, tütüncü... gerçeklikleri şüphe götüren uzak adalara dönüşmüştü, o her şeyi sarmalayan boşluğun içinde bir yerlerde olsalar bile onlara giden yollar tehlikelerle doluydu. Birinci gün öğleden sonra bir ara radyoda tipide dışarı çıkmanın tavsiye edilmediğini duydular, ondan sonra da her ihtimale karşı oldukları yere demir attılar. Hava doğuştan New Englandlı olanlar için bile soğuksa, bu Akdenizlilere kim bilir nasıl soğuk gelirdi.

Böylesi miskinliklerin kötü bir tarafı varsa o da başlangıçları değil sonlarıdır, daha doğrusu sonlanamamaları. Atalet Ayyaşlıkla akrabadır. İçine bir daldın mı nerede duracağını bilmeden, neden durman gerektiğine de akıl erdiremeden gömüldükçe gömülürsün ritmine. Dışarıda kar durmadan yağdıkça üç ev arkadaşı sağ salim ve kıpırtısız evlerinde oturdular, bu gönüllü mapusluk boyunca birbirlerinden ama daha çok da kendilerinden bıktılar.

İlk başta kendi kendilerine yarattıkları sonra da fazlasıyla abarttıkları tembelliği törpülemek için her biri kendi bil-

* "Sütlü bol kremalı esmer kahvem."

dik keyiflerine sarıldı. Piyu evi süpürüp sildi, toz aldı, kırıntı avladı, Alegre'yle ardı arkası kesilmeyen telefon konuşmaları yaptı, Arroz'la oynadı, Arroz için Tanrı'ya şükretti, Tanrı'ya şükretti, patates cipsi atıştırdı, *Yeni Kudüs İncili'nden Azizlerin Hayat Hikâyeleri*'ni okudu, yatakta yorganın altına girip ders çalıştı, kırıntıları süpürdü, nette Alegre'yle chat yaptı, çalıştı ve bol bol bunaldı. Abed daha fazla stoklamadığına dertlenerek evdeki her filmi tekrar seyretti, nane çayı yaptı, Zehra'ya bir sürü mektup yazdı, pek çok kereler Safiye'ye tek bir mektup yazmayı denedi, televizyonun önünde ders çalıştı, bir web sayfası tasarladı, okuduğu pek çok makalede ve rastladığı televizyon programlarında Araplar ve Müslümanlara karşı takınılan ayrımcı tavırdan incindi, nane çayı yaptı, çalıştı ve bol bol bunaldı. Ömer'e gelince, enerji ve zamandan azami verimlilik alabilmek için her şeyi asgari seviyede tutmaya karar vermişti. Birilerinin bir kıyak geçip ona kahve getirmesini umarak David Bowie'nin *I'm Deranged*'ini (*Altüst Oldum*) tekrar tekrar dinledi, nihayet kalkıp kendi kahvesini yaptı ve sigarayı bırakmak için yeni sebepler düşünerek odasında zincirleme sigara içti. Zaman zaman telefonla konuştuğu da oldu.

"AIDS Janice ne oldu? Yakaladılar mı?"

"AIDS Janice de kim?" Sabah olmadığı halde, tam sigara müptelalarına has bir sabah öksürüğüyle gümledi.

"Hâlâ sigara içiyorsun değil mi?" dedi annesi sitemle.

"Evet ama eskisi kadar çok değil." Kendi yalanından kendi de tiksinmiş gibi yutkundu, gerçi bunun sebebi yalan söylemiş olmanın ahlaki yükünden ziyade, daha iyi yalan söyleyememenin zihinsel hüsranıydı.

Daha sonra Birleşik Devletler sokaklarında gezip, hastalığını yaymak için olabildiğince çok erkekle yatan, adını da bundan alan şu kadın konusunda daha dikkatli olacağına söz verdi. Ancak eksik gedik bir şefkatle sevebildiği bir anneye hiç umurunda olmayan konularda söz verip durduğu için vicdanen rahatsızlık duysa da artık bu sözlerin sayısı o kadar kabarmıştı ki, bir yenisi neyi değiştirecekti? Telefonu kapatıp gün boyunca *I'm Deranged*'i dinleyerek kahve içmeye devam etti. Bunu takip eden saatler ve günlerde de bu kalıpta bir değişiklik olmadı, ta ki acı bir şokla evde kahve kalmadığını fark edene kadar.

"Dışarı mı çıkıyorsun?" Abed peşinden gelmeye çalıştı ama üç günlük hareketsizlikten sonra felç olmuş bacaklarını açmakta biraz zorlandı.

"Dışarı, evet, elbette!" dedi keyifsiz mi keyifsiz bir ses. "Bıktım bu ataletten! Biraz temiz havaya ihtiyacım var."

Piyu, Abed'den daha büyük bir başarıyla yanına yanaştı. "Temiz hava da nesi? Temiz havaya filan ihtiyacımız yok. Daha acil şeyler var. Bekle biraz, tamam mı? Bir yere gitme, bekle!"

Ömer eline tutuşturulan listeyi cebine atıp yanına üç CD aldı; Anita Lane'in *Sex O'clock* şarkısıyla başlamaya karar verdi, kulaklığını ve şapkasını takıp, play tuşuna bastı, acilen temiz havaya ihtiyacı vardı *Like Caesar Needs A Brutus* (*Sezar Brütüs'e Nasıl Muhtaçsa*). Dört dakika otuz dört saniye. Şarkı dönüp durdukça kendini her adımda daha iyi hissediyor, dükkânlarının önündeki karı küreyen insanları seyrediyordu. Hayrettir dışarıda hayat vardı. Her zamankinden daha uyuşuk ve hantal da olsa gene de hayatını sürdürüyordu şehir. Kar bütün faaliyeti –hareketleri, hırsları, tutkuları– yavaşlatmıştı, herkesin üzerine bir şüphe perdahı yağmış gibi. Ömer, burunları küçük, kırmızı düğmelere dönüştüğü halde soğuğu umursamayan bebekler ile çocukları hayretle gözlemledi; New England çocukları soğuğa karşı dayanıklılıklarının yabancıları nasıl da dumura uğrattığının hiç farkında değillerdi.

Ömer listedeki bütün siparişleri aldıktan sonra, elinde üç torba dolusu saçma sapan nesneyle nereye gideceğini bilemeden Cambridge'in orta yerinde durdu. Bir müzik dükkânına yürüdü ama kapalıydı, Marisol'ü aradı ama telesekreter çıktı; kafasında belli bir güzergâh olmadan, eve dönmek istemediğinden biraz daha oyalandı. Derken Gail'in dükkânının bu yakınlarda olması gerektiğini hatırladı. Piyu'ya biraz çikolata alabilirdi oradan, hem de yürümüş olurdu. Banco de Gaia'yı koyup *How Much Reality Can You Take? (Gerçeğe Ne Kadar Tahammülün Var?*) eşliğinde yürümeye başladı.

Önü sıra ağır aksak tempoyla sürüyen, paçavralar içinde iriyarı bir kadın vardı. Gök mavisi kadife bir şapka giymişti ve arkasından tekerlekli, yırtık pırtık, kirli bir bavulu çekiyordu. "İsa bana fazla sigaranız olduğunu söyledi..."

Ömer başını sallayarak paketten bir sigara çıkarırken kadın dikkatle onu seyrediyordu. "Hava pek güzel değil mi?"

"Hı hı, ama benim için biraz fazla soğuk galiba" dedi Ömer kadının sigarasını yakarken.

İki nefes arasında "Bu aksanı nereden getirdin?" diye sordu kadın Ömer'in ondan hiç mi hiç beklemediği canlı, cıvıl cıvıl, neredeyse genç kız sesiyle. Sesi yüzünden daha gençti ve kuşkusuz daha az yıpranmıştı.

Ömer onun soruyu sorma tarzından hoşlanmıştı. Sanki biz değil de aksanlarımız aitti milliyetlere. "İstanbul" diye cevap verdi, karşılığında gerçek bir yorum beklemeden.

Dükkânda Gail, modern cadılıkla iştigal eden iki sadık müşterisi için yağsız siyah çikolatadan baykuşlar paketliyordu ki hayretle duraklayıp dışarı baktı. *İsabanafazladanbirdolarınızolduğunusöyledi* Kadın'ın biriyle muhabbet ettiğini görmek onu şaşırtmıştı, hele bunun Ömer olması iyice acayipti.

"İstanbul... İstanbul..." dedi kadın kelimeyi uzattıkça uzatarak.

Ömer her şey anlamlı bir sonuca bağlanmış da diyecek bir şeyi kalmamış gibi dalgın dalgın başını salladı. İzmariti fırlatırken bu evsiz kadınla birlikte içtiği sigarayı son sigara tayin etmenin sigarayı bırakmak için iyi bir fırsat olabileceğini düşündü, tam kafasında bu cesur kararla ona hoşça kal demek üzereyken kadının mırıldandığını duydu: "Ülkene gitmiştim."

"Cidden mi?" diye sordu Ömer otomatik olarak.

"Evet, gitmiştik" diyerek uzak bir gülüşle güldü. "Kos'tan Atina'ya geçtik, sonra senin ülkene. İstanbul'da üç gün kaldık. Latif anıları var bende. Bir kasabada kaybolduğumuzda bize yolu gösteren çocuğu hatırlıyorum. Güzel gözleri vardı oğlanın. Ona ne oldu merak ederim. Sence mutlu bir yetişkin midir şimdi? Yoksa acı mı çekiyordur? Ya da çoktan ölmüş müdür acaba?"

Dükkânda Gail'in bu ikisinin ne konuştuğuna dair merakı doruk noktasına ulaşmıştı ki Ömer'in nihayet *İsabanafazladanbirdolarınızolduğunusöyledi* Kadın'la vedalaşıp dükkâna yöneldiğini gördü.

Kapının çıngırakları neşeyle çıngırdarken Gail ile Debra Ellen Thompson onu gülümseyerek karşıladılar, gerçi ikincinin gözlerinde hafif bir hoşnutsuzluk parıltısı vardı. Bir şey yer mi diye sordular ama o bir şeyler içmeyi tercih ediyordu *–kahve mesela?*

Bütün bu nugatların, pralinlerin, bonbonların içine koyacak kahveleri vardı ama içecek kahve yoktu hiç. Ömer artan bir merakla vitrindeki çikolataları taradı. Horoskoplar, Kelt Aşk Düğümleri, Gotik Ejderler, Beş Köşeli Rün Yıldızları, Mısır Haçları, Kızılderili Totemleri, Şaman simgelerinden envai çeşit çikolata, barış güvercini şeklinde beyaz çikolatalar vardı. Oturan Buda sütlü çikolataları, Ay Tanrıçası şekerlemeleri, tavuskuşu tüyü şeklinde gevrekler. Boş bir kap olma sanatıyla ilgilenen Taocular için yapılmış boş kap şeklinde karamelalar bile vardı da bu çikolata galerisinde ona ikram edebilecekleri tek damla kahve yoktu.

"İnsanlar bunları alıyor mu hakikaten?" diye sordu Ömer.

Gail bir kahkaha patlattı. Geçenlerde Doğanın ve Kültürün Bilgelik Bekçisi olduğunu iddia eden Kızılderili bir medyum, en iyi müşterilerine göndermek için elli tepsi Bufalo Gözü karamelası ısmarlamıştı. Ölmüş akrabalarının çikolatadan heykellerini yaptırmak isteyen müşteriler bile vardı ama, hemen eklemişti Gail, onların o tür ruhani taraklarda bezi yoktu.

O öğleden sonra Gail'i Sekiz Direkli Pagan Tekerleği lokumlarının üzerine pudraşeker serperken seyreden Ömer beklenmedik bir huzur duydu içinde. Bu sakin, küçük dükkânın görünüşü ve kokusu onu duygusallaştırmıştı; şimdiki zamanı, şimdinin gerginliğini bırakıp tanıdık bir anıya, çocukluktaki hoş bir boşluğa kaçmıştı. Bu hissi hatırlıyordu ya da bu his ona eski günleri hatırlatıyordu; kuzeni Murat'la birlikte evde kalıp annelerinin, iki haftada bir toplanan (hepsi evli, çocuk sahibi, başkalarının hayatlarından konuşmaya can atan, kendi hayatlarından bıkmış) kadınlardan ibaret misafirlerine pişirdikleri hamur işlerini tırtıkladıkları zamanları. Ömer, oturma odasındaki o yanardöner, kavisli kadın halesine çaktırmadan hayran hayran bakmayı, o fazlaca tiz, fazlaca çığırtkan ama ummadık ölçüde şuh kahkahalarını dinlemeyi ne kadar sevdiğini hatırladı. Evde kapalı kalmayı sevdiği günlerdi bunlar, şimdi dönüp geriye bakınca kendisine verilen anne ve ailenin yanında kendini en son o zaman rahat hissettiğini anlıyordu.

Hâlâ bu uzak anıya gülümseyerek Gail'in yaptığı şifalı Zen bitki çayından dalgın dalgın bir yudum aldı... ve derhal elinden bıraktı. Yüzündeki huzurlu ifade buruşuk bir kâğıt gibi çarpılırken, bu tattan kurtulmak için aceleyle önündeki içi çikolata dolu ayçöreğinden bir lokma ısırdı. Bu daha iyiydi.

"Ayçöreği!" diye sırıttı Ömer, çayın ekşi tadından kurtulmaktan memnun. "Rivayet o ki tarihin akışını değiştirmiş. On yedinci yüzyılda Osmanlı orduları Viyana'yı kuşatmış ama şehri alamamışlar. Bunun üzerine yer altından gitmeye karar vermişler. Onları dosdoğru şehrin merkezine çıkaracak tüneller kazmaya başlamışlar. Bu iş açığa çıkmasın diye sadece geceleri kazıyorlarmış. Ama Viyanalı fırıncılar da geceleri çalışırmış. Fırınlarında kürek seslerini duyup alarm vermişler. Yani, hangi taraftan olduğuna bağlı olarak bazı insanlar ayçöreğine diş bilerken, bazıları da minnettar olmalılar."

"Tüh öyleyse, sana ayçöreği vermeseydik keşke, geçmişinde bu hadise oldukça tabağındaki bu çörek seni pek memnun etmese gerek" dedi Debra Ellen Thompson sesinde şaşmaz bir katılıkla.

"Bu sadece... eski bir hikâye..." Ömer bu lafa alındığını saklamadı. "Viyana'yı fethetme emelleri besliyor gibi bir halim var mı?"

İkisi arasında dikensi, müphem bir gerilimin kabardığını fark eden Gail dudağını ısırdı, femina şeklinde bir pralin kemirdi, tekrar dudağını ısırdı, sonra yüzü gizemli bir biçimde, âdeta yanardöner bir canlılıkla aydınlandı ve aniden Ömer'e dönüp, "Gidip sana bir kahve alalım mı? Benim öğle tatilimin zamanı geldi" dedi.

Dışarı çıktıklarında ikisi de ilk iş, diğerinin de aynı şeyi yaptığını fark etmeden *İsabanafazladanbirdolarınızolduğunusöyledi* Kadın'ın oralarda olup olmadığını anlamak için etrafı yokladı. Yoktu. Yarım saat önce sigara içerken durduğu yerde bir öbek yeni kürenmiş kar vardı, dipleri eriyip gri tonlarında bir bulamaca dönüşmüştü. Konuşmadan yürürlerken rüzgâr yüzlerinde kuru kuru oynaştı ve Gail'in başında taşıdığı kara çalıyı sağa sola savurdu. Bu sefer kehribar taşlı bir gümüş kaşık takmıştı başına. Onunla birlikte olmaktan bu kadar memnun olmasına biraz şaşan Ömer, iş kıyafetinin bir parçası olmalı, diye düşündü.

"Ben açım" dedi Gail. "Ya sen?"

"Kurtlar gibi açım!" dedi Ömer.

Demek Türkler *kurtlar gibi acıkıyorlarmış*, diye düşündü Gail. Amerikalıların *bir ayı, bir domuz* ya da belki *bir kurt* kadar acıktığını ama genelde *kurtlar gibi* acıkmadığını ona söylemedi tabii. Şeytan ayrıntıda saklıdır, derler. Belki doğrudur, belki yanlış. Ama yabancılığın kanıtı kesinlikle ayrıntıda saklı. Gail onun İngilizceyle boğuşmasını dinlerken hiçbir hatasını düzeltmeyecekti. Ne de olsa bir dilin yerlileri, yabancıların ürettiği mini minnacık yanlışları duymaktan hoşlanır. Nadiren müdahale ederler, ettiklerinde de çocuklarının yaptıkları hatalardan zevk alan ana babaların şefkatli ihtiyatı vardır hallerinde.

Yakınlardaki bir kafeye daldılar. İçerde Ömer seçeneklerinin çokluğunu, Gail de azlığını fark etti. "Gözler yüzünden" diye mırıldandı ıspanaklı tavuk, somon carpaccio, ton balıklı spagetti, biftekli pilav ve her türlü etli şeye dalgın dalgın bakarak. Gözleri olan hiçbir şeyi yemiyordu çünkü tüm bu hayvanların kendi katledilişlerini, insan elinden gelen ölümlerinin adaletsizliğini o gözlerle gördüklerini düşünmeden edemiyordu.

Ömer sinirli sinirli öksürdü. Bütün hayatını meleyen, möleyen, gıdaklayan mahluklarla beslenerek geçirdiğinden ve bundan gayet memnun olduğundan ne diyeceğini bilememişti. Sadık etoburların çoğu gibi et yemeyi sevmesinin temel sebebi et yemeyi sevmesiydi, o kadar! Basit ve ilkel. Az önce ifade edilen şairane duyarlılıkla kıyaslandığında ne kaba, nasıl da yüz kızartıcı ölçüde barbarca! Ama işte vejetaryenler hayvanların öldürülmesine karşı uluorta nutuklar atarken aslında başkalarının sinirini bozmak suretiyle kendi hayatlarını ne kadar riske attıklarının hiç farkına varmazlar. Sağlıklı beslenen insanlar illе de sağlıklı konuşan insanlar değillerdir.

Ama o gün, birlikte kuyrukta beklerlerken Ömer, hayrettir, Gail'i gırtlaklamak istemedi pek. "Senin için zor olmalı" diye mırıldandı uzayan bir sessizliğin ardından.

"Bilmem" dedi Gail, bir tutam saçı kulağının arkasına atarak. "Belki de zaman zaman biraz *melankolikleşiyorum,* bir ara birilerinin bana söylediği gibi."

Geçmişten konuştular, daha çok da tavuklu tel makarnasını mutlu mutlu mideye indiren Ömer konuştu. Gail tavuksuz tel makarnasını didikleyip psikolojik, felsefi, retorik ve şahsi sorular boca ederken üzerine, ağır ağır yürüyüp hızlı hızlı anlattı Ömer. Başka zaman olsa sinirine dokunabilecek sorulardı bunlar ama şaşırtıcı bir biçimde rahatsız olmamıştı. Normalde onu çileden çıkarabilecek yorumlardı ama nedense batmamıştı. Ömer o anda farkına varmasa da Gail'le konuşmanın böylesi bir zevke dönüşmesinin nedeni kısmen, bunun esasen ve sadece "Gail'le konuşmak" olmasıydı, hepsi bu. Ucu açık bir flörtleşme değil, bir cilveleşme beklentisi değil. Yarım saatten fazla sohbet ettikleri bütün kadınlarla flört etmeye başlayan ya da sadece flört etmek istedikleri kadınlarla yarım saatten fazla sohbet eden çoğu erkek gibi, Ömer de kendini ilk defa hem *kadın* olan ama hem de *kadın gibi* olmayan bir kadınla muhabbet ederken yakaladığında üzerinden bir yükün eksildiğini, hafiflediğini hissetmişti. Gerçi dükkânda bir tepsi halka çikolatayı almak için eğildiğinde memelerine bakmamış değildi, onu öpmenin nasıl olacağını hiç düşünmemiş değildi, onunla yatmayı istemiyor değildi; belki, muhtemelen, gerçekçi olarak, neden olmasın– ama bunların hiçbirinin o anki muhabbetleriyle alakası yoktu. Temel itki flört değildi burada. Aslında... bir itki var mı onu da bilmiyordu. Muhabbetlerinin ardında sadece muhabbet vardı.

Ona hikâyelerini anlattı; geçmişte ve şimdi olanlar, sık sık bir sürü kişiye (daha ziyade kadınlara) anlattığı şeylerdi bunların çoğu. Ama ara sıra yeni bilgiler, hâlâ kuşkulandığını bilmediği kuşkular, hâlâ bu kadar korktuğunu bilmediği korkular da çıktı ağzından. O zincirleme konuşurken ince bir duman halkalanıyordu arkalarından. Kendini unutarak, kaybederek, sahip olmadığı kelimelerle, hayatı boyunca en çok canını sıkan şeyden bahsetti: Mış gibi yapmaktan.

"Çok tuhaf" dedi Ömer. "Bu ülkeye gelmeden önce, neden

yurtdışına çıktığımı kendime sormaktan kaçındım. Cevap tabii 'doktora yapmak'tı. İyi de 'neden'? Ancak buraya geldikten sonra kendime çok uzun zaman önce sormam gereken soruyu sormaya başladım. Soru arkadan gelen gecikmeli bir yankı gibi titreşiyor."

Gail bakışlarını Ömer'in yüzünden, birinin bir bankta unuttuğu zeytin yeşili eldivenlere çevirdi. Sağ eldiven sol eldivenin üzerinde, parmakları dileniyormuş ya da birinin eline uzanıyormuş gibi hafif kıvrık duruyordu. Bunun hayırlı bir işaret olduğuna karar verip Ömer'e içtenlikle gülümsedi.

"Bazen Piyu ile Abed'i kıskanıyorum. Onlar için hayatta ne yapmak istedikleri, ABD'ye neden geldikleri, mezun olunca ne yapacakları, nereye nelere bağlı oldukları sorusunun cevabı gayet açık. Ama benim için böyle değil. Ben sadece bunları biliyormuş gibi yapıyorum."

Gail'in tebessümü neden bahsedildiğini anladığını gösteriyordu ama onaylamak yerine, yeni sorular döküldü dudaklarından. Onun hayatı ve geçmişi hakkında sorduğu her soruya artan bir şevkle cevap verdi Ömer; Gail'in kendisi hakkında daha fazla şey öğrenmek için sorular soracak kadar yakın ama aldığı cevaplardan rahatsız olmayacak kadar uzak olmasının tadına vararak bu yürüyüşün her dakikasından keyif almıştı.

"Ruhunun durulmaya ve sükûnete ihtiyaç duyduğunu düşünmeden edemiyorum" dedi Gail, gözlerini Ömer'in elindeki naylon torbalara indirerek; torbada biftekli-sarmısaklı cipsler ve üzerinde 1 000 CESET EVİ yazan bir VHS gözüne ilişti. Bunların düşüncelerini etkileyip etkilemediğini anlamak zordu ama köşeyi dönerlerken: "Belki benimle birlikte Tai Çi'ye gelsen iyi olur. Denemek istersen ara" dedi.

Durulma ve sükûnet ihtiyacı! Ömer sadece kendisinin bildiği bir şakaya gülüyormuş gibi kıkırdadı ama itiraz etmedi. O konuşmadan sonra, TEDİRGİN RUH ÇİKOLATA DÜKKÂNI'nın önüne vardıklarında üzerlerine çöken huzursuz sessizlik tuhaftı biraz. Bir anda yabancılaşmışlar, yürüyüşleri geçici bir kaçamağa, hayatlarının sürekliliğinde anlık bir atlamaya dönüşmüştü. Belki de konuşmalarını olası ve böylesi zengin kılan tam da bu geçicilikti, "trendeki yabancı" etkisi –ayrılış anında hiçbir beklenti, hiçbir bağlılık olmayacağını bilmenin rahatlığı. Birbirlerine mahcup mahcup güldüler, botlarıyla karları ezdiler, ilgiden ziyade nezaketle bir iki kelime daha ettiler, uyuşmuş parmaklarla el sıkıştılar, tekrar gülümsediler, botlarıyla biraz daha kar ezdiler.

"Hey!" Dükkânın üzerinde sallanan tabelaya bakakalan Ömer' in yüzü çocukça bir gülüşle aydınlandı: "Noktalarınız var!"

Yan yana durup TEDİRGİN RUH ÇİKOLATA DÜKKÂNI'nın noktalarına baktılar, içeride Debra Ellen Thompson da gözünü onlara dikmiş, böyle merakla neye baktıklarını merak etmişti.

"Adımı Türkçe yazınca noktaları koyuyorum. İngilizcede noktaları kaybediyorum. Kulağa salakça geliyor farkındayım ama bazen noktalarımı kaybetmek beni üzüyor. Oradaki noktalar benimkiler herhalde, onlara iyi bak."

Gail tereddütsüz başını salladı, dükkânın İngilizce ismi olan SQUİRMY SPİRİT CHOCOLATES yazısındaki nokta zannettiği şeylerin aslında kahve çekirdeği resimleri olduğunu, en şaşaalı zamanlarında bile amatör işi göründüklerini, şimdi de rüzgârı, güneşi ve karı yiye yiye pas rengi lekelere dönüştüklerini Ömer'e söylemeye gerek duymadı.

Ömer tabeladan başını çevirirken vitrinin arkasında Debra Ellen Thompson'ın gölgesini yakaladı. "Beni pek sevmiyor galiba" dedi boğuk bir sesle.

"Haklı olabilirsin" dedi Gail gözlerinin içine bakarak. "Ama onun seni sevmemesinin sebebi benim seni seviyor olmam."

Bu lafı otobüsün kalkıp kalkmadığını ya da şehir meydanına nasıl gidileceğini soran birinin ses tonuyla söylediği için

Ömer'in bu sözlerdeki muhtemel vaatleri çözebilmesi birkaç saniye sürdü; çok az, belki iki ya da üç saniye ama bu bile yetmişti; algı, eylemin gerisinde kalmıştı. Daha farkında değildi ama algı ile eylem arasındaki bu senkronizasyon eksikliği bundan sonraki ilişkilerinin özü olacaktı. Böyle geri dönüşlü, alabildiğine Kierkegaardcı kalacaktı ilişkileri, daima ileri doğru yaşanacak ama ancak geri bakınca anlaşılacaktı.

* * *

"*Pasan el pollo a Alegre*"* buyurdu La Tia Piedad masanın öbür ucundan.

Hastaneden eve daha bu öğleden sonra çıkmış, ev yemeklerini özlemişti. Yine de *todas las tias* masanın etrafına toplandığı andan itibaren kendi yediklerinden ziyade Alegre'nin yemedikleriyle ilgilenmeye başlamıştı. Tavuk bir yarım elips çizerek Alegre'nin tabağına ulaşana kadar elden ele geçti.

Annesiyle babası hayattayken durum farklıydı. O zaman daha fazla değil daha az yemeye teşvik edilirdi. Annesi onun şişmanlamasını, görgülü, hali vakti yerinde bir koca bulma şansını kaybetmesini istemezdi. Alegre hep annesinin ondan biraz utandığından şüphe etmişti. Başlangıçta değil kuşkusuz. Çocukken değil, daha sonra. Ergenlikte yakalandığı tombulluktan kurtulamadığı ortaya çıktığında, o küçüklük sevimliliği artık kalmadığında. Alegre kilo kaygılarının tam olarak ne zaman başladığını tespit edemese de rejim yapmaya üç aşağı beş yukarı "ergenlikte" başladığını hatırlıyordu. O zamanlar da gün boyu hiçbir şey yemez ama sonra bir başladı mı durmak bilmezdi. Düzenli olarak aşırı dozda parasetamol alıyordu ve kilo verdikçe annesiyle babasına karşı sözlü saldırılarını artırmıştı. O uysal kız gitmiş yerine ağzı içeri bir şey almayı reddeden, dışarı da öfke püskürten celalli bir gençkız gelmişti.

* "Alegre'ye tavuk verin."

Sonra kaza olmuştu. Son iki yıldır çok sevdiği halde yüzlerine karşı nice kırıcı laf ettiği annesiyle babası, kendisiyle gurur duymasını ölesiye istediği ama yalnızca utandırdığı annesi birden yok olmuştu.

"Hija coge mas frijoles de olla!" *

Annesiyle babasının ölümünden sonra, başkalarına içinden çıkılmaz, kendineyse gayet açık ve makul gelen bir sistem dahilinde, kafayı sağlığa takmıştı. Kaloriler, karbonhidratlar, rejim lifleri, çözülebilen lifler, çözülmeyen lifler... hepsini biliyordu. Bir paket küçük havuç sadece 70 kaloriydi. Başka hiçbir şey yemeden bunlardan günde on, on beş, yirmi paket yiyebilirdi. Avuçları, ayakları, bakışı turuncu kesilmişti. Narin ve kırılgan bir heykele dönüşmüştü. İnce, narin ve turuncu.

Kızlık ile kadınlık arasındaki o hissiz eşiğin, arafta kalmışlığın rengiydi turuncu.

"Hija toma flan de coco!" **

Sonra âdetleri aksamaya başlamıştı. Üç ay âdet görmez, sonra bedeni üzerinde kontrolü olmadığını, bedeninin onu kontrol ettiğini ve kadınlığının kendi keyfince gelip gidebildiğini ona göstermek istercesine kanamaları tekrar başlardı.

Domuz pirzolası/et rosto/kıymalı börekçikler/hamur işleri/çikolatalı tatlı... ye ve tıkın/şiş ve kus/şiş ve oruç tut/kus ve tıkın/kus ve... domuz pirzolası/et rosto/kıymalı börekçikler.

Yarım saat sonra La Tia Piedad'ın banyo kapısından ona seslendiğini duydu: "Alegre çay ister misin evladım?"

"Si por favor!" ***

Öğle yemeğinin klozette biriken artıklarına, bir zamanlar *flan de coco* olan kusmuğa baktı. Sifonu çekti.

* * *

* "Biraz daha yahni ye kızım."

** "Krem karamel ye kızım.

*** "Evet, lütfen."

Tai Çi Çuan sonraki günlerde Ömer'in kafasını meşgul eden en son şey olsa gerek. O hafta içinde kendisine dair iki ilintili ama ille de birbirini tamamlamayan hakikati hatırlamıştı. Bir, doktora öğrencisiydi. İki, nicedir çalışmıyordu. "KAN, BEYİN ve AİDİYET: Ortadoğu'da Milliyetçilik ve Entelektüeller" başlığı sabırla dizüstü bilgisayarında tezini yazmaya başlayacağı günü beklemekteydi. Aralık ayının sonunda Ömer bu kadar zamanda ne kadar az iş yaptığını kabullenmek durumunda kaldı. Danışmanıyla randevusu yaklaşıyordu. Spivack ona fazladan üç hafta vermiş ve ilk bölümdeki fiyaskoyu düzeltmek içinden elinden geleni yapmasını istemişti.

Ömer çalışmadan geçirdiği ayları telafi edebilmek için süratle karşı kutba savruldu ve sinirleri ile vücut fonsiyonlarını harap etmek pahasına muazzam bir hız ve enerjiyle çalışmaya başladı. Az yedi, az uyudu, aşırı kahve içti, ona bir seri katilin akıbetini soran annesine bağırdı, kendini Marisol'den uzaklaştırdı, aşırı kahve içmeyi sürdürdü.

"Nasıl bu kadar kolay ayrılabiliyorsun?" diye mırıldandı Marisol ağlamamayı başararak. Ömer kolay olmadığını söyledi. "Sorun her neyse çözmeyi deneyebilirdik" dedi Marisol hâlâ ağlamadan başını çevirerek. Ömer kolay olmadığını söyledi. "Beni hiç sevmedin" dedi Marisol hıçkırıklara boğularak. Ömer hiçbir şey söylemedi.

"Umarım hayatın cennet olur" diye ekledi Marisol.

"*Umarım hayatın cennet olur*" bir sevgilinin aynaya yazılmış lanetidir. Bütün aynalarda olduğu gibi burada da sağ solda, sol sağdadır, yani *cennet* aslında *cehennemdir*.

O üç haftanın sonunda Ömer nihayet Spivack'a tümüyle gözden geçirilmiş bölümü teslim etti; o da okuduktan sonra metni bir sürü yorum ve tashihle ama görünüşe bakılırsa tatmin olmuş vaziyette Ömer'e geri verdi.

Şakrada sancı

"Peki siz Türkiye'de dini kutlamalarda ne yemekler yersiniz?"

Şabat mumlarının titrek ışığı ardında kibar kibar gülümsedi Ömer bir parça tavuğu çiğnerken. Türk mutfağından bahsetmek gelmiyordu içinden, hele bu bağlamda. Yine de Pearl'ün annesi ona karşı hep çok iyi davrandığından kabalık etmek istemezdi. Birkaç yemek adı verip birkaç âdeti genel hatlarıyla anlatarak bütün sorularını cevapladı ve artık uzmanlaştığı dalkavuk turist rehberi rolünden iyice usanarak İstanbul hakkında dikkatle seçilmiş birkaç bilgi verdi. Tıpkı o turist rehberleri gibi dinleyicilerini sadece belli bir güzergâhtan geçiriyor, şehrin yan sokaklarına, hakiki, leyli, kokuşmuş hayatın zonkladığı yerlere götürmeye teşebbüs etmiyordu.

Artık Amerika'da çıktığı kızların annelerinin ikiye ayrıldığına iyiden iyiye kanaat getirmişti:

a. *Şaşırt beni! Anneler*

b. *Beni-hiçbir-şey-şaşırtamaz! Anneler.*

Şaşırt-beni! Anneler kızlarının bir Türk'le çıkmasından içten içe memnun olmayan ama belli bir yere kadar, iş *ciddiye* binmedikçe bunu önemsemiyormuş gibi davranan annelerdi. Ömer'e kötü davrandıkları filan da yoktu. Aksine, mesafeli olsalar da daima fazlasıyla kibardılar, onu neredeyse aristokratik bir terbiye ve tenezzülle karşılar, gönüllerini fethetmesi, onları *şaşırtması* için bir şans bahşetmiş gibi davranırlardı. Öte yandan *Beni-hiçbir-şey-şaşırtamaz! Anneler* her tür kültürel çeşitliliği aynı şekilde ve aynı ilgiyle bağrına basmaya kararlı liberal Mader Kozmopolitlerdi. Müslüman da olsan Zerdüşt de, Büyük Kali'ye de tapsan, bir düzine tanrıya da, hatta kendini tanrı bile ilan etsen onlar için fark eden bir şey olmazdı, seni yakınlarında yörelerinde görmekten aynı derecede memnun olurlardı, tabii sana baktıklarında seni değil, böyle kayıtsız şartsız bir açık fikirliliğin sisli aynalarından yansıyan bir yabancının cansız siluetini ve kendi yüce gönüllülüklerini görürlerdi yalnızca. Ömer bu iki anne tipinin gözünde de kendi kişiliği hakkında varılan yargıları en az etkileyenin *kişiliği* olduğunu tahmin ediyordu.

Pearl'ün annesi ikinci gruptan olduğu için onunla anlaşmak kolaydı. Ama Ömer ile Pearl arasında işler hiç de öyle güllük gülistanlık gitmiyordu. Pearl, Vinessa gibi çılgın bir hazcı değildi. Punkların tavaf ettiği köhne bir müzik dükkânındaki tezgâhın arkasında Joe Strummer'ı yankılayarak zamanını harcayacak insanlardan değildi. Vinessa ne kadar gamsız ve keyif odaklıysa, Pearl de o kadar azimli ve başarıya kilitlenmişti. Arzuladığı parlak geleceğe giden yolda her parça işlevsel yerine oturmalıydı, erkek arkadaşları dahil.

"Annem doktoranı yaptıktan sonra ne planladığını sordu" diye mırıldandı Pearl, yemekten sonra birlikte bulaşık yıkarlarken. "*Tatminkâr* bir cevap veremedim."

O tatminkâr cevabı arayanın annesi değil Pearl olduğunu gayet iyi biliyordu Ömer. İlişkileri fazla uzun sürmese bile, *bugün* kendini onunla rahat hissedebilmek için *geleceklerinin* nasıl olacağını duymaya ihtiyacı vardı. Oysa Ömer'in yapmayı istediği son şey gelecekten bahsetmekti. Bu ilişkiye güvenmediğinden değil sadece, temelde öngörülemez olduğunu düşündüğü hayata güvenmediğinden. Geleceği şekillendirmek için çok uğraşabilir ve nihayet bunu başarabilirdi insan, hatta iyi bir hayat sürebilirdi ama *hayatın önceden planlanabileceği* yanılsamasına asla kapılmamalıydı. Halüsinasyona eyvallah, halüsinasyon gördüren maddelere de ama gelecek planlarına geçit yoktu hayatında.

Yine de bunun Pearl'ün hatası olmadığını biliyordu. Esasen kendi hatasıydı. Pearl'le de, Vinessa'yla da, Marisol'le de bir şey değişmiyordu, hep o eski şablon: Sevmeden sevilme isteğiydi son tahlilde Ömer'inki.

Pearl'le ilişkisiyle birlikte aralık ayı da sona ererken Ömer yeni yılın gelişini bu uzatmalı sorununu çözmek için bir fırsat olarak değerlendirmeye karar verdi. Noel, ne de olsa insanın hayatında yinelenen şeylere son vermesi için yinelenen bir başlangıç fırsatıdır. Ömer bundan böyle kızlarla çıkmaya bir son vermeye ant içti ve ne kadar kararlı olduğunu kanıtlamak için Noel arifesini tek başına geçirmeye karar verdi. Yani, Piyu'ya La Tia Piedad'ın evinde akşam yemeği yerken endişelenmemesini çünkü kendisinin evde kalıp Arroz'la ilgileneceğini söylediğinde gayet samimiydi.

Noel akşamı 17.00'de içmeye başladı, önce birkaç kutu bira, Piyu evden çıktıktan sonra rakı, Abed Müslüman kardeşleriyle buluşmak için gidince de bir cigaralık sardı. Bu özel akşam ne dinleyeceğine gelince, birkaç denemeden sonra onu da seçti: Cypress Hill'den *I Want to Get High* (*Kafayı Bulmak İstiyorum*). O kafayla, bütün eski kız arkadaşlarına teker teker bir veda notu yazmak geldi aniden aklına. Ama internet mesaj kutusunu açar açmaz beklenmedik bir e-mail duraklamasına sebep oldu. Gail'den geliyordu. Ömer'in adını büyük harflerle yazmış ve üzerine nokta olarak iki hiyeroglif göz kondurmuştu.

Sevgili ÖMER,

Nasılsın merak ediyorum. Bu aralar sağlığın için endişe etmekten kendimi alamıyorum çünkü bu hafta iki kere, önce çarşamba gecesi, sonra da bugün öğleden sonra translarım esnasında seninle bağlantı kurduğumu hissettim. İlk önce seninle tepe şakramla bağlantı kurdum ve başının ağrıyor olabileceğini düşündüm. Bugün de göbekbağı şakrasında bir ateş kıvılcımı ve sızı hissettim, midenle bir sorunun olabileceğini düşündüm.

Miden kötüyse kahveden uzak dur. Bu gece içki de içme. Evde varsa rahatlatıcı ot çayı dene, ılık sudan başka bir şey içme. Göbekbağı şakrasındaki basınç vahim. Alkol içmeden duramıyorsan fazla aşırıya kaçma.

Ruhuna, bedenine, noktalarına iyi bak. Mutlu Noeller.

Gail...

Ömer "ilgin-için-teşekkür-ederim-ama-iyiyim" mesajı, altına da "ben-iyiyim-ama-sen-çatlaksın" notu yazmayı düşündü. Ama vazgeçti. Eski kız arkadaşlarına da yazmadı. Onun yerine web'de geçen senenin Türk gazetelerini okudu, uzun süre önce unutulmuş olayları, zamanda ve mekânda ırak düşen haberleri dikkatle okudu ve kendini çok perişan, çok yalnız hissetti. Ayılmak için kendine koca bir sürahi Sumatra kahvesi yaptı ama yanında rakı içmeye de devam etti. Gecenin geri kalanında Cypress Hill'in şarkılarını Arroz üzerinde denemeye, sigara ve ot içmeye, surat asmaya, elinin altındaki iki içeceği şuursuzca birbirine karıştırmaya devam etti, ta ki her yudum rakıyla ayılmaya, her yudum kahveyle sarhoş olmaya muvaffak oluncaya dek.

23.59'da dışarıdan gelen havai fişek seslerini duydular, Bostonlular Noel'i kutluyorlardı. Ömer Arroz'u öptü. Arroz Ömer'i yaladı. Oda ikisini birden sarmaladı. Telefon çaldı. Babası, kardeşi ve annesi, seslerinde onu bu gece evde bulmanın şaşkınlığı, Noel tatilini kutladılar.

"Arkadaşlarınla eğlenmeye gideceksen keskin nişancıya dikkat et!"

"Keskin nişancı Washington'da anne, ben Boston'dayım..."

"Hayır, artık orada değil. İzini kaybettiler" dedi annesi yumuşak ama ihtiyatlı bir sesle. "Seni çok seviyorum, hepimiz seni seviyoruz ama seni sevmek zor çünkü sen çok zorsun, seni sevgimizle sıkmadan nasıl seveceğimizi bilemiyoruz..."

Ömer tek kelime edemeden öylece kalakaldı. Daha iyi bir evlat olamadığı için biraz utandı. Biraz değil çok utanması gerektiğini biliyordu. Daha fazla utanamadığı, daha iyi bir evlat olmadığına işte ancak bu kadar utanabildiği için derin bir utanç duydu.

Telefonu kapatır kapatmaz midesinde kabarcıklar dans etmeye başladı. Böyle sarhoş olmak komik, diye düşündü. İnsan daima yeni şeyler öğreniyor. Bir iki saniye sonra kabarcıkların yerini bulantı, bulantının yerini sancı aldı.

Sabaha karşı 03.15'te Piyu, ondan biraz sonra da Abed eve döndüklerinde Ömer'i iki büklüm midesiyle boğuşur vaziyette buldular. Halinin her zamanki gibi içkiyi kaçırmaktan kaynaklandığını zannederek koyu bir kahve getirdiler. Ömer kahveyi içti ve hemen ardından kahve çekirdeğine benzeyen kan pıhtıları kusarak dizlerinin üzerine çöktü.

03.45'te güleç yüzlü Noel Baba ve ışıkları yanıp sönen Ren geyikleriyle süslenmiş bir hastaneye kaldırıldı, mide kanaması teşhisiyle.

Durulma ve sükûnet ihtiyacı

Ağzından midesine bir hortum indirdiler, koluna bir bant bağladılar, ateşini, tansiyonunu, nabzını ölçüp, nefes alış verişini dinlediler, yüzüne bir maske takıp oksijen verdiler, ayak başparmağına bir nabız oksimetresi taktılar, vücudunu makinelere bağladılar, damarına bir tüp yerleştirdiler, isimleri ve yan etkileri tam bir muamma olan ilaçlar yutturdular, bunun kendi hatası olduğunu hatırlatmak için kınayan gözlerle baktılar ve sonunda daha beter vaziyete düşmediği için ne kadar şanslı olduğunu söylediler. Gerçi Ömer "şanslı" hariç her türlü sıfatı yakıştırabilirdi kendine, bilhassa da ABD'de sağlık sigortası olmadan hastalanmaya kalkmanın ne manaya geldiğini kavradıkça. Doktorlardan sadece biri ona bir tutamcık hoşgörüyle yaklaşmıştı ama Ömer bunun şefkatten ziyade, midesi en beter durumdaki en genç hasta *vakasına* duyulan teknik bir ilgi olduğundan şüpheleniyordu.

İki gün sonra Ömer Gail'i aradı.

"Nasılsın?" Hastane-bezgini sesinin neşeli olmasa da her zamankinden daha neşesiz çıkmaması için ince ayar yapmaya çalıştıysa da ayarı eline yüzüne bulaştırdı.

"Kusura bakma ziyaretine gelemedim. Sana orada iyi bakıyorlar mı?"

Her şeyden haberdar olması Ömer'i hiç şaşırtmadı. Zaten artık Gail'in her nasılsa kendisi hakkında bilmeye değer her şeyi bilen olağanüstü bir yaratık olduğuna kanaat getirmişti. "Evet, şimdi daha iyiyim, teşekkür ederim. Baksana... senin şu geçen gün teklif ettiğin şeyi düşünüyordum... durulma, sükûnet, huzur her neyse ihtiyacım bulmamı sağlayacak olan tekniği..."

"Tai Çi'yi mi kastediyorsun?"

"Evet, *Tai Çi!*" dedi Ömer canlı bir sesle. "Acaba hâlâ davetli miyim?"

"Hayır... maalesef... yani çok memnun olurdum ama geçen ay bıraktım. Bu arada Reiki'ye başladım. İkinci seviyeye geçtim bile. Bana katılırsan çok sevinirim... tabii Reiki'yle ilgileniyorsan."

Evet... tabii... Reiki... her neyse... elbette!

Tüplerden ve makinelerden azat edildiği gün Abed ile Piyu onu eve götürmek için geldiler. Kendileri açıktan açığa söylemeseler de Ömer gözlerinde hınzır bir parıltı sezmişti, sanki memnuniyetlerinin yüzde 99'u onun düzeldiğini, çok daha iyi olduğunu görmekten kaynaklanırken, yüzde 1'i de alttan alta böyle bir talihsizlik yaşamasının iyi olduğu, en azından kendisine çekidüzen vermesi için bir vesile olacağı umudunu taşıyordu. Dışarıya çıkınca bahçede elinde koca bir buket kırmızı gül tutan Alegre'yle karşılaştılar. Tıknaz, ekşi suratlı bir adamla konuşuyordu.

"Vay, koltuklarım kabardı" diye bağırdı Ömer. "Ama zaten bana papatya getirmiştin."

"Bunlar senin için değil" dedi Alegre özür dilercesine gülümseyerek. "La Tia Piedad için. Yine hastaneye yatırıldı."

"Ama merak edecek bir şey yok" diye homurdandı "*el tio*" diye takdim edilen adam, yoğun, kokulu bir duman bulutunu ağzından bırakırken.

"Benimle geliyor musun?" dedi Alegre, Piyu'ya işaret ederek.

Diğerleri kibarca *el tio*'yla vedalaşırken, Ömer saygıyla onun elinde tuttuğu *el puro*'yla vedalaştı, kesinlikle uzak durması tembihlenen eski bir dosta buruk bir veda. Hastaneden çıkarken *sigara, alkol, kahve* ve doktorlar bu konuda bir şey söylememiş olsalar da *ot*'a yasaklar koyup, hepsini hayali kutular içinde havaya asılı bıraktı ve bu Epikürcü hazine sandıklarından önce hangisini kırmak zorunda kalacağını merak etti. Ama o güne kadar sağlıklı bir hayat sürdürmeyi deneyebilirdi.

* * *

Ömer, Gail'in hararetle tavsiye ettiği *Durulmavehuzurülkesinde* tatil yapmaya karar verdiğinde bu ülkenin uzak ve ıssız olacağını sanmıştı. Ama broşürler, dergiler, reklamlar ve makaleleri okumakla geçen birkaç günün ardından hayretle durumun hiç de böyle olmadığını keşfetti. Bu alternatif diyar için söylenebilecek tek şey fazlasıyla "revaçta" ve "kalabalık" olduğuydu. Belli ki Amerika durulma ve huzur arayan insanlarla doluydu.

Gail haklıydı. Reiki diye bir şey vardı hakikaten ve onu yapanlar daha dingin görünüyorlardı. Ama Şiatsu, Şamballa, Feng Şui, Tibet tedavisi, Yin-Yang 8 enerji ve 5 element terapisi, Şen terapisi, beden-merkezli Gestalt terapisi, aura temizliği, şakra balansı, Nuji Çi Gong, enerjik yeniden bağlanma terapisi, titreşim tedavisi, ruh geçişi terapisi, aromaterapi, hipnoterapi, ışık terapisi, geçmiş hayatlara dönüş terapisi, sezgisel tinsel psikoterapi, somato doğru nefes alıp verme teknikleri, Qigong, Ayurveda nabız dengesi, Rasayana terapisi, danskinetik atölyeler, Vedik müzik terapisi ve yağmur damlalarıyla bedensel sıvıları dengeleme taktikleri de vardı. Zihinleriyle birlikte vücutlarını da gezdirmekle ilgilenenler için Sibirya, Hindistan, Moğolistan'a turlar, daha az parası olanlar içinse ABD çapında sayısız yaz kampı vardı. İnsanı dünya tarihinde belli bir yere ve döneme götüren zaman gezileri bile vardı. Müşterilerini Hindistan'ın Vedik geçmişine götüren bir acente vardı mesela, geri döndüklerinde kendilerini tekmil kadim sırlara ermiş gibi hissedeceklerini, aksi takdirde paralarını geri vermeyi vaat ediyordu. Para lafı açılmışken, Ömer tinsellik kulvarlarında biraz fazla paranın dönmekte olduğunu çok geçmeden fark edecekti.

Bir de liderler vardı. Bütün bu tekniklerin kendini-iyileştirmeye, kendini-doğurmaya, kendini-dönüştürmeye, kendini-güçlendirmeye yaradıkları iddia edildiği halde insanın kendini başka birine, ruhani öğretmene teslim etmesiyle son bulmaları ironikti. Bunlar arasında, üç soruya cevap aramak için Doğu'ya gitmesinden dolayı broşüründe göklere çıkarılan kırk yaşlarında bir Bostonlu da vardı; sorular şunlardı: "Ben kimim?", "Evrendeki yerim ne?" ve "Bana ne olacak?" Bu soruların cevaplarını bulmak için gitmiş, aradığından da fazlasını bularak geri dönmüştü. Ömer bu adamın tam olarak nereye gittiğini ve orada ne kadar kaldığını merak etti ama ne yer ne de yolculuğun uzunluğu broşürlerde belirtilmişti. "Doğu" demekle yetinmişlerdi. "Doğu" denilen coğrafya "Vergi Dairesi" gibi bir şeydi, oraya cevabı olmadığından emin olduğunuz sorularla gidip sorularınızı anlamsızlaştıran cevaplarla geri dönüyordunuz.

Rüzgârın Efendisi Marla diye bir kadın vardı, bir de Ağrıkesici Betty, Gecelerin Prensesi, Siyah Gül ve Gizemkuyusu Abby. Ömer, bu ruhani öğretmenlerin kendilerine seçtikleri isimlerin heavy metal şarkı adlarına benzediğini fark etmiş ama bunu neye yoracağını bilememişti. Bir başka kadın, kendi deyimiyle ruh cerrahı, iyileştirdiği meşhurların bir listesini vermişti. Bahsettiği cerrahi müdahale, hipnoz altında hastanın kalbini açıp bir saadet şarkısı söylemekten ve kalbi tekrar kapamaktan ibaretti. Ondan sonra hasta ne zaman kendini gerilim altında hissetse bu şarkıyı söyleyerek gündelik hayatına devam ediyordu. Ömer açılan kalbine söylenecek şarkıyı kendisi seçtiği müddetçe bu tekniği deneyebileceğini düşündü. Patti Smith'in *Citizen Ship* şarkısının gömülmesini istiyordu hücrelerine gözeneklerine. Ama bu şarkının ruh cerrahının repertuarında olduğunu sanmıyordu.

Gail'in onu içine çektiği bu yeni topraklarda dolaşırken, ABD' de sistematik olarak ve kendi özgür iradeleriyle, mandalalar oluşturmak, taşlardan kutsal halkalar dikmek, meleklerle iletişime geçmek, kayıp akrabalarını aramak, hipnoz altında eski hayatlarını ziyaret etmek, meditasyon sepetleri örmek, parklarda transa geçmek, kutsal kanallardan gelen mesajları almak, bürolarını hayaletlerden temizlemek, dolunayda dans etmek, evcil hayvanlarıyla konuşmak için ders almak, yunuslarla çıplak yüzmek, ineklerin doğumunu birlikte seyretmek için yolculuklar tertip etmek üzere bir araya gelen insanlar olduğunu keşfedecekti Ömer. Bunların hepsini asıl benliklerini uyandırmak ve bedenlerinin meridyenlerini açmak için yapıyorlardı. Kahvaltıda Amazon bitkileri yiyip adaçayı sabunlarıyla yıkanan insanlardı bunlar.

İlk Reiki seansları için buluştuklarında "Sen durulmak ve huzur bulmak diye buna mı diyorsun!" dedi Ömer kaşlarını çatarak Gail'e.

Bir saat sonra hâlâ aynı soruyu tekrar ediyor ama her seferinde susturulup çikolata dükkânının arkasındaki kuytu odayı sarmalayan tütsülü yoğun sessizliğe geri çekiliyordu. Reiki'ye uyum sağlama sürecinin bu kadar uzun sürmemesi gerekiyordu ama Ömer'in yüksek sesli müdahaleleri yüzünden Gail onun içinde uyuyan yeteneği uyandırmakta güçlük çekiyordu.

"Ellerini birleştir, sırtını dikleştir" buyurdu, bu sefer biraz daha sert bir sesle. "Hayatın yüklerini bırak *akıııp* gitsinler."

Ömer sırtını dikleştirdi, bir anlığına çözdüğü parmaklarını birbirine kenetledi ve abartılı bir pofurtu daha bıraktı ki *akıııp* gitsin. Oda hoş kokuyordu, sandal ağacı ve duvarlara oynak gölgeler saçan karamel renkli mumların çeşit çeşit aromaları.

"Gail, bunun bir halta yarayacağından emin misin?" diye

sordu inançsızca, gerçi bir hafta önce olsa bu sorunun üzerine bir de fazladan kinizm sosu koyardı. Midesi kanlı bir isyanla başkaldırıp ödünü koparmasa şimdi burada değil bambaşka bir yerde olacağını ikisi de biliyordu.

"Konuşmamaya çalış!"

Ömer dişlerinin arasından tıslarcasına bir nefes verdi, kış güneşi altında eriyen karın söylediklerine kulak kabarttı, her zamanki gibi eriyordu kar, her zamanki gibi parlıyordu güneş, her şey neyse oydu, kendisi hariç, sadece kendisi kendi olamıyordu. Tek bir sigaraya, tek bir fincan kahveye, tümüyle kaybettiği o önemsiz gündelik mutluluklara öyle büyük bir özlem duyuyordu ki. Geçmişte bu keyifleri keyifsizce tükettiğine pişmandı. O kadar fazla sigara, ondan da fazla içki içtiği için dertliydi. Aşırı tüketimle geçen bütün o yılları silmek, skoru sıfırlamak ne müthiş olurdu. Sigara ya da içki içmemiş olsa şimdi bunları bol bol tüketebilirdi. Sonra o çarpık nedametiyle bu odada bulunduğuna pişman oldu. Belli ki bu Reiki denen şey bir işe yaramayacaktı.

"Pişman olmamaya çalış!"

En azından kulaklıklarını takıp *Better Things*'i (*Ehven Şeyler*) bir iki kere dinlese, belki kendini daha iyi hissederdi.

"Burada bulunmaya direnmemeye çalış!"

Bu talimatı beğenmemişti. Bütün bunların ne faydası vardı, *burada* olmaya direnmeden Dasein'ın ne anlamı olurdu.

"Şşş... korkmamaya çalış" dedi Gail. "Tüm bunlar hep korkudan..."

Korku? Ömer duraladı, korktuğu filan yoktu. Sıkılmış ya da kendince ıstırap çekiyor olabilirdi, ama korktuğu yoktu. Bu Reiki tam bir hataydı. "Belki başka bir gün denemeliyiz Gail. Daha sonra..." diye kekeledi.

"Şşşş..." dedi Gail.

* * *

O akşam geç vakit eve giren Ömer'i gören Piyu, "Kelime *Karma*" diye bağırdı.

"Eşanlamlısı *Zaman-kaybı*" diye cevap verdi Abed ocağın başından; bir elinde kitap, diğerinde kepçe bir taraftan lahana çorbası karıştırıyor, bir taraftan Photoshop 5.0'a benzeyen bir şeye bakıyordu. "Dünya ironilerle dolu" dedi yüksek sesle, aynı anda hem çorbayı karıştırıp hem sayfayı çevirmeyi kotararak. "Şark dünyasından gelen biraderimiz Batı dünyasında tinselliği keşfediyor! Ne günlere kaldık. Tam tersi olması lazımdı, zındık, her şeyi yanlış yapıyorsun!"

Ömer bu saldırılara tam bir evliya sabrıyla katlandıktan sonra içeri CD çalara koştu ve bir anda mutfağı Nico'nun *These Days*'i (*Bugünler*) söyleyen esrarlı sesiyle doldurdu.

"Evet, Omar, anlat bakalım *bu günlerde* neler yapıyorsun" diye homurdandı Abed. "Gail bu aralar sana bir şeylere düğüm attırdı mı?"

"Ne gibi?"

"Ne gibi mi? Gibisini *sen* söyleyeceksin! Şu trans işleri hayra alamet değil."

"Reiki!" diye düzeltti Ömer saygıda kusur etmeyerek.

"*Reiki!*" diye kelimeyi dilinin üzerinde yaydı Abed, Alegre'nin fazladan kaşar koyduğu quesadilla'lardan yemiş gibi. "Bak, dostum, hatırlamaya çalış, tamam mı? Senden bir ipi filan düğümlemeni istedi mi? Şimdiye kadar istemediyse bundan sonra dikkatli ol, eğer senden bir şey bağlamanı, düğümlemeni filan isterse sakın yapma!"

O akşam, ev arkadaşlarının alay ve latife bombardımanı altında, mutfakta sessiz ve kıpırtısız oturup, devasa KAHVE SEKSTEN BİLE İYİ kupasından safra yeşili nane çayını yudumladı Ömer.

Gelgitte ringa balığı gibi

Gail, öğle yemeğine koşturan olağan Çin yemeği müptelası işadamları ile işkadınları arasında ilerledi Huntington Bulvarı'nda. Hepsinin başlarının tepesinde nasıl olup da aynı şemsiyeyi taşıdıklarını merak etti –kocaman, füme rengi, ahşap saplı şemsiyeler– sanki şu köşeyi dönünce birisi bunları broşür gibi dağıtıyordu. Şemsiyesi ve acelesi olmadığından, yağmurun gümüş kaşığının üzerindeki tıpırtısının, aylak aylak yürümenin, bu kısa kaçamağın, yalnız kalmanın, çikolata dükkânından uzaklaşmanın ve Debra Ellen Thompson'ın sevgi yüklü ama bir o kadar bunaltıcı bakışından kurtulmanın keyfini sürerek ağır ağır yürüyordu. Aralarında yüklü bir geçmiş vardı, kısmen tek taraflı bir arkadaşlığın çağıltısıyla çok sular akmıştı köprünün altından, sonra sular karşılıklı bir aşkla bir müddet çağlamış ve en nihayetinde aralarında ne aşk ne de dostluk, sadece huzursuz bir ortakyaşam olan bu bulanık birikinti kalmıştı.

Ortak mazileri, birbirleriyle asla cenk etmemiş iki ordunun savaş meydanıydı. Cenk olmamış ama sonuçta bir galip ilan edilmişti. Debra Ellen Thompson'ın gözünde galip olan Gail'di. Gail'e göreyse bu savaşılmamış savaşta kimse kazanmamış, iki tarafta da fazla zaiyat olmasa bile fazlaca kırgınlık birikmişti. Geçmişlerinin yeniden başlamalarını imkânsız kılacak kadar yüklü olduğunu, bazısı tamamlanan, çoğu yarım kalan onlarca sohbet esnasında anlatmaya çalışmıştı ona. Birden fazla hayat yaşamıştı ortak mazileri ve şimdi saplanıp kaldıkları çıkmaz, bu mirası tüm katmanları ve karmaşasıyla açıklayıp anlatacak bir dile sahip değildi. Uzun zaman önce atılmış bir çığlığın azalarak yok olan yankısı gibi geçen her gün tükeniyordu aralarındaki ilişki.

Sadece bir süreliğine aynı göz seviyesinde karşılaşmış, sonra ayrı yönlere doğru harekete geçmiş iki asansör gibiydiler. İlk başta, üniversite günlerinde, kimin kime uzaktan ve çok aşağılardan baktığı gayet aşikârdı. Ama o koza parçalanıp her ikisi de hareket etmeye başladığında, şaşırtıcı biçimde aşağıdakinin yukarı çıkmaya, yukarıdakinin de aşağı inmeye programlanmış olduğu ortaya çıkmıştı. Ancak çok sonra, Zarpandit Gail olduğunda, bu paralel ama zıt yönlü hareketin içinde yan yana durmuşlar, birbirlerinin gözlerinin içine bakmışlar, orada daha önce görmeyi başaramadıkları şeylere hayret etmişlerdi. Bunu aşk takip etmişti; keskin, kısa, amansız, yaralayıcı, pek çabuk bitmesinden ziyade sadece biri için bitmiş olmasından kaynaklanan bir yara.

Sonra nasılsa, bir yerlerde ilişkileri bir yeniden yapılanma tünelinden geçmiş ve nihayet biraz hırpalanmış, biraz sersemlemiş vaziyette tünelin öbür ucundan çıktığında ikisinin rolleri, tabii kendileri de değişmişti. Şimdi eskiden Gail'in durduğu yerde Debra Ellen Thompson durmuş, ona ta aşağılardan bakıyordu. Üstün olan, üstünlük kurduğu kişi karşısında muktedir ve ayrıcalıklı görünebilir ama ona bağımlıdır da. *Kendisine ihtiyacı olan Gail*'i kaybetmek Debra Ellen Thompson'ı Gail'e gitgide daha muhtaç hale getirmişti.

Çocukken annesi ve babasıyla Cape Cod'a yaptıkları bir yolculukta Gail gelgit esnasında nehrin ağzındaki ringaları seyretmişti. İçinde yüzecekleri su kalmayınca yüzlerce balık panikle nefes alan büyük tek bir ağıza dönüşmüş, kendi ölümlerini alkışlar gibi çırpınmaya başlamışlardı. Gail son zamanlarda o kasvetli sahneyi pek sık hatırlıyordu. O eski zayıf Zarpandit'in ilk başlardaki uysallığı uzun müddet Debra Ellen Thompson'ın içinde serbestçe yüzdüğü su olmuştu. Sonra gelgit başlamış, deniz santim santim çekilmiş, Debra Ellen Thompson'ı acı çeker, çırpınır, umutsuzca geçmiş performansını alkışlar vaziyette bırakmıştı.

İtaatkâr saksağan Zarpandit'ten geriye görünürde hiçbir iz kalmamış, Gail kendisinin bile tahammül etmekte zorlandığı daimi bir meydan kavgası içindeki fevri genç kadına dönüşmüştü. Bir bakıma ayaklı bir mucizeydi, ezilmişlerin rüyası. İnsanların şimdiki kişiliklerinin penceresinden bakıp, ya küçümseyerek ya acıyarak ama mutlaka araya bir mesafe koyarak geçmişteki hallerini aktardıkları şu "başarı hikâyelerinden" birinde boy gösterip ışıyabileceğini düşünerek kendiyle dalga geçerdi Gail. Meme kanserini yenmiş kadınlar, hırpalanmış halde boşandıktan sonra kendi işini kuran ev hanımları, okulda harikalar yaratan zihinsel özürlü çocuklar... Kendi hikâyesi de ortalama Amerikalının büyük takdirle karşıladığı hikâyelerden olabilirdi. "Ürkek'ten Cevval'e" başlığı atılabilirdi onun hikâyesine. Böyle bir başlığı gören hiç kimse onun şimdi korkusuz olmasının artık ürkek olmamasından değil, ha ürkek ha cevval olmuş, ikisinin de onun için zerrece önem taşımıyor olmasından kaynaklandığını anlayamazdı.

Aynı şekilde iki kutup arasında gidip gelmeye devam ediyordu, aşırı bir bedbinlik ile taşkın bir enerji arasında. Sarkaç birinciden tarafa savrulduğunda gözü intiharın cazibesinden başka bir şey görmezdi. Bu gezegen üzerindeki ilk anısı daima canlı, zihninin bir köşesinde demir atmıştı. Bugün de herkesin nasıl olup da başlarının tepesinde aynı şemsiyeyi taşıdığını düşünerek yolda yürürken ölümü bir denemenin zamanı geldiğine hükmetti bir kez daha.

Yarım saat sonra hızlı adımlarla tren yolunun yanında, sonra rayların üzerinde yürüyordu. Yürümekten yorulunca durup yere uzandı. Raylar soğuk ve nemliydi ama olsun.

Tren çığlığının gittikçe yakınlaşmasını dinlerken, yağmurun gözeneklerine işlediğini hissederek, gözleri sıkı sıkı kapalı sabırla bekledi...

Ama trenler çığlık atmaz aslında.

“Hey, beni duymuyor musun? Sağır mısın?”

Gail suratının ortasına parlayan ithamkâr bir güneş ışığına karşı istemeye istemeye araladı gözkapaklarını. Elini gözlerine siper etti ve koyu bir Boston aksanıyla kendisine bağıran devasa gölgeye baktı. “Ayağımın altında ne işin var, küçük solucan? Kalk!”

Sözlerinin etkisini artırmak için şemsiyesiyle göbeğine vurdu. “Kalk! Kalk! Aptal kız!”

Onunki ötekilerinkinden değişik bir şemsiyeydi. Kuşkusuz iyiye işaret, diye düşündü Gail, kendisine uzanan eli tutarak ayağa kalktı ve yüzündeki öfkenin yerini şefkat alan sokak serserisine mahcubiyetle teşekkür etti.

“İyi misin?” diyerek kaşlarını çattı adam, “iyi olsan iyi edersin. Bir daha da bu tren yoluna yatayım deme, başka tren yollarına da! Duydun mu?”

Gail, kendisini Joe diye takdim eden ve ters bakışlarının ardında gördüğü en kurnaz gözlere sahip olan bu evsiz adama gülümsedi mahcup mahcup.

Çikolatacı dükkânına geri dönerken, mor tonlarında giysiler giymiş Mellow Mood'u söyleyen bir grup keyif ehli, kalenderane reggae şarkıcısı çıktı yoluna. Müzisyenlerin önlerindeki eflatun bereye bir dolar atmak için eğilmişken, berenin içine kurumuş bir yaprak düştü. Nereden geldiğini görmek için etrafına bakındı merakla ama yakınlarda ağaç yoktu. Kuşkusuz bir işaret, diye düşündü kendi kendine. Hayra alamet... Birden seviniverdi ölmeyi başaramamış olmasına.

Keşfedilmemiş bir yeteneğin uyanışı

Ne zamandır mentollü sakız çiğneyerek boş boş önündeki kâğıda baktığını söyleyemezdi çizgisel zamanın ölçümleriyle. Ama müzik zamanıyla Primal Scream'in *Out of the Void* (*Boşluktan Çıkış*) şarkısı çarpı on altıydı. Sakız zamanıyla yaklaşık 4 paket, her birinde on ikişer taneden, toplamda 48. Her sakıza yaklaşık on saniye tanıyor, daha tadı az biraz kaçmışken ağzına yenisini atıyordu. Bu kadar çok sakız çiğnemenin bir süre sonra insanın dilini uyuşturduğunu keşfetmişti ama hayrettir paketlerin üzerinde bu yollu bir uyarı yoktu. Dilinin aksine önündeki kâğıt her türlü dönüşümü reddediyordu. Başta boştu, hâlâ da boştu.

"*Sigarayı bırakmak için* en önemli sebebinizi *yazın ve o cümleye sık sık bakın*" diyordu ona hastaneden verdikleri denizci mavisi broşürde. Şimdilik işin birinci bölümü konusunda fazla ilerleme kaydedememişti ama "sık-sık-bakın" bölümünde hiçbir zorluk çekmiyordu.

"*Kararlı olmalısınız*" diye devam ediyordu denizci mavisi püf noktaları, "*sigarayı bırakmak için bir gün tespit edip arkadaşlarınıza, ailenize ve iş arkadaşlarınıza söylemek daima işe yarar.*"

Mesele değil. Bunu zaten yapmıştı. Ne zaman sigarayı bıraksa daima kararlı olurdu, kararını ev arkadaşlarına bildirmeyi bir kez olsun ihmal etmemişti ama ona inançları varmış gibi görünmezlerdi pek. Zaten bırakmak Ömer için asla mühim bir mesele olmamıştı. Öylesine pat diye bırakıverirdi... bir süre sonra yeniden içmeye başlar, derken yeniden bırakırdı. Ama bu sefer süreç bambaşka ve daha eziyetliydi. O Noel Arifesi işkencesini yaşamak kendini şu anda içinde bulduğu açmazda büyük rol oynamıştı. Çünkü bu sefer tam manasıyla bırakması gerektiğini biliyordu.

Ölümün soluğu, diye düşündü. Ölümün yakınlığı, sezgisi, korkusu bile değil, soluğu. Zaten bildiğin bir şeyin, er geç öleceğin gerçeğinin kafana dank etmesi değildi. Hastane yatağında, Yabani Mantar Risottolu İstakoz'dan zehirlenmiş otel servis şefi Ken'in yan yataktaki sayıklamalarını dinlerken, zihninde duyduğu mırıltı düşünsel olmaktan ziyade bedenseldi. Sanki soyut bir mefhum değil ölümün ta kendisi, sıvı, yakıcı, deşici, yayılmacı Ölüm kimyası damarlarından akmış, bedeninde dolaşmış, sonra da yaşamasına izin vermişti, henüz genç olduğundan ya da midesi o kadar vahim bir durumda olmadığından değil, sadece onunla oynamaktan sıkıldığı ve vücudunu kırık bir oyuncak gibi bir kenara attığı için.

Sonra tabii sigarayı bırakmanın bu kadar ıstıraplı bir hale gelmesinin bir nedeni de sigaranın yanı sıra hayatı onun için yaşanmaya değer kılan hemen her şeyi bırakmasının beklenmesiydi. Bütün hazları kırpılıp katlanıp tek bir pakete tıkıştırılmış, hepsine kokuşmuş çöp muamelesi yapılmıştı. Sigara yok. Kahve yok. Alkol yok. Her biri için ayrı bir püf noktaları broşürü tutuşturulmuştu eline. Sigara için denizci mavisi, kahve için taba rengi ve alkol için, Allah bilir neden, leylak rengi. Her broşürün sonunda 24 saat, İngilizce ve İspanyolca motivasyon mesajları veren bir telefon numarası vardı.

Ömer, denizci mavisi broşürdeki telefon numarasını iki kere aramıştı. İngilizce versiyonu da bir süre sonra İspanyolcası kadar yabancı gelmeye başlıyordu. İkisinde de hayatı boyunca sigara içmemiş ve neden bahsettiğinin hiç farkında olmayan mekanik bir kadın sesiyle motive olması bekleniyordu insanın. Mekanik kadının amacı, insanı tütünden soğutmaktı ama birkaç kere dinledin mi kadın cinsine karşı bir düşmanlık beslemeye başlamak daha muhtemeldi.

Bütün kötü alışkanlıklarını aynı anda bırakması beklendiği müddetçe kötü bir alışkanlığı nasıl bırakacaktı? Şimdiye kadar Ömer sigarayı bırakma dizisinin her yeni bölümünde kazandığı geçici başarıları, telafi kabilinden diğer bağımlılıklarının verdiği avuntuya borçluydu. Vardiyayla çalışmak gibiydi, bazı bağımlılıkların tatil günlerinde yerlerine diğerleri bakardı. Sigara el altında olmadı mı kahve fazladan çalışırdı. Alkol bazen işe yarar, bazen işe yaramazdı seks her türlü arzunun en iyi alternatifiydi, ama onun sonrasında da sigara içmeden duramazdı. En iyisi cigaralık sarmaktı, on dokuzundan itibaren şahsi tarihinin hiçbir safhasında esrarı bırakmayı düşünmemişti. Şimdi yaslanacak hiçbir koltuk değneği olmaksızın bütün bağımlılıklarını reddettiği için adımını nasıl atacağını bilemiyordu. Benzer durumda kalan başka insanların kendilerini başka meşgalelerle avuttuklarını tahmin ediyordu. Ama Ömer'in bongo dersi almak, çalıları bonzai ağaçlarına dönüştürmek, polimer kilden testiler yapmak ya da kurdele düzenleme sanatını öğrenmek gibi bir niyeti yoktu.

Böylelikle bağımlılıklardan kurtulma serencamının beşinci gününde, yeni yılın beşinci gününde, Ömer ruhsal destek arayışına girdi. Bu bir inanç meselesiydi madem inanmayı öğrenmeliydi! Işıkları kapadı, Arroz'u dışarı çıkardı, Gail'in ona verdiği tütsüyü yaktı ve bu süreç boyunca dinlemesini söylediği Tabiat Ana Müzik sitesini açtı. Web sayfasının altında iki nilüfer çiçeği vardı, biri kirli beyaz, diğeri pembemtırak. Beyazı tıklayınca bir dizi ses efekti duyuyordun, hepsi *doğal*. Diğer nilüfere gelince, ya derin bir meditasyon sessizliği yaratmak üzere tasarlanmıştı ya da hâlâ yapım halindeydi. Beyazı tıkladı.

İlk önce su şıkırtıları, kuş şakımaları, ardından bir düzine cam kavanoz bir yokuştan aşağı yuvarlanıyormuş gibi bir tangırtı duydu. Bunu bir bebeğin cırlak ağlayışının yırttığı sinir bozucu bir sessizlik takip etti. Ömer bağdaş kurup ellerini bileklerine çaprazlamış, gözlerini kapamış, öylece bekliyordu. Gail gerisini fazla kafaya takmamasını söylemişti, çünkü "Reiki'nin muhteşem enerjisinin kendine has bir zekâsı, içgüdüleri vardır ve nereye gideceğini, ne yapacağını bilir." Üç yıl eski sağaltım tekniklerini araştırdıktan sonra ruhsal yolculuğunun onu götürdüğü Kutsal Kurama Yama Dağı'nda oruç tutan Mikao Usui'nin başına gelen tam da buydu.

Gail'in el yazısını okumaya başladı. "*Sağ elimi kalbimin üzerine koyuyorum...*" Sağ elini kalbinin üzerine koydu. "*Vücudumu gevşetiyorum. Nefes alırken bedenimden içeri giriyorum... düşüncelerimin ve hislerimin dünyasına...*" Bir güvercin dem çekti. "*Kendime, seni seviyorum diyorum...*" dedi Ömer arılar vızıldarken. "*Kendime diyorum ki: Sen iyi birisin, en iyi bildiğin şeyi yapıyorsun...*" Sustu. "*Sevgiye dayalı bir ilişki kurmak istediğim birini düşünüyorum.*" Fonda kurtlar uludu. Geçmiş senelerin yıllıklarından kadın yüzleri belirdi, en yeniler eskilerden daha yakın. Ömer bu bölümü hepten atlamaya karar verdi.

"*O insanı bir ayna gibi düşünüyorum...*" Düşünecek kimse olmadığından ayna da yoktu. "*Bu insanın bana vermediği şey benim kendime vermediğim şeyin bir yansıması.*" Tersten gidip, bu gizemli sevgiliden alamadığı şeyleri düşünmektense kendisine vermeyi başaramadığı şeyleri bulmaya çalıştı. Aklına ilk "kahve" geldi, sonra "sabır", "dinginlik" ve "iç huzuru". "*Yaptığım her şeyde kendime saygı duyuyorum...*" Durdu. Zihni bu şekilde devam etmeyi reddediyordu. Bir kır kurbağası vrakladı.

Yataktan çıkıp Tabiat Ana Müzik sitesini kapadı. Müzikse müzik. CD çalara *It takes Blood & Guts to be this Cool but I'm*

Still Just a Cliché'yi (*Böyle Cool Olmak Sıkı İş Ama Sadece Bir Klişeyim Ben*) koydu ve bu ahenk işine beş doz Skunk Anansie vermeye niyetlendi. Bunun sonunda hiçbir şey olmazsa bütün projeden vazgeçecekti. Orman orkestrasının zararlı etkilerini kulaklarından silmek için sadece beş seferliğine CD çaların sesini sonuna kadar açmakta bir sakınca görmedi.

"*Bundan böyle beni onurlandıran ilişkilerimi sürdürüp onurlandırmayanları bitireceğim.*" Gözlerini kapadı ve kendisini şimdilik pek de onurlandırmadığını bildiği bir geçmişin rüzgârına bıraktı dertlerini. "*Bir ilişkide ne zaman kalmam gerektiğini... onu ne zaman bırakacağımı bileceğim.*" Evet, korktuğunu kabul ediyordu. Birini gerçekten sevmekten, sonra onu kaybetmekten, yerleşip ister aile, ister ülke, ister evlilik olsun bir yerlere ait olmaktan, hayatın dönüşsüzlüğünden, geriye sardırılamazlığından ve ebedi düşmanı zamanın çizgisel akışından korkuyordu.

"*Ya basta*" diye patladı Alegre, yukarıda Piyu'nun odasında. "Artık dayanamayacağım. Git söyle kapatsın!"

"Neden sen *kendin* gidip söylemiyorsun, şikâyetçi olan sensin."

Bu doğru değildi. Kendisi de şikâyetçiydi. Ama Piyu'yu bu kadar geren sadece aşağıdan gelen ses değildi. İkindiden beri odaya kapanmış İspanyolca Scrabble oynamışlardı. Sonra birden Alegre oyunu bir kenara itip bir öpücük, sonra bir tane daha, sonra dil, sonra ısırmak için bir kulakmemesi istemişti. Sonra Piyu'nun üzerine çıkıp buluzunu çıkarmıştı... orada duracağı da yoktu. "*Un besito*" diyordu her seferinde, derken tahta göğüslerini açığa çıkarmıştı... sonra da kırık kalbini.

"İyi öyleyse, madem sen inmiyorsun, *ben* inerim!"

Alegre düğmelerini ilikleyerek aşağı inerken bir yandan da altdudağını ısırıyordu, şefkat ve sevgiyle öpülen ama asla tutku ve şehvetle öpülmeyen dudağını. Alegre, Piyu'nun kendisiyle yatmak istememesinin vücudundan kaynaklandığına emindi. Çok dolgundu, şişman değildi belki ama kesinlikle balıketiydi işte. Piyu'ya itici geliyor olmalıydı vücudu. Alegre ağlamamak için uğraştığı halde muhtemelen birazdan ağlamaya başlayacaktı, tabii eğer aşağıda karşılaştığı manzara düşüncelerini paramparça etmeseydi.

Kapı ardına kadar açıktı. İçeride yatağın üzerinde Ömer, kolları Arroz'un boynunda, uzun bacakları lotus duruşunda, omuzları titreye titreye ağlıyordu. Alegre usulca kapıyı kapadı ve tekrar dönüp yanına kıvrıldığında Piyu'ya hiçbir şey söylemedi. Tuhaftır Piyu da bir şey sormamıştı. Tek kelime etmeden, Skunk Anansie'yi tekrar tekrar dinlemeye devam ettiler.

* * *

"Trans" dedikleri buysa, ertesi sabah oradan geri dönmek pek berbat bir şeydi Ömer için. Kendini bir tür ağırlık, nemli, kokulu, çetin bir yerçekimi altında ezilmiş gibi uyuşuk hissederek uyandı. Gözleri halen kapalı, zihni halen durgun, nasıl olup da öyle içinde başka bir şeye yer kalmamış gibi derin derin hıçkırarak sebepsiz yere ağladığını kestirmeye çalışıyordu. Nasıl başladığını hatırlayamıyordu. Pis, karanlık bir sokakta üzerine çullanan bir serseri gibi saldıran ani hüznü hatırlıyordu sadece. Saldırganın kendisinden ne istediğine dair en ufak bir fikri yoktu. Ama kendisinden neyi çaldığı gayet açıktı: enerjisini! Mecalsiz kalmış, bu nemli, kokulu, çetin yerçekimi altında ezilmişti. Nefes almak için ağzını açtığında keskin bir koku, hatta tat... köpek *tadı* geldi ağzına.

"Arroz, çekil üstümden."

Köpekle Türkçe konuşmuştu. Garip ama gerçek. Yabancılar hayvanlarla kendi dillerinde konuşurlar, o hayvan dillerini hiç duymamış olsa bile. Bitkiler ve bebekler için de aynı şey geçerlidir. Etrafta kimse olmadığında hayvanlarla, bitkilerle ve bebeklerle kendi dillerinde konuşur yabancılar.

Arroz Türkçe mesajı almış olacak ki yataktan atladı. Ama göğsünün üzerindeki kokulu ağırlık kalktıktan sonra bile kendini daha iyi hissetmedi Ömer. Ayaklarını sürüyerek banyoya girdi, duşu açtı ama suyla mücadele edemeyecek kadar yorgun olduğundan bıraktı vücudunun üzerinden akıp gitsin birkaç dakika... belki biraz daha fazla...

"Omaar! Orada ne yapıyorsun, çık hadi, geciktim."

Kapı açıldı ve saçından damlayan suları kurulayamayacak kadar takatsiz haldeki Ömer havlulara sarınmış vaziyette dışarı çıktı. Mumya yürüyüşüyle odasına doğru ilerlerken Abed'in dudakları bir şey söyleyecekmiş, belki biraz homurdanacakmış gibi kıvrıldı ama Ömer'in yüzünde her ne gördüyse vazgeçip huzursuz bir sessizliğe gömüldü.

Neolitik Tanrıça

"Hayır Gail, maalesef telefona gelemeyecek... Hasta! Çok hasta! Yüzü limon gibi sarardı. Evet, çay yaptık. Hayır, yemiyor. Hayır, pek iyi uyumuyor da..." Abed'in sesi monotonlukla yuvarlanmaktayken birden canlılık kazandı: "Tanrı aşkına ne yaptın dostum Omar'a?"

Gail sinirli sinirli gülerek, Ömer'in hastalığının niçin kendisiyle bir alakası olduğunu düşündüğünü sordu. Ama *Sopranos* zamanı geldiği için Abed ağız dalaşını kısa kesti.

"Midesinden mi sence?" diye sordu Piyu, jenerik müziği bitmeden hızlı hızlı kanepenin altını silerken.

"Bilmiyorum, ya gizli gizli kahve mahve içip midesini benzetiyor ya da..." Abed gözleri ekrana kenetlenerek sustu. "Başka bir şey. Bir an önce bulsak iyi olacak. Bilge, sel gelmeden hendek kazar!"

Bölüm bittikten sonra Piyu, Ömer'in odasına daldı, onu hâlâ yatağında tavana bakarak yatmaktayken buldu, ağzına bir kürek vitamin tıkaladı, istediği Primal Scream şarkısı çaldı, *Don't Fight It, Feel It* (*Savaşma, Hisset*). Yarım saat sonra Abed bir kâse biftekli soğan çorbasıyla içeri girdi. Ömer ikisine de tekrar tekrar teşekkür etti ama iş yemeye geldiğinde kendisine artık yemek gibi değil, ölümü insan elinden olmuş bir ineğin masum gözleri gibi gelen çorba kâsesine bakakaldı. "Bir sonraki Reiki seansını kaçıracağım" diye mızıldandı.

"*Re-i-ki!*" Abed parladı. "Neden bunun yerine doktoran için endişe etmiyorsun? Yazman gereken bir tez var hatırladın mı? Spivack'la bir sonraki randevun ne olacak? Belki de ona konu başlığını değiştirip *Re-i-ki* üzerine tez yazmaya karar verdiğini söylersin."

Ama Spivack randevusundan önce Gail randevusu, daha doğrusu Gail'in kendisi geldi. Salı günü siyah pantolon, siyah ceket, siyah her şeyle, sahneden yeni inmiş bir punk şarkıcısı gibi, bir elinde kitaplar ve defterler, diğerinde koca bir kutu beyaz barış güvercini çikolatası çıkageldi, çikolatayı dostluk işareti olarak Abed'e getirmişti.

"Eee, bana içecek bir şey vermeyecek misiniz? Şu sizin meşhur *Üçüncü Dünya Misafirperverliğine* ne oldu?" dedi sırıtarak.

Mutfak masasının başında nane çayı içip güvercinleri yiyerek Ömer'in durumu üzerine kafa yordular. Ama Abed'in konuya tam odaklanabilmesi için gözlerini Gail'in kitaplarından birinin kapağından uzaklaştırması gerekiyordu.

"Bu ne böyle?"

"Ne? Ha *şu*!" dedi Gail içtenlikle. "Tanrıça İştar."

Abed dalgın dalgın başını sallayarak bir Gail'e bir resme baktı. "Kusura bakma ama" diye fısıldadı hayli temkinli, "senin şu tanrıçanın *sakalı* çıkmış!"

"Hı hı!" dedi Gail gülerek. "Çünkü o Sakallı İştar."

Piyu ile Arroz da masanın üzerine eğildiler, biri Abed'in şaşkınlığını diğeri beyaz güvercin çikolatalarını paylaşmak için.

"Çünkü hermafrodit. Eskiler onu öyle resmetmiş, hem memesi hem fallusu var. Biseksüel rahibeler ve kendi kendilerini hadım eden rahipler hizmet edermiş tanrıçaya. Hadım etme işlemi için rahiplerin önce..."

"Tamam! Tamam! Anladık" dedi Piyu kızararak. Beyaz çikolata kutusunu Arroz'dan uzaklaştırdı.

Ama Gail'i susturmak imkânsız gibiydi. Manik ruh hallerinden birine girmiş olmalıydı ki ha bire konuşuyor, ucube terimlerini masaya saçıyordu. "Maderşahi", "Fallosantrik", "Logos Baba'ya karşı Tabiat Ana"... nane çayı bardakları ve yarısı yenmiş çikolatalar üzerine yağıyordu birbirinden sindirimi zor kavramlar.

"Bedenlerini aşıp yaratılışın sırrına erebilmek için içlerindeki kadını arıyorlardı. Dinler temelde kadınların etrafında örülüdür." Onları ikna etmek istercesine hararetle başını salladı Gail. Buna karşılık Piyu ile Abed onu teselli etmek istercesine başlarını salladı. "İşte bu yüzden Sibirya'da erkek şamanlar kaftanlarının üzerine simgesel memeler takar. O kadar uzağa gitmeye de gerek yok. Resmi rahip giysilerinin kadın elbisesine benzediğini fark etmediniz mi? Rahipler inananlar için anne işlevi görür. Rahipler de kadındır."

Piyu sinirli sinirli öksürdü, Abed içini çekti.

"Farklı kültürlerden öyle çok örnek var ki. Mesela sizce Tao rahipleri neden oturarak işerlerdi? Kadına dönüşmek istedikleri için!"

Ama bu savını tamamlamak için aniden patlak veren kahkahaların dinmesini beklemesi gerekti. Piyu ile Abed gülerken Gail çayının üzerinde yüzen bir nane çöpünü seyrediyordu sükûnetle. Nane döne döne, saat yönünün tersine yüzüyordu. Bunu iyi bir işaret olarak almaya karar verdi.

"İnsanda tarih bilinci olması lazım" dedi Gail gözleri hazla parlayarak. "Boston yerine Neolitik bir şehirde yaşamanın nasıl bir şey olacağını hayal edin. Tanrıça kültünün tören merkezi olan bir şehirde. Arkeologlar bu şehri bulmuşlar. Katman katman kazmışlar. Biliyor musunuz, bu şehrin hiçbir yerinde en ufak bir savaş işaretine ya da cinayet izine rastlamamışlar. Hiç silah yokmuş! Kimse başka bir insanı öldürmüyormuş. Kimse hayvan da öldürmüyormuş. Hayvan kesildiğine dair hiç iz yokmuş..."

Abed sinirli sinirli öksürdü, Piyu içini çekti.

"Muhtemelen hepsi vejetaryenmiş. Uzun zamandır militarizm ve milliyetçilikle dumanlanmış olan zihinlerimizin bunu idrak edebilmesi zor ama bu insanlar barış içinde yaşıyorlarmış. 'İlkel' kelimesi yanıltıcı bir kelime. Onlar uygardı! Biz ilkeliz!"

Piyu ile Abed "tabii-ne-demezsin" edasıyla taşlaşmış ses çıkarmadan oturuyorlardı.

"Kadınlar ile çocuklar evlerindeki uyku platformlarının altına gömülmüşler. Muskaları ve ikonlarıyla birlikte. Şehrin her yerinde kadınları resmeden ve ana tanrıçayı yücelten duvar resimleri varmış. Neolitik tanrıçayı..."

İşte o tuhaf sesi tam o sırada duydular, öyle boğuk ve alçaktı ki bir an vücutsuzmuş, duvara asılı tavaların saplarından, karabiber değirmeninden, fırın kaplarından... insan hariç herhangi bir şeyden geliyor sandılar.

"o. . ir. . ür. . iy. . de!"

Mutfak masasının etrafındaki dört çift gözden üçü aynı anda koridora döndü. Dördüncü çift göz çikolata kutusuna mıhlanmış vaziyette kaldı.

"O şe... hir... Türki... ye... de!"

Ömer koridordan hortladı. Tıraşsız, belli ki uzun zamandır yıkanmamış vaziyette mutfak kapısına dayanıp şişmiş, torbalanmış gözlerinde tuhaf bir ışıltıyla Gail'e bakıyordu, az önce bir itirafta bulunmuş ya da birazdan bulunacakmış gibi patavatsız bir gülüşün eşiğinde titremekteydi dudakları.

"Sözünü ettiğin yer Türkiye'de" dedi kelimeleri ağzında yuvarlayarak, sonra davasını desteklemek için başını salladı. "Biliyorum!"

Türklerin ezici çoğunluğu gibi Ana Tanrıça'nın Neolitik şehri Çatalhöyük'e hiç gitmemiş, müzesini hiç görmemiş ve hakkında hiçbir şey okumamıştı. Ama olsun, Çatalhöyük hakkında emin olduğu bir şey vardı: Türkiye'deydi!

Böylece onu tekrar yatağına yatırdılar, Arroz'u başına

bekçi dikip, The Ramones'tan *Somebody Put Something in My Drink*'i (*Biri İçkime Bir Şey Atmış*) koydular ve nane çaylarıyla beyaz çikolataları bitirmek ama mümkünse o elektrikli konuşmayı sürdürmemek üzere mutfağa geri döndüler. Yarım saat sonra Gail, Sakallı İştar'ını da alarak gitti. Verandanın kapısı onun arkasından kapanır kapanmaz Abed ile Piyu, Ömer' in ne halde olduğunu görmek... aynı zamanda ne halt ettiğini sormak için yukarı koştular.

"Bir milyon yıl önce Türkiye'de Amazonlar varmış. Bu arada ben Türk'üm, malum. Acaba *couche avec moi?*" diye kıkırdadı Piyu, bir taraftan da öne arkaya sallanıyor, her sallanmada dalga geçen değil de geçilenmiş gibi kıpkırmızı kesiliyordu.

"Sen kepazenin tekisin Omar" dedi Abed sırıtarak. "Kadınlarla yatmak için yapmayacağın şey yok. Gözünün değdiği bütün kadınlarla!"

Onların seslerini fersah fersah uzaklardan geliyormuşçasına dinleyen Ömer kahkahaların dinmesini bekledi. Ama erkek latifelerinin coşkun sarayına giren Abed ile Piyu'nun bütün odaları tek tek dolaşmadan oradan çıkmaya niyetleri yoktu. Dalga geçip iğnelediler, iğneleyip dalga geçtiler, bu arada Ömer içini çektikçe çekiyor, her iç çekişle saydamlaşıyor, ayak parmakları Gerçeğin sert halısına neredeyse hiç dokunmadan hava akımları üzerinde süzülen bir gölgeye dönüşüyordu.

Başını ürkekçe beliren ilk sessizlik çatlağına sokarak, "Anlamıyorsunuz çocuklar" dedi fısıltıyla. "Gail'e çıkma teklif edeceğim..."

"Biliyordum!" diye bağırdı Abed, Ömer'in korumaya çalıştığı narin sessizlik boşluğu üzerine bir kazan hoyrat ses boca ederek. "Lanet olsun biliyordum!"

Abed sandalyesinden kalkıp öyle kararlı adımlarla üzerine geldi ki Ömer bir an suratına bir tokat indireceğini zannetti. Ama Abed burnunu burnuna dayayıp zınk diye durdu ve gözlerinin içine bakarak başını endişeyle iki yana salladı. "Sana bir şey bağlattı değil mi? Ayakkabı bağı... saç tutamı... bir ip... ne olduğunu hatırlayabiliyor musun? Sana büyü yapmış, dostum. İşin bitik! Ayvayı yedin! *Ouaghauogh!*"

Abed ile Piyu, hoş bir orman gezintisinde toplayıp eve getirdikleri ama şimdi zehirli olduğundan şüphe ettikleri benekli bir mantarı inceler gibi artan bir merakla Ömer'i süzüyorlardı.

"Ama Gail *lezbiyen*" diye müdahalede bulundu Piyu, uzun zamandır çözülememiş bir matematik formülünü çözmeye uğraşan ve nihayet bunun kesinlikle çözülemeyeceği sonucuna ulaşan birinin üzüntülü ama kendinden emin ses tonuyla. "Erkeklerden *hoşlanmıyor!*"

Aslında bu konuda elinde kanıt yoktu. Böyle bir saptamayı daha önce hiç konuşmamışlar, ne Gail'den ne de bir başkasından bu yollu bir ima duymuşlardı. Ama böyle bir sonuca ulaşmak için ille de bilgiye ihtiyaç yoktu. Aksine, Gail'in eşcinselliğini "biliyor" olmaları onun hakkında bir şey bilmiyor olmalarından kaynaklanıyordu, bu belirsizlikten. *Doğa boşluklardan nefret eder*, derler. *Erkekler de boşluklardan nefret eder*, kadınları sınıflandırırken yani karşı cinsle olan ilişkilerinde karşılaştıkları herhangi bir belirsizlikte hemen onları bir yerlere yerleştirmeye çalışır, kategoriler içre tutarlar.

"Bizim kadınlar gibi işememizi istediğini biliyor muydun?" diyerek Ömer'in bulanmış bakış açısını netleştirmekte Piyu'nun yardımına koştu Abed.

"Anla... mıyorsunuz..." diye kekeledi Ömer, "anlamıyorsunuz" mantrasına sadık kalarak. "Ben... dönüşsüz bir noktaya geldim. Bundan sonra ister *cadı*, ister *lezbiyen*, ister *uzaylı* olsun... hiç umurumda değil." Sol gözünü asabiyetle arka arkaya yedi sekiz kere kırptı, öyle ki ya gizliden gizliye ev arkadaşlarına endişelenmemelerini, GERÇEĞİN zannettikleri gibi olmadığını ama bunu şu anda yüksek sesle söyleyemeyeceğini çünkü odada, konuşmalarını dışarıdaki arabada park etmiş kötü adamlara ileten mikrofonlar olduğunu sezdirmeye çalışıyordu... ya da bir gecede gözünde bir tik peydahlamıştı. Bunu takip eden hayret dakikalarında Ömer onlara tekrar göz kırparak şövalyevari bir edayla ekledi: "Kadın gibi işememi isterse bence hiç sakıncası yok. Hayatım boyunca seve seve öyle işerim!"

"Omar, dostum, sen bu aralar pek iyi değilsin" dedi Abed sesindeki tedirginliği bastırmaya çalışarak. "Bak, sen gördüğün bütüüüün kadınları istersin. Bu evde yaşamaya başladığından beri gelip giden diş fırçalarının haddi hesabı yok. Geçen ay Marisol'dü, bugün Gail, Pearl'le ne zaman ayrıldığını anlayamadık bile. Ya, haftaya başka biriyle ilgilenmeye başlayacaksın."

"Doğru" dedi Piyu başını sallayarak, Ömer'in hislerini incitmemek için kelimelerini dikkatli seçiyordu. "Sen hep kadınlarla *ilgilenmişsindir*. Bir sürü kız arkadaşın..."

Ömer gözlerini indirip insanı işkillendirecek kadar uzun süre yerdeki camgöbeği bir çoraba baktı, sonra çorabın diğer tekini bulursa sorununun çözümünü de bulacakmış gibi ümitle odaya göz gezdirdi. "Anlamıyorsunuz... bu bambaşka. Şimdiye kadar *sevmediğimi bildiğim* kadınlarla çıkıyordum. Ama Gail'le durum bunun tam aksi. Onunla çıkmaya çalışmadım çünkü onu sevdiğimi bilmiyordum."

Abed ile Piyu koro halinde pofladılar.

"Bu sefer *farklı*" dedi Ömer yeni bir şevkle. "Anlamıyorsunuz... âşık oluyorum."

"Hiçbir şey olduğun yok!" diye homurdandı Abed. "Senin belleğin bir akvaryum balığınınki kadar! Birileri sana bu kızla bugün karşılaşmadığını hatırlatmalı. Hep buralardaydı, burnunun dibinde. Onunla ilk tanıştığımızda ne dediğini hatırla. Kibirli, küstah, kaçık olduğunu söylemiştin... K'li kelimeler... hatırlamıyor musun? Ondan hoşlanmamıştın hiç. Bu sadece bir anlık hafıza kaybı o kadar. Belki sana hastanede verdikleri şu sarı hapların yan etkisidir, hı?"

"Anlamıyorsunuz" diye uludu, ilk başta kısık, sona doğru şahlanan bir ses. "Ben ÂŞIĞIM..."

Bunu Piyu ve Abed'in ortaklaşa uyanması takip etti, başta yüksek sesle kahkaha, orta yerde tavsayan bir kıkırdama, sona doğru bütün şiddetini kaybedip safi hayrete dönüşen bir sessizlik. Ev arkadaşlarını susturan kelimenin kendisi değil söyleniş tarzıydı. Ömer "aşk" kelimesini epi topu bir kelime gibi söylememişti, *Tanrı aşkına, Cambridge Sözlüğü'nde bunlardan 170 000 tane vardı.* Adaletsizliğiyle nam salmış bir yargıç karşısında, kanunları kendisine yabancı olan bir mahkemede tek başına, kaybetmeye mahkûm bir savunma yaparcasına, kendi masumiyetinden emin de olsa bunu kanıtlamasının hiç yolu olmadığını teslim edercesine konuşmuştu. İşte öyle bir perişanlıkla çıkmıştı kelime ağzından, bahsederken yargılandığı suçtan.

Aşk değil, hatta AŞK bile değil AŞK!

Kuantum mekaniği ve aşk perisi

Alegre gözlerini kısarak önünde açık duran sayfaya baktı, *alay* olmasını amaçladığı ama sadece *memnuniyetsizlik* hissi veren bir hıh sesi çıkardı.

HAMİLE OLDUĞUNUZU ÖĞRENDİĞİNİZDE AĞLADINIZ MI? Güncel bir araştırmaya göre kadınların yüzde 61 gibi bir çoğunluğu o özel günde mutluluk gözyaşları dökmüş.

Tam karşısında oturan Manuel başını kaldırıp ona şüpheyle baktı. Bekleme odasındaki çift de çıkardığı sesi duymuş olmalıydı, ama duymamazlığa geldiler. Kızlarında Dikkat Eksikliği Bozukluğu olduğunu öğrenmişler ve bunun ne olduğuna dair hiçbir fikirleri olmadığından bilgi edinmek için buraya gelmişlerdi ama Alegre doktoru gördükten sonra kafalarının iyice karışacağını tahmin ediyordu. Manuel'e bir *her-şey-yolunda* gülüşü fırlattı o da ona *madem-öyle-diyorsun* bakışıyla cevap verdi.

Koşup kimin omzunda ağladınız? Kadınların yüzde 48'i yakın bir arkadaşları, yüzde 34'ü kocaları, yüzde 28'i annelerinin yanında mutluluk gözyaşları dökmüşler.

Sekiz yıl önce kendisi de hamile olduğunu anladığında gözyaşı dökmüştü. Şimdiye kadar hiç kimseye, hatta kilisede günah çıkarırken papaza bile bahsetmemişti bundan. Ailesi okulun karşısında manav dükkânı işleten Ukraynalı delikanlıyla sadece iki kere beraber olmuştu. Kürtajı sadece La Tia Tuta biliyordu, *todas las tias* içinde en açık fikirli ve ketum olanı. Klinikten dönerlerken Alegre'ye sarılıp sormuştu: "Dersini aldın mı?" Alegre hıçkırmıştı, bu hadise için ilk ve son ağlayışı. "Aferin" demişti La Tia Tuta elini iyice sıkarak, "Madem dersini aldın, şimdi dersini unut. Sil gitsin. Böyle bir şey hiç olmadı. *Lo comprendes corazon?*"*

Böyle bir şey hiç olmamıştı. Onun başına gelmemişti. Bunca yıl sonra hâlâ içinin derinliklerinde gömülüydü. Birkaç kere benzer durumdaki kadınların yaptığı gibi Katolik Aile Radyosu Şovu'nda canlı yayına katılmaya niyet etmişti. İtiraf edip nedamet getirmek. Ama bunu yapsa bile olayın bir yönünü asla anlatamayacağını biliyordu. Sıkı sıkı dokunmuş ahlak kumaşında, gayet dünyevi bir ilmiğin kaçık olduğunu bilmiyordu kimse. Çünkü hamile olduğunu öğrendiğinde ilk aklına gelen, bebek değil, kilo alma, şişme, şişko bir bedene dönüşme korkusuydu.

Hamile olduğunuzu öğrendiğinde kocanız ne yaptı? Aynı araştırmaya göre kadınların yüzde 61'inin yüzde 34'ünün kocalarının yüzde 52'si onlara sarılmış, yüzde 36'sı şampanya patlatmış, yüzde 18'i annelerini aramış.

O günden sonra soğumuştu oğlanlardan ve Piyu'yla karşılaşana kadar her türlü ilişkiden uzak durmuştu. Şimdi Piyu onunla yatmayı her reddettiğinde Alegre onun bir şekilde bu olayı bildiğini hissetmekten kendini alamıyordu, bilmekten ziyade sezmek, sanki zihninin bilmediğini bedeni biliyordu da hem yeterince dişi olmayan, âdetleri aksayan, hem de iyi bir anne olamayacak, kaybettiği bebekten çok kendi bedeninin

* "Anladın mı canım?"

görünümüyle ilgilenen bu kadınla sevişmeyi reddediyordu.

Tanıdık bir yüz görene kadar sayfaları hızlı hızlı çevirdi. Okumadan duramayan kızdı bu. Ailesi 4 000. kitabını kutlamak için büyük bir parti vermişti. Kitap şeklinde devasa bir pastanın yanında bütün misafirlerle birlikte yüzünde güller açarak durduğu renkli bir fotoğraf vardı. Alegre haberi okumadan Piyu'nun numarasını çevirdi. İcap ettiğinden daha az pişirilmiş, bu yüzden de olması gerektiğinden daha katur kutur olmuş kabak tatlısıyla verdiği mesajı okuyup okumadığını merak ediyordu.

"Merhaba canım, kabak tatlını yedin mi?"

"Hayır! Yemedim" dedi sinirli bir ses. "Ama birisi yemiş."

Piyu ahizenin üzerinden öfkeyle ona bakarken Ömer arkada pişkin pişkin güldü. Günlerce aç durduktan sonra iştahı özgürlüğünü ilan etmişti. O andan beri Ömer hiç durmadan yiyordu.

"Evet, tabii, açım. Yok, merak etme. Abed'le bir şeyler ayarlarız şimdi. Bilmiyorum, daha karar vermedik. Belki spagetti. Yok, güveç de bitmiş!" diye haykırdı Piyu. "Onu da yemiş. Nereden bileyim? Peki... sorarım... seni sonra ararım."

Piyu, Ömer'e döndü. "Alegre kabak tatlısında olağandışı bir şey fark edip etmediğini soruyor."

Ömer sabahın erken saatlerinden beri mideye indirdiği yiyeceklerin kabarık kayıtlarını karıştırdı ve nihayet yığının altında bir yerde gerekli bilgiye ulaştı: "Ha, kabak tatlısı harikaydı, teşekkür ederim, ilaç gibi geldi."

Piyu ile Abed çaprazdan gözetlemeye başladılar Ömer'in hallerini. Günlerce süren donuk şapşallıktan sonra aniden fazlasıyla canlanmış, oburlaşmıştı. Önceki halinin mi yoksa sonraki halinin mi daha sinir bozucu olduğunu söylemek zordu, ama bu ani değişikliğin bir gün önceki konuşmalarından kaynaklandığını sezebiliyorlardı. Ne de olsa uzun zamandır bastırılan aşkı itiraf etmek bir zincirleme tepkime başlatmaya muktedirdir.

1. Aşkı ilan etmenin aşk öznesi üzerindeki etkisi.
2. Aşkı ilan etmenin aşkın tanıkları üzerindeki etkisi.
3. Aşkı ilan etmenin aşk nesnesi üzerindeki etkisi.

Bu genel çerçeve dahilinde her bir etki eldeki duruma göre çeşitli şekiller alabilirdi.

1. Aşkı ilan etmenin özne Ömer Özsipahioğlu üzerindeki etkisi: Olumlu. Omuzlarından bir yük kalkmış gibi hafiflemişti.
2. Aşkı ilan etmenin tanıklar Abed ve Piyu üzerindeki etkisi: Olumsuz. Eskiden olmayan bir yük omuzlarına konmuş gibi boğucu, ezici bir duygu.
3. Aşkı ilan etmenin nesne Gail üzerindeki etkisi: Sıfır. Ne olup bittiğini bilmediğinden nesne üzerinde hiçbir etki gözlenemedi.

Bu manzaraya dönüp baktıklarında belki de gördükleri dengesizlik yüzünden, belki de yükün yarısını paylaşma isteğiyle ev arkadaşları Ömer'e Gail'e aşkını ilan etmesi için baskı yapmaya başladılar. Sürece karışmaları kaçınılmazdı bir bakıma. *Kuantum Mekaniğin Aşk Perisi Yorumu.* "Bilinçli gözlem" demişti Bohr, "hadiselerin meydana gelmesinin sebebidir." Birinin gizli aşkını öğrenen tanıklar, o noktadan itibaren kendilerini müdahaleye odaklı daimi ve bilinçli bir gözlem hali içinde bulabilirler, tıpkı atomik süreçleri izleme teşebbüsünün bunların rotasıyla etkileşimi içermesi gibi.

Dolayısıyla 1 numaralı Gözlemci (Piyu) ve 2 numaralı Gözlemci (Abed) tüm akşamı Ömer'i gözlemleyerek geçirdiler. Gecenin geç saatlerinde Piyu olan biteni anlatmak için Alegre'yi aradı. Ama 3 numaralı Gözlemci'yi sürece dahil etmek biraz zaman aldı çünkü Alegre herhangi birinin, hatta Ömer'in dahi, Gail gibi birine âşık olabileceğine inanmayı reddediyordu. Yine de yardımcı olmaya çalıştı: "Çiçek! Ona kocaman bir buket çiçek alsın. Beyaz zambaklar ve tek bir kırmızı gül."

Alegre ile Abed çiçeklerin romantik bir aşk ilanı olacağına emindi, biraz dürtüklemeyle Piyu da ikna oldu. Ancak iki ev arkadaşı kendilerinden emin aşağı inip Ömer'e projelerini bildirdiklerinde, şapırtılar arasında teklifi geri çevirdi.

"Bence böyle şeylerden hoşlanmaz" dedi Ömer son ganimeti humusu sıyırırken. "Muhtemelen tuzu kuru burjuva sevgilileri memnun etmek için güllerin katledilmesine karşıdır. O sizin bildiğiniz kadınlardan değil!"

Abed ile Piyu'nun onu oracıkta gırtlaklamamalarının tek sebebi, sorumluluk sahibi bilim adamları olarak gözlem altındaki nesneyi yok etmemeleri gerektiğinin bilincinde olmalarıydı. O akşam üçü birlikte yürüyüşe çıkıp South Sokağı'nda *bildiğiniz kadınlardan olmayan birinin* hoşuna gidebilecek her şeyi barındırıyormuş gibi görünen bir dükkâna girdiler. Müzikli Tibet topları, vücut enerjisini düzenleyen yastıklar, yerli Amerikalı takıları, kurutulmuş bitkiler, koloit taşları, tılsımlar, rüzgâr çanları, yağ özleri, muska kapları, bitkisel mumlar, cadı malzemeleri ve bildiğimiz ota benzeyen yeşil bir şey. Bu sonuncusunun *organik çimen* olduğunu öğrendiler.

"İnsanlar bir torba ota dokuz dolar mı veriyor?"

Kuzey Avrupalıya benzeyen satıcı kız küçümseyen bir nazarla baktı Abed'e.

"Neyse, zaten Gail'in ota ihtiyacı yok" dedi Abed genizden, aniden bastıran bir alerjik rinit nöbetine tutulmuştu. "Daha ziyade bir tür sakinleştiriciye ihtiyacı var, onu daha az saldırgan, daha... normal yapacak bir şeye. Normalleşme sağlayan şifalı bir bitki var mı?"

"Madem öyle size ginseng vereyim" dedi satıcı kız, buğday rengi buklelerini savurarak. "Anemiye, halsizliğe, asabiyete, nevrasteniye iyi gelir... Her derde devadır. Bir adı da bu zaten: Her-derde-deva!"

Bunun üzerine koca bir şişe Ginseng Vejetaryen Kapsülü,

Ginseng Poşet Çayları ve Ginseng&Astralagus Özü Ampulleri aldılar. Yirmi dakika sonra da bütün bunlarla donanmış vaziyette TEDİRGİN RUH ÇİKOLATA DÜKKÂNI'na damlayıp Debra Ellen Thompson'ın dünyasını kararttılar. Halbuki Gail onları gördüğüne memnun gibiydi.

Bir anlığına üç ev arkadaşı saçından sarkan kaşığa bakakaldılar. "*Ne garip!*" diye düşündü Piyu, "*Ne saçma!*" diye düşündü Abed, Ömer ise "*Ne tatlı!*" diye geçirdi içinden.

Gail onlara tombul Ana Tanrıça bademli çikolatalarından ikram ettiğinde de bu şablonda büyük bir değişiklik olmadı. Kibarca devasa bir memeyi ısırırken Piyu "Ne garip!" diye düşündü, tanrıçanın başını dişleyen Abed "Ne saçma!" diye düşündü, Ömer'in ise her zamankinden. "Biraz ginseng almaya çıkmıştık da geri dönerken uğrayıp ne yapıyorsunuz bir bakalım dedik" dedi zar zor, uzun, hantal bedenini çoğul eklerinin barikatı arkasına saklayarak.

"Ginseng... mucizevi şifa!" Gail'in yüzü hafif buruşmuştu. "Her derde deva görünen hiçbir derde deva değildir derler. Umarım bu kapsüllerden fazla bir beklentin yoktur. Özel bir amaçla mı aldın?"

Ginseng için bir amaç mı?.. Ömer yaşamak için bile bir amacı yokmuş gibi sarsılarak baktı ona. Eğer Gail bu kadar ulaşılmaz olacaksa hep, nasıl ulaşacaktı ki ona? Besbelli yaptığı hiçbir şeyi beğenmezken onun kendisini sevmesini nasıl sağlayacaktı? O andan itibaren konuşmadı ve ziyaretin geri kalanında ağzını meşgul etmek için dünya üzerinden olabildiğince çok Ana Tanrıça'yı silip süpürmek istiyormuş gibi isterik bir iştahla yedikçe yedi. Ortada bir şeyler döndüğünü hisseden Debra Ellen Thompson'ın, Gail'in ve tepsilerdeki dizi dizi Gülen Buda çikolatasının bakışları altında onu yeniden sohbete çekmek için taklalar atan Piyu ile Abed'in bütün girişimlerine kulaklarını tıkadı.

İlanı aşk teşebbüsü - II

Kızılderili Kültüründe Boncuk İşi / Meiji Dönemi Baskılarında Gelenek ve Yenilik / Dijital Teknolojileri Kullanarak Antik Mezarların Yeniden Yapılması / Amerika'daki Tehlikeli Mesleklerin Fotoğraflarla Kaydı / Çin Kaligrafi Sanatı / Gerçeküstü Işık Enstelasyonları / Pasifik Adalarından Tapa Dokumaları Sergisi / İmza Günü: Antik Mısır'ın Gizemleri / Norveç Dansı... Piyu, Boston'daki kültürel faaliyetlere yetişmenin imkânsız olduğu sonucuna çoktan varmıştı. "Belki iyi bir lokanta bulsak daha iyi olacak" dedi Boston Şehir Rehberi'ne bakıp içini çekerek. "Bir yerde güzel bir akşam yemeği yiyebilirler."

"Devam et Piyu, umudunu kaybetme!" Abed'in sesi Boston Globe Sanat Takvimi'nin arkasından yükselmişti. "Yemek çok tehlikeli, cascavlak ortada kalır. Kültürel faaliyet daha az riskli. Gail'in hoşlanacağı bir şey bulmamız lazım."

"Bölünmüş Benlik" diye gayet ilginç bir fotoğraf sergisi vardı, ama biraz fazla enerji gerektiriyordu çünkü şehrin üç farklı yerindeki üç farklı galeriye bölünmüştü. Müzik de bir başka olasılıktı tabii, Ömer bu sahada uzmanlığını gösterebilirdi. Ne var ki ev arkadaşları onun müzik zevkinin Gail'e fazla haşin gelmesinden ve her şeyi mahvetmesinden korkuyorlardı.

Kadın Çıplaklığının Tezahürleri Üzerine Video Enstelasyonu / Afrika Maskeleri Sergisi / "Şarkın Yüzlerindeki Maskeleri Düşürmek Şarkiyatçılığın Yeni Yüzü mü?" başlıklı bir konferans / Video Enstelasyonlarında Kadın Çıplaklığının Tezahürlerini sorunsallaştıran bir panel... Telefon çaldığında Piyu bir anlık mola vermenin sevinciyle uzandı.

"*Hâlâ banyoda mı?*"

Piyu ahizenin üzerinden Abed'e baktı. "Alegre arıyor. Hâlâ banyoda mı diye soruyor...!"

"Söyle banyo artık onun yeni yuvası."

Çikolatayı fazla kaçırmıştı Ömer. Gülen Budaların laneti. Çikolata dükkânından dönüşte kendini banyoda bulmuştu.

"Alegre'ye söyle, devreye girip yardım etmemiz lazım" dedi Abed birden ciddileşerek. Mesajı aracısız, daha iyi iletebilmek için telefonu Piyu'nun elinden kaptı. "Bence bu ishal meselesi fiziksel olmaktan ziyade simgesel. Aşkını itiraf edemediği için. Ruh kendini açık edemeyince beden boşaltıma başlıyor."

Alegre'nin başka önerileri vardı, çoğunluğu doğa faaliyetleriydi. Mesela balina seyri, belki aşk itiraf etmek için pek iyi bir yöntem değildi ama kim bilir. Civarda bir sürü tur ve gezi düzenleniyordu. New England Akvaryumu'ndaki denizaslanlarını seyretmek, Kıyaslamalı Zooloji Müzesi'nde doldurulmuş kuşlar hakkında bilgi edinmek, Harvard Doğa Tarihi Müzesi'nde bebek dinozorları görmek... Gail bunlardan hoşlanırdı kuşkusuz. Arboretumda romantik bir yürüyüş kulağa daha da iyi geliyordu... Ömer'in mecali olsa hepsi mümkündü. İshal moralini bozmakla kalmamış onu tuvalet merkezli bir çepere hapsetmişti. Dışarıda uzun zaman geçirmesi imkânsızdı.

"Şimdi kapatmam lazım, doktor geliyor" diye fısıldadı Alegre. "İyi şanslar!"

XVIII. Yüzyıl Venediki'nde Grafik Sanatlar / Kore Yarımadası Krizi Üzerine Konferans / Amerikan Başkanlık Seçimlerinde Kullanılan Mendil ve Bandanalar Sergisi / Sömürge

Hindistanı'ndan İmgeler / Bizans Kadınları ve Dünyaları...

"Dur! Dur!" diye bağırdı Abed. "Bak bu kulağa iyi geliyor! Hem kadın hem Bizans... Bizans ve Kadın..." diye tekrar etti tam bir şevkle kelimelerin üzerine basa basa. "Bu ortak bir nokta olabilir, ne dersin? Bir şekilde ikisiyle de ilintili."

Sergi IV. yüzyıldan XV. yüzyıla kadar bir dönemi kapsıyor, fildişleri, tuvalet malzemeleri, paralar, mühürler, muskalar... toplam 200 nesne sergileniyordu. Herhalde bir noktada ilanı aşk etmek için yeter de artardı.

Piyu artık araştırmaktan o kadar bezmişti ki ne teklif etseler üzerine atlayacak vaziyetteydi. Aşağı inip banyo kapısının önünde, gözlem nesnesine bir sonraki hamlesini koro halinde ilan ettiler. "Bizans Kadınları mı?" diye homurdandı kapı. Ama neyse ki başka bir itirazda bulunmadı.

Ömer ertesi günü yatağında dinlenerek geçirdi. Görünürde tezi üzerinde çalışıyor ama aslında Gail'e çıkma teklif edecek cesareti kendinde bulabilmek için gündemdeki bu yeni konuyu inceliyordu. İlk başta "Bizans Kadınları" üzerine kısa bir keşif gezisi yapma niyetindeydi ama artan bir ilgiyle kendini konuya kaptırınca keşif gezisi yolculuğa dönüştü. Saatler süren araştırmanın ardından, insan üst sınıftan bir erkekse Bizans'ta yaşamanın gayet keyifli olabileceği ama özellikle aşağı sınıftan bir kadınsa bu konuyu bir kere daha düşünmesi gerektiği sonucuna vardı. Ama işte sıradışı bir örnek vardı; ayı terbiyecisinin büyüleyici kızı Theodora, Bizans'ın kenar mahallelerinde yetişmiş, önce müthiş bir oyuncu, ardından imparatoriçe ve dünya tarihinin en güçlü kadınlarından biri olmuştu. Onunla evlenebilmek uğruna İustinianos –kanunlar önünde kategorik olarak fahişe sayılan– oyuncuların senatörlerle evlenmesini yasaklayan bütün düzenlemeleri iptal etmişti. Theodora'nın onun üzerindeki etkisi işte bu kadar güçlüydü. İmparatoriçe olduktan sonra kadın haklarında büyük ilerlemeler sağlamış, fahişelere yardımcı olan, kerhaneleri yasaklayan, talihsiz kadınları koruyan kanunlar çıkarmıştı... Asla geçmişini unutmamış, kız kardeşlerinin acılarına gözlerini kapamamıştı. Ömer, Theodora'nın hayatını okudukça onu büsbütün benzetti Gail'e. Akşama doğru, Boston'da çikolatacı olmak yerine Bizans tahtına geçme fırsatı verilse Gail'in de tıpatıp Theodora'nın yaptıklarını yapacağına ikna olmuştu.

Bu dolduruşla TEDİRGİN RUH ÇİKOLATA DÜKKÂNI'nı aradı ve biraz hoş beşten sonra kulağına çalınan bu sergi konusunda Gail'in ne düşündüğünü temkinle sordu.

"Bizans Kadınları ve Dünyaları sergisi mi?" dedi Gail neşeyle ya da en azından Ömer'e öyle gelmişti. "Evet, harika bir sergi!"

"Yarın gitmeyi düşünüyorum. Belki sen de gelmek istersin."

"Ha..." sesi durulmuştu. "Ben zaten gittim. Ama sen de mutlaka git."

Ömer telefonu kapattıktan sonra internetten alıp büyüttüğü Theodora'nın kocaman, kahverengi, mozaik gözlerine baktı kös kös. Artık o kadar da büyüleyici görünmüyordu bu gözler.

İlanı aşk teşebbüsü - III

Şimdilik yeni yıl arifesinden beri ocak ayının her günü Ömer Özsipahioğlu için zorlu geçmişti ama bu cumartesi geri kalan günlerin hepsini gölgede bırakacağa benziyordu. Bu etkiyi daha da artırmak istercesine gün çok erken başlamış, çok geç bitmişti. Sabahın erken saatlerinde, bütün gece kesintisiz süren tuvalete taşınma dizisinin ne ilki ne de sonuncusunda aynanın tanıdık olduğunu söylediği bir görüntüye bakakaldı. Kendisine yorgun bir tebessüm koyverdi. Karşılığında aynısından aldı. Gülüş görüntüsüyle kendisi arasında, her sekişinde daha da yorgunlaşarak gidip gelirken kendini sezdirmeyen, belli belirsiz ama dönüşsüz bir kayıtsızlık çöktü üzerine. Belirsiz bir an için zamanda bir çatlak bulduğunu ve o çatlağı kullanarak içinde debelendiği durumdan kaçtığını hissetti. Bu his midesinde kabardı, çabucak göğüs kafesi ve ciğerlerinden geçip gırtlağına yürüdü ve bastırılmış bir iç çekiş olarak dışarı bırakılana kadar durmadı. Her şey anlamsız görünüyordu. Her şeyin "daha fazlasını" alabilmek için bu bitmez mücadele, Gail'i kendine âşık etmek için duyduğu bu arzu, hatta Gail'in kendisi bile... üzerine gelen bu coşkunluk içinde birer birer solarak halelerini kaybettiler. Onu artık sevmiyor değildi. Tam aksine daha da fazla sevdiğini hissediyordu. Daha fazla ama daha farklı bir biçimde. Bu sevgi hem *tümüyle maşuka yönelik* hem de onun dışındaydı. Gail kendisine duygusal, fiziksel, hatta cinsel bir karşılık vermese bile bu hisle onu sevmeye devam edebileceği sonucuna vardı Ömer. Kendini öyle hafiflemiş hissediyordu.

Bu ferahlığın nereden geldiğine dair en ufak bir fikri yoktu. Sadece müthiş bir duygu olduğunu biliyordu! Ginseng gibi! Tam bu anda ev arkadaşlarından biri banyoya dalıp ondan bu müstesna hissine bir ad koymasını istese, hiç tereddüt etmeden, "Ginseng!" derdi.

Ginseng duygusu! Kesinlikle ginsengdi! Ama bir duygu olup olmadığı dahi şüpheliydi. İnsanın hiçbir şey hissetmemesini sağlıyordu. Hiçbir şey. İnsanın bir gölgesinin olması ama ona "sahip" olmaması gibiydi, öyle bir hoşluk, âdeta sıcakkanlı. Yüzünü yıkadı, çenesini köpürtmeye başladı ama yarıda durdu. Ginseng duygusu! ona bunu neden yaptığını sordu. Sakallar sürekli uzadığı halde, sen de uzayacağını, ertesi sabah yeniden tıraş olman gerekeceğini bildiğin halde, aynı mecburiyet ve azimle her gün tıraş olmanın anlamı neydi? Madem sakalın böyle istiyor, bırak uzasın. Hayatın akışına müdahale etmek için duyulan bu ısrarcı ihtiyaç da niye? Ömer ev arkadaşlarına, artık kendisi için mücadele etmekten, aşkı konusunda bu kadar aceleci davranmaktan vazgeçmelerini, her şeyi oluruna bırakmalarını söylemek için aşağı indi.

Palas pandıras mutfağa gitti. Abed, Arroz'u yürüyüşe çıkarttığı, Piyu da oturma odasında yerleri sildiği için mutfaktan gelen o daimi tıkırtı ancak bir manaya geliyor olabilirdi: Alegre işbaşındaydı.

"Günaydın! Bugün büyük gün, hazır mısın? Ama daha tıraş bile olmamışsın!" Alegre aynı anda hem kaşlarını çatmış hem gülmüştü. "Söyle bakalım, bu kabaklı strudeli nasıl pişireyim? Cevizli mi yoksa kuru üzümlü mü? Sence Gail hangisini daha çok sever?"

"*Kabaklı strudel...*" Kulağa şifre gibi geliyordu. "*Ceviz mi... yoksa üzüm mü... yoksa ikisi birden mi... yoksa hiçbiri mi...*"

Ne fark ederdi? Bu sadece dış görünümdü, satıhtaki gölgeler; oysa o öteye geçmek, öze inmek istiyordu. *"Neden hepiniz aşkımı itiraf etmemi istiyorsunuz? Sevgililerimizi onlara duyduğumuz hisler konusunda ille de bilgilendirmeli miyiz? Bunu ilan etmek, karşılığında bir şey istediğim manasına gelmiyor mu? Her aşk ilanı bir bencillik bildirgesi değil midir?"*

"Ah garibim benim, merak etme, harika bir akşam yemeği olacak. Güven bana, çok beğenecek" diye onu teselli etti Alegre, felsefesini tümüyle göz ardı ederek.

Ama bu telaş neden? Görüntüler, arkalarındaki gerçeği görmemizi engellemekten başka ne işe yarar? Ben kendimden o kadar da emin olmadığım halde neden hepiniz benim için uğraşıyorsunuz? Ben kimim, ne istiyorum, illa ki istemek zorunda mıyım... birini, bir şeyi... illa ki olmak zorunda mıyım... birisi, bir şey? Belki aşk, sevgiliyi kazanmayı değil, kendini onda kaybetmeyi gerektirir. Kendini kaybettiğinde ve ego kuleni yıktığında karşılığında sevilmişsin sevilmemişsin ne fark eder? Karşılığında bir şey almayı beklemeden vermeye başladığın anda bütün evren Ginseng olacak! Ginseng! Ginseng!

"Ginseng değil! Bu TO-FU" dedi Alegre Ömer'in önündeki tabağı işaret ederek. "Ama-sen-endişe-etme" diye ekledi, balta girmemiş ormanlarda bulduğu Mowgli'yle konuşan Beyaz Sömürgeci'yi andıran eğitici ses tonuyla. "Yemek-öyle-nefis-olacak-ki-her-gün-burada-yemek-isteyecek."

Ömer teslim bayrağını çekip kıvranarak son zamanlardaki tek sığınağı banyoya yöneldi. Yanına walkman'ini de almıştı, The Smiths'in *What Difference Does It Make?* (*Ne Fark Eder?*) şarkısını dinlemek için. Üç dakika on bir saniye.

Aslında Alegre bu sabah biraz sıkıntılıydı çünkü bu özel gün için yemek pişirmek beklenmedik ölçüde sinir bozucu olmuştu. Harika bir mönü hazırlayabilmek için nebatobur mutfağı üzerine bir ön araştırma yapmış ve dehşetle görmüştü ki sadece etten değil, yağ, yumurta, süt, peynirden... ve bir yemeğe lezzet katan, pişirmeyi keyifli kılan her şeyden uzak durması gerekiyordu. Hayatında ilk olarak kendini mutfakta rahatsız hissetmişti Alegre. Bu yüzden de dinçleştirici bir yürüyüşün ardından neler yaptığını görmek için mutfağa dalan Abed ile Arroz'un, büyük eziyetlerle derlenen mönüye bu kadar ters tepki vermeleri çok ayıptı.

MÖNÜ

Çorba: mantarlı karnabaharlı pırasalı patatesli mısır çorbası
Ana yemekler: lahanalı bezelye püresi, patlıcan güveci, kabak strudel
Yan Yemekler: patates doldurulmuş mantarlı krep, tahıllı sebzeli tofu
Tatlılar: havuçlu kek, kabaklı turta, havuç ve kabaklı kurabiye

"Bu ne? Manav bayramı filan mı kutluyoruz?" diye diklendi Abed. Alegre Abed'den nefret etti.

Ama belki *ne yeneceği* sorununu çözmeden önce, *nasıl yeneceği* sorununu çözmeleri gerekiyordu çünkü çok geçmeden Ömer'in banyodan çıkamayacağı anlaşıldı. İkindinin büyük bölümünü orada demir atmış geçirdi, sadece aynadaki kararsız yüzünü seyretmek onu yeni bir dizi ontolojik ginseng! soruya sevk ettiğinden değil, halen fiziksel açıdan pek zinde olmadığından.

Hastalıklar sıralamasında ishal en alt kademededir. Hem bu kadar sıradan hem de böylesine dışlanmış tek hastalık. Ömer'i bu utançtan kurtarmak için üç gözlemci, yemekten önceki birkaç saat içinde mucizeler yaratacak bir tedavi düşünmeye çalıştılar. Böyle bir tedavi bilmedikleri ama o kadar da mucizevi olmayan başka tedavilerden haberdar oldukları için (çünkü iş ishale geldi mi herkesin ya birinden duyduğu ya da çocukluğundan hatırladığı abuk sabuk bir tedavi vardır mutlaka) hepsini aynı anda denemeye karar verdiler. Dolayısıyla bunu takip eden üç saat zarfında Ömer ne çorbaya benzeyen ne de patates tadı olan hindistancevizi sütlü patates püresi (Alegre'nin tedavisi), böğürtlen suyu (La Tia Piedad'ın önerisi), elma (alışverişe çıkmadan bir "merhaba" demek için uğrayan Oksana Sergiyenko'nun önerisi), bir kâse sıcak yulaf ezmesi (Piyu'nun anneannesinin tedavisi), bir kâse pirinç lapası (Zehra'nın telefonda söylediği tedavi), muz (herkesin önerisi), yoğurt ve şeftali (Zehra'nın telefonda söylediği tedavi), böğürtlen suyuna karıştırılmış şarap (La Tia Piedad'ın sonradan hatırladığı tedavi), tekrar elma (Oksana Sergiyenko alışverişten bir torba Granny elmasıyla dönmüştü), aile boyu kola (herkesin tedavisi) ve antibiyotik niyetine bol bol sarmısak (Abed ve Piyu'nun tavsiyesi) tüketti. Her şeyi yalayıp yuttuğunda karnı fıçı gibi şişmiş, ayaklarını sürüyerek yukarı çıktı; ama bu sefer banyoya değil, biraz kestirmek ve bütün Reiki güçlerini toparlayıp Gail'e gelmemesini rica eden telepatik bir mesaj yollamaya.

Heyhat, mesaj yolda kaybolmuş olmalıydı.

Akşam 19.15'te Gail ve Debra Ellen Thompson herkesle birlikte masada oturmuş, bunca alakadan biraz şaşkın ama belli ki memnun mönüyü övüyorlardı. Alegre, Gail'i Ömer'in karşısına oturtmuştu ama Ömer bakışlarını çorbasında yüzen pırasadan ayırmadığı için bunun farkında olup olmadığını anlamak zordu. Ara sıra midesinden yüksek bir gurultu sesi çıksa da üç gözlemcinin de iç ferahlığıyla müşahede ettikleri üzre artık banyoya koşma ihtiyacı kalmamıştı. Tedaviler işe yaramıştı, en azından bir tanesi.

Sütten ağzı yanan yoğurdu üfleyerek yer. Masadakilerin hiçbiri son yemekteki gerilimi unutmuş görünmüyordu. Benzer bir sürtüşme yaşamamak için temkinli temkinli olası konuşma kanallarını araştırıyor, kimseye batmayacak konular arıyorlardı. Kimseyi gücendirmemek konusunda duyarlı, incitmeden eğlenme hevesinde böyle çok kültürlü gruplar içinde iyi bir yemek konusu "şehir efsaneleri" olduğundan bir saat boyunca bunlardan bahsettiler.

Farklı ülkelerden olsalar da hepsi yer yer küçük değişikliklerle aynı hikâyeleri duymuşlardı. Evinin yakınlarındaki bir süpermarketten aldığı turşu kavanozunun içinde kesik parmak bulan adam hem Faslı hem İspanyol hem Amerikalıydı. Yeni doğmuş bebeklerini yeni dadıya bırakan ve geç vakit eve döndüklerinde onu kocaman bir tabağın içinde patateslerle birlikte nar gibi kızarmış bulan genç çift de. Sonra arabaları San Francisco depreminin olduğu gece çalınan, haftalar sonra içinde hırsızın tanınmaz hale gelmiş cesediyle bir binanın enkazı altında bulunan şu diğer çift vardı. Tabii nerede bir orman yangını olsa orada durmadan ölen şu dalgıç hikâyesi vardı. Kocaman kovalı helikopterlerden tekrar tekrar alevlere atıyordu onu dünya çapında şehir efsaneleri.

Şehir efsaneleri, dünyanın özgür yurttaşlarıdır. Seyahat etmek için pasaporta, bir yerde kalmak için vizeye ihtiyaç duymazlar. Temasa geçtikleri kültürün rengini alan dilsel bukalemunlardır onlar. Hangi kıyıya ulaşsalar hemen yerlisi olurlar. Şehir efsaneleri, kimseye ait olmayan ama herkesin malı olan özgür ruhlardır.

"İstanbul'da da benzer şehir efsaneleriniz var mı?" diye sordu Alegre Ömer'e dönerek ve sorar sormaz özür dilercesine gülümsedi çünkü sorunun böyle yüz kızartıcı ölçüde naif olmasını ve niyetini bu kadar belli etmesini istememişti.

Bizde şehir efsanesi var mı? Ne fark eder? San Francisco depreminde çaldığı arabanın içinde ezilen hırsızın hikâyesi İstanbul depreminden sonra da anlatıldı, sanki insanların ne hak ne hukuk gözeten felaketlere tahammül edebilmek için ilahi adalet tesellisine ihtiyacı var.

Ama bunların hiçbirini söylemedi Ömer. Başını hiç kaldırmadan, "hı hı" dedi, bir iki saniye bekledikten sonra kendisiyle fikir birliğine varmış gibi ekledi: "Hı hı."

İlk "hı hı" ile ikinci arasında Gail gözlerini Ömer'in yüzüne dikti ve orada sevdiği bir şeyi daha gördü: Sistem arızası! Ömer varoluşunun içinde sistem arızasının sadece olasılığını, hatta eğilimini değil, kaçınılmazlığını barındırıyor, hatta neredeyse simgeliyordu. Herkesin ne istediğini, nereye gittiğini, neyi amaçladığını tastamam bildiği başarı odaklı bir dünyada, bu kafası daima karışık ayaklı öz-yıkım diğerlerinden farklıydı. Onu derinlere çeken ıstırabın çamurlu sularıyla kendisinin de tanışık olduğunu nasıl anlatabilirdi ona? Gail bir şey demek istiyormuş da nasıl ifade edeceğini bilemiyormuş gibi gülümsedi Ömer'e. "Yapma canım" diye fısıldamak isterdi ona. "Hep korkudan, sana her bakışımda gözlerinde gördüğüm bu hüzün, biz tanışmadan ve sen beni sevmeye başlamadan çok önce orada olan hüzün hep korkudan."

Ama korkma artık çünkü sen istediğin müddetçe yanında olacağım.

Bunların hiçbirini yüksek sesle söyleyemezdi. Bütün sözlerini bir çatal patlıcanlı güveçle yutup diğerlerinin konuşmalarını dinledi. Felsefe/fizik/kamu yönetimi/genetik mühendisliği... sınavında "NEDEN?" sorusunu soran ve "NEDEN OLMASIN?" cevabını veren öğrenci dışında herkese sıfır yağdıran şu şehir efsanesi profesörü konuşuyorlardı. Sonra ülke ülke gezip yumurtalarını tatilcilerin derilerinin altına bırakan efsanevi örümcek vardı. Bir ülkede kaybolup diğerinde beliren ve her gittikleri yerde panik ve kargaşa yaratan tonlarca Şeytan hikâyesi vardı. Yerküreyi dolaşan bütün bu söylenti ve efsaneleri dinleyen Gail de bir iki şey söylemesi gerektiğini hissetti.

"Benim en sevdiğim eski bir şehir efsanesi" dedi patavatsızca, "... ücra bir köy kilisesinde kanlı gözyaşları döken Meryem Ana efsanesi... Ağlayan Meryemler, göz kırpan Meryemler, fısıldayan Meryemler... bunlardan tonla var!"

"..."

O konuşmaya başladığı anda grup yarı felce uğramıştı. Bıraksınlar konuşsun, ondan sonra mı bozulsunlar, yoksa basiretle davranıp peşinen bozulsunlar da bütün söyleyeceklerini dinleme yükünden kendilerini mi kurtarsınlar bilememişlerdi. Biri hariç hepsinin gözlerinde farklı tonlarda bir içerleme ışıltısı vardı. Ömer'in gözleri tabağındaki lahana bezelye püresine mıhlanmış olsa da dudakları şefkatli bir gülüşle aralandı. Katoliklerin çoğunluğu oluşturduğu, besbelli dindar insanların önünde bu gafı yapması ne naif, ne tatlı, ne *hoştu*.

"Bu mucize işinde iyi para var, bence" diye cırladı Gail, harekete geçirmeye başladığı tedirginlik girdaplarının farkına bile varmadan. "Yani ağlayan Meryem çikolatası satsaydık para içinde yüzerdik, değil mi Debra Ellen Thompson?"

Debra Ellen Thompson bezgin bezgin gülümsedi; Gail aynen devam etti. "Bu ağlayan Meryem turizmi bütün zamanların en kârlı şehir efsanesi olmalı."

"Hah! Yine başladık!" Abed masanın başına oturdukları andan itibaren kısmen yemeye mecbur bırakıldığı bu bitkisel mönü, kısmen de herkesin gerilim yaratmamak için gösterdiği fazladan dikkatin başlı başına bir gerilim olması sebebiyle sinir sisteminde biriken bütün basıncı püskürterek sandalyesinde dikilmişti. "Fırına sormuşlar 'bu kadar ateş içine nereden girer?' diye. Ne cevap vermiş biliyor musun Gail? 'Ağzımdan' demiş."

"Aaa bunu daha önce de söylemiştin!" dedi Piyu refleksle, Abed'in dudaklarından nihayet tanıdık bir atasözü duymanın coşkusunu denetleyememişti, tanıdık olması anlaşılır olması anlamına gelmese de. Ama sonra kırgınlığını gizlemeyi başaramayarak Gail'e döndü: "Haklı olabilirsin Gail, belki bazı insanlar başkalarının inançlarıyla para kazanmaya çalışıyor olabilirler. Ama bu bahsettiğin mucizelerin sahte olduğu anlamına gelmez."

Bu sessiz gerilim, anlık kopukluk... uzun ve yankılanan bir karın gurultusuyla bölündü.

"Bakire Meryem *Virgen de Guadalupe*'nin bize tezahürünün kanıtı olarak imgesini bırakması başlı başına bir mucizedir, bunun yanı sıra bazı önemli mesajlar da bırakmıştır" diye mırıldandı Piyu; yanakları kızardıkça gözlüğünün ardındaki gözleri de buğulanıyordu. "Bu mesajın bir şehir efsanesiyle karıştırılabileceğini zannetmiyoruz."

Gail çenesine yerleşen bir sırıtış, gözlerinde tekinsiz bir parıltıyla o kadar kolay geri adım atmayacağını kanıtlamaya hazır, ağzını açtı. Tam o anda Ömer başını kaldırıp iki saattir ilk olarak yüzüne bakmayı başarabildi. Açık ağzının gölgelerinde önceden gelen bir akis gibi söyleyeceklerinin hışırtısını duydu. İnsanların yüreklerindeki en küçük umudu bile sömüren bir sistemden uzaklaşmak gerekliliğinden bahsettiğini duydu. Bu hayatı deniz üzerinde bir insan-tekne gibi, ayağının altında asla katı bir şey bulundurmadan, her an herhangi bir yere yelken açmaya hazır yaşamayı övdüğünü. Her gece, ertesi sabah asla geri dönmek istemeyeceğin yabancı bir ülkede uyanma korkusuyla uyuduğundan bahsettiğini duydu. Ölümden ve ölümsüzlüğün tek yolunun ismini, yerini değiştirmek, kendini terk etmek, ölmeden ölmek olduğundan söz ettiğini. "Dur canım" diye fısıldamak isterdi ona. "Hep korkudan; seni ne zaman dinlesem dilinden dökülen bu öfke, biz tanışmadan, ben seni sevmeye başlamadan çok önce orada olan öfken aslında hep korkudan."

Ama korkma artık çünkü sen istediğin müddetçe yanında olacağım.

Bunların hiçbirini yüksek sesle söyleyemedi. Bütün sözlerini bir çatal püreyle yutmaya çalıştı. Yine de kendi içindeki sesleri duymamak için başkalarının konuşmalarını kâfi derece dinlemişti. Aniden kendisinin de birkaç kelime etmesi gerektiğini hissetti.

"Sanırım hepimiz bir mucize bekleriz, ama farklı şekillerde. Bunu tek yapan Katolikler değil. Hepimiz benzer beklentiler taşırız. İsimleri başka başka olsa da altında yatan aynı temel özlemdir: Tekdüze hayatlarımızı aydınlatacak bir mucize. Bir mucize... bir kurtarıcı... ya da bir sevgili... hepsi bir. Ben bu beklentiyi paylaşabileceğimi hiç düşünmemiştim ama..."

Bu gecenin yegâne sebebi ve bunlar da saatlerdir söylediği ilk kelimeler olduğundan Ömer bir anda tüm masanın ilgi odağı olmuştu. İşte bu pür dikkat dinleyicilere yöneltti konuşmasını:

"Kendimdeki değişimi seyrediyorum. Âşık olmanın bir mucizeye inanmaya benzediğini düşünmeye başladım. Aşk da beklentiler ve inançlarla ilgili. İnsan kendisi için hâlâ kurtuluş ümidi olduğuna ve günün birinde özel birinin bunu mümkün kılacağına inanıyor. Bir mucize özlemi değil mi bu? Bu dünyadan fazla bir şey beklememen gerektiğini bilsen de içindeki bir şey diretiyor... umut etmeyi sürdürüyor... sevdiğin kişinin seni seveceğini umut etmeyi."

Derin sessizlik. Öyle derindi ki Arroz'u gerginleştirmişti. Tap tap. Arroz kuyruğunu iki kere yere vurdu. Kimse umursamadı.

"Tıpkı benim senin için nicedir hissettiğim gibi... Gail!"

Tap tap. Anonim bir iç çekiş. Belki de Abed'in tabağında el değmemiş vaziyette duran tofudan çıkmıştı.

"Belki birlikte olmalı, hatta birlikte yaşamalı, hatta ve hatta *evlenmeye* cesaret etmeliyiz, bu mucizenin ne olduğunu beraber görmek için..." diye devam etti Ömer ya da masada Ömer'e benzeyen biri. Bu noktada kaybedecek bir şeyi olmadığından ekledi: "Tıpkı bütün âşıkların yaptığı gibi..."

Ağzı patates harçlı mantar krepiyle dolu olduğu ve son birkaç dakikadır çiğnemeyi unuttuğu için Gail ilk başta ancak anlaşılmaz bir ses çıkarabildi. "Âşıkların yaptığı gibi mi dedin?!"

Herkes bundan sonra gelecek olan lafın korkusuyla, Gail'in merhametsizce soğuk bir tepki vererek Ömer'in billur kalbini bin parçaya böleceği endişesiyle durakladı. Ne var ki patates harçlı mantar krepini nihayet yuttuğunda Gail'in fırın ağzından sadece şu sözler çıktı: "Ben de seni seviyorum."

Derin, derin sessizlik. Sonra bir iç çekiş. Ama bu sefer kesinlikle tofudan değil.

Meşrebi bir kuşlar

Sıfır numara

Göz açıp kapayana kadar âşık bir çift olmuşlardı. Ve göz açıp kapayana kadar âşık bir çifte dönüşen herkes gibi, aşağıdan ne kadar sinir bozucu göründüklerinin farkına bile varmadan son sürat semanın yedinci katına kanat çırpmakla meşguldüler. Kendi kozalarında durmadan dokunuyor, öpüşüyor, mırıldanıyor, daha yeni geliştirdikleri ama sanki hep bildikleri bir tuhaf dille cilveleşiyorlardı. Onlarınki vecdle şişmiş bir balondu. Dünyadan şüpheyle izlenen, sürekli gözaltında tutulan ancak kendisi etrafını görmekten aciz bir şişkin balon; velhasıl *aşkın kör olduğu* zannı.

Dokunaklı bir büyüleri vardır âşıkların ve tümüyle kendileriyle doludurlar, daha doğrusu *kendisiyle* çünkü âşık çiftler, iki bağımsız benlik olarak buluştukları halde, son tahlilde "iki" değil (bir artı bir) "sıfır" olurlar (bir eksi bir). İşte tam da böyle tekliğe filizlenivermişti Gail ile Ömer, kimseler anlayamadan. Artık "Ömer artı Gail" değillerdi, mükemmel bir sıfır, bir *Gailömer* ya da *Ömergail* mutantıydılar.

Aşka diyecek yok, hoş bile sayılır ama ÂŞIKLAR iç bayıcıydılar. Bu bir yana evlilik tam bir ifrattı. Belki de herkesten çok Alegre'nin sinirleri bozulmuştu. Ne de olsa tren tariflerinde olduğu gibi evliliklerde de insan yola önce çıkanın hedefe önce ulaşmasını bekler haliyle. Alegre ile Piyu çıkmaya başlayalı iki buçuk yıl olmuştu; evlendiklerinde ne yapacaklarını, nerede oturacaklarını, hatta ne yemekler pişireceklerini dahi konuşmuşlardı defaten. Doğru zamanı bekliyorlardı.

"Her gün bir erkeğin kadınına 'hayır' diyemeyeceği bir an vardır. Akıllı kadın punduna getirip o anı bulur" nasihatinde bulunmuştu büyük büyük teyzesi.

Nedense Alegre bu özel anı kaçırdığını hissediyordu. Bazen Piyu'nun kendisiyle gerçekten evlenmek istediğinden şüphe ediyordu ama La Tia Piedad endişelenecek bir şey olmadığına ikna etmişti onu. "*Con los hombres*, şu erkeklerle, hep aynı bilmece. Başlangıçta evlenirlerse hayatlarının biteceğini kuruntu ederler, bir kere evlenince bu sefer de boşanırlarsa yaşayamayacaklarını zannederler."

Bir tarafta iki küsur yıldır her şeyi inceden inceye düşünen, doğru anın gelmesini bekleyen, bir aile kurabilmek için ince eleyip sık dokunması gereken her ayarı istisnasız ince eleyip sık dokuyan Alegre vardı. Derken yaşam evrenindeki en gevşek, en olmadık iki karakter onlardan evvel evlenme fikriyle ortaya çıkıveriyordu. Nasıl bu kadar süratle, bu kadar umursamazca evlenebilirlerdi? Hem ahlaken de doğru değildi. Gail de Ömer de (hele birincisi) her fırsatta toplumu topa tutmakla, çoğunluğun her hareketini uluorta kınamakla nam salmıştı. Bütün bunların ardından şimdi nasıl böyle edepsizce *normal* davranacaklardı? Alegre öfkesini Piyu'dan çıkaradursun, Piyu'nun asap bozukluğu Arroz ile Abed'in sinirlerini tel tel gerdi. Çok geçmeden bütün ev ahalisi buluttan nem kapmaya hazır vaziyette yay gibi gerilmişti, Debra Ellen Thompson'ın kederi de cabası. Sadece o tuhaf mahluk, şu *Gailömer* organizması mutlu mesut kendi yörüngesinde dönmeye devam etti.

Bu yüzden de Ömer'e durumun ciddiyetini hatırlatma işi ev arkadaşlarına düşecekti. Ertesi akşam Abed, Ömer'i çakırkeyif yatağına uzanmış, Portishead'in *Only You* (*Bir Tek Sen*) şarkısı eşliğinde Gail'i düşünür vaziyette buldu, bir saadet ve biraz da tütün dumanı altında.

"Ah! Demek yeniden sigaraya başladın" dedi Abed kaşlarını çatarak, ama kaşını çattıracak daha meşum kaygıları olduğu için, bu duruma dilediğince çatamadı kaşlarını, oğlunu savaşa gitmeden bir gün önce odasında sigara içerken yakalayıp bundan dolayı ona kızmasının anlamsızlığını bilen, bildiği halde gene de kızmaktan kendini alamayan bir babanın ikilemiyle.

"Başladım mı?" Ömer'in gözleri baygın rüyalardan sıyrıldı nihayet. "İçimden bir sigara yakmak geldi ama sigaraya başlayıp başlamadığımı bilmiyorum. Hiç gelecek planı yapmıyorum, dostum" dedi yeni ginseng! felsefesini hamasi bir edayla seslendirerek.

"Valla ben şahsen gelecek planı yapmamana hiç şaşmadım. Gail'e evlenme teklif ettin. Bir geleceğin kaldı mı ki?" dedi Abed çatlak bir sesle. Ama sonra Safiye beklese, onun yüzüğünü takacağı parmağına takıldı gözleri, alışılmadık bir sessizliğe gömüldü. Çenesindeki gamzeyi kaşırken gözleri buğulandı. Ömer bu hareketin "ciddi konuşma zamanı" anlamına geldiğini bilecek kadar iyi tanıyordu artık onu.

"Omar dostum, beni bilirsin, belki biraz fazla konuşuyorum ama arkadaşım olduğun için. Hem senin mahremiyetine daima saygı duydum. Yani sarhoş olduğunu ya da domuz eti yediğini kaç kere görmüşümdür. Sonra şu gelip giden kız arkadaşların. Müslümanlığa yakışacak şeyler değil ama seni hiç sorgulamadım. Bu senin hayatın, karışmak bana düşmez. Ama bu sefer durum başka, çizmeyi aştın. Bu... *evlilik*!" Abed bu kelimenin anlamını gerçekten bilip bilmediğini anlamak istercesine Ömer'in yüzüne baktı. "Lütfen yanlış anlama. Gail'e bir itirazım yok. Onunla ilgili bir şey değil. Şey... tabii... aslında ilgili... o çok..." Abed ayağa fırlayıp uygun kelimeyi arayarak yatağın etrafında sinirli sinirli bir yarım daire çizdi ve nihayet aradığını bulup durdu: "*Zor!*"

"Gail çok *zor* biri... Bak sana karşı dürüst davranacağım.

Gail'le tanıştığımızdan beri 'Valla bu kız günün birinde evlenirse Allah kocasına sabır versin' diye düşünür dururdum. Şimdi o koca *sensin*! Şu hale bak!" Abed sahnede az evvel bir izleyiciyi soktuğu dolabı açıp içinin boş olduğunu göstermeden önce kollarını sallayan bir sihirbaz gibi abartıyla Ömer'i işaret etti.

"Evlilik ciddi iştir." Abed tekrar yatağın kenarına oturdu, sesi samimi, mahrem bir fısıltıya dönüşmüştü. "Ne demek istediğimi anlıyorsun."

Ömer yürekten başını salladı. Evet, anlıyordu.

Only You bir kere daha çalmaya başladığında kapı tekrar çalındı. "Giriiiin!" diye neşeyle bağırdı Ömer, olacakları bilmenin rahatlığıyla. Kapı özenle açıldı ve içeri Arroz girdi, arkasından da Piyu.

"Beni bilirsin, belki fazla konuşmuyorum ama seni düşünüyorum hep. Benim arkadaşımsın." Piyu boğazını temizledi, gözlüklerini geri itti, burnunun ucunu kırıştırdı ve havuç tonlarında kızardı. Ömer bu rengin "ciddi konuşma zamanı" anlamına geldiğini bilebilecek kadar iyi tanıyordu onu artık.

"Aşk harika bir şey kuşkusuz, ama (es) sence bir aile (es) bir ömürlük bir ilişki (es) kurmaya yeter mi tek başına? İnsan böylesi bir istikrarı (es) ancak (es) kendi türünden biriyle yakalayabilir. Kendi türünden biri..." diye yineledi Piyu, bu akşam kelime bulmakta zorlanarak.

"Bilmez miyim" dedi Ömer derinden gelen bir sesle. "Hiç denemedim mi zannediyorsun? Kendi türümden birini az mı aradım! Ama hiçbir yerde, 'KAN, BEYİN VE AİDİYET: Ortadoğu'da Milliyetçilik ve Entelektüeller' üzerine doktora tezi yazan, dünyanın en matrak İspanyolu ve en matrak Faslısıyla Boston'da yaşayan, ekimin son günü doğmuş, 26 yaşındaki bir Türk erkeğiyle karşılaşmadım. O adamı bulduğum gün, size söz, hemen Gail'i bırakıp kendim gibi biriyle evleneceğim."

"Ben şaka yapmıyorum, ciddi bir şey bu" dedi Piyu bir ton daha havuçlaşarak. "Ne demek istediğimi anlıyorsun."

Ömer yürekten başını salladı. Evet, anlıyordu.

İkisinin de ne demek istediğini gayet iyi anlıyordu. Tanımı gereği aşk, sezgisel, akıldışı bir şey, bir nevi katlanılır delilik olduğundan, ille de benzer geçmişten gelen birine âşık olmak gerekmiyordu. Ama mesele evlenmeye gelince değişiyordu ölçütler. Evlilik bağının yazılı olmayan kuralları, her kuşun kendi sürüsünden biriyle eşleşmesini şart koşuyordu.

Nedense farklı türlerden iki kişi arasında evlilik insanlarda bir trajedi korkusu, ilkel, arkaik ve neredeyse dinsel bir korku doğuruyordu, sanki çift gül gibi geçinip gitse de her gece onlar derin uykuya daldıklarında tanrıları sabaha kadar cenk edecekti.

Demden firar

- Düğün müziğinizi ve renginizi seçin.
- Nişanınızı yerel gazetelerde ilan edin.
- Düğününüzde hoşunuza gidecek atmosferi planlayın.
- Birkaç ay önceden dans kursuna yazılın.
- Yüzükleri ısmarlayın.
- Annelerin elbise seçimine yardımcı olun.
- Bir konuk defteri alın ve bütün konukların içine yazmasını sağlayın.
- Aldığınız bütün hediyelerin ayrıntılı bir listesini yapın.
- Teşekkür notlarını asla bilgisayar ya da daktiloyla yazmayın. Hepsi elde yazılmalıdır. Güzel bir not kartı seçerek stilinizi gösterin.
- Gelen hediyeyi ismen belirtip, nasıl kullanmayı düşündüğünüzü belirtin: "Güzel havlu takımı için teşekkür ederiz, banyomuzda çok iyi durdu."
- Düğün günü için, içinde dikiş kutusu, naylon çorap, çengelliiğne ve kâğıt mendil bulunan bir acil durum çantası hazırlayın.

"Ne yapıyorsun?" diye sordu Piyu, Ömer'in odasından dönüşte Abed'i önünde *Amerikan Düğün Günü Elkitabı* mutfakta oturur görünce.

"Sosyolojik gözlemlerde bulunuyorum" dedi Abed, başını geri atıp burun deliklerini açarak bir hapşırığı tam zamanında ketlemişti. Bu başarısından memnun ekledi: "Evlendiği gün yanına naylon çoraplı acil durum çantası alan kadın ne menem şeydir? Böyle bir kadınla kim evlenmek ister ki?"

İkisi birlikte evlilik elkitabını önce merakla, sonra da artan bir hayretle inceleyerek mutfakta bir saat geçirdiler. Bir saat sonra Amerikan gelinlerinin biraz denetim düşkünü olduğu sonucuna varmışlardı. En küçük ayrıntıya kadar her şeyi denetim altında tutma istekleri ABD dışındaki kadınların gayet iyi bildiği bir şeye yer bırakmıyordu hayatlarında: tesadüflere.

Ama Gail düğün günü öğleden sonra üç civarlarında tepeden tırnağa mor tonları içinde mutfağa girdiğinde Amerikan gelinleriyle ilgili genellemeleri çürüttü. Odadaki birinde şu renk kataloglarından olsa elbisesinin renginin numarasının 57-A, isminin *Yabani Üzümler* olduğunu görecekti; şalının numarası 60-D'ydi, ismi *Mağrur Gelenek.* Saçında leylak rengi tüyler vardı ve bu günün şerefine küçük kaşık yerine daha büyük bir gümüş kaşık takmıştı.

"Vay!!" dedi Piyu, sesi hayretle dalgalanarak. "Erguvan ağacına benziyorsun!"

Gail iltifat edilmiş gibi mahcup mahcup güldü. "Damat nerede?" diye sordu.

Damat yukarıda Sex Pistols'un *Something Else*'ini (*Bir Başka Şey*) dinliyordu. Sağ ve esendi, ama aklını kaçırmak üzereydi. Sabahtan beri dolabındaki bütün giysileri giyip çıkarmış, aynadaki palyaçodan gına gelmişti. Heyecanlıydı. Ama bunu belli etmemek için her zamankinden farklı giyinmemeye karar vermişti. Ama hesaplı resmiyetsizliğin zorluğu temelde bir oksimoron oluşuydu. İnsan sıradan olmaya ne kadar uğraşırsa, o kadar uzaklaşıyordu sıradanlıktan.

İşte telefon çaldığında damat bu haldeydi.

"Bana burada saatin kaç olduğunu sormayacak mısın?"

Defne'nin sesi, müşteriyle dolup taşan bir dükkânın kapısındaki çıngıraklar gibi neşeyle çınlıyordu.

"Orada saat kaç?" dedi Ömer ama onun sesi diğer dükkânla rekabeti çoktan bırakmış meteliğe kurşun atan komşu dükkânın kapısı gibi olgundu.

"Burada, şimdi saat tam 15.33."

"Ya? Ne var yok?"

"Salak!" dedi Defne. "Çok salaksın."

Ömer buna ne cevap vereceğini bilemedi. Onun yerinde ağzında bir şeyler geveledi: "Aramana sevindim. Hayatımda çok büyük değişiklikler oldu. Seninle konuşmak isterim."

"Konuşuruz merak etme" dedi, gizemli gizemli kıkırdayarak Defne. "Benim şimdi kapatmam lazım. Sen bir yere kıpırdama. Konuşacak bol bol zamanımız olacak!"

Telefon kapanmadan önce öyle tuhaf, öyle Defne'ye yakışmayan bir kahkaha duydu ki başka birinin onun sesini taklit ederek kendisini kandırdığından şüphelendi Ömer. Manic Street Preachers'ın *Suicide is Painless* (*İntihar Acısızdır*) şarkısını koydu ve kendini yatağın üzerine yığılı kazaklar ile pantolonların arasına attı. Üç dakika yirmi altı saniye.

"Bu müzik de ne şimdi? Yukarıda ne yapıyor? Benim bildiğim, saatlerce hazırlanan gelinlerdir" dedi Piyu kaşlarını çatarak. Tam kaş çatmayı bırakırken televizyonun altında birkaç kırıntı tespit etti.

"O süpürgeyi bırak, gel bir çikolata ye" diye onu teselli etti Gail. "Bizimki öyle bildik düğünlerden değil."

Onlarınki bildik düğünlerden olmadığı için otorite, tören ve bürokrasi istememişlerdi. Akrabalar da. Abed ile Piyu memnuniyetsizliklerini saklamamışlardı, özellikle "akraba" davet edilmemesi konusunda. Yine de Boston'da ve muhtemelen bütün dünyada eşi benzeri olmayan, zira kalbinde kimseye karşı en ufak bir önyargı barındırmayan sıradışı bir hahamın kıydığı nikâh neşelerini yerine getirdi. Haham

Mark, başka başka dinden insanlar, gayler, lezbiyenler, ateistler, agnostikler, çok inançlılar dahil, kapısına gelen her türlü insanın nikâhını yargılamadan kıyardı, yeter ki birbirlerini sevsinler.

Eve dönünce yeni gelinin ilk yaptığı şey bir kutu bira açmak oldu.

"Newtoncu bir evlilik kuramı geliştirdik" dedi Ömer nağmeli bir sesle, kolunu tepeden tırnağa mor tonlarına bürünmüş karısının omzuna atarak. "Bütün evlilikler farklı farklı başlayıp aynı şekilde bittiğine göre bunun sebeplerinden biri, işin içine karışan insanlar olmalı. Bu bağlamda bilgi kesinlikle güç demek. Ne kadar çok insan tanıyorsan, o kadar ses karışıyor, evliliğin üzerinde o kadar çok etkileri oluyor. Başka bir deyişle evliliğinizin başarısızlığa uğramasını istemiyorsanız, evli olduğunuzu saklayın."

Yine de, yeni evliler ne derse desin, düğün düğündür ve kutlama sebebidir. Doğru, pek fazla konuk yoktu (tam olarak on iki kişi) ama mevcut olanlar kutlama arzusundaydı. Yemekleri Alegre, düğün pastasını Debra Ellen Thompson temin etti. Bu sefer Gail'i pastadan uzak tutacak kadar basiretli davranmıştı. Ama onunki tek tatlı değildi. Nedense herkes bu düğünün normal bir düğüne benzemesini engelleyen eksikliğin tatlıyla telafi edilebileceğini düşünmüş gibiydi. Oksana Sergiyenko çilekli Romanoff getirmişti, Jamal baklava, Siyaset Bilimi Bölümü'nden birkaç arkadaş da ahududulu turta. Spivack da elinde bir kutu kremalı tatlıyla uğramış, hatta bunu kepaze öğrencisine verirken gülümsemişti! Kızın biri pembe bir pasta getirmişti. Bu renk Abed'e uzak bir hatırayı hatırlattı; kıza tekrar dikkatle bakınca onun Cadılar Bayramı partisindeki şeker-göt olduğunu fark etti ve Alegre'nin Çorba Evi'nden arkadaşı olduğunu öğrendi. Bolca tatlı, yeterince insan, yiyecek, alkol ve iyi bir kutlama sebebi oldu mu gerisi kendiliğinden gelir.

Partinin gittikçe artan şamatasında Debra Ellen Thompson ile Gail bir ara yan yana düştüler, gözleri birinin yarım bıraktığı acıbadem kurabiyesine dikili. Konuşmaya başladıklarında sözlerinin altında sarsak bir sessizlik titriyordu.

"Ona âşık mısın?"

"Hayır" dedi Gail, "ama aşka bu kadar yaklaşmamıştım."

"Onu tanımıyorsun bile" diye mırıldandı Debra Ellen Thompson güç duyulur bir sesle. "O bir yabancı Gail! Seni anlayabilir mi dersin? Seni benden iyi anlayabilir mi sence?.." Bu soru ağzında kötü bir tat bırakmış gibi buruştu yüzü.

Gail suçluluk ve şefkat karışımı bir duyguyla Debra Ellen Thompson'a bakarken yüzünün yandığını hissetti. Arkadaşının inek yalamış ters saç tutamına bakarken, vaktiyle onu keçi sakallı, sinirli bir adamdan ve bir yığın kıkırdayan kızdan kurtaran genç kızı bulmaya çalıştı. Her jestini çok iyi bildiği bir yüzdü bu. Geçen on yılda kaç kere sevinç, gurur ve şevkle parladığını görmüştü bu gözlerin, ama bedbinlik ve elemle kırıştıklarını da gördüğü olmuştu. İlk başta erişemeyeceği kadar uzakta duran, sonra şaşırtıcı bir biçimde kendisine bağımlı olan bir yüz.

"Seni çok incittiğimi biliyorum" dedi Gail kadifemsi bir özenle. "Özür dilerim."

"Öyle deme" diye karşı çıktı Debra Ellen Thompson kararlı ama yumuşak bir sesle, "Gayet iyi anlıyorum. Eskiden, yani başlarda sana karşı çok haşin davrandım sanırım. Ama benim sana karşı haşinliğim ve sonrasında senin bana karşı haşinliğin arasında birbirimizi gerçekten sevdiğimiz bir dönem oldu. Değil mi?"

Gail üzerine çöken çaresizlikle baş etmeye çalıştı ama boşuna. Tekrar konuşmaya başladığında sesi seyrelmiş, gözleri bulutlanmıştı. Debra Ellen Thompson'ın elini tutup şefkatle sıktı. "Doğru" diye mırıldandı. "Haklısın sevgili *Debra.*"

Debra Ellen Thompson'ın yüzü sakin, hatta dingindi artık

ama sonraki cümlesini söylerken başını çevirdi. "Umarım onunla çok mutlu olursun."

İkisi de refleksle Ömer'e baktılar, böyle bir şey için zerrece umut var mı diye. Bu arada Ömer Chumbawamba'nın *Amnesia*'sını her seferinde sesini yükselterek altıncı kere çalıyordu. Kafası çoktan dumanlanmış olduğu için aşağıdaki şen şakrak çeteyi yönetmek amacıyla divana çıkmıştı; mütevazı bir düğün töreninde adaplarıyla eğlenmekten, avazları çıktığı kadar bağırmaya doğru seyrediyordu misafirler. Ömer şarkı sözlerini haykırırken korosu da neşeyle eşlik ediyordu: *Do you suffer from long-term memory loss? I don't remember.**

* * *

Abed birazdan gerekeceğini bildiği için mutfakta nane çayı hazırlıyordu ki arkasında cıvıl cıvıl bir ses duydu. "Merhaba, içeri girebilir miyim?" diye sordu kapıda nefes nefese duran genç ve zarif hanım. Tekerlekli bavulunu içeri çekti, derin bir nefes aldı, sonra büyük bir dikkatle Abed'e baktı. Yüzü aydınlandı. "Kim olduğunu biliyorum... Adını söyleme... Sen...sen..."

Abed afallamış bir halde bakakaldı.

"Abed!" Neredeyse yerinde zıplayacaktı. "Sen Abed'sin değil mi?"

"Evet" dedi Abed tereddütle; vücudu gerilmiş, yüzü şaşkınlıkla kasılmıştı. Keşke kız adını yanlış hatırlasa, onu, evi, şehri karıştırmış olsa, tahmin ettiği kişi olmasaydı. Çekinerek sordu: "Peki sen kimsin?"

"Ben Defne, İstanbul'dan. Ömer benden bahsetmiştir" diye ekledi sesi şevkle dalgalanarak. "Amerika'ya geldiğimi bilmiyor. Ona sürpriz yapacağım. Evde mi?"

Abed bir dolu yalan uydurmaya çalışarak yutkundu, sonra

* Uzun süreli bellek kaybından mı mustaripsin? Hatırlamıyorum.

tek bir yalan bile bulamayarak tekrar yutkundu. İşte o sırada kızın elindeki hediye kutusunu fark etti. İstanbul'dan şekerleme gibi bir şey getirmişti. Bunun tanıdık bir tatlı olup olmadığını düşünmekten alamadı kendini. O ter dökerek öylece dururken Defne havadaki uğursuzluğu sezerek tedirgin bir bakış attı, sonra bavulu mutfağın ortasında bırakıp ağır, sendeleyen adımlarla oturma odasına doğru ilerledi ve içeride gümbürdeyen kalabalığı görüp donakaldı.

"Uzun süreli bellek kaybından mı mustaripsin?"

Ömer divanın üzerinde sallanmaya devam ederek orkestrasına bağırdı: *Hatırlamıyorum!* Sarsak, uzun vücudu divanın üzerinde bir o yana bir bu yana savrulurken bakışları da savruldu ve derken mutfak kapısında bir kutu kestaneşekerine çakıldı. Tatlıya hiç düşkün değildi ama severek yediği tek tatlı buydu İstanbul'dayken. Biraz zorlanarak bakışlarını kutudan alıp kutuyu tutan kadına çevirdi.

Hatırladı.

Bundan sonra olanlar her izleyicinin belleğinde biraz farklı kalacaktı. Alegre sonradan Gail'in dışarı çıktığını hatırlayacaktı mesela, ama Piyu'nun kayıtlarında koşarak kaçan kişi Defne'ydi. Hem Abed'e hem de Piyu'ya göre, bu vakanın ardından Ömer panik halinde divandan inmiş, Defne'ye doğru sendelemiş ama sonra Gail'e hamle etmiş, iki kadını tümüyle farklı şeylere ikna etmeye çalışmış ama başarılı olamamıştı. Abed, Ömer'in içine düştüğü çamurda çırpınırken bir noktada Gail'le Türkçe, Defne'yle İngilizce konuştuğunu iddia edecekti.

Ömer kendi açısından bu iddiaların hiçbirine itiraz edecek halde değildi çünkü bu talihsiz deneyimden aklında sadece tek bir görüntü kalmıştı: Kestaneşekeri kutusu ve üzerine süslü harflerle yazılmış müessese ismi: *Demdenkaçaroğulları.*

* * *

"Yazıklar olsun Arroz!" diye azarladı Abed. "Sana da yazıklar olsun Señor Piyu. Zavallı kızın kestanelerini nasıl yersiniz?"

Parti bitmiş, insanlar gitmişlerdi. Alegre artanları hayır kurumuna götürmüş, Debra Ellen Thompson dükkâna dönmüş, Gail ortalıktan kaybolmuştu. Ömer baş başa konuşmak için Defne'yle birlikte dışarı çıkmış, ama kısa süre sonra tek başına ve sıkkın geri dönmüştü.

"Neden bana yazıklar olacakmış?" diye itiraz etti Piyu. "Esas ona yazıklar olsun!"

"Bak bunda haklısın!" diye atıldı Abed. "Sana yazıklar olsun Omar, evimizin uzun bacaklı yürüyen yüz karası! Rezil leylek!"

Ömer onlara kırgın kırgın bakarken dudakları çizgi haline gelmişti.

"İstanbullu kız arkadaşın ne dedi?" diye merakla sordu Piyu, kestaneşekerlerini masanın öbür tarafına, Arroz'dan uzağa koyarak.

"Eski kız arkadaşım" diye düzeltti Ömer huzursuzca.

"Ya tabii! Tek mesele kendisi bunu bilmiyordu" diye takıldı Abed.

"Bana iyi dileklerini sundu, hayatta mutluluklar diledi" diye homurdandı Ömer.

"Bir kadın tarafından lanetlenmek felakettir" dedi Batıni mesajı çabucak kavrayan Abed. "Bir erkek seni mahvetmeye yemin ettiyse, merak etme, gece vur kafayı uyu ama bir kadın seni mahvetmeye yemin ettiyse sakın gözünü kırpma."

"Gail ne dedi?" diye sordu Piyu, Arroz'un peşi sıra gittiği kestaneşekerlerinin yerini tekrar değiştirerek.

"Fazla bir şey söylemedi. Kızacağından ya da incineceğinden korktum. Ama onun hisleri için endişe etmememi, *anlayabildiğini* söyledi. Hepimizin geçmişi var, dedi." Ömer bir açıklama beklentisiyle arkadaşlarına döndü. "Biraz tuhaf bir tepki değil mi sizce?"

"*Tuhaf* mı?" diye gakladı Abed, parlak siyah gözlerini havaya kaldırıp mutfaktaki bir dinleyici kitlesine hitap eder gibi sesini yükselterek. "Dostumuz Ömer demin Gail'in *tuhaf* olduğunu mu söyledi?"

Gülüştüler, Ömer kaşlarını çattı. Bunu takip eden boşlukta Arroz nihayet kutudan bir kestaneşekeri çalmayı başardı.

Gösterileni olmayan gösteren

Yeni evlilerin nerede oturacağı konusu hiç mesele edilmemişti. Bu evliliği artık *hayatın bir gerçeği* olarak kabul etmiş bulunan Abed ile Piyu, Gail'in de buraya taşınacağını peşinen kabul etmişlerdi. Dolayısıyla çiftin cılız gelirleriyle bir ev aradıklarını öğrenince itirazları samimiydi. En azından bir müddet aynı evde oturmayı teklif ettiler. İkinci kattaki diğer oda o kadar geniş değildi belki ama Gail'in kullanabileceği ekstra bir yerdi. Davis Meydanı'ndaki çok sevdiği tuğla ev kadar cazip değildi ama baharda ya da yazın oraya taşınmaya hazır olana kadar hiç de fena bir mekân sayılmazdı burası.

Perşembe sabahı Debra Ellen Thompson, Gail'i Pearl Sokağı 8 numaraya getirdi, ikisi tıslayan, dördü son derece sessiz altı kutuyla beraber. Bütün kutular içeri taşınıp mutfağa yığıldıktan sonra Cherokee cip çivit mavisi bir telaşla vınlayıp gitti.

Gail küçük odayı görmek için yukarı çıktığında, ev arkadaşları kutuların, özellikle de tıslayanların içindekilerden endişe duyarak mutfakta beklediler. Bu işten en çok rahatsız olması beklenen dördüncü ev arkadaşıysa etrafta kayıtsızca dolanıyor, kutuları koklamaya bile zahmet etmiyordu. İki kutu nihayet açılıp West ile The Rest sarsılmış, korkudan kasılmış, tüyleri dik dik yabanileşmiş vaziyette dışarı çıktığında da Arroz'un kayıtsızlığında bir değişme olmadı.

İki tüy topu dışarı çıkarken Piyu, belki saldırmaya filan

kalkışır diye Arroz'un tasmasını sıkı sıkı tutmuştu. On saniye sonra Arroz'u bırakmış, iki kediyi zaptetmeye uğraşıyordu. Gail ile Ömer kaba kuvvet kullanarak West ile The Rest'i tekrar kutularına tıkıp yukarı taşıdılar; bu arada Piyu, Arroz'un kanayan burnuyla uğraşıyordu.

Taşınma hızlı oldu. Bütün kutular açılıp kitaplar, giysiler, çaylar ve içeriği ya da işlevi şaibeli düzinelerce eşya dışarı çıkarıldığında Gail'in varlığı, Abed'i dehşete garkederek banyodan başlayarak bütün eve yayıldı. İki saat sonra, alışverişten dönerken yolda kapıldığı yeni bir alerji nöbetiyle banyoya koşunca Abed'in karşılaştığı dönüşüm öyle büyüktü ki neredeyse burnunu bile unutacaktı. Aromaterapi esansları, yağlar, banyo tuzları, bitki sabunları... Abed banyoda yabancı maddeler görmeye alışıktı ama Ömer'in kız arkadaşlarının hiçbiri koca bir dükkânı yanında getirmeye cüret etmemişti daha önce.

Klozetin yanında kocaman bir sepet konmuş, içine kitaplar, dergiler ve fotokopi makaleler doldurulmuştu. Yığının içinde Dada Manifestosu'nu, *Kadın Jouissance'ının Sessizliği* başlıklı bir fotokopi makaleyi, Dorothy Parker'ın şiirlerini, *Parya Olarak Yahudi: Modern Çağda Yahudi Kimliği ve Siyaseti*'ni ve hemen altında *"Çünkü Ne Yaptıklarını Bilmiyorlar / Žižek"* başlıklı bir kitap gördü Abed. Kitabın içeriğinin başlığından daha anlaşılır olacağını umarak birkaç sayfasını karıştırdı: *"Klasik Efendinin otoritesi belli bir S1'in, gösterilensiz-gösterenin, sözün edimsel işleyişini cisimleştiren özgöndergesel gösterenin otoritesidir."*

Abed oflayarak bir başka bölüme göz attı.

"...saf biçimin yüzeyinde yeterince ilerlersek, biçimi kirleten biçimsel-olmayan bir keyif 'lekesi' ile karşılaşırız; tam da 'patolojik' keyfin reddi, belli bir artı-keyif yaratır."

Abed kitabı kapadı.

Çok geçmeden banyonun sadece bir başlangıç olduğu ortaya çıkacaktı. Bir solukta... bir fırtınayla... bütün ev topyekûn istilaya uğramıştı, Gail her yerdeydi. İstilası eşyalardan ziyade kokularla kendini belli ediyordu. Günün farklı saatlerinde farklı tütsüler yakıyordu. Pearl Sokağı 8 numara sabahları yasemin, akşamları sandal ağacı, geceleri hanımeli kokuyordu. Dolunayda selvi kabuğu, aysız gecelerde biberiye yakıyordu. Hafta sonları da ev köri kokuyordu ama bunun sebebi Alegre'yi sinir ederek pişirmekte direttiği nebatobur yiyeceklerdi. Temelde tahıl ve sebzeyle beslenen West ile The Rest en çok bu yemekleri seviyorlardı. Bu yüzden bu iki kedinin, hem bireysel hem de toplumsal seviyede saldırganlığın yeme alışkanlığımızın doğrudan bir sonucu olduğu ve et yemeyi bırakırsak hepimizin barışçıl varlıklar olacağı yolundaki nebatobur imanının canlı karşı-kanıtları olduğunu düşünüyorlardı Abed ile Piyu.

Ama geriye dönüp bakıldığında, Gail'in varlığını iyice çarpıcı kılan kitapları, deniz kabukları, hatta kokularından ziyade etrafa saçtığı kelimelerdi. Bu sözler vasıtasıyla iğneliyor, dürtüklüyor, taşlıyor, durmadan çarmıha geriyordu yeni ev arkadaşlarını, fütursuzca atıyordu sözel kurşunlarını, zerre dikkat gözetmeden, sanki Siyaseten Doğruculuk akımı ABD'de hız kazandığı sıralarda o bir yerlerde uyuyakalmış da bu akımdan hiç haberdar olmamıştı.

Abed ile Piyu bu konuyu aralarında hiç konuşmamışlardı ama arkadaşlıklarının başlangıcında, dini arka planlarına göndermede bulunan yıpratıcı bir soruya ya da önyargılı bir yoruma karşı ikisinin de tetikte beklediği dönemler olmuştu. Bir Katolik'in İslam'a yöneltebileceği olası itirazlar ya da sorular defalarca geçmişti Abed'in kafasından ve Piyu bunlardan birini dile getirirse diye hazırda beklettiği cevaplar vardı. Aynı şekilde Piyu da bir Müslüman'ın Hıristiyanlık aleyhine söyleyebileceği şeylere kafa yorup cevaplarını hazırlamıştı. Zamanla bu cevapların hiçbirine gerek olmadığı ortaya çıkmıştı, çünkü Abed de Piyu da bibirlerinin dinine son derece saygılıydı. Ne var ki son zamanlarda bu uyumlu beraberlik fena sarsılmıştı, başta sandıkları gibi komşu tek tanrılı dinden gelen bezdirici sorular ve dikenli yorumlarla değil, iki tarafa da aynı anda taşlar yağdıran Gail adındaki bu kâfir mancınığın attığı taşlarla.

Sadece söylediği şeyler değil söyleme tarzı da sorunluydu. Bazen Gail evi paylaştığı üç kişiden hiçbirinin anadilinin İngilizce olmadığını unutmuş görünüyordu.

"Tavırlarını değiştirmeyi hiç düşündün mü Gail?"

"Şaşı feleğin yükünü sırtımdan atana kadar değil."

Her geçen gün Abed, Piyu ve Ömer onun jargonunu kuru bir süngerin suyu emmesi gibi emiyordu. Ondan kaptıkları argoyu, deyimleri, ilk kez duydukları ifadeleri ceplerine tıkıştırıyor, evden dışarı çıkar çıkmaz da yeni patenleriyle kaymaya heves eden bir çocuk gibi bu yeni kelimeleri hemen kullanmaya çalışıyorlardı.

İşte Gail'in evdeki varlığı ana hatlarıyla böyleydi. İkinci kattaki iki odadaki varlığının neye benzediğiniyse ne Abed ne de Piyu biliyordu çünkü içeri girmekten kaçınıyorlardı. Evlendikten sonra Ömer'in odası tecavüz etmek istemedikleri mahrem bir alan haline gelmişti. Oraya girmeleri için haftalar geçmesi gerekecekti. Nihayet girdiklerinde de oda o kadar değişmişti ki eskiden neye benzediğini hatırlayamamışlardı. Duvara posterler, resimler ve çizimlerin arasına boydan boya devasa harflerle şu yazılmıştı: *Rahatı Yerinde Olanları Rahatsız Et, Rahatsızları Rahatlat.* Abed ile Piyu zaten bu odada kendilerini öyle ya da böyle rahatsız hissediyorlardı. Burası artık evin geri kalanıyla bağlantılı değildi; sadece Gail'in eşyaları yüzünden değil, evli bir çiftin yatak odası olduğu için. Yatağa veya mahremiyeti olan herhangi bir şeye bakmamak için pür dikkat duvarlara yoğunlaşmışlardı.

"Bu bir aşk tılsımı" dedi Ömer onların ilgisini görünce.

Odada yalnız başına tezinin ikinci bölümü üzerinde çalışıyordu. "Yan duran bir Tanrıça işareti ve tepetaklak duran bir Tanrı işareti var."

Tanrı'nın nerede Tanrıça'nın ne cehennemde olduğunu görmeye çalışmaktan ilk Abed vazgeçti. Sonraki simgeye geçti.

"Oradaki poster de İlham Perilerinin Yıldızı. Dişi ruhlar hep dokuzlu gruplar oluşturmuş. Klasik Yunanlıların ilham perileri, İskandinav tanrılarını yaratan dokuz ay bakiresi" dedi Ömer şen şakrak, Gail'den öğrendiği ve ne yapacağını pek bilemediği bu malumatı onlarla paylaşmaktan memnun. "Ortaçağ batıl inançlarında bunlara basan denirmiş; ormanlarda yaşar, uyuyan adamların üzerine abanıp nefeslerini boğar, konuşma güçlerini ellerinden alırlarmış. Kara-basan lafı da oradan geliyor!"

"Evlendiğin kadının şiarı bu işte! Erkeklerin nefeslerini boğmak, konuşma güçlerini ellerinden almak!"

"Bu gamalı haçın burada ne işi var?" diye araya girdi Piyu.

"Piyu çok *lo-go-santrik-sin*" diye atıldı Abed. "Bu kadar iflah olmaz bir *lo-go-santrik*, üstüne üstlük de *fal-lo-santrik* olmasaydın bu gamalı haça bambaşka gözlerle bakabilirdin. Bahse girerim bir yerlerinde gizli bir Tanrıça vardır."

Piyu güldü. Bütün öğleden sonra uyuyormuş numarası yaparak yattığı pufun üzerinden çaktırmadan onları seyreden West ayağa kalkıp bu espriyi paylaşmak ister gibi yanlarına geldi. The Rest de hemen peşine takıldı. İnsanı kendi vücut kokularından şüpheye düşüren o işkillendirici tavırla, ikisi birlikte Piyu'nun çoraplarını kokladılar.

"Aslında bu bir gamalı haç" diye içtenlikle açıkladı Ömer. "Ama Roma Gamalı Haçı. Gail bunu yere diz çökmüş kollarını da ibadet ederken havaya kaldırmış bir adama benzettiği için seviyor..."

"Ya, demedim mi?" diye gakladı Abed.

West onlara olan ilgisini kaybetti, The Rest zaten baştan

beri ilgilenmemişti. İkili usulca geri döndü. Son zamanlarda Arroz'u etrafta görmek zordu. Zamanının çoğunu üçüncü katta, Piyu'nun yatağı altında kıpırdamadan geçirme huyunu geliştirmişti.

"Evet, ama Gail bu şeklin MÖ 10000'den beri dini bir simge olarak kullanıldığını söylüyor. Hindistan'daki en eski paralarda, Japon, Çin, Küçük Asya, İran, Yunanistan, Britanya, İskandinavya hatta İzlanda resimlerinde görülüyormuş. Naziler gamalı haçın sahibi değil yani. Hitler bunu saf bir Aryan işareti olduğu zannıyla almış. Gail bu sembolü onlardan geri almamız gerektiğine inanıyor" dedi Ömer coşkuyla, belli ki kendi konuşması ona ilham vermişti.

İşte Piyu tam o anda düşünceli düşünceli mırıldandı: "Hadi dostum, gidelim!" *Bizim de seni ondan geri almamız gerekiyor* dercesine.

"*Hadi dostum, gidelim!*" sıradan bir ifade değildir. Bir nevi erkekçe kökenlere dönüş çağrısı; bir kadına kendini fazlaca kaptırmış evli biraderlerine bekâr erkeklerin verdiği bir sürü alarm işaretinden biridir.

* * *

"Çok özür dilerim geciktim" dedi Alegre soluk soluğa.

"Önemli değil Alegre, yeni başlamıştık zaten." Connie dairedeki herkesi gülüşüne dahil ederek çepeçevre gülümsedi. Gözleri Debra Ellen Thompson'ınkilerle karşılaştığında bir dikenli bakış yakaladı ama görmezden gelmeyi tercih etti. "Amy bize, Debra'nın geçen haftaki günlüğünü gördüğünde ne hissettiğini anlatıyordu."

"Debra'nın günlüğünü gördüğümde, bu hafta sonu yediği şeyleri gördüğümde üzüldüm ve kızdım..." dedi Amy şevkle. "Salı gününe bakın. En iyi arkadaşı Gail evleniyor, bu özel günde ne yemesi beklenir? Hamur işleri, tatlılar, güzel yiyecekler, en azından düğün pastasından bir dilim. Yemiş mi? Yememiş. Çikolata ve muz yemediğini biliyorduk, buna bir de düğün pastası eklendi. Neden? Bence protesto. Zihninde bütün bu yemekler şu meşhur en iyi arkadaşıyla ilintili, hem ben onun sadece arkadaşı olduğundan da şüpheliyim. Maureen'in kocasının Maureen'in kendisi olmasını engellediği gibi bu Gail de Debra'nın kendisi olmasını engelliyor."

"Ya sen Alegre?" diye sordu Connie arkasına yaslanıp kollarını kavuşturarak. "Sence yemek yememek bir şeyleri protesto etmenin göstergesi olabilir mi?"

Alegre'nin yüzü bakışların ağırlığı altında soldu. Kimseye bakmamak için gözlerini odaklayacak bir şey aradı ve Connie'nin kolyesinde karar kıldı. Bakışları kolye ucuna sabitlenmiş, sesi alçak, neredeyse fısıltı halinde: "Olabilir belki, emin değilim" dedi.

Connie ona acıyan bir bakış fırlattı, Amy çileden çıkarak ellerini havaya kaldırdı.

"Ama bildiğim bir şey var" diye kolyeyle konuşmaya devam etti Alegre, "İsa'nın öğrettiği gibi, günah işleten ağzımıza giren şeyler değil oradan çıkan şeylerdir. Söylediğimiz şeyler yani. Sözlerimiz."

Connie'nin üstdudağı kasıldı, Amy'nin gözleri kısıldı.

"Düşüncelerini bizimle paylaştığın için teşekkürler. Günlüğünü de grup üyeleriyle paylaşmak ister misin?"

Alegre, Debra Ellen Thompson'a bakarak ayağa kalktı. O da Alegre'yi teşvik edercesine başını salladı usulca. Alegre bir daire çizerek BU HAFTANIN YEMEK GÜNLÜĞÜ'nü en son Connie olmak üzere grubun bütün üyelerine dağıttı.

Pazartesi 21: İşe geldiğimde kararlı ve enerjiktim. Dr. Marc Victor Fitzpatrick'in yedi randevusu vardı. Doktor bütün gün aklı bir şeye takılmış gibi tuhaf davrandı. Öğleyin hindili sandviç yedim. Akşam evde yedim.

Salı 22: Doktorun gizli bir ilişkisi olduğundan şüpheleniyorum. Karısı aradığında ona çok iyi davranıyor, ama sonra bütün gün sinirli oluyor. Bu koşullar altında ben de sinirleniyorum, iştahım kapanıyor.

Debra Ellen Thompson, Connie'nin himayeci cephesinde bir dehşet çatlağının açıldığını tespit edince gülmemek için kendini zor tuttu.

Perşembe 24: Nihayet doktorun gizli aşkını öğrendim. Bu sabah büroya geldi. Çok genç, daha on dokuzunda. Öpüşerek dışarı çıktılar. Yarım saat sonra doktorun karısı arayınca yalan söylemek zorunda kaldım. Bütün gün bir şey yiyemedim üzüntüden.

"Yorumlamaya başlayayım mı?" diye hevesle bağırdı Amy. "Başlayayım mı?" diye tekrar etmek zorunda kaldı çünkü Connie' den uzun bir dakika boyunca cevap gelmemişti.

"Ha evet, lütfen." Connie çabuk toparlanmıştı ama Amy'nin söylediği herhangi bir şey üzerinde dikkatini toplayamayacak kadar dağınıktı zihni.

Debra Ellen Thompson ve Alegre ruhlarının nicedir fazlasıyla ihtiyaç duyduğu intikamı nihayet Connie'den almış olmanın keyfiyle muzipçe birbirlerini süzdüler.

Bir cehennem tasviri

"Abed, sana bir şey sorabilir miyim?"

Gail onu mutfakta, cızırdayan tavaya odaklanmış, cuma olduğu halde aile boyu güzel-pazar kahvaltılarından birini hazırlarken yakalamıştı. "Bana İslam'daki cehennem tasvirlerini anlatabilir misin?"

"Buyrun! Gitti cehennemi sordu! Yahu neden hep solucanları, alevleri, ezayı öğrenmek istiyorsun Gail? Tuzu uzatsana!" Abed hoşnutsuzlukla başını iki yana salladı ve bu hareketi biraz uzun tuttuğundan yumurtaya fazla tuz koymuş oldu. "Cennetin nesi var, yeterince ilginç gelmiyor mu sana cennet?" diye çıkıştı boğuk bir sesle, bir yandan da iki küçük bardağa dikkatle nane çayı döküyordu. Bu evde bir tek o aynı anda hem sesini sert, hem hareketlerini candan kılmaya muktedirdi. Üstelik sabahları en iyi nane-çayı-arkadaşı olması sebebiyle Gail'i takdir etmiyor da değildi. Onun çay bardağını dünyanın en kıymetli şeyi gibi iki avucunun arasında tuttuğunu görünce yumuşadı. Tekrar konuşmaya başladığında sesi gibi bakışları da yumuşamıştı.

"Nasıl olur da Tanrı'ya inanmazsın? Zındık Omar'ın inançla minançla alakası olmaması anlaşılır bir şey. Ama sen öyle değilsin. Yaradılışın gizemiyle, öte dünyayla ilgilisin..."

Gail tembel tembel esnedi. Esnemesi bittiğinde "Ama ben Tanrı'ya *inanıyorum*!" dedi neredeyse bağırarak. "Tanrı'nın merkezi her yerde, çeperi hiçbir yerde olan bir çember teşkil ettiğine inanıyorum, çok çok eskiden bir simyacı filozofun dediği gibi."

"O filozofu bilmem ben..." diye homurdanmaya başlamıştı ki Abed, Ömer'in üzerinde pijama, her zamanki sabah sersemliğiyle içeri girdiğini gördü ve boş çıkacağını bildiği bir dayanışma umuduyla ona döndü. "Omar dostum, şu çatlak karına Tanrı'nın onun sınırlı, fani beyniyle ölçebileceği geometrik bir şekil olmadığını söyle lütfen."

"Çeper... geometri... Siz nasıl olup da yataktan kalkar kalkmaz bu kelimeleri sarfedecek enerjiyi buluyorsunuz da ben bulamıyorum?" diye sordu Ömer'in mayışık gözleri.

Ama Gail ısrarlıydı. Tavada cızırdayan dört yumurtanın üzerine gölgesini düşürerek Abed'i mutfakta yeni sorularla takip etti. O dördüncü yumurtayı oraya kırdığı için Gail'in yumurta yemediğini unutmuş olmakla suçlanamazdı Abed, çünkü ilk andan itibaren buna inanmayı reddetmişti. Bir insanın kendi özgür iradesiyle, kahvaltıda iyi pişmiş yumurta yemeyi reddedebileceği ihtimalini aklı almazdı.

"En azından şu kitaplarla ilgili şeyi tekrar anlat" diye yalvardı Gail.

"Peki, tamam! Sana *kitaplarla ilgili şeyi* anlatayım" dedi Abed teslim olarak. "Kuran-ı Kerim'e göre kitabı sağ eline verilen Cennet'te yüksek bir bahçede, meyveler ve nimetler arasında saadet yaşayacak. Ama kitabı sol eline verilen Cehennem ateşinde yanacak. Sabahları benden 'Günaydın' yerine duymak istediğin bu mu yani?"

Gail onun sözlerini tekrarlarken Ömer'in dirseğini tuttu. "*Kitabı sol eline verilen*. Sence de lirik değil mi?"

"Lirik... şiirsel... Siz nasıl olup da yataktan kalkar kalkmaz bu kelimeleri sarfedecek enerjiyi buluyorsunuz da ben bulamıyorum?" standart bakışı geldi cevaben.

İşte Ömer en çok böyle zamanlarda özlem duyuyordu eskilerde kalmış o koyu renkli, sıcak sevgilisine. Neredeyse bir yıl olmuştu, ara sıra bir iki... belki biraz daha fazla sigara tüttürse de kahve ve alkolsüz geçen bu süre tam bir cehennem olmuştu. Onları nane çayı muhabbetlerini yudumlar vaziyette bırakıp her adımda bir fincan kahve arzulayarak merdivenleri çıktı. Odasına dönünce ilk iş denizci mavisi broşürdeki numarayı aradı, otomatik kadının sigarayı bırakmak için verdiği on ipucunu dinlemeye başladı ama ancak dördüncüye kadar tahammül edebildi. Telefonu kapattı. Sonra annesini aradı.

"Hâlâ yağmur yağıyor mu?" diye sordu annesi. "Yıldırım çarpmasından altı kişi ölmüş, bir sürü de yaralı varmış."

"Son günlerde biraz fazla yağdı." Ömer aniden nasıl olup da hiç saat takmadığını merak etmiş gibi sol bileğine baktı kös kös. "Ama ben iyiyim, merak etme, ev sıcak... ve... kuru... bir de anne, ben evlendim."

"..."

Annesi ağladı. Kapatır kapatmaz Ömer bir sigara yaktı. Walkman'inde Elvis Costello'nun şarkısı çalıyordu: *"Home isn't where it used to be. Home is anywhere you hang your head." (Evin bıraktığın yer değil. İpini sallandırmak için seçtiğin yerdir ev.)*

Annesi mesele değildi. Kahve ya da içmeden edemediği şu sigara, hatta Elvis Costello da değildi. Mesele Gail'di.

Geçmişte pek çok kereler, son zamanlarda da gittikçe artan bir sıklıkla gözlerinin önünde hüzne kapıldığını görmüştü Gail'in. Böylesi zamanlarda aşırı hassaslaşıyordu. Dangalak bir siyasetçinin dangalak bir lafı, dünyanın bir yerinde sivillerin öldürülmesi, pencerenin önündeki ölü bir serçe... kalbini burkuyor, onu derin bir eleme sevk ediyordu. İlk başlarda Ömer, hüznünü kontrol ettiği müddetçe endişelenecek bir şey olmadığını düşünmüştü. Ama zamanla bunu kontrol edemediğini fark etti. Ne zaman onu neşelendirmeye çalışsa bir duvara tosluyordu; arkasında bir oyuk, bir in, kendini kötü hissettiğinde çekildiği bir penah vardı bu duvarın ve oradan çıktığında daha da beter oluyordu. İşte Ömer'i her şeyden çok korkutan o saklı yerdi, çünkü Gail bir kere oraya yuvarlandı mı peşinden içeri girmenin ya da onu dışarı çekmenin bir yolu olmadığını öğrenmişti artık. Onu daha da endişelendiren o meçhul mekânın kapalı olmaması, başka bir alana, varoluşsal bir yeraltı dünyasına açılan bir kapı olması korkusuydu. Geçmişin zehriyle yüklü ve esrik, dipsiz bir azapla düşüyordu Hades'in derinliklerine Gail. Oradan geri geldiğinde ise tam tersine öyle enerjik ve cüretkâr oluyordu ki, son birkaç gündür ne halde olduğunu kimseler tahmin edemezdi.

Gail'in yeraltı dünyasına ziyaretleri çoğaldıkça Ömer ona belli etmeden onu korumanın yollarını bulmaya çabalıyordu. Davis Meydanı'ndaki kendine ait bir avlusu olan ve Gail'in kalbini ilk bakışta kazanan şu tuğla evlerden birine taşınırlarsa ona iyi geleceğini umuyordu. Evin kirasını karşılayamayacaklarını biliyordu ama annesi artık evlendiğini öğrendiği için, ilk şokun ardından ailesinin ona para göndereceğinden emindi. Annesi, evlendiği için hayal kırıklığına uğramış olabilirdi ama iş işten geçtiğine göre onun mahcup duruma düşecek kadar parasız kalmasını istemezdi. Onlara evlendiğini söylemek Ömer'e daha fazla para getirecekti ama Newtoncu evlilik kuramına açıktan açığa ihanet anlamına geliyordu. Bu yaz ailesi İstanbul'da Gail'le tanışmak isteyecekti kuşkusuz.

Yastık sohbeti

Numarası 12-G, adı *Yastık Sohbeti*'ydi Piyu'nun yanaklarını kaplayan rengin, bu evde sadece Abed'e anlatabileceği bir sırrı açmak için onun odasına damladığında.

"Mesele Alegre ile ben. Biliyorsun uzun zamandır birlikteyiz..." dedi Piyu gözlerini önlerinde açık duran kitaba dikerek: *Moleküler Bioinformatikte Gelişimler*. "Onu çok seviyorum. Ama onunla..." Piyu gözlerini kapadı ve cümlesini bitirene kadar açmadı, "...yatamıyorum."

"Hiç mi?"

"Hiç."

"Ya, ya ya" diye tekrarladı Abed, aynı heceyi her seferinde başka telaffuz ederek.

"Bu konuda bir Fas atasözü yok mu?" Piyu bu zorlu konuşmayı daha rahat bir mecraya sokmaya çalışıyordu.

"Aklıma bir tane geliyor. Kabaca şöyle tercüme edilebilir: 'Kadınlarla çok yatmak insanı kör eder.' Ama bir tane daha var: 'Kadınlarla hiç yatmazsan gözün hiç görmez.' "

Piyu laf olsun diye başını salladı.

"Atasözleri ferasetlidir" dedi Abed kendi kendine destek çıkarak. "Onları küçük görüyoruz çünkü hayatlarımızın çok karmaşık, atasözlerinin ise çok basit olduğunu zannediyoruz. Günümüz modern dünyasında her şeyi olabildiğince karmaşıklaştırmak moda. Ama atasözleri safi bilgeliktir. Saf ve sarih. Senin meselene gelince..." Abed metanetle gömleğinin kollarını kıvırdı ve kararlılığını katmerleyerek çenesindeki gamzeyi kaşıdı. "... mesaj çok açık. Aşırıya kaçmak iyi değildir. Bir orta yol olmalı. Hiç yatmamak aşırılık."

"Belki de haklısın" dedi Piyu çaresizlikle omuzlarını düşürerek. "Belki sonuçlarından korkuyorum. Ama kendim için değil. Alegre için endişeleniyorum. Onunla evlenmek istiyorum ama onun için en uygun erkek ben değilsem ne olacak?"

"Bu konuya kafayı takma. Kadınlar kendilerine en uygun erkekle evlenmezler." Abed ağır ve ciddi bir edayla başını kaldırdı. "En uygun erkeğe âşık olur, sıradaki ikinci erkekle evlenirler."

Ama bu saptama Piyu'nun kaygılarını dindirmedi. Aklı karışmış ve sinirleri bozulmuş bir halde gözlüğünü geri itti. "Sence aşkla... cinsellik arasında doğrudan bir bağlantı var mıdır?"

"Tabii. Bunu anlatan bir atasözümüz daha var Fas'ta. Biraz muzır ama. 'Bir kadın bir erkeğe âşıksa ona kapının deliğinden bile verir' derler."

"Peki ya sen? Nasıl hem bu orta yolu savunuyorsun hem de Amerika'da hiç kız arkadaşın yok hâlâ?"

"Kız arkadaş mı?" diye yineledi Abed düşünceli düşünceli. Bir an hem Piyu'ya hem de kendine çamaşırhanede gördüğü bir kadına duyduğu ilgiyi itiraf etmeyi düşündü –anası yaşında bir kadın. Kadının gözlerine baktığında onu irkilten arzusunun aşikârlığıydı. Arzusunu sözler ya da gülüşlerin şerbetine bulamaya uğraşmıyordu. Saf ve apaçıktı arzusu. Saf, apaçık ve ürkütücü. Her karşılaştıklarında Abed onun bakışlarından gözlerini kaçırmak ile ona karşılık vermek arasında bocalıyordu. "Biliyorsun, şimdiye kadar benim için tek bir kadın vardı. Safiye'yi beklemeyi tercih ediyordum. Onun da aynı şeyi yapacağını düşünüyordum..."

"Neden geçmiş zamanda konuşuyorsun?"

"Dün annem aradı. Safiye evleniyormuş. Bil bakalım damat kim: kuzenim! Önümüzdeki yaz muhtemelen evlerine gidip onları tebrik edeceğim. Atasözünün dediği gibi: 'Göz görmeyince gönül katlanırmış.' "

"Ama o zaman bu atasözü yanlış..."

"Evet..." Abed'in sesi alçaldı. "Bazen yanılıyorlar..."

Kendi tüylerini yolmak

Ebedi kaşık sağlayıcısı

"Neden taşındığınızı hâlâ anlamıyorum" diye sızlandı Piyu, azami süratle çalışan mavi üniformalı iki Lübnanlı hamala, bu işin sorumlusu onlarmış gibi aksi aksi bakarak.

"Çocuk filan yapmayı düşünmüyorsunuz değil mi?" diye sordu Abed şüpheyle.

"Çocuk mu? Daha neler" dedi Ömer yüksek sesle, belki gerektiğinden yüksek sesle gülerek. Ne de olsa yalan söylüyordu, sadece onlara değil kendine de, bu yüzden sesi iki kat yüksek çıkmıştı. Son birkaç haftadır çocuk sahibi olmanın nasıl bir şey olacağını düşünürken yakalamıştı kendini defalarca. *İstemiyordu da,* sadece *merak ediyordu.*

Bir çocuğun, sevgi, bağlılık ve ihtiyaç ipleriyle Gail'i hayata bağlayıp bağlayamayacağını merak ediyordu; başka bağlamda bu karışımdan hoşlanmazdı muhtemelen ama çocuğundan gelirse pekâlâ hoşuna gidebilirdi. Huzurlu anlarında hokka burunlu, minicik elli, sevimli kafasında devasa bir siyah saç çalısı olan bir kız bebek getiriyordu Ömer gözlerinin önüne. O bebek kendisinin yapmayı başaramadığı şeyi yapabilir, Gail'in içindeki ölüm dürtüsüne hayat üfleyebilirdi. İçindeki nihilist, kendini birden kalıbına büründürdüğü gözü yükseklerdeki burjuva babayla inceden inceye dalga geçerken, Ömer bu yüz kızartıcı ölçüde evrensel ve sıradan özlemi kendine saklıyor, hiç kimseyle konuşmuyordu, özellikle de Gail'le.

"Eee, sarmısak testi yapmaya başladınız mı?" diye sordu

Ömer konuyu değiştirmek için ama daha sorar sormaz cevaptan korktu. CD'lerini paketlememiş olsaydı, aslında bir şarkıyı, Don Allison'ın *You Can Be Replaced* (*Yerin Doldurulabilir*) şarkısını dinlemek isterdi.

"Evet, bu sefer internete de başvuru formu koyduk" dedi Piyu. "Cevaplar gelmeye başladı bile."

"Ya?" Ömer'in sesi neşesizleşmişti. "İyi bir aday var mı bari?"

"Sadece manyaklar" dedi Abed. "Tırlatmışların bizimle ev arkadaşı olmak için yarışması raslantı mı acaba yoksa Boston'da doktora yapan bütün öğrenciler delilik sınırında mı dolaşıyor?"

"İçlerinden biri hoşuma gitti ama. Bir kadın, çok güzel. Yoga öğretmeni ve bacaklarını bükerek kendini çörek şekline sokabiliyor." Piyu bu son kelimeyi söylerken somon rengi olduğundan, herkes "çörek" kelimesinin bilmedikleri müstehcen bir anlamı olup olmadığını merak etmişti.

Öğle yemeğinde sarmısaklı tavuk ve kuskus yediler. Alegre son zamanlarda gittikçe daha az yemek pişirir olmuştu. Zamanının çoğunu Debra Ellen Thompson'la geçiriyordu. Piyu onun da nebatobur olmasından korkmaya başlamıştı, şimdi de bu korkusunu hatırlayınca inlemekten kendini alamadı. Arroz hemen yanında bitip başını Piyu'nun dizine dayadı, insanoğlunu teselli etmenin en iyi yolu buydu: Onlara hem sevildiklerini hem de patron olduklarını hissettirmek. Hem ne de olsa Arroz bugün gani gani sevgi temin edebilirdi. Harika bir gün değil miydi! Evdeki hayhuyu bayıla bayıla seyrediyordu, özellikle de o burnu büyük tüy yumaklarının kutularına konması safhasını. Kediler gitmişti nihayet! Gail iki saat önce onlarla birlikte yeni eve gitmişti, oradaki hareketlilik başlamadan önce etrafı koklayıp kendilerini yuvalarında hissetsinler diye.

Konuştuklarından da hızlı çalışan Lübnanlı hamallar sayesinde her şey bir saat içinde toparlanıp taşınmaya hazır hale gelmişti. Öğleden sonra 15.08'de ev arkadaşları arabaya binmiş, *Dörtnala Nakliyat* kamyonunu takip ediyorlardı. Davis Meydanı'ndaki bir apartmanın merdivenlerine gelene kadar Ömer kulaklığını takıp Dead Kennedys'in *Bleed for Me* (*Benim İçin Kana*) şarkısını dinlerken Abed ile Piyu pek konuşmadılar. Dışarıdan bakınca binanın eski olduğu anlaşılıyordu, içinde de ağır bir koku vardı, hoş değildi belki ama kötü de değildi. Binanın kendine has ekşi kokusunu, kendine has ekşimsi bir hikâyesi olmasına yormuştu Gail.

Gail de bu arada evdeydi. Tam olarak belirtmek gerekirse pencere pervazında. Diğerlerinin gelmesini beklerken, West ile The Rest'i seyredip yeni evi sevip sevmediklerini anlamaya çalışarak geçirmişti vaktini biraz; bir ileri bir geri yürüyerek kendisinin evi sevip sevmediğini anlamaya çalışmıştı; bir muz, üstüne de *İsabanafazladanbirdolarınızolduğunusöyledi* Kadın nugatı yemişti; başarılı koleksiyonlarından biri olmadığını teslim etmeliydi zira Noel'den beri pek az müşteri ilgi göstermişti. Belki de valizli evsiz hanımı sütlü çikolata yerine pralinden yapmalıydı. Sonraki Noel'de pralini deneyecekti. Ama şimdi dışarıdaki sulusepken karı seyretmekten ziyade, soğuğun keskinliğini alnında hissedebilmek için cama yaslandığında başka, bambaşka bir şey yapmaya karar verdi: ölmeye.

Arka taraftaki üçüncü odanın pencereleri, komşu binaların çevrelediği kuytu, loş bir avluya bakıyordu. Avlunun ortasında yapraklarının çoğunu serin yele teslim etmiş bir bodur ağaç vardı. Ama belki de haşin dış koşullarla pek alakası yoktu kurumasının, içinden, kendisinden kaynaklanan bir şeydi. Bitki onu hüzünlendirdi. Pencereyi açıp vücudunu dışarı çekerken kimi bitkilerin de tıpkı kimi insanlar gibi içten içe kuruduğuna emindi Gail.

"Hanımefendi! Hanımefendi! Lütfen aşağı iner misiniz! Hayır, ay ay durun! Öteki taraftan, yani merdivenlerden, lütfen merdivenlerden iner misiniz?"

Aşağıda avluda sıska mı sıska yaşlı bir çift duruyordu, ikisinin de saçları kısa ak, yanakları al, burunları sivri ve kızarmış. Aslında birbirlerine o kadar benziyorlardı ki aynı kıyafetleri giymiş olsalar ilk bakışta hangisinin karı hangisinin koca olduğunu anlamak zorlaşırdı.

"Merhaba! Biz yeni komşularınızız da" diye bağırdı Gail, meraklarının atış menzilinden kaçamayacağını anladığında.

"İyi misiniz?" diye bağırdı adam.

"Bağırmasana kıza" diye bağırdı karısı. "*İyi* olmadığını görmüyor musun?"

Zil tam zamanında çalıp, Gail'i böyle hayat yoksunu bir çift tarafından hayata geri döndürülmenin azabından kurtardı. Rahatlayarak önce sağ, sonra sol bacağını geri attı, iki büklüm vaziyette kendini pervazdan içeri çekti. Ayakları çıplak, saçında yağmur damlaları kapıyı açıp Abed, Piyu ve Ömer ile arkalarındaki *Dörtnala Nakliyat* hamallarına tatlı tatlı güldü.

* * *

"Arkadaki küçük oda senin gümüş kaşık odan olur" dedi Ömer, herkes onları kutuların arasında bırakıp gittikten sonra. "Sana binlerce gümüş kaşık alırız."

Gail'in sesi gizli bir bilgi verir gibi mahrem bir fısıltıya dönüştü: "Bunun için çok para lazım, malum."

"Bulurum. Olmazsa şık lokantalardan çalarım. Senin ebedi kaşık sağlayıcın olurum."

Ebedi Kaşık Sağlayıcısı. Gail bu ifadeyi sevmişti. Ama beğendiğini belirtmek yerine nedense itirazı tercih etti: "Ebedi biraz battal-beden bir kelime. Beni yarın da seveceğinden nasıl bu kadar emin olabilirsin?"

Ömer kahverengi gözlerinde kederli bir ışıltıyla baktı. "Bunu anlayabileceğini sanmıyorum çünkü benim seni sevdiğim gibi sevmiyorsun beni" dedi bu sefer ona itiraz etme şansı tanımadan. "İnkâr etme lütfen. Doğru bu. Vaziyet böyle. Umarım... günün birinde beni şimdikinden daha fazla seversin. Ama sevmesen bile benim sana olan aşkım seninkinden bağımsız, egemen bir devlet, biliyorsun!" dedi iyi bir siyaset bilimci olarak. "Var olmak için dış yardıma ihtiyacı yok!"

Sesindeki belli belirsiz titremeyi yakalayan Gail gözlerini kapadı, kendini aynı anda hem iyi hem kötü, hem suçlu hem rahatlamış hissetti. Ömer'i kendisine çekip şefkatle öptü, şefkat arzuya, arzu tutkuya dönüştü. Ömer bıraktı kendini, bıraktı ki sarılsın, kucaklasın, bağrına bassın... yok edip yaratsın... yaratıp yok etsin. Kutuların arasında, yerde, kedilerin, özellikle de The Rest'in ısrarlı bakışları altında sevişmeye başladılar. The Rest önce onların, sonra West'in etrafında halkalar çizmeye başladı, her seferinde reddedildikçe asabiyeti ve miyavları arttı. Bir yandan ona kıkır kıkır gülerken, bir yandan da bir daha birbirlerinin içine asla böyle nüfuz edemeyeceklermiş gibi kederle örülü şizoid bir sevişmeyle tutundular birbirlerine.

"Kediler zil sesi çıkarabilir mi yoksa zil mi çalıyor?" diye fısıldadı Ömer, Gail'in kulağına.

Kapı çalıyordu, hem de ısrarla. The Rest'in çıldırması, kapının bangırdaması ve Gail'in sürekli kıkırdaması... bu koşullar altında artık sertliğini koruyamayacağı gerçeğini kabul etmek zorunda kalan Ömer ayağa kalktı, o karmaşa içinde pantolonunu bulamadı, beline bir havlu sarmaya, o da olmadı Gail'in pantolonunu giymeye, o da olmadı nihayet kendi pantolonunu bulup kedilerle birlikte kapıyı açmaya koştu. Gail bu arada çırılçıplak yerde yatmış kıkırdıyordu.

"Kimmiş?" diye sordu birkaç dakika sonra.

"Manyak bir çift!" Ömer geri gelirken başını kaşıyordu. "Bay ve Bayan Jones. Bana senin iyi olup olmadığını sordular. Onları tanıyor musun?"

"Ben mi? Hayır!" dedi Gail hâlâ etrafında dolaşan kedilere göz kırpıp Ömer'i tekrar yere çekerken.

* * *

Evdeki ilk iki hafta harikaydı. Kısmen her yeni evdeki ilk iki hafta harika olduğundan, kısmen de bir süre ev arkadaşlarıyla yaşadıktan sonra kendilerini içinde buldukları bu karı kocalık kapsülünün ne kadar rahat ve utanmazca seksi olduğunu keşfettiklerinden. On ay boyunca Abed ve Piyu'yla yaşamanın mutluluk ve keyif veren yönleri olmuştu kuşkusuz, ama ağırlığını ve çapını daha yeni fark ettikleri bir dizi kısıtlama da getirmişti onlara. İstediğini pişirmenin, daha az kuskus yemenin, geceleri korku filmi çığlıkları duymamanın, giysilerden hem kedi hem köpek tüyü yerine sadece kedi tüyü temizlemenin ve evde, en azından teoride, çırılçıplak dolaşma özgürlüğüne kavuşunca... tipik bir burjuva çiftine dönüşmenin dışarıdan göründüğü kadar kötü olmadığı sonucuna varmak üzereydiler. Kendilerine ait bir eve taşınmak öncelikle desibel özgürlüğü getirmişti onlara; yüksek sesle, bangır bangır, kulakları sağır edercesine seslenme, inleme, kur yapma ve kavga etme özgürlüğü.

"Bayan Basu şikâyetçi" dedi Koreli kapıcı bir akşam kapıya dikilip; bezgin bir sesi vardı ve "*Bu söyleyeceğim şey hiç derdim değil ama yine de söyleyeceğim*" diye yorumlanabilecek sıkıntılı bir bakışı. Kendisine yöneltilecek soruyu hemen tahmin edip eklemişti: "Bayan Basu yan kapı komşunuz."

Hal böyle olunca kimi özgürlüklerin bastırılması gerekmişti.

Binanın girişinde her ev için küçük bir posta kutusu vardı ve her kutunun üzerindeki minicik kâğıtlara daire sakinlerinin soyadları yazılmıştı. Eşitlikçi bir uygulamaya benziyordu ama eşitlikçi bir uygulamaya benzeyen çoğu şey gibi sadece yüzeyde öyleydi. Bu sistemin kısa soyadlı insanları kayırıp, uzun soyadlı insanları mağdur ettiğini savunuyordu Ömer. Komşu Bayan Basu mesela, farkında olmasa da imtiyazlılardan biriydi. Nerden bilsin ayrıcalığını? Bilgi sahibi olmak ile elindekini bilmek arasında tersine bir ilişki vardı. İnsanın ne kadar imtiyazlı olduğunu bilebilmesi için öncelikle imtiyazsız olması gerekiyordu ama o zaman da paradoksal bir biçimde artık bilinecek bir imtiyaz kalmıyordu.

Porselenlerle akşam yemeği

Oturma odasındaki geniş divanda yan yana oturan, merakla ışıldayan *todas las tias* inciye benzeyen yuvarlak taşlardan yapma bir gerdanlık gibi sıraya dizilmiş, aynı yöne bakıyorlardı. Hem gülüşleri hem de bakışları Alegre'nin yemeğe getirdiği kızıl saçlı misafire yönelmişti; kız hepsinin gülüşlerine teker teker karşılık vermeye çalışarak, bu arada sırayı şaşırarak pufun üzerinde kıpırdanıyordu. Sıranın sonunda La Tia Piedad oturuyordu. En az o konuşuyor, daha az gülüyor, daha az bakıyordu. Her şeyin azını yapsa da iktidarın fazlası ondaydı.

"Yemek hazır!" Alegre'nin sesi yemek odasından duyuldu, biraz sonra kendisi de teşrif edip şeref konuğuna fısıldadı: "Sıkıldın mı?"

"Hiç sıkılmadım" dedi Debra Ellen Thompson tatlı bir mırıltıyla. Yalan da değildi. Bu aile yemeğine davet edildiğine öyle mutluydu ki sıkıntı aklının ucundan bile geçmemişti.

Herkes aynı anda ayağa kalkıp ağır bir konvoy halinde yemek odasına yürüdü. Ama biraz sonra bu yürüyüş beklenmedik bir biçimde sekteye uğradı ve ön sıralardan fısıltılar yükseldi. Sonra La Tia Piedad'ın sesi duyuldu: "*Dios Mio!*"

Alegre'nin yüzünde hiç şaşkınlık yoktu. Debra Ellen Thompson'ı elinden tutup yemek odasına götürdü ve durup herkesin baktığı şeye baktılar: yemek masasına.

Sarı mumlarla aydınlatılmış, kristal bardaklar, işli peçetelerle ve iki başta iki vazo beyaz zambakla süslenmiş yemek masasının üzerinde porselen takım duruyordu: 12 pasta tabağı, 12 çorba kâsesi, 12 tatlı kâsesi, 3 salata kabı, kapaklı bir güveç, bir çaydanlık, bir kahve sürahisi, tabaklar, fincanlar, fincan tabakları... hepsi, toplam 87 parça bunca seneden sonra kefenlerinden çıkarılıp muntazaman masaya yerleştirilmişti. Düzinelerce harika Myosotis Alpetris, şimdi *caldo de queso*, avokado salatası, peynirli *enchiladas*, kara fasulye ve domuz *guisadosu* doluydu.

"*Alegre bu da ne demek oluyor?*" sorusunu sormaktan kendini alamadı La Tia Chuta.

"O kadar uzun zamandır kutularında duruyorlar ki" dedi Alegre gözleri heyecanla parlayarak. "Dışarı çıkarıp kullanmanın bundan daha iyi olacağını düşündüm. Hem..." La Tia Piedad'a bakmamaya çalışarak yutkundu, "bütün takımı birimizin almasındansa böyle daha adil, böylece hepimiz kullanabiliriz... diye düşündüm..."

"Ama üç beş günde kırılıp giderler, hepsi telef olur" dedi La Tia Tuta kaşlarını çatarak.

Büyük büyük teyzenin buna ne tepki vereceğine duyulan merak bütün kaygıların üzerinde olduğundan ortalığa tedirgin bir sessizlik çöktü. Neyse ki fazla beklemek zorunda kalmadılar. Usul ama emin adımlarla masanın başındaki sandalyesine yürüdü La Tia Piedad, peçetesini açıp kâsedeki çorbaya dudak büktü. "Bu gördüğüm *caldo de queso* mu? Bu sefer iyi yaptın mı bari?"

Genç hizmetçi özür dilercesine güldü.

Todas las tias birer birer iskemlelerine oturdular ve gözle görülür ölçüde huzursuz olsalar da ailenin tek bir çizik bile almadan upuzun yollardan gelmiş en eski hatırası üzerinde hep beraber yan yana yemek yemeye başladılar. Mazinin ta kendisiydi bu, ilişkilerinin her veçhesinde kendini gösteren mazi. Başka bir mevzudan bahseder göründüklerinde bile hep maziden bahsederlerdi, gelecek zaman bir kenarda beklerken İspanyol dilinin bol bol sunduğu geçmiş zaman fiil çekimleriyle.

Las tias'ın sözleri ve sesleri porselen takım üzerinde tıngırdarken Debra Ellen Thompson bu geleneksel, teyzelerle dolu ortamın sıcaklığını hissetti, kendini aynı anda hem küçük bir kız hem de yetişkin hissediyor, kadınlar arasında olduğuna, kadın olduğuna seviniyordu.

Gramer yanlışları

Rüyalardı son günlerde Ömer'in canını sıkan. Rüyalarında Gail'le birlikte, yabancı şehirlerin sokaklarını arşınlıyor, çeşmeli meydanlardan, salaş evlerin kuytuluklarından, taşlaşmış yüzlerin yanından geçiyor, başı kopmuş mermer heykeller, sakat bedenler görüyordu. Bazen rüyanın bir yerlerinde nasıl olduğunu anlayamadan Gail'i kaybediyor, korkuyla onu aramaya, aradıkça korkmaya başlıyor, daha az evvel beraber geçtikleri sokaklardan şimdi yalnız ve dehşet içinde geri dönüyordu. Mart ayının son on günü boyunca ruhunu daraltan bu tür rüyalardı, yazması gereken makalelerden, hatta Spivack'ı her hüsrana uğrattığında işittiği azarlardan daha fazla asabını bozan. Bu arada Gail, Ömer'in gece sıkıntılarının pek farkında değil gibiydi. Son zamanlarda fazlasıyla faal ve girişken, neşe ve enerji dolu, Ömer'in başa çıkamadığı kadar coşkundu gene. Hindu panteonundan yepyeni bitter çikolata figürcükler tasarlamıştı. Bir de yaklaşan İstanbul seyahatinin ayrıntıları ve hazırlıklarına kaptırmıştı kendini. Böyle zamanlarda yorulmazlığı yorucu oluyordu.

Yolculuğa üç hafta kala, hiç durmadan yağmur yağan bir perşembe günü, Ömer Pearl Sokağı 8 numaraya gitti. Bir müddet Abed' in dırdırlarını, yeni ev arkadaşlarının yavanlığından şikâyet edişini dinleyerek avundu; İşletme Bölümü'nde okuyan biriydi Ömer'in eski odasını kiralayan. Hırslı bir doktora öğrencisiydi, *Dijital Çağda Kârların Artırılma-*

sı üzerine tez yazan. Yeni ev arkadaşının onun yerini tutmadığını duymak Ömer'e bir nevi teselli olmuştu. Ama bu akşam onun ihtiyacı daha büyük bir teselliydi; o da olmazsa biraz içki.

"Abed bugün kendimi iyi hissetmiyorum... bir kuyuya atılmış gibiyim..."

İkisi Davis Meydanı'na çıktıklarında Abed, Ömer'in yürüyüş yapmaktan ziyade içmeye niyetlendiğini anlamıştı. Oysa ara ara sigara ve şaibeli bazı maddeler içtiği sır olmasa da hastanedeki o cehennemi geceden sonra alkolden ve hayrettir kahveden tümüyle uzak durmayı başarmıştı. Yürürlerken Ömer, Abed'i rakının diğer içkilerin aksine mideye kötü gelmediğine, Abed de Ömer'i yeniden içkiye başlamamaya ikna etmeye çalıştı. İkisi de başarısız oldu.

Martın on altısıydı, Gülen Saksağan gecesi. Bunun ne denli uğursuz bir eşik olduğunu çok sonra fark edecekti Ömer, o araftan sonra Gail ondan adım adım uzaklaşmıştı.

O gecenin pek çok kısmı zihninde bulanık kalacaktı, tümüyle silinip gidenler de cabası. Bardan geri dönerken hatırladığı yegâne sahneler Abed'in saksağanlardan, kendisinin Gail'den, Abed'in *yoldan çıkmış Müslümanlardan*, kendisinin Gail'den, Abed'in örümceklerden, kendisinin Gail'den bahsetmesiydi... Abed onu kazasız belasız apartmanına soktuktan sonra posta kutularının önünde ne kadar zaman geçirdiğini de hatırlayamayacaktı. On sekiz nolu posta kutusu. Bir zamanlar onca tanıdık olan soyadı oradaydı işte, dar çerçeveye sığması için harfleri sona doğru sıkıştırılmıştı: OZSIPAHIOGLU. Ani kopuşlarla dolu hayatındaki cılız, yegâne süreklilik hissiydi, hayatı boyunca her gittiği yere götürmeye, gurur duymaya, hatta oğluna aktarırken daha gururlanmaya mecbur olduğu, doğumunda üzerine yapıştırılmış derme çatma bir kimlikten ibaretti soyadı, sırf büyük büyük dedelerinden biri ya da bürokrasi çarklarının öğütüp tükürdüğü miskin bir memur, uzak bir geçmişte, şimdi hiç mi hiç bilinmeyen bir sebeple başka bir harf kombinasyonu yerine bunu seçtiği için.

Çalışkan O gözlüğünü taktı mı olur Ö; hınzır I yürüyüşe çıkıp başına bir şapka geçirdi mi İ; afili G saçlarını rüzgâra saldı mı olur Ğ...

Bu salakça şen şakrak melodiyi en son mırıldandığında yedi yaşlarında olmalıydı, İstanbul'da bir ilkokulda eğitimin eğlence olduğuna inanan, ne yazık ki zerre kadar mizah duygusuna sahip olmayan bir öğretmenin elinde ıstırap çekmekteydi. Alfabeyi öğrenirlerken, tek tek her harfi kişileştiren şarkılar söylemeye zorlanmıştı çocuklar. Alfabenin 29 harften oluştuğunu öğrenmek Ömer için fazlasıyla acılı bir keşif olmuştu.

Yine de yirmi yıl sonra o gece, İstanbul'dan kilometrelerce uzakta zil zurna sarhoş ve bitkin vaziyette eve geldiğinde, uzoyla bulanmış zihninin bir köşesinden, bu gezegendeki ilk sınıf öğretmeninin gamzeli kollarını, etli burnunu, sarkık ağzını geçirirken bulmuştu kendini. Öğretmenler, özellikle ilk öğretmenler, tanrısal işler kotaran ölümlülerdir. Daha henüz yaratılmamış olanı sadece onlar yok edebilir.

Dolmakalemini Gülen Saksağan'da unuttuğunun farkında olmadığı için ceplerini yoklamıştı, bulsa isminin noktalarını yerine koyabilecekti. Ama artık ne fark ederdi. Noktası olsa da olmasa da böyle bir soyadı ayaklarına vurulmuş bir prangadan, bir gezgin için aşırı ağır bir yükten başka bir şey değildi. İnsanı bir yere ait olmaya, yerleşmeye, takip edilebilir bir geçmiş, bir aile ve adına layık bir gelecek sahibi olmaya zorluyordu. Tercih şansı olsa, daha hafif, narin, esnek ve portatif, her gittiği yere kolayca taşınabilen bir soyadına sahip olmak isterdi Ömer, Mr. ve Mrs. Brown gibi.

İstanbul'da lise yıllarında İngilizce dersinde okuduğu ilk kitabın adı *İngilizce Öğreniyorum-I*'di. Birinci yılın ilk döneminde okutulan ders kitabıydı bu. İkinci dönem başka bir kitaba geçmişlerdi, *İngilizce Öğreniyorum-II* ve böyle sürüp gitmişti. Fazla bir ilerleme kaydettikleri izlenimi vermiyordu kitaplar; dördüncü ya da beşinci dönemlerde öğrenciler ders kitaplarının kapaklarını çiziktirerek dalga geçmeye başlamışlardı, *Hâlâ İngilizce Öğreniyorum-XIV, Umutsuzca İngilizce Öğrenmeye Devam Ediyorum-XXXV*. Öğretmenleri bütün dünyada İngilizce eğitiminde temelde aynı sistemin kullanıldığını, yine de farklı ülkelere uyarlarken her kitapta ufak tefek değişiklikler yapıldığını belirtmişlerdi. Diziyi planlayanların niyeti ne olursa olsun, kitapların başlık ve içerikleri pek başarılı değildi. İngilizceyi insanın asla tam manasıyla keşfedemeyeceği, sadece içinde debelenebileceği bir kaygan zemin gibi gösteriyorlardı; insanın dokunabileceği ama asla elinde tutamayacağı sabunumsu bir yapı. Ne kadar uğraşsan da tutamayacağın senden hızlı bir tavşan-dil, ne ulaşabildiğin ne de ulaşıp ulaşmamayı umursamama hakkını koruyabildiğin.

Yine de, başlıklarının moral bozucu bir biçimde uzayıp gitmesine rağmen, başkahramanlar Mr. ve Mrs. Brown'dan başka birileri olsa *İngilizce Öğreniyorum* dizisi çok daha eğlenceli olabilirdi.

Eğer Türkiye'de nice lise öğrencisi gramere azami dikkat gösterip, asgari kelime hazinesiyle geçinen, iğretiliği kemikleşmiş bir İngilizce konuşuyorlarsa bunun suçu kısmen de olsa Mr. ve Mrs. Brown'a aitti. *İngilizce Öğreniyorum-I-II-III-IV*... dizisi boyunca en basit faaliyetleri dahi en alengirli şekillerde yaparak sayfalarda kol gezerler, bu arada genç okurlarının yaratıcılık ve hayal yeteneklerine nasıl zarar verdiklerini bilmezlerdi.

Çift *İngilizce Öğreniyorum-I*'in ilk sayfalarında, evlerinin mutfağında ağızları kulaklarında gülümser vaziyette zuhur etmişlerdi. Bu ilk karşılaşmada Mrs. Brown "tabak", "fincan" ve "elma" kelimelerini öğretme vazifesiyle tezgâhın yanında duruyor, Mr. Brown ise masada oturmuş, amaçsızca kahvesini yudumluyordu. Sonraki hafta Mrs. Brown "koltuk", "perde" ve herkesi hayrete düşürerek "televizyon" kelimelerini öğretmek üzere yine aynı elbise ve aynı tebessümle oturma odasında hazır ve nazırdı. Mr. Brown görünürlerde yoktu. Sonraki haftalarda çiftin öğretme teknikleri de gülüşleri ve giysileri gibi, nadiren değişmişti. Her farklı sahnede Mr. ve Mrs. Brown etraflarındaki her şeyi üç temel ölçüte göre tanımlayıp öğretiyorlardı: Renk, büyüklük ve yaş. Böylelikle, Mr. Brown bahçede *küçük* bir köpek gördüğünde Mrs. Brown *yeşil* halıyı süpürüyor ya da Mr. Brown *eski* koltuğunda otururken Mrs. Brown *beyaz* bir doğum günü pastası yapıyor, işleri karmaşıklaştırma zamanının geldiğine kani olduklarındaysa *küçük yeşil yeni* halıları süpürüyor ya da *büyük yaşlı siyah* köpeklere rastlıyorlardı.

Ancak çok geçmeden bu iç mekân sahnelerinin geçici bir safha, çiftin hayatında bir nevi ara dönem olduğu ortaya çıkmıştı. Kitabın ortalarında bir yerlerde o dönem sona erdiğinde, Mr. ve Mrs. Brown bir dizi dış mekân faaliyetine kendilerini vurup bir daha da dur durak bilmediler. Kafeslerdeki hayvanların isimlerini saymak için hayvanat bahçesine gittiler, otlar, ağaçlar ve çiçekleri öğretmek için dağlara tırmandılar, "gözlük" seçmek, "dondurma" yemek ve sörf yapanları seyretmek için kumsalda bir gün geçirdiler; "marul", "lahana", almak için yakınlardaki çiftliklere, "eldiven", "kemer" ve "küpe" satın almak için mağazalara gittiler, her ne kadar bunları hiç giymeseler de takip eden bölümlerde. Ara sıra tekrarladıkları bir başka faaliyet de uzun, mayışık "*güneşli-bir-pazar-günü-idi*" pikniklerine çıkmaktı. Orada "kurbağa", "uçurtma", "çekirge" kelimelerini öğrettiler, "tepeler" arasından akan bir "ırmak" kıyısında dinlenirken. Her ne kadar Mr. ve Mrs. Brown dünyanın başka memleketlerinde olup bitenlerle zerrece ilgili görünmeseler de bir keresinde "havaalanı", "gümrük", "bavul" ve "*sombrero*" kelimelerini öğretmek için Meksika'ya gitmişlerdi. Pek çok öğrenciyi hüsrana uğratan bir çabuklukla geri dönüp tekrar evlerinde görüldüler; arkadaşlarına ve akrabalarına (her biri sombrerolu) tatil fotoğraflarını göstermek, bir yandan da *the past perfect tense*'i öğretmek için şatafatlı bir parti vererek.

Dur durak bilmeden hareket halinde olsalar da, Mr. ve Mrs. Brown'ın asla adım atmadıkları mekânlar da vardı. Asla mezarlıklara gitmezlerdi mesela; sınıftaki oğlanların çoğunun kapısına kadar gidip, içine girmeye cesaret edemedikleri kerhaneler şöyle dursun, yaşam evrenlerinin hiçbir yerinde sanatoryumlara, rehabilitasyon kliniklerine, akıl hastanelerine de rastlanmazdı. Mr. Brown'ın bir garsoniyerde ağzı kulaklarında, bütün oğlanların öğrenmeye can attığı İngilizce ayıpcı kelimeleri öğretmesini ya da Mrs. Brown'ın bedeniyle, ördekleri göstermek ve doğum günü pastalarını süslemek dışında şeyler de yapabileceğini hatırlamasını bekledikleri yoktu. Ama en azından yürüyebilir, sokaklara çıkabilirlerdi. Resmettikleri dünya bunca gerçekdışı ve steril olduğundan, öğrettikleri dil de gerçekdışı ve steril bir hal almış, teorik –yani gramatik– olarak ne söylemek gerektiği bilindiği halde İngilizce konuşmak bir nebze olsun kolaylaşmamıştı.

Ardından *İngilizce Öğreniyorum-I-II-III...* dizisinde öğretilen mutlu hayat taklidinin, gerçekten mutsuz insanlarla dolu mutsuzca gerçek hayat tarafından amansızca sınanacağı o lanetli an çıkagelirdi. Çocuklarının İngilizce konuştuğunu duymak orta sınıf Türk anababaları için müthiş bir gururdu. Hiçbir fırsatı kaçırmazlardı. Pat diye, akrabalarının ve arkadaşlarının önünde çocuklarını İngilizce konuşmaya, *bir şey* söylemeye zorlarlardı, yeter ki kulağa yeterince İngilizce gelsin. Ana babaların, hiçbir içerik ya da maksat olmaksızın çocuklarının İngilizce konuştuğunu duyma istekleri yeterince kahrediciydi ama beterin beteri olduğu, bu ana babalar birkaç turistle karşılaşınca ortaya çıkardı. "Neden konuşmuyorsun?" diye dürterlerdi çocuklarını. "Git konuş turistlerle, sor bakalım bir şeye ihtiyaçları var mı. İki dönemdir İngilizce dersi alıyorsun. Konuşabilirsin!"

Konuşabilirlerdi elbette. Sahne biraz daha farklı olsa turistlerle konuşabilir hatta muhabbet bile edebilirlerdi. Kornalar, ambulans sirenleri, sokak satıcıları, İstanbul keşmekeşi içinde eğri büğrü kaldırımları arşınlayan hayat gailesinde endişeli insanlar arasında olmak yerine, bir dere kıyısında güzel-ve-güneşli-pazar pikniğinde, açan zambakları, öten kurbağaları seyrederek bağlaçlar ve ünlemlerle besleniyor olsalar ve tüyler ürpertici basitlikteki "Kapalıçarşı'ya nasıl gidebilirim?" sorusu yerine, iki ayrı cümleciği zarf bağlaçlarıyla birbirine bağlamaları istenseydi. Konuşabilirlerdi kuşkusuz ama bu koşullar altında değil. Yaz gelene kadar İngilizce öğretmenlerinden, en çok da Mr. ve Mrs. Brown'dan nefret etmiş olurdu öğrenciler. İlk dönem duydukları okkalı tepkiselliğin titrek temelleri üzerine, *İngilizce Öğreniyorum-III*'e devam etmek için pek motivasyonları olmazdı.

Bu kitapları kemikleştiren, öğretmeyi hedefledikleri kurallardan ziyade kabul etmeyi reddettikleri kuralsızlıktı: Belletilen her şeyin kâğıt üzerinde doğru olsa da, hayat tarafından yanlışlanabilir olmasıydı unuttukları. Bu kitapların hasarları öyle büyüktü ki zihninde, sinema ve müziği bu kadar çok sevmese yan etkileriyle hâlâ boğuşuyor olurdu Ömer. Sinema, yani düşük bütçeli, bağımsız, iddiasız Amerikan/İngiliz/Avustralya filmleri ve punk/rock/post-punk şarkı sözleri, ezberlemeye mecbur bırakıldığı bütün *advanced English* kitaplarından daha çok şey öğretmişti ona.

Hayat, etiyle kanıyla gerçek hayat gramer kurallarının içinde ikamet etse de sürekli, sistematik olarak bu kuralların dışına çıkmak için patikalar açıyordu kendine. Hayat, gramer kurallarının gereklerine göre cümleler kuruyor ama hemen ardından orda burda delikler açarak dilin özünün sızmasına, kendi yolunu bulmasına da imkân tanıyordu. *İngilizce Öğreniyorum* kitaplarının öğretmeyi unuttuğu nokta tam da bu "sapma" ve sapmanın benzersiz hazzıydı.

Namümkün mükemmellik

Nicedir birlikte takılıyorlardı. Debra Ellen Thompson, Connie'nin hareketlerini taklit ettiğinde Alegre durmadan kıkırdıyor ya da Alegre teker teker *las tias* taklidi yapmaya başladığında Debra Ellen Thompson içten, şen kahkahalar atıyordu. Birlikte iyi zaman geçiriyorlardı, tıpkı şimdi olduğu gibi.

Auburn Sokağı'nda *yaratıcı sandviçleriyle* nam salmış bir kafeye girmişlerdi. İçerisi alışılmadık ölçüde sakindi, sadece birkaç müşteri vardı. Pencerenin önüne oturmuş çaylarını yudumlayarak okuma grubundakilerin dedikodusunu yapıyor, gelip geçenleri seyrediyorlardı ki giderek kendilerinden bahsetmeye başladılar.

"Ofisteyken şu haftalık kadın dergilerini karıştırıyorum" dedi Alegre. "Bütün o mükemmel kadınlar çok can sıkıcı. Dergilerde, reklamlarda, televizyonda... her yerdeler. La Tia Piedad bütün güzel kadınların beyaz olduğu şu pembe dizileri seyretmekten hoşlanıyor. Esmer kadınlar ya hizmetçi ya dadı. İşte bu sebepten, Bakire Meryem Virgen de Guadalupe'nin beyaz, zengin bir adama değil de yoksul, kara derili bir yerliye görünmüş olduğunu bilmek müthiş. Hem Meryem de benim kadar esmer görünmüş o yoksula. Kimse bunu değiştiremez. Kimse Meryem Ana'yı beyaza boyayamaz çünkü o *la Virgen Morena, esmer Meryem!*"

"*La-Veer-gen-Mou-ree-na*" diye yineledi Debra Ellen

Thompson, kimi Kuzey Amerikalıya has o korkunç aksanla; öyle abartılı ve kahredici bir aksandı ki bu, İspanyol diline karşı bilinçaltlarının keşfedilmemiş derinliklerinde kendilerinin bile farkında olmadığı bir tepki beslediklerini düşünmeden edemiyordu insan.

Bunu takip eden sessizlikte çaylarını yudumladılar; iki konu arasında yüzen şu sıkıcı duraklamalardan değil, aynı anda ve tam bir ahenkle ortak bir melodiyi mırıldanıyorlarmış gibi akıcı, kadife bir sessizlik. Bu ezgi her neyse, sona erdiğinde Debra Ellen Thompson çantasından iki küçük hediye paketi çıkarıp birini Alegre'ye uzattı.

"Bu ne?" diye sordu Alegre.

"Açsana."

Kutuların içinde birer çikolata kadın vardı.

"Gail'den bize çikolatadan Connie yapmasını istedim, o da yaptı! Gerçi itiraf etmeliyim ona pek benzemiyor..." Debra Ellen Thompson güldü. "Ondan biri senin, biri benim için iki Connie istedim ama sebebini söylemedim."

"Neden?" diye sordu Alegre merakla. "Yani sebep ne?"

"İkimiz için de çikolatanın bir bakıma... hayatımızın 'yasak meyvesi' olduğunu fark ettim." Debra Ellen Thompson, Alegre'nin bu metafordan hoşlanmayacağından endişe ederek bocaladı. "Yani çikolata bizim zayıf noktamız. Sebep ne olursa olsun çikolata yiyemiyoruz. Bir bakıma 'imkânsızı' simgeliyor. Connie'ye gelince, o da 'mükemmeli' simgeliyor, asla olmayı başaramadığımız o mükemmel kadını. Bu yüzden de çikolatadan bir Connie 'namümkün mükemmellik' manasına geliyor."

"Namümkün mükemmellik!" Alegre bu ifadeyi beğenerek çocuk gibi güldü.

"Aynen öyle" dedi Debra Ellen Thompson şevkle. "Bu küçük sağlam şey" çikolata heykeli göz hizasına kaldırıp kaşlarını çattı ve hırladı: "Utanmazca *yanlış*! Bedenlerimiz üzerinde korkunç bir yük... ruhlarımız için de. Bizleri gerçek kendimiz olmaktan alıkoyan bu dayatma işte."

Alegre bu mim gösterisini aynen taklit ederek, çikolata Connie'yi göz hizasına kaldırıp kaşlarını çattı.

"Bunu ne yapacağız biliyor musun?"

Alegre nefesini tuttu.

"Yiyeceğiz!"

"Yiyecek miyiz?"

"Aynen öyle. Gına getirdiğimiz bu imkânsız mükemmelliği mideye indireceğiz. Yiyip yutacak, sindirecek ve bedenlerimizden atacağız tıpkı..."

"Bok gibi mi?" diye sordu Alegre kibarca.

"*Bok gibi*!" diye tekrarladı Debra Ellen Thompson avazı çıktığı kadar.

Başına bir MIT şapkası takmış, JFK Müzesi'ne gitme maksadı taşıyan sıska mı sıska bir Japon turist yanlış yöne gittiğinin farkına varmadan geçerken oradan, kafede oturan iki kadına merakla baktı. İkisi de ellerinde tuttukları heykelciklere somurtuyorlardı. Camın önünden, her zamankinden yavaş yürüyerek geçerken gözünü onlardan ayırmadı.

"Hepsini mi?" diye sordu Alegre.

"Hepsini yemesen de olur" dedi Debra Ellen Thompson duralayarak. "Başından başlayalım. Yarın vücudunu yeriz. Ama..." diye ekledi yumuşak bir sesle, "... kusmak yok, tamam mı? Connie'yi elimizden kaçırmayalım."

Alegre karman çorman hislerle şaşkın şaşkın baktı ona, bu hisler içinde üçü baskındı: Hayret, telaş ve rahatlama. Hepsi de aynı sebepten: Birisi bir şekilde şimdiye kadar gizliden gizliye ne yaptığını keşfetmişti. O kişi hem bir dosttu hem de yabancı, hem bir kadındı hem de mükemmel olmayanlarından. Dolayısıyla Debra Ellen Thompson'ın sırrını yakalamış olması hem yüreğini hoplatmış, hem de bir şekilde korktuğu kadar hoplatmamıştı. Gözünde bir parıltı, solgun yüzünde metanetle Alegre dişlerini çikolataya batırıp dikkatle bir parça kopardı ve Debra Ellen Thompson'ın da aynı şeyi yapışını seyrederken alışmadığı bu lezzetin ağzında eriyişinin tadına vardı.

Alegre'nin bundan sonra yaptığı beklenmedik bir hamleydi. Debra Ellen Thompson'a sıcacık bir gülüşle döndü ve aniden onu yanağından öptü. Debra Ellen Thompson'ın bunun ardından yaptığı da beklenmedik bir hamleydi. O da sıcacık bir gülüşle bir iki saniye Alegre'ye baktı ve aniden onu dudaklarından öptü.

Müzenin yerini nihayet öğrenen sıska mı sıska Japon turist geldiği yoldan geri dönüyordu ki o iki kadının ne yaptıklarını görmek için kafeye bir göz attı. Orada gözlerini onlardan ayıramadan öylece kalakaldı. Boston'da lezbiyenlerin sayıca çokluğundan ve serbest davranışlarından bahsedildiğini duymuştu ama onların kamuya açık yerlerde böyle fütursuzca hareket ettiklerini görmeye hazır değildi. Yine de görgülü, sevecen bir adam olduğu için o ilk şokun ardından bakışını derhal öpüşen kadınlardan koparıp yürümeye koyuldu, her zamankinden hızlı adımlarla.

Kafenin içinde kendini derin bir panik ve ondan da derin bir utançla geri çeken Alegre, Debra Ellen Thompson'ın gözlerine bakmaktan kaçınarak ayağa fırladı. Ne diyeceğini bilemediğinden çantasını alıp koşarak dışarı çıktı. Saçma bir biçimde ilk aklına gelen Connie'nin kafasını kusabileceği bir tuvalet bulmak oldu. Ama bunu yapmadı. Adımlarını iyice hızlandırdı, öyle ki neredeyse önünde yürüyen Japon'a yetişecekti; her adımda Debra Ellen Thompson'dan daha fazla nefret ediyordu. Aslında nefret sadece yüzeydeydi. Bunun altında ne düşündüğünü, ne hissettiğini tam olarak bilemiyordu. Arkadaş olduklarına inanmakla ne büyük aptallık etmişti. Bunca zaman arkadaşmışlar gibi davranmıştı Debra Ellen Thompson, halbuki aslında o... onun istediği... Alegre gerisini söylemek istemiyordu. Gittikçe artan bir telaşla cadde boyunca yürüdü, trafik lambasının yeşile dönmesini bekleyemedi ve o kafa karışıklığıyla kendini caddeye attı. Kırmızı ışıkta durulması gerektiğini düşünmedikleri halde sırf başka herkes durduğu için kavşakta beklemekte olan iki Türk turist hemen onu takip ederek kendilerine boş caddeye attılar.

Bu arada kafede, şimdiye kadar Alegre'yle birlikte sükûnetle, huzurla, mutlulukla seyrüsefer etmekte olduğu dostluk gemisinden yaka paça suya atılan Debra Ellen Thompson sersemleten bir atalete demir atmış vaziyette oturuyordu. Bu sersemliği üzerinden atması biraz zaman aldı, hatta üzerinden attığında bile titremekten kendini alamadı. Bir bakıma alışıktı bu acıya ama hiç bu kadar şiddetlisini yaşamamıştı. Heteroseksüel bir kadın âşık olup da reddedilirse kendini kötü hissederdi ama sadece ediminin sonucu, yani "reddedilme" kısmı yüzünden. Öte yandan eşcinsel bir kadın, "normal" bir kadına âşık olup onun tarafından reddedildiğinde, sadece ediminin sonucundan değil, böyle bir şeyi talep etme cüreti yüzünden de, yani aşkından dolayı da katmerli kötü hissederdi kendini. Sevme ve karşılığında sevilme arzusu, başka bağlamlarda toplumca onaylanıp hoşgörülen bu arzu, utanç kaynağına dönüşürdü.

Debra Ellen Thompson bu hissin yabancısı değildi. Hislerini açıklaması halinde Alegre'nin ondan nefret edebileceğini gayet iyi biliyordu. Yine de bu dingin ikindi vakti, onun gözlerindeki ışıltıyı seyrederken, onu bir süredir gizliden gizliye, anlaşılmaz ve su götürmez bir biçimde sevdiğini artık daha fazla gizleyememiş, belki gizlemek istememişti.

İlk başta Gail'in de alayla söylediği gibi Alegre'ye olan ilgisinin yumuşak başlı bir kadın, bir diğer Zarpandit arayışı olduğundan şüphelenerek hislerine güvenmemişti. Ama Alegre'yle daha fazla vakit geçirdikçe hem onun göründüğü kadar yumuşak başlı olmadığını hem de kendisinin artık yumuşak başlı birini aramadığını fark etmişti. Alegre, yeni bir Zarpandit olarak değil, kendisi, biricik kendisi olmayı sürdürerek Debra Ellen Thompson'ın ruhunun iyileşmesine, Gail'i kaybetmenin verdiği acıyı yenmesine yardımcı olmuştu.

Caddeye çıkınca Debra Ellen Thompson'ın ilk aklına gelen kutuyu çıkarıp çikolatayı atmak oldu. Ama bunu yapmadı. Kafası kopuk Connie'yi kutusunda bıraktı ve düşünebildiği yegâne güvenli sığınak olan TEDİRGİN RUH ÇİKOLATA DÜKKÂNI'na yöneldi metanetle. Ama yarı yolda, suç işlemiş gibi koşmayı bırakıp çöktü, ağlamaya başladı.

Delphoi Kâhini'nin bildiği

"Oda pek lüks olmayabilir ama eşsiz bir manzarası olduğunu söylediler. Yine de beğenmezsek başka bir yere gidebiliriz. Ailem onların yanında kalmamızı istediler tabii ama bunun bizim için bir nevi balayı olduğuna ikna ettim onları. Öyle de aslında. Yarın istersen bütün gün odamızda kalabiliriz ya da Kapalıçarşı'ya gideriz, öbür gün Yerebatan Sarnıcı'nı görürüz, seveceğine eminim... sonra Ayasofya var..." Ömer asansörde, aralarında dikilen ve bu Amerikalı çiftin konuşmalarını gözlerinde cin gibi bir parıltıyla dinleyen kominin kırpık saçları üzerinden Gail'e sıralıyordu bu lafları. Ömer komiyle birkaç kere Türkçe konuştuğu halde, hâlâ inatla onun Türk olduğuna inanmakta güçlü çekiyor gibiydi çocuk. Bu uzun boylu, az biraz sinirli, dökümlü bol giysileri içinde durmadan terleyen ve sürekli eliyle koluyla hareketler yapan sarsak adam ve tepeden tırnağa karalar giyinmiş, daha da kara saçlarına bir kaşık takmış sakin mi sakin kadın son zamanlarda gördüğü en ilginç turist çift olduğundan pür dikkat onları seyrediyordu. İşittikleri onu eğlendiriyormuş gibi ikide bir sırıtıp, uzun kirpiklerini kırpıştırıyordu.

"Bir günümüzü adalara ayırırız... Belki ondan önce Boğaz'da bir vapur gezintisi yaparız. Meyhaneleri de görmeni istiyorum. Bu şehirde muazzam bir kafa çekme geleneği var. Mutlaka rakı içmelisin. Mutlaka mezeleri yemelisin. Sonra Galata Kulesi'ne de çıkarız..." Ömer, sanki kendisi de bir iki öneride bulunmak istercesine kafasını sallayan komiye baktı dik dik. Ama altıncı kata gelmişlerdi bile.

606 numaralı oda, tipik bir üç yıldızlı otel odasıydı; öyle tipik ki ne sevmek mümkün ne sevmemek. Duvarlarda yarı-fantezi harem hayatı resimleri vardı, kafesli pencereler ardında kadifemsi yastıklara abanıp uzanmış kadınlar, geçiştirmeci turist gözü için geçiştirmeci toplu imalat çizimler.

Kapıyı kominin suratına kapatan, daha doğrusu *çarpan* Ömer'e, "Canım sakin ol lütfen" dedi Gail alaylı bir sesle. "Endişelenmeyi bırak. Eminim ikimiz gayet iyi anlaşacağız."

"Kiminle?"

"Anne şehrinle..." diye sürdürdü Gail nağmeli bir sesle, sonra bir bavulu açıp içinden siyah bir tişört ve kararmış, neredeyse grileşmiş bir kaşık çıkardı. "Ne tuhaf adamsın. Annenle tanışmam seni hiç heyecanlandırmıyor. Ama anne şehrinle tanışmam aklını başından alıyor..."

Ömer bu saptamaya itiraz etse iyi olacağını hissetti ama ne diyeceğini bilemedi. Onun yerine içini çekti. Neden durup dururken birdenbire basmakalıp bir turist rehberine dönüştüğünü kendisi de kelimelere dökemiyordu. Sevdiği kadına sunmadan önce parlattıkça parlattığı sulu, kutsal, kırmızı bir elmaya dönüşmüştü İstanbul. Parlattıkça parlatmak istiyordu. Gribe yakalanır gibi, bedeninin ve ruhunun şimdiye kadar hiç karşılaşmadığı bir virüse maruz kalmıştı, farklı milliyetten çiftlerde, hele birisi daha azgelişmiş bir ülkeden geliyorsa, hayli yaygın olan şu isimsiz hastalık. Bunu kendi kendine itiraf etmemiş olsa da, Gail'in memleketini, o da olmadı şehrini sevmesini delicesine istiyordu Ömer ruhunun derinliklerinde. Yine de bu arzunun ardında İstanbul'u beğendirmekten ziyade kendini daha iyi hissetme arayışı yatıyordu.

Elinde bir broşürle yatakta oturan Gail, Türkiye hakkında yeni şeyler öğrenirken, bildiği bazı eski şeyleri de unutmaya çalışıyordu; *Geceyarısı Ekspresi*, insan hakları ihlalleri, Kürt sorunu, Türklerin hatırlatılmaktan hoşlanmayacağını hissettiği malumat kırıntıları. Böylesi bir iç sansür hiç de Gail'e göre değildi. Ne var ki virüsler bulaşıcı olduğundan, o da farklı milliyetten çiftlerde, hele birisi gelişmiş bir ülkeden geliyorsa, yaygın olan isimsiz hastalığa yakalanmıştı. Kendi kendine itiraf etmese de, Batı dışından erkeklerle evli nice Batılı gelin gibi Gail de kocasının memleketini, o da olmadı şehrini sevmeye can atıyordu. Yine de bu arzunun ardında İstanbul'u keşfetmekten ziyade kendini daha iyi hissetme arayışı yatıyordu.

Dolayısıyla, vasat bir otel odasının çift kişilik bayağı yatağına ellerinde birer broşürle oturmuşlar, birisi İstanbul'un en iyi yönlerini nasıl *göstereceğine* dair planlar yaparken diğeri de İstanbul'un en iyi yönlerini *görmeye* hazırlanıyordu.

Bu arada balkonun hafif aralık çifte kapısının arkasında, gözlerinin erguvani uçurumunda manidar bir kıvılcım ve ipeksi gülüşüyle bu çifti dikkatle izliyordu İstanbul. Zira insanın cilalayıp parlatabileceği, kenarlarındaki fazlalıkları atıp, sivriliklerini törpüleyip, sevgilisini sevindirmek için hediye paketiyle ona sunabileceği şehirlerden değildi o. Tökezleyen aşk maceralarına romantik bir lezzet katmak için parlak tabaklarda beşamel sosla servis edebileceği şıkıdım şehirlerden değil. İstanbul bu fuzuli kaygıların ötesindedir, hem çok yaşlı hem yaşsız. Hem miadını çoktan doldurmuş hem sonsuz. Bir ucube melike, kaprisli bir ece: Her yeni gelenin tohumlarını içine çeken ama tarihi boyunca kimse tarafından döllenmemiş olan bir rahim, hem sahiplerin penahı, hem kimse tarafından sahiplenilemeyen.

Bunları fark etmesi çok sürmeyecekti Gail'in... aslında birkaç dakika sonra, Ömer duş almak için onu iç odada yalnız bıraktığında başlayacaktı keşfi. O banyoya gidince ayağa kalkmış, kasvetli perdelerden süzülen oynak ışığa doğru yürümüştü. Dalgın, neredeyse hülyalı açmıştı çifte kapıyı, balkona çıkıp elini gözlerine siper etmişti, sonra tek bildiği öylece donakaldığı, şaşkına döndüğüydü. Buradan böyle bakar bakmaz şehir alabildiğine *cezbedici* görünmüştü Gail'e.

Gail ne kadar zaman bu olmadık şehir kompozisyonunu seyretti bilinmez ama Ömer duştan çıktığında onu bu halde buldu. O da elini gözlerine siper edip dalgın dalgın baktı ama onun gördüğü oldukça farklı bir sahneydi. Dudakları iniltiyle kabarırken yüzü buruştu. Ya resepsiyonda bir hata yapılmıştı ya da çalçene resepsiyoncu onu kandırmıştı. Odayı tutarken kendisine vaat edilen panorama bu değildi kesinlikle. Gerçi Ömer bu malumattan mahrumdu ama doğrusu 606 yerine 607 numaralı odanın anahtarı verilmiş olsaydı, balkondan görecekleri manzara istediği o güzel ve uzak şehir olacaktı; dipsiz çivit mavisi bir deniz, resimlik camiler ve arkadaki tepelerin yosun yeşili önünde, uzaklara sıralanmış evlerin sevimli, kırmızı çatıları. 606 numaralı odadan ise, karman çorman çatıların üzerinden ve martıların kanatları altından ve fazlasıyla yakından gördüğü şehrin en pis sureti, keşmekeşiydi, öyle tehditkâr bir yakınlığı vardı ki insan neredeyse nabzının atışını duyabiliyordu. Kirli, dar, yılankavi sokaklar, pencereleri ardına kadar dışarıda zonklayan hayata açılmış üst üste, iç içe, salaş evler, kimileri hayli bakımlı ve tıknaz, kimileri sefil sürü sepet kediler; sadece uzun zaman önce sönüp gitmiş hayatların izleriyle değil, daha doğmamışların işaretleriyle de kaplı tarih bulamacı. Buradan böyle bakar bakmaz şehir pek *çirkin* görünmüştü Ömer'e.

Aslında ikisinin de haklı olduğu söylenebilirdi. 606 numaralı odanın balkonundan eşit ölçüde *cebzedici* ve *çirkin* görünüyordu İstanbul. Ne de olsa bin bir surettir; öyle ki iki bitişik evin hatta aynı odanın iki farklı duvarından bambaşka görünebilir. Burada rakipsiz bir ihtişamla, acıklı bir çürüme yan yana var olabilir, alımlı ile yaralı, görkemli ile pejmürde asırların basıncıyla yüksek-oktanlı bir hayhuyda kaynaşabilir. Kelime "İstanbul" olunca, ne hikmettir ki eşanlamlısı da zıt anlamlısı da aynıdır.

Ömer'in bilmediği ve turist rehberi ruh haliyle kavrayamadığı nokta, Gail'i hipnotize eden şeyin tam da bu *karışım* olduğuydu. Gönlünü kaptırmıştı İstanbul'a, ama Ömer'in ona göstermeyi planladığı değil, aksine ondan saklamaya çalıştığı İstanbul'a.

"Hadi!" diye bağırdı Gail aniden transtan çıkarak. "Gidelim. Keşfedilmeyi bekleyen bir şehir var."

Keşfedilmeyi bekleyen bir şehir?.. İstanbul alayla dudak büktü. *Sence ben keşfedilmeyi istiyor muyum?*

Ama Gail bu dişil sesi duymadı. Başka sesleri duymakla meşguldü. En başta martıları! Her dışarlıklının İstanbul'daki ilk keşfi çatıların çığlık attığıdır. Martılar şaşırtıcı ölçüde karmaşık kuşlardır ya da fazlasıyla basit. Çelişkilerle doludurlar. Tek başlarına süzülürler ama daima bir topluluk oluştururlar; kaba bir hantallıkları ve çirkinlikleri vardır ama aynı zamanda kendilerine has asil bir zarafete sahiptirler; çöplerin arasında mideye indirebilecekleri bir şey aramak için çöp kutularının yanına indiklerinde çok aptal görünürler; ama çatıların ya da kayaların üzerinde, hiç kıpırtısız, kendi tefekkürlerinin ağırlığı altında donmuş gibi dalgın dalgın denize baktıklarında o tumturaklı bilgeliklerinin üzerine yoktur. Bu beyaz, gürültücü kuşlar İstanbul'un her çatısının üzerine tünerler; ister fakir, ister varlıklı muhit olsun, ister ev ister otel fark etmez, zira konaklayanlar ile kök salmış olanlar arasında ayrım gözetmez martılar.

İlk başta çığlıkları öyle irkilticidir ki insan asla alışamayacağını zanneder. Üç gün sonra ses öyle olağanlaşmış, hayatın ve yaşıyor olmanın öylesine kesin bir kanıtı haline gelmiştir ki on dakikadan fazla duymadınız mı endişelenmeye başlarsınız. Martıların sessizliğinde bir uğursuzluk, kıyamet çağrısı olduğunu zihnen olmasa da sezgilerle kavrayacak kadar bilgeleştirir İstanbul insanı.

Burada çatılar çığlık atsa da konuşan sokaklardır. Öfkesi bilenmiş, hüsrana bulanmış, tortu tortu keder ve katman katman neşeli seslerin karışımıyla sokaklarda zonklar hayat; şehrin üzerinde asılı duran uğultuya eşlik eder denizin daimi hışırtısı, bu cehennemi tarrakayı önüne katıp götürmek istermiş gibi. Bitimsiz dalaşların şehridir İstanbul; erkeklerle erkekler, kadınlarla erkekler, hayatla ölüm arasında. Velvele öyle kesiftir ki en hafif bir çıtırtı bile uzaklardaki bir çığlıkla bütünleşerek ana ezginin dokusunu emiverir. Dikkatle kulak kabartırsanız alttan alta bir ritim fark edersiniz. İstanbul'da sokakların nabzı, üzerlerinden akıp giden hayatınkinden daha ahenkli atar.

Girift sokakların şehridir bu şehir. Sanki bütün bu abideler, asırlık malikâneler, genişleyen banliyöler hatta denizin kendisi dahi bulundukları yere sırf sokaklar onlara açılsın diye konmuşlardır. Buna mukabil her sokak bir öte diyara uzanan geçitten ziyade şimdi tümüyle, dönüşsüzce kaybolmuş bir yoldan doğan sapaktır. İstanbul'da önemli olan sokakların sizi götürdüğü yer değil kendileridir. Belki de bu yüzden bütün şehir orta yerde kesiliveren çıkmaz sokaklarla doludur. Bu kentsel eriyiğin altında yatan temel bir şablon olup olmadığını merak ediyorsanız Delphoi Kâhini'ne sormalısınız. Ne de olsa onun fikriydi şehri tam da buraya, Körler Ülkesi'nin karşısına yapmak.

Bir zamanlar denizin ayırdığı iki kıyı uzanırdı, hafi bir husumetle yüz yüze duran. Kıyılardan birinde eski bir yerleşim vardı ama öteki boştu. Sonra günün birinde bir kâhin geldi. "Bu kıyıda oturanlar kör olmalı" dedi, "karşı kıyının güzelliğini göremediklerine göre." Onun nasihati üzerine, Körler Kabilesi'nin kıymetini bilmediği kıyıya inşa edildi şehir. İstanbul'un nice ironisinden biri zamanla genişlemiş ve sadece ilk başta üzerine kurulmuş olduğu kıyıyı değil, karşı kıyıdaki Körler Ülkesi'ni de yutmuş olmasıdır. O zamandan beri İstanbul bir olumsuzlamanın olumsuzlanmasıdır. Burada her ses, itirazını içinde barındıran bir yankıyla karşılanır.

Gail şaşkın görünüyor ama neyin onu daha fazla hayrete düşürdüğünü anlamak zor, şehir mi yoksa kendini burada görmek mi? Ömer'e gelince ne şaşkın ne de seslere karşı duyarlı görünüyor. Hatta bir parça sağır. Zihninin onu ha bire dürteleyen sesinden başka bir şey duyduğu söylenemez; nerede yemek yiyeceklerini, Gail'in yiyecekleri sevip sevmeyeceğini, önce nereleri görmeye gideceklerini, saatlerce trafikte sıkışmalarını ve sonunda Gail'in onu boşamasını engellemek için hangi yolu seçmesinin daha iyi olacağını geçirip duruyor kafasından. Ömer pratik turistik meselelere kendini öyle kaptırmış ki, felsefi ya da şiirsel bir soyutlama tecrübe edecek halde değil.

O gün ve sonraki günlerde şehirde dolaşırlarken ruh halleri az çok böyle olacaktı; şehre nüfuz ettikçe Ömer'in yapılacaklar listesinden de uzaklaşacaklardı. Yine de Ömer'in dikkati pratik meselelere ve çizelgelere sabitlenmişti, halbuki Gail bunlar dışında her şeyle ilgiliydi. Ömer'i turist zannedenin bir tek komi olmadığını hayretle keşfetmişti. Bir şekilde Gail'in varlığı ikisini de Amerikalı yapmaya yetiyordu. Yine de Gail, bütün alışılmadık huylarla yüzlerin aynı ölçüde "yabancı" kabul edildiği bu görünümler karmaşasının ardında daha ziyade yapısal bir bilmece yattığını seziyordu, Türk insanını iki gruba ayıran bir tür ikilik. Bir tarafta su götürmeyecek şekilde Batılı ve modern olan daha eğitimli, daha zengin, daha süzülmüş kesim vardı; öte taraftaysa sayıları daha fazla ama iktidarları daha kısıtlı, görünümleri daha az *Batılı* ikinci bir kesim. Aradaki kopukluk birinci grubun üyelerini ikincilerin gözünde "turist"e dönüştürebiliyordu. Bir Türk bir başka Türk'e rahatlıkla *yabancı* gözüyle bakabilirdi.

İlginçtir İstanbul'da İngilizce konuşmayan yoktu, bilmeyenler dahil. İlk kez ABD dışına çıkan Gail içten içe hazırlıklı olduğu sorulara maruz kalmadığına şaşıracaktı: Bilhassa da Amerikan karşıtı soru ve tepki bombardımanlarına. Ömer'e söylememişti ama provalar yapmıştı önceden, Amerika'nın Ortadoğu'daki dış politikasına dair bir dizi siyasal, uluslararası, dini ve tarihi soruyu cevaplamaya hazırdı, keza *uygarlıklar çatışması*, Balkanlar'daki etnik anlaşmazlıklar, Batı'nın Bosnalı Müslümanların öldürülmesini önlemekte gecikmesi, "İslam ve kadın" meselesine yaklaşımlar, Irak savaşı, dünya petrol pazarındaki istikrarsızlık vs konularında da çalışmıştı dersini. Oysa anlaşılan İstanbul sakinlerinin kendisi gibilere yönelttiği alternatif bir dizi soru vardı:

1. Amerika'nın neresindensiniz?
2. İstanbul'u sevdiniz mi?
3. Yemekleri beğendiniz mi?

Bu kadar basitti. Ne dini, ne de sosyopolitik tartışmalardaydı öncelik. İnsanların bir yabancıdan ilk öğrenmek istedikleri daha temel bir meseleydi: "Dışarıdan bakınca nasıl görünüyorum?"

Ayrıca, kimsenin bir Amerikalıdan, Amerika dışındaki hayatın nasıl olabileceğine dair en ufak bir fikir sahibi olmasını beklemediğini keşfetmek de garibine gidecekti. Hâlâ yerlilerle *dünya siyaseti* tartışmak istiyorsan bir eşiği aşman gerekiyordu çünkü konuşanın Amerikalı olduğunu anladıkları anda tekinsiz bir ışıltı geçiyordu yüzlerinden: "*Ya, o zaman muhtemelen dünyanın bu kısmı hakkında pek bir şey bilmiyorsunuzdur.*"

Soru üçlemesini takiben bir başka ortak tepki, "yabancı" demek "kıtlıktan çıkmış" demekmiş gibi ağzına kürek kürek yemek tıkıştırmalarıydı. Gail nereye gitse kendisine yiyecek ya da içecek, genelde ikisi birden ikram ediliyordu. Bilhassa Ömer'in ailesini ziyarete gittiklerinde tam anlamıyla beslenecekti!

* * *

Akla ziyan miktar ve çeşitlilikteki yemeklerden doldurulması için tabağını dördüncü kez Ömer'in annesine uzattığında Gail'in ağzından çıkan inilti masadaki şamatada kaynayıp gitmişti. Gail'in solunda Ömer'e hiç benzemeyen babası vardı, onun yanında ne babasına ne de Ömer'e benzeyen erkek kardeşi. Sağında, havalı saç kesimi, bronz teni ve ince, zinde vücuduyla yaşının çok altında gösteren gayet çekici ve zarif bir kadın olan annesi vardı. Ev, üst sınıf bir muhitte, yepyeni apartmanlarla dolu nezih bir sokaktaydı. Pencerelerden göz kamaştırıcı mavisiyle neredeyse jöleyi andıran kesiflikle çırpınan deniz görünüyordu; Gail otelin balkonundan seyrettiği denizle bunun aynı deniz olmadığına yemin edebilirdi. Oturma odası gayet şık döşenmişti, seçkin, zarif ve iddialı ama *a la mode* olmayacak kadar hesaplı. Etrafta birkaç fotoğraf göze çarpıyordu; onlardan birinde Ömer'in, gözleri insanın içine işleyen o sevimli, sakin çocukluğunu gördü Gail. Duvarlar zevkli çerçeveler içindeki zevkli tablolarla süslenmişti, Gail hepsinin orijinal olduğuna emindi.

Yaprak dolması, patlıcan salatası, zeytinyağlı enginar, humus, parpullanmış kırmızı biber turşusu, incir tatlısı ve bir sürü hamur işi... Osmanlı-Türk mutfağının en seçkin örnekleri ki bir vejetaryeni meftun, bir nebatoburu da mest edebilirdi pekâlâ. Çay küçük bardaklarda limon dilimleriyle sunuldu. Kendisine ikram edilen hiçbir şeyi reddetmemesi gerektiğini çıkarsamak gibi hayati bir hata yapan Gail on iki bardak içmişti bile. Bu arada Ömer, onun ıstırapla şiştiğinin farkına varmadan masanın öbür ucunda oturuyordu. Zihni bunu algılayamayacak kadar dağınıktı. Masadaki herkesle hem ayrı ayrı hem aynı anda muhabbet ediyor, gergin görünmemek için büyük gayret sarfediyordu, bilhassa da aşırı, ağdalı bir nezaketle Gail'le konuşan annesine suratını asmamak için.

Otele dönerlerken karşı kıyıya geçmek için vapura bindiler. Kadıköy Meydanı'ndaki kalabalık arasından süzüldüler Ömer önde leylek adımlarıyla, Gail ağırlaşmış vücudunu sürükleyerek arkasından. Nihayet vapurun üst katında bir sıraya oturduklarında rahatlayarak içini çekti Gail, yüzünde kıpırdanan rüzgârın keyfine vararak uzun zamandır düşüncelerini işgal eden soruyu sordu:

"Bence annenle baban hoş. Kardeşin ise harika. Neden onlara karşı bu kadar sertsin? Sana ne kötülük yaptılar ki?"

Bana ne kötülük yaptılar ki? Ömer'in buna cevabı yoktu, yine de bir sürü cevabı varmış gibi hissediyordu. Annesiyle babası kötü insanlar değildi. Onu ellerinden gelen en iyi şekilde yetiştirmiş, iyi bir eğitim vermiş, rahat ettirmek için bolca para harcamış, hiç dövmemişlerdi. Ömer ne Gail'e ne de kendine hıncının nereden kaynaklandığını açıklayamıyordu. *Ailesi ona ne kötülük yapmıştı ki?* Hiçbir şey. Ama belki soru yanlış dillendirilmişti. Belki bunun *kötülükle* alakası yoktu. Hem ailesi kötü olamayacak kadar imtiyazlı, görgülü ve moderndi. İşte gene mi haksızlık ediyordu onlara? *İyi* insanlar için *kötü* şeyler düşünmenin vicdani yükünü taşımak istemiyordu. Kulaklığını takıp karışık punk-rock CD'lerinde acilen dinlemeye ihtiyaç duyduğu şarkıyı aradı: *Overcoming Learned Behavior* (*Terbiyeden Kurtulmak*).

"İçimde sadece aileme karşı değil kendim dahil bir sürü şeye karşı tortulanmış bir öfke var, biliyorsun... ama birisi bana neden böyle öfkeli olduğumu sorduğunda nasıl cevap vereceğimi bilemiyorum... Sence bir cevabım olmalı mı?"

"Hayır tatlım" dedi Gail. Söylemediği, Ömer'in açıklanamaz öfkesinin kendi açıklanamaz kederine çok benzediğiydi. İçinde keder vardı, hep vardı ama birisi sebebini sorsa hemen cevap veremezdi. Mount Holyoke College'daki kızların onu daha az tuhaf bulabilmek için üzerine iliştirmeye çalıştığı cevaplar gibi ikna edici ve somut açıklamalarda bulunması şart mıydı? Çocukken taciz edilmiş, dövülmüş ya da bir sürü korkunç şeye maruz kalmış olsa daha mı anlaşılır olacaktı daimi hüznü? Ya böyle somut sebeplerle bağlantılı olmadığı halde kederin peşine takılmasından kurtulamıyorsa ne olacaktı?

Gail, Ömer'in yüzünü şefkatli bir tebessümle okşadı. Aslında Ömer'i kendi sınıfından ayıran bu neredeyse çocuksu, hiddetli, yılmaz acılığı takdir ediyordu. Yanağından öptü, başını omzuna koydu ve etraflarından geçen vapur yolcularını seyretmeye başladı. Ömer ona âşık olmaya âşık, saçının kokusunu içine çekti ve ağzına soğuk, gümüş bir kaşık girdiği halde o anın eşsiz romantizmini bozmak istemedi. Oturdukları yerde birbirlerine sarılarak vapurun iskeleden ayrılışını seyrettiler. Karşı kıyının tepeleri üzerinde camiler kırık cam parçaları gibi parıldıyordu. Kabarcıklanan beyaz köpükleriyle su, yaklaşan şehir ve hayatın kendisi pırıl pırıldı. Vapur kayıp giderken dalgalar yarışırcasına onu takip ediyor, deniz kendinden emin kabarıyor, zamk gibi koyu, neredeyse yenebilir bir maddeye dönüşüyordu.

"Baylar bayanlar! Bir dakikalık dikkatinizi istirham ediyorum. Karşılığında size hayatta ihtiyacınız olan her şeyi sunacağım, belki bir sevgili hariç!"

Sırtına dev bir çanta vurmuş, ondan da büyük göbeği vücuduna bir şekilde yapışmış ayrı bir organizma gibi görünen, iriyarı, kara yağız, kahverengi gözleri velfecri bir Çingene'ydi bu. İki kolu da tam manasıyla vecde gelmiş bir orkestra şefi gibi havada, mayışık vapur yolcularından oluşan bu sessiz orkestrayı yönetmeye hazılanıyordu sanki. Birkaç kişi hafiften güldü ama çoğunluk ondan tarafa bakmayıp put gibi oturmaya devam etti. Bezmişlerdi ondan. Aslında bütün seyyar satıcılardan. Her sabah işe, her akşam eve giderlerken İstanbullu vapur yolcuları kendilerini müzmin bir farsın izleyicisi konumunda bulurlardı; her seferinde kısmen tenezzül, kısmen can sıkıntısı, nadiren de bu pek olağandışı, pek yetenekli, pek bıktırıcı aktörlerin yüzer gezerliğine, fütursuzluğuna, cüretine duydukları kıskançlıkla seyrederlerdi.

Çingene seyyar satıcı devasa deri çantasını yere koydu ve yumurta gibi parlak ve cırtlak sarı bir plastik alet çıkardı, sivri kenarları ve tepesinde tuhaf bir kapağı vardı. Herkes bu *mucizeyi* görebilsin diye *şeyi* havaya kaldırdı. Bunu takip eden üç dakika içinde bir patates soydu, havuç ve salatalık dilimledi, bir limon bir portakal sıktı, sularını dinleyiciler arasındaki birkaç talihliye ikram etti, bir kurşunkalem açıp sivriltti, yaprak dolması sardı, bir turşu kavanozu açtı, hepsi "bu inanılmaz Japon icadıyla". Kimse ciddiye almadı.

"Bu mucizeyi sattırmak için fazladan bir şeye gerek yok ama" diye bağırdı satıcı, sigaradan ve gün boyu bağırmaktan çatlamış sesiyle, "ilk üç alıcıya bazı hediyelerim olacak, bir limonluk (limonluğu havaya kaldırdı), açılır kapanır bir nihale (nihaleyi açarak savurdu) ve... fındıkkıran (havada bir fındık kırdı) ve iyi balıkçılar için zıpkın (sivri uçlu aleti havada salladı)... hepsi müessesenin ikramı." Bu sefer kimse gülmedi. Hatta pek çok kişi ilgilenmeye başlamıştı. İlk alan hasır şapkalı tombul bir kadın oldu. Onu çabucak iki yolcu takip etti.

"Üç şanslı yolcuyu tebrik ediyorum. Kampanya bitti, artık böyle bir şansınız olmayacak" diye bağırdı satıcı daha da yüksek sesle. "Ama bundan daha az cazip olmayan bir kampanya daha var. Bu Japon icatlarından bir yerine iki tane alırsanız bir renkli kalem takımı (takımı havaya kaldırdı), lastik eldiven (eldivenleri salladı) ve herkesin yaz boyu ihtiyaç duyduğu elektrikli bir vantilatör (yumruk kadar bir vantilatörü ön tarafta durmadan terleyen adamın yüzüne tuttu) kazanacaksınız... bir yumurta teli de cabası!!!" Birkaç yolcu satıcıya işaret etti, sonra birkaç kişi daha. Üç dakika içinde çantadaki bütün mucizevi Japon icatları satılmıştı.

Yaptığı satıştan memnun çantasını toplarken satıcının kahverengi gözleri, kapkara bir saç çalısı altındaki turist kadına takıldı. Göz açıp kapayana kadar Gail'in yanında bitti. "Kaşıkları sevenler için" diye bağırdı avazı çıktığı kadar ve önce ucuz bakır, sonra paslanmaz çelik, en son da plastik kaşık takımları çıkardı çantasından. Her takım bir öncekinden daha gülünç ve uyduruk olduğundan Gail kendini adama somurturken yakaladı, bunun şaka olduğunu söylesin de birlikte gülsünler istiyordu sanki. Ama tam o anda adam başka bir kaşık çıkardı, geri kalanlarıyla hiç alakası olmayan türden; çukurunda bir Osmanlı tuğrası, uzun, narin, burmalı sapında kehribar taşı olan otantik bir gümüş kaşık. Kıymetli ve eski görünüyordu. "Bu üç kaşık setini alan şanslı müşteri için" diye bağırdı satıcı, "bu paha biçilmez antika kaşık bedava!"

Sonra hep birlikte vapurdan indiler; Gail kaşıklarından memnun, Ömer onun hepsini birden almasından şaşkın, bir sonraki vapurdaki bir sonraki tiradına hazırlanan Çingene satıcı ikisini de çoktan unutmuş.

* * *

Bir kere adalara, iki kere Kapalıçarşı'ya gitmişler, Ayasofya'yı ziyaret edip, uzak bir anının sıcaklığıyla Ömer'e gerçekten muhteşem görünen Theodora'nın gözlerinin içine bakmışlardı. Birbirine paralel sokaklarda şaşırtıcı ölçüde birbiriyle alakasız dünyalara rastlamışlar, şehrin hem en kozmopolit hem en tutucu yerlerini dolaşmışlar, yer yer bu ikisini aynı noktada bulmuşlardı. Her gezintide yeni bir çikolata serisi geliyordu Gail'in aklına. TEDİRGİN RUH ÇİKOLATA

DÜKKÂNI'na döner dönmez yeni koleksiyonlar imal edecekti; bir tane semazen serisi tasarlamıştı beyaz çikolatadan, bir de bitter çikolatadan çarşaflı kadın serisi ve neden olmasın, göbeklerinde brandy olan bir vapur seyyar satıcıları serisi.

Sultanahmet Camii'nin önünde güvercinlere darı satan, bir deri bir kemik, sırtı kambur bir kadıncağızdan darı alıp güvercinleri beslediler. Kirli renkli bir kedi etraflarında daire çiziyor, son derece temkinli ama bir o kadar gülünç adımlarla gittikçe kuşlara yaklaşıyordu. Kedi hiç güvercin yakalayamadı. Gail bunu iyi bir işaret olarak kabul etti. Son zamanlarda manik ruh halinin doruklarındaydı ki bir bakıma düşmenin eşiğinde olduğu anlamına geliyordu bu. Yaklaşmakta olan meczupluk.

Her bardan aynı ölçüde yüksek sesli başka başka müziklerin taştığı Beyoğlu'nun ara sokaklarını arşınladılar, binalar arasına sıkışmış bir türbenin önünde durdular. Binalar arasında tesadüfen varlığını korumuş çoğu türbe gibi bu da bir evliyaya aitti. Gail artık bütün şehrin zamanı belirsiz sayısız türbeyle dolu olduğunu ve hepsinin belli bir konuda uzmanlaştığını keşfetmişti. Kimi evliyalar koca bulmaya, kimisi bulunanı kaybetmemeye yarıyordu. Bazı türbeleri hasta ve düşkünler ziyaret ediyordu, bazılarını da gönül yarası çekenler. Bebek sahibi olamayan kadınların ziyaret ettiği türbeler vardı. Evliyalar arasındaki fark ne olursa olsun ziyaretçileri hemen her daim kadındı.

Gail bu evliyanın hangi koruda uzmanlaştığını anlamak için mezar taşına baktı. Ama hiç ipucu yoktu, sadece kendisine tercüme edildiğinde pek anlam ifade etmeyen bir ibare vardı:

Türbenin etrafında mum yakmayın.
Evliyanın sizin ışığınıza ihtiyacı yok.

"Söylesene canım" diye usulca mırıldandı otele dönerlerken. "Sence ben de kitabı sol eline verilenlerden miyim?"

Zındık Ömer'in onun neden bahsettiğini anlaması biraz zaman aldı, ciddi olduğunu anlaması daha da uzun sürdü: "Yapma, *böyle* şeylere inanıyor olamazsın...!"

"Evet ama yine de bana cevap verebilirsin. Yani sen Tanrı olsan kitabımı sol elime mi verirdin yoksa sağ elime mi?"

"Tanrı olsaydım" dedi Ömer gülerek, "kitabını kafana atardım."

"Ama sence de şiirsel bir metafor değil mi bu?" diye sordu Gail, insafsız inadıyla.

"Hayır, değil" dedi Ömer onu avuturcasına kolunu uzatarak, "ama sen kesinlikle öylesin. Hayatımdaki en şiirsel şeysin sen."

Bu kelimeler ağzından çıkar çıkmaz beklenmedik bir kasvet çöktü Ömer'in içine, sanki *şiirsel* artık mevcut olmayan demekti. Daha önce de böyle hissettiğini hatırlıyordu, ama ne zaman ve nerede olduğunu hatırlayamıyordu.

İçimdeki aç ağız

Gece. Alegre kendini tam anlamıyla kendisi hissedebildiği tek yerde, mutfakta yalnız. Mutfak onun memleketi. Çoğu sürgüne gönderilmiş, sınırdışı edilmiş, gönüllü de olsa zorlanarak ABD'de yabancı kalıbına sokulmuş bir akrabalar ve dostlar halkasıyla çevriliyken mutfağın da onun anavatanı olduğuna kimse inanmaz, bu yüzden de kimseye söyleyemez. Aslında Alegre mutfakta bulunmanın onu mutlu edip etmediğini bilmez. Ama belki de mesele bu değildir. Ne de olsa vatan denilen illa da mutluluk sağlamaz insana. Her halükârda emin olduğu bir şey varsa o da mutfağa ait olduğu. Buraya başkaları için yemek pişirmeye gelir ama ara sıra kendisi, sadece kendisi için gelir. İşte o anlardan biri bu. Bu gece Alegre pişirmek için burada değil. Bu sefer içindeki aç ağızı doyurmak için gelmiş mutfağa.

Vakit geç. Ama fark etmez. Aç ağız yeme alışkanlıklarının zamanlaması dışındadır. Normal yeme alışkanlıkları olan insanlar, yeme bozukluğu olanların yemeği saplantı haline getirdiğini düşünmekle hata ederler. Tüketilecek yemeğin miktarı ve kalitesinden ziyade, yeme düzenini sürdürmektir Alegre'nin beceremediği. O şaşmaz yemek düzeni, her sabah, öğlen ve akşam tam aynı saatte yemek... sonra tekrar sabah, öğlen ve akşam... tekrar, tekrar, her gün. İnsanlar aynı düzen doğrultusunda tam aynı anda acıkabildikleri için birlikte yemek yiyebilirler. Alegre yiyemez. Ağzı zaman zaman acıkır; ayda bir, bilmem ne kadarda bir, yüzyılda bir. Başka insanların ağızları yüzlerindedir, çocuk resmi gibi bariz bir çizgi, ilk bakışta hemen seçilir, vücutlarından dışarı açılan bir giriştir. Alegre'nin ağzı ise yüzünden silinmiştir; vücudundadır, rahminde bir yara, derinlerde çalkalanan bir boşluk. Hep geridedir, karanlıkta pusuya yatıp bekler, sadece kendi istediğinde çıkar. Zamanın dışında olduğundan geçmiş kaydı yoktur. Bu yüzden de aç ağız ne zaman yemeye başlasa daha önce hiç yememiş gibi önüne geleni yutar. Zamanın dışında olduğundan gelecek algısı da yoktur. Bu yüzden de ne zaman yemeye başlasa bir daha asla yiyemeyecekmiş gibi önüne geleni yutar. La Tia Piedad'ın porselenlerinin aksine Alegre'nin vücudundaki dişi-ağız tam bir sıfırlanmanın, kasıtlı bir bellek kaybının özlemini çeker.

Açlık. Kâseler dolusu gevrek, önce Piyu'nun cevizli, üzümlü gevreklerini, sonra Abed'in bayıldığı ballı gevrekleri yedikten sonra kendini daha aç hissederek buzdolabına yöneldi. Abed ile Piyu bu gevrekleri her sabah kahvaltıda yerdi. Alegre hiç yemezdi. O kadar kaloriliydiler ki. Ama sonra böyle bir gece gelir ve bütün o sabahlar boyunca kaybettiklerini telafi etmek istercesine bir oturuşta bir kutuyu mideye indirirdi. Sütle birlikte bir kutu gevrek 1 880 kaloriydi, toplamda 75 gr şeker kadar. Durmak için çok geçti. İçindeki aç ağız tümüyle uyanmıştı.

Buzdolabını açıp görmeyen gözlerle içine baktı, bir dilim mozarella aldı, bir dilim daha, dolabı kapadı, dolabı açtı, devasa bir dilim çedar kiş yedi, dolabı kapadı, yine bir saniye önceki gibi görmeyen gözlerle beyaz kapıya bakar vaziyette öylece durdu. Orada, telefon faturaları, evlere servis mönüler, indirim kuponları, Arroz'un banyo köpüklü fotoğrafı, ev dekorasyonu renk kartları, Ömer evden ayrıldıktan sonra Piyu ile Abed'in ilişmediği İngilizce Kelime Dağarcığı oyununun eski bir skor çizelgesi arasında sabahleyin gelmiş bir kartpostalı gördü.

Sevgili dostlar,

Kapalıçarşı'dayız (tekrar!) Onu üçüncü kere buraya sürüklediğim için mızmızlanıyor Ömer. Bu kartpostalı bir hediyelik eşya dükkânından yazıyoruz (utanç verici ölçüde Şarkiyatçı, dansöz kıyafeti giymiş develer bile satıyorlar).

Ömer son günlerde anlaşılmaz bir biçimde Abed gibi konuşmaya başladı. Neyse, bu kartpostalı aldığımızı görünce dükkân sahibi nezaketle bizi içeri buyur etti, yazalım diye (alışveriş edelim diye) ve çayla lokum ikram etti. (Gail ne verseler yiyor.) Adam demin bana iki antika gümüş kaşık gösterdi, haremdeki bir odalığa aitmişler. (Said'in Şark'ın kendini Şarklılaştırması dediği şey değil mi bu?) Hayrettir, Ömer burada tezi için büyük ilham bulmuşa benziyor.

Keşke bizimle birlikte olsaydınız. İstanbul'dan selamlar...

Alegre kartın arkasını çevirip çatık kaşlarla üzerindeki resme baktı. Tepe üzerindeki bir caminin günbatımındaki zarif siluetiydi... renkler güzeldi, turuncu ve sarı tonları, sıcak ve hoş, bir kaşık şeftali marmeladı gibi. Marmelat demişken, Alegre dolabı açtı, ne yesem diye baktı, bir sosis kaptı, sonra bir tane daha, kapıyı hızla kapadı, sonra hemen yeniden açtı.

Dolabın içinde tarifini bu haftaki kadın dergisinden aldığı iki yemek vardı: Baharatlı Beyaz Peynirli Makarna ve Et Sote. Pişirmiş ama tadına bile bakmamış, yesinler diye Piyu, Abed ve yeni ev arkadaşlarına bırakmıştı. Şimdi hepsi uyuyordu. Sadece Arroz uyanıktı, gözlerinin karanlık girdabında dönen huysuz, huzursuz bir ışıkla yanında duruyordu. Ama bu işte bir gariplik olduğunun öyle iyi farkındaydı ki Alegre'nin gözünün önünde mideye indirdiği onca yemeği paylaşmak için en ufak bir girişimde bulunmamıştı. Arroz bunun yemek yemek olmadığını biliyordu. Bu başka bir şeydi, korkutucu bir şey. Bu ayin her şeyi tepetaklak etmekle ilgiliydi; dışarıdakini içeri almak sonra içeri alınanı dışarı çıkarmak.

Yemek ve kusmak, tamah ve perhiz, günah ve nedamet... bu, nüfuz edilemez sınırları aşmakla ilgiliydi.

Alegre yere oturup, raflara dizilmiş yiyecek kaplarına baktı. Bir gün önceden kalma tavanın içindeki kızartmalar ve krem peyniri ve sosisler ve mantar sote ve kavanozlardaki bebek mısırlar ve turşular ve dondurucudaki koca bir kap vanilyalı dondurma... Hepsini bitirdi, baharatlı, tatlı, ekşi, acı karışım. Alegre usulü *masala*. En küçük kırıntısına kadar bitirdi. Bu taşkınlığın sonuçlarına kafa yormadı. Artık hiçbir şey endişelendirmiyordu onu. Yutma edimi bütün endişelerin ötesindeydi. Talimli bir nezaketle minik minik tırtıklamasına ve her zamanki uysal, kibar kız olmasına gerek yoktu.

Bir sosis daha yedi, üzerine çedar kişin geri kalanını. Gözleri kabadayı bir edayla bir sonraki yiyeceği ararken ağzı biteviye şapırdıyordu. Tam fındık ezmesine uzanmıştı ki bir ses havayı yırttı.

"Alegre sen ne yapıyorsun Tanrı aşkına?"

Piyu dehşete çalan bir uyuşuklukla yüzü taşlaşmış, ayakları çıplak, kollarını kavuşturmuş mutfak kapısında duruyordu. Ne söyleyeceğini bilemeyen ağzı açık kalmış, bir açıklama bekliyordu. Ne kadar zamandır burada durmuş onun yedikçe yemesini seyrediyordu acaba? Alegre hiç tanımadığı bir sürü kişinin önünde çırılçıplak kalmış gibi titredi. Panikle ayağa kalkarken dengesini kaybetti.

Uykulu bakışının ardında Piyu öyle şaşkın, mantıklı bir açıklamaya öyle muhtaç görünüyordu ki Alegre'nin yüzündeki paniği fark etmesi birkaç saniye alacaktı. Gözlüğü yoktu, yukarıda yatağın yanında bıraktığını hatırladı sonra şokunu sindirmeye çalışırken kıpkırmızı kesildi; az önce şahit olduğu itici iştaha duyduğu tiksintiden ziyade, kız arkadaşının blumialı olduğunu bunca zamandır fark etmemenin sarsıntısıydı bunun sebebi. O daha soru sormaya başlayamadan Alegre verandaya çıkmış, kapıya hamle etmişti. Tam zamanında uzanıp onu bileğinden yakaladı Piyu.

"Bırak beni" diye bağırdı Alegre kendine ait olmayan bir sesle. "Sana ne? Benimle yatmıyorsun bile..."

Bu infial öyle beklenmedik, konuyla öyle alakasızdı ki nasıl karşılık vereceğini düşünmek için duralayan Piyu'nun elleri gevşedi. Tam o tereddüt anında Alegre pijamasının üzerine paltosunu geçirip kendini dışarı atma fırsatını buldu ve ciğerlerinde hava kalmayana kadar koştu. Piyu şaşkınlığını üzerinden atıp yukarıdan gözlüklerini alana, ayakkabılarını giyip peşinden koşana kadar Alegre, Davis Meydanı'na ulaşmıştı bile.

* * *

Gece. Onlar hariç bir kişi var çamaşırhanede, bir sarhoş şarkısı mırıldanan bir sarhoş. Abed ile kadın karşılıklı sandalyelerde oturmuş çamaşır makinelerinin giysilerini temiz ve kuru geri vermesini bekliyorlar. Kadının giysiye ihtiyacı olduğu muhakkak çünkü bu gece daracık bir pantolonla incecik bir bluz var sadece üzerinde ve iri, beyaz, kabarık memeleri Abed'in gözünün önünde. Abed memelere, kadına bakmıyor sadece elindeki adi dergiyle ilgileniyor gibi yapıyor. Biriki sayfa geçince, bir tarafında serum, öbür tarafında bir yığın kitap, hastane yatağında gülümseyen yarı baygın bir kızın resmiyle karşılaşıyor. Çocuğun sınıfta öğretmenin anlattıklarını dinlemek yerine 6 667. kitabını bitirmeye çalışırken bayıldığı yazılmış.

Derginin üzerinden kadına kaçamak bir bakış atan Abed, onun o ayartıcı gülüşüyle hâlâ dik dik kendisine baktığını görüyor, hiç rol yok, açık ve cesur, utançsızca utanmaz. Işık bu açıdan vurduğunda gözlerinin ve dudaklarının etrafındaki kırışıklıklar iyice ortaya çıkıyor. Annesi olacak yaşta ama bakışı ve elleri Zehra'yla kıyaslandığında ne kadar genç.

Huzursuzlukla ayağa kalkıyor Abed ve nereye, neden kaçtığını bilmeden sokağa fırlıyor, onun büyüsünden kurtulma telaşıyla giysilerini çamaşır makinesinde bırakıp koşmaya başlıyor.

Köprü

Ayrılış günü. Gail ile Ömer on günlük ziyaretlerinin ardından şehirden ayrılıyorlardı. Uçakları öğleden sonra 15.30'da kalkacaktı. Bir gün önce Ömer'in ailesiyle vedalaşmak için şehrin Asya yakasına geçmişlerdi. Her zamanki gibi o gün neler yapılacağını Ömer planlamış ve günlük plana uyulmamıştı, her zamanki gibi. İlk başta niyet aileyle birlikte geç bir brunch, ardından otele dönüp bavulları toplamak, ertesi sabah erken uyanmak için erkenden yatmaktı. Ama eve gittiklerinde brunch akşam yemeğine, akşam yemeği ziyafete, Gail de balona dönüşecekti. Ömer'in annesi geceyi orada geçirmelerinde ve ertesi sabah erkenden yola koyulmalarında ısrar etmişti. Uyandıklarında kendilerini bir kez daha ziyafet masasında bulmuşlardı. Evden geç çıktıkları için Avrupa yakasına taksiyle geçmeye karar verdiler ve İstanbul'da işlenebilecek en büyük kusurlardan birini işlediler: Boğaz Köprüsü'nü sabah trafiğinde geçmek!

Nitekim oldukları yerde duruyorlardı, köprü şeritlerine muntazaman sıralanmış sonsuz araba konvoylarından birinde sıkışmış, Brezilya'dan naklen verilen maçın heyecanlı sağanağı ve şoförün daha beter heyecanlı nidaları altında taksinin arka koltuğunda oturuyorlar. Şoför ufak tefek biri, o cüsse için hayli gür bir sesi var. Sabah 07.58. Dışarıda tatlı bir esinti, güzel bir sis, hatta sis bile değil, ince bir hava kirliliği tülü ve yine de güzel çünkü hava kirliliğinden çok sise benziyor.

Futbolla hiç alakası olmayan ve hemcinslerinin neden buna deli olduğunu anlamayan Ömer kulaklığını takıp sesi açıyor ve PJ Harvey'nin *This Mess We Are In* (*Battığımız Batak*) şarkısını dinlemeye başlıyor. Saat kullanmadığı için kendine kızarak, ara sıra çatık kaşlarla bileğine bakıyor. Saati olsa ya da en azından başka birinin saatine bakmayı akıl etse zamanında yola çıkabilir ve bu tıkanmaya mıhlanmak yerine şimdi daha hoş bir yerde daha anlamlı bir şey yapıyor olabilirlerdi.

"*Demek şimdi iki aradayız...*"

"Ne dedin?" Ömer kulaklığını çıkardı.

"*Demek şimdi iki aradayız*, dedim..." diye mırıldandı Gail karşıya bakarak.

Nihayet anladı Ömer onun ne demek istediğini: Bir tarafında ASYA KITASINA HOŞ GELDİNİZ, öteki tarafında AVRUPA KITASINA HOŞ GELDİNİZ yazan köprü aradaydı, arafta.

Çocukluğunun şehrinin iki kıta üzerine kurulu olması onun için yeni bir havadis olmadığından kayıtsızca başını sallayıp kulaklığını tekrar taktı Ömer. Ama önce yeni bir CD koydu, Iggy Pop&Stooges, *Gimme Danger* (*Tehlike Getir Hayatıma*). Tekrar. Dördüncü kere çalarken şarkı Gail'in dudaklarının yeniden oynadığını gördü ama bu sefer taksi şoförüyle konuşur gibiydi. Ne konuştuklarını duymak için kulaklıklardan birini çıkardı. Futbol spikerinin yükselip alçalan sesi üzerinden, dünyadaki safran sınıflarına, hangisinin nerede kullanıldığında dair bir nutuk atıyordu Gail, tuhaftır şoför de onu dikkatli dikkatli dinliyordu. "Pilav için en iyisi Hint safranıdır ama tatlılar için İran safranı üzerine yoktur."

"Ya Türk safranı?" diye sordu şoför yarım yamalak İngilizceyle, ömrü hayatında bir kez olsun bir kap pişirmek için mutfağa girmemiş biri olarak belli ki *yemekten* ziyade *Türklükle* ilgilenerek.

Ama Gail bu soruya hazır görünüyordu. Bir saniye içinde

safranla yapılan Osmanlı-Türk yemeklerini saymaya başladı; bozuk Türkçesiyle söylediği her isimde şoförün yüzündeki gülüş genişliyordu. Onların her şeye rağmen iletişim kurabilmesinin acayipliğine şaşan Ömer sesi daha da açarak tekrar müziğine gömüldü. *Gimme Danger.* Doğrusu İstanbul'da geçirdikleri on günün ardından kendini bitkin hissediyordu; şehrin feryat figanından ziyade Gail'in hummalı enerjisinden yorulmuştu. Tekrar. *Gimme Danger.*

Bir dakika sonra, sağ şeritte, topaz rengi bir arabanın ilerlediğini gördü Gail, arka koltukta kapkara saçlı bir kız oturmuş fazlasıyla sakin, insanı irkiltecek kadar solgun bir yüzle dışarı bakıyordu. Mutlu görünmüyordu kız. Hatta kederliydi. Dosdoğru Gail'e bakıyordu ama nedense onun kendisini görmediği izlenimine kapılmıştı Gail. Çocuk, öndeki yetişkinlere, arabayı temkinle süren, temkinli görünüşlü kadına ve penceresinden dalgın dalgın dışarıya bakan dalgın görünüşlü adama bir şey söylemek ister gibi eğildi ama söylemedi.

Topaz rengi arabanın içinde olanları kendi penceresinden seyreden Gail bir iki saniye tekinsiz bir hisle, baktığı kızın aslında kendisi olduğu ve tam şu anda geçmişiyle şimdisinin birbirine paralel hareket ettiği ama benzer şekilde tıkanık bir yolda takılıp kaldığı hissiyle ürperdi. Zihni hemen kapanıverdi kendi üstüne. Hayatında bir kez daha kendisini düşerken seyretmeye başlamıştı ve bu düşüş sersemletici bir tempoyla hızlanarak yaşama arzusunu azar azar aşındırıyordu, içerideki bir yaradan sızan kan gibi, görünürde kesik olmadan.

Derin derin nefes alarak ve biraz da zorlanarak bakışlarını kızdan, köprüyü örten tül gibi sise çevirmeyi başardı. Aniden geliverdi aklına ve bir saniye sonra kesinkes karar verdi bu iki aradalığın tam da doğru yer, bu dakikanın tam da doğru dakika olduğuna ölmek için.

* * *

Saatler Boston'da 01.22'yi, Marakeş'te 06.22'yi, Madrid'de 07.22'yi, İstanbul'da 08.22'yi gösterdiğinde Boğaz Köprüsü'nde trafiğe takılmış bir taksinin arka kapısı esner gibi açıldı. Iggy Pop&The Stooges'la yarı transa geçmiş Ömer ve en sevdiği oyuncuya kırmızı kart gösteren orospu çocuğu hakem yüzünden çifte-transa geçmiş taksi şoförünün hiç mi hiç fark etmedikleri alçacık bir ses çıkardı kapı. "Klak!" gibi bir şey.

İstanbul'daki o "klak!"la aynı anda, Boston'da o saatte açık bulduğu ilk yerin kapısını açan Alegre içini çekti. Hızlı hızlı soluduğu halde sakin görünmeye çalışarak, bir eli boynunda asılı incili haçta, bir eli para aramak için cebinde içeri girdi ve her biri elinde bir içki bardağıyla gülen, sallanan, konuşan insanların arasında zikzak çizmeye başladı. Arkalara gittiğinde vahşi bir bakışla donakalmış, delici bir çift kırmızı göze bakar buldu kendini, biraz ürperdi, oyuncak değil ölü bir kuş olduğunu anladı, tekrar ürperdi ve midesindeki ağırlıktan kurtulma ihtiyacını daha fazla bastıramayarak tuvalete koşturdu.

Az sonra içinde hâlâ bir miktar yiyecek kaldığından şüphelense de daha fazla kusamayacağı gerçeğini kabullenmek zorunda kaldı. Tuvaletten çıkıp üst kata yöneldi. Tam kapının tokmağına uzanmışken barın hemen önünde Piyu'yu gördü, belli ki onu arıyordu. Neyse ki içeri bakmak aklına gelmemişti. Kuşkusuz Alegre'yi arayacağı yerler arasında barlar yoktu.

Geri çekildi ve tezgâhın önünde ayakta duran orta yaşlı bir adamın aç gözlerinden gözlerini kaçırarak birkaç dakika orada beklemeye karar verdi. Adamın yüzü neredeyse griydi ve alkolden kızarmış gözlerle dik dik Alegre'ye bakıyordu. Alegre'nin kanı buz gibi bütün vücudunu dolandı. Bu yabancı adamın karanlık sokaklarda peşinden geleceği korkusuyla dışarı fırlayıp, son treni yakalamak için metroya koştu. Bu gece La Tia Piedad'ın evine gitmek istemiyordu, Pearl Sokağı'na da dönemezdi ama Debra Ellen Thompson'ın kapısını çalabileceğini hissediyordu. Soğuk rüzgârda bardan aldığı peçetenin üzerindeki isme baktı. *Gülen Saksağan.* Bir bar için komik bir isim diye düşündü ve trene binerken bu ismi kimin bulduğunu merak etti.

Walnut Sokağı'nın köşesinde, yanından son sürat geçen gölgeye bakakaldı Abed. Bir an için gördüğünün Alegre olduğuna yemin edebilirdi. Mantığı bu izlenimi düzeltmekte gecikmedi. Yok hayır, gecenin bu saatinde *Gülen Saksağan*'dan çıkan Alegre olamazdı. Yavaşlayıp, az evvel neden böyle paniğe kapıldığını, çamaşırhaneden neden öyle kaçtığını anlamak için kafasını toplamaya çalıştı. Bulduğu cevap pek açık olmasa da bir dakika sonra geri döndü ve görünmez bir ağla sulardan çekilir gibi yavaş ama kararlı adımlarla çamaşırhaneye doğru ilerlemeye başladı. Safiye'ye sadakatinin muğlak bir biçimde sadece ortak mazilerine değil ülkelerine olan bağlılığıyla da iç içe geçtiğini sezse de hiç kimseye açıklayamazdı bunu, hele kendine hiç. Safiye'ye olan bağlılığını yavaş yavaş kaybetmenin etkisi onu vatanına bağlayan halatların da belli belirsiz gevşemesi olmuştu. Kendini Fas'a daha az bağlı hissediyor değildi katiyyen. Ama bir şekilde ABD'deki hayatına eskisinden daha bağlı hissediyordu.

Çamaşırhaneye yaklaşırken önce kapanmış olmasından, kapanmadığını görünce de kadının gitmiş olmasından korktu. Ama oradaydı, çamaşır makinelerinden birinin yanında durmuş temiz ve kuru çamaşırları iki sepete dolduruyordu –kendininkine ve Abed'inkine. Sepeti Abed'e uzatırken insanı utandıracak kadar muzafferdi gülüşü ve zaferi öyle coşkuluydu ki Abed gözlerini kaçırmak zorunda kaldı.

"Gidiyor" dedi taksi şoförü, gördüğüne inanamadığı için âdeta felç olan sesi zar zor duyuldu. Bu yüzden bu sefer bağırarak tekrar etti: "Gidiyor!"

Şoförün sözlerini gayet net duyduktan sonra bile söylenene bir anlam veremeyen Ömer, adamın bakışlarını takip edince trafikte sıkışmış arabaların arasından, siyah, uzun, gür saçlarını savurarak köprünün korkuluklarına doğru koşan Gail'i gördü. Öyle afallamıştı ki ancak taksi şoförünün dışarı çıkıp Gail'in arkasından koşmaya başladığını görünce kımıldatabildi vücudunu. Nabzı panikle şahlandı, Iggy Pop'un boynundan sarkan kulaklıklardan halen yayılan *Gimme Danger Little Stranger* (*Tehlike Getir Hayatıma Küçük Yabancı*) şarkısı eşliğinde arabadan fırladı.

Piyu artan bir evhamla telefonu kapadı. Alegre bulunamıyordu, Abed de eve dönmemişti. Bu gece şahit olduğu isyankâr tamahtan ziyade Alegre'nin yüzü donduruyordu Piyu'nun kanını, olayı her düşündüğünde. Alegre'nin vücudu elini değdiremeyeceği keskin bir bıçağa dönüşmüştü sanki. Her asabi adımının hem kendisinin hem de Arroz'un endişesini derinleştirdiğini fark etmeden mutfakta bir aşağı bir yukarı gidip geliyordu; hayvan bu kargaşada kendine tutunacak sağlam bir dal arar gibi mutfak masasının altında âdeta yere yapışmıştı. Alegre'ye karşı ne kusur işlediğini bilemeyen Piyu, kalbi ümitsizlikle sızlayarak odasına dua etmeye çıktı. *Ruega por nosotros, Santa Madre de Dios, para que seamos dignos de las promesas de Cristo.* El Salve'nin ortasında birden içi titredi. Korku dolu bir kalp atışı ve "Koş seni terk ediyor" diye bir ses duyduğuna yemin edebilirdi.

"Koş, seni terk ediyor."

Ömer hayatında bir kere daha zamanın hızının gerisinde kalışına tanık oluyor, hayatın kadansını yakalayamayışını seyrediyor, ne var ki bu sefer peşinden koştuğu ölümün kadansı. *Tehlike getir hayatıma küçük yabancı.* Gail, taksi şoförü ve Ömer köprü üzerinde dizili arabaların arasında zikzak çiziyorlar. Sağda solda birkaç şoför onları şaşkın bakışlarla seyrediyor. *Senin yanında huzur bulayım.* Bazıları olağandışı bir şey olduğunu daha yeni anlamaya başlıyor. Başkalarına gösteriyorlar. *Bana tehlike ver küçük yabancı.* Göz açıp kapayana kadar arabalardaki bütün insanlar köprüden canlı bir intihar girişimini seyretmenin heyecanıyla mest. *Ve hastalığını hissedeyim...* Ömer koşuyor. Onun önünde taksi şoförü koşuyor. Onun önünde Gail koşuyor. Onun önünde sadece boşluk var.

Şimdi korkulukların öteki tarafında, sadece tek eliyle hayata tutunmuş vaziyette duran Gail seyircilerinden habersiz. Köprüye ve karmaşasına arkasını, yukarıdan olağanüstü dingin görünen şehre de yüzünü dönmüş. Tuhaftır şu anda buradan gördüğü manzara, 607 numaralı odanın manzarasından bile daha güzel. Nefesini sabitlemek ister gibi derin bir nefes alıyor. Bir kez daha öteki uçta ama bu sefer kendini sona daha yakın hissediyor. Bu sefer hayatındaki her dakika, tanıdığı her insan, içinde barındırdığı her benlik alfabe çorbasındaki harfler misali. Zihninde karıştırıyor hepsini, bütün o birbirine uymaz anları, anıları, bir girdapta döne döne eriyinceye kadar. Bir kâsedeki kusmuğumsu püre, annesinin kuzguni saçları, omletin tadı, bir parça sosis, baharatlı ve sıcak, geri çıkarılamaz, yutulamaz, bebek boğazına takılmış... ay çıktığında tapınılan bir Asur-Babil tanrıçası... daimi hudutlar... tepsilerde donmuş çikolata figürler... sürülerinde kalamayıp tek başlarına uçan topal kuşlar... Aniden her şey çözünebilir izlenimi veriyor, alfabe çorbasında çığırından çıkmış harfler gibi bitimsiz bütünlerin kırık dökük parçaları. Aniden muazzam bir hızla düştüğünü hissediyor ve bir sonraki isminin ne olacağının artık önem taşımadığı çivit rengi bir boşluğa çekildiğini.

Geride, zamanın çok gerisinde, cılız bir avuntu geçiyor Ömer'in zihninden. Ölmeyecek. Hayır, ölmeyecek. İnsanlar başkalarının ülkelerinde intihar etmez, burası onun vatanı değil. Peki, hiç vatanı oldu mu onun? Kim gerçek yabancı; bir ülkede yaşayıp başka bir yere ait olduğunu bilen mi yoksa kendi ülkesinde bir yabancı hayatı sürüp ait olacak başka bir yeri de olmayan mı?

Köprü denizden 64 metre yükseklikte. Ömer'in walkman'inde bir şarkı çalıyor. Şarkı üç dakika yirmi saniye ama tekrar tekrar çalınırsa sonsuza kadar sürebilir.

Gail'in düşüşü sadece 2,7 saniye sürüyor.

EK

Biyografi

Söyleşi

Görüşler

Biyografi

Strasbourg doğumlu **Elif Şafak,** çocukluğunu ve gençliğini Ankara, Madrid, Amman, Köln, İstanbul, Boston, Michigan ve Arizona'da geçirdi. ODTÜ Uluslararası İlişkiler Bölümü'nü bitirdi, yüksek lisansını aynı üniversitede Kadın Çalışmaları Bölümü'nde, doktorasını ise siyasetbilimi alanında tamamladı. İlk romanı *Pinhan*'la 1998 Mevlâna Büyük Ödülü'nü aldı. Bunu *Şehrin Aynaları* (1999) ve Türkiye Yazarlar Birliği Ödülü'nü kazandığı *Mahrem* izledi (2000). Ardından her ikisi de çok satan ve geniş bir okur kitlesine ulaşan *Bit Palas* (2002) ve İngilizce kaleme aldığı *Araf* (2004) yayımlandı. *Med-Cezir*'de (2005) kadınlık, kimlik, kültürel bölünme, dil ve edebiyat konulu yazılarını topladı. 2006'da senenin en çok okunan kitabı olan *Baba ve Piç* yayımlandı. Ardından aylarca satış listelerinden inmeyen ilk otobiyografik kitabı *Siyah Süt*'ü yazdı. Doğan Kitapçılık tarafından 2009 martında yayımlanan *Aşk* Türk yayıncılık dünyasında önemli bir rekora imza atarak, en kısa sürede en çok satan roman oldu. Tüm eserlerinden seçkiler niteliğinde olan *Kâğıt Helva* Aralık 2009'da, gazete yazılarından derlediği *Firarperest* Kasım 2010'da yine Doğan Kitapçılık tarafından yayımlandı.

Eserleri otuz dile çevrilen Elif Şafak'ın romanları Viking, Penguin, Rizzoli ve Phebus gibi dünyanın en önemli yayınevleri tarafından yayımlanmaktadır.

www.elifsafak.com.tr

Araf İngilizce kaleme aldığınız ilk romanınız. Neden İngilizce yazmayı tercih ettiniz?

Çocukluğumdan beri dile, dillere özel bir sevdam ve merakım var. Ben her zaman elimin altında sözlük, defter kelime çalışırım. *Araf*'tan beri romanlarımı hem İngilizce hem Türkçe yazıyorum. Neredeyse aynı romanı iki kez yazıyorum. İki kat mesai, iki kat emek harcayarak. Bu sevmeden yapılabilecek bir iş değil. Diller arası yolculuklar yapmaktan keyif alıyorum. İngilizce daha matematiksel bir dil benim için, Türkçe daha duygusal ve kalpten. İngilizce yazıp Türkçeye döndüğümde anadilimin ritmini belki de daha iyi duyuyorum. İki dilde yazmak beni zihnen ve ruhen besliyor.

Araf'ta Amerika'da yaşarken gözlemlediklerinizin izleri görülüyor. Bu kitabın ortaya çıkmasında Amerika'da üniversite ortamında geçirdiğiniz dönemin payı ne kadar?

Amerika'da üç buçuk sene yaşadım. Aslında Amerikan toplumunun çok özel bir dönemine tanıklık ettim, çünkü tam 11 Eylül sonrasıydı. İlk sene Boston'da feminizmin güçlü olduğu bir kampüste kaldım ve yazdım. Elbette bu gözlemlerimin izleri var romanda. Ama bunun yanı sıra kendi çocukluğumun da izleri var. Bir başka ülkede yabancı olmak ne demek, gurbette yaşamak ne demek, bu duyguyu biliyorum. Gerisi tamamen hayal gücü. *Araf*'ı yazarken "kültür" üzerinde çok durdum. Popüler kültür, müzik, sanat, gündelik hayat, gençlik ve dil üzerine yaratıcı yorumlar barındıran bir roman.

Bütün romanlarınızda mutfakla, yemekle bir ilişki kuruyorsunuz. Sizin hayatınızda mutfağın nasıl bir yeri var?

Romanlarımda yiyecekler ve yemek kültürü o kadar önemli ki birçok okurum benim çok iyi yemek yapan biri olduğumu zannediyor. Ama hakikat öyle değil. Ben yemek kültürünü seviyorum. Bazen roman yazamadığımda elime bilgisayarımı alıp bir pastaneye gidiyorum. Orada ekmek, çörek, kurabiye kokuları arasında daha güzel ilham geliyor. Açıkçası ben mutfağı "karın doyurmak" olarak görmüyorum sadece. Orada koskoca bir kültür var. Yüzyılların birikimi var. Anneannelerimizden annelerimize, onlardan da bizlere devreden bir birikim. Bir kadın yazar olarak o birikimden de ilham alıyorum.

***Araf*'ta diğer romanlarınıza kıyasla daha düz bir anlatım var. Bunun nedeni İngilizce yazmanız mı?**

Bence bunun nedeni *Araf*'ın konusu. Her roman kendi dili ve üslubuyla geliyor bana. Bundan dolayı her romanım birbirinden bu kadar farklı. *Araf* bir gençlik romanı. Gündelik hayatın ve gençliğin dilinin ön planda olduğu bir roman. O yüzden dili biraz daha farklı kullandım. Öte yandan Osmanlıcaya olan sevgim o kadar derin ki, vazgeçemem. Osmanlıcayı önemsiyorum ve kelimelerin yitip gitmesine gönlüm razı olmuyor. Benim için ne anlattığım kadar nasıl anlattığım da önemli.

***Araf* romanına baktığınızda kendi yazın serüveninizde nereye koyuyorsunuz? Bundan sonra ne**

tür kitaplar yazmak istiyorsunuz?

Araf benim gözümde hep özel bir roman olarak kalacak. Bana ilk defa bir başka dilde yazmayı tattırdı. Bu anlamda bir sıçrama noktasıdır. Bu kitabı yazmak için kendimi kâh odaya kâh kütüphanelere kapattım, gece gündüz yazdım. O kadar yıprattım ki bedenimi. Deliliğin eşiğinde yazıldı *Araf*. Kimse bilmez ama böyle. Bundan sonrasına gelince, severek ve sevdiğim gibi romanlar yazmak istiyorum. Ve tabii bir de kalpten yazmak önemli, insanların kalbine hitap eden kitaplar yazmak...

Türkiye'de iyi ve canlı bir edebiyat okuru olduğunu söylüyorsunuz. Ve her kesimden okurunuz var. Peki özellikle sizi okumasını istediğiniz bir kesim var mı?

Ben okurlarımı önemsiyorum. Okuru önemsemediğini söyleyen yazarlara inanamıyorum. Okuru önemsemiyorsak ne demeye bastırıyoruz yazdıklarımızı? Okur benim sırdaşımdır. Ruhdaşımdır. Tek bir okur profilim yok, birbirinden çok farklı insanlar okuyor kitaplarımı. Gençler, orta yaşlılar, yaşlılar... bambaşka fikirlerden insanlar. Bir romanı milyonlar okur belki, ama herkesin okuması kendine has ve biriciktir. Buna çok inanıyorum. Kendimi herhangi bir kesimin yazarı olarak görmüyorum. Tam tersine, sanatın ve edebiyatın farklılıkları buluşturması gerektiğine inanıyorum. Ayrıştırmak değil, buluşturmak....

Görüşler

... İlk bakışta doktora yapmak için 2002 haziranında ABD'ye gelen bir Türk ün, Ömer Özsipahioğlu'nun Boston'da geçirdiği iki yılın hikâyesidir roman. Faslı arkadaşı Abed, bir gece vakti içkiden içi dışına çıkmış Ömer'e şöyle özetleyecektir bu iki yılı: "Doktora yapmak için İstanbul'dan Amerika'ya geldin; doktorayı bırakıp kız arkadaşların üzerinde uzmanlaştın, ama hepsinde çuvalladın; mideni öldürdün, sonra da midenin seni öldürmesine ramak kaldı... Tabii sonra ya hastalandın ya da âşık oldun, kimse farkı anlayamadı; derken evlendin, üstüne üstlük Gail'le evlendin ve bütün hayatını mahvettin!" Ama gerçekten de Amerika'da olmak mı mahvetmiştir Ömer'in yaşamını? Hikâye ilerledikçe hiç de öyle olmadığını anlıyoruz. Çünkü o, daha Türkiye'den ayrıldığı günlerde yoldan çıkmış biri; kendini ne siyasetin akıntısına ne de bilimin adacığına konumlandırabilmiş bir siyasetbilimi öğrencisi; evlilik müessesesinin flora ve faunası içinde nefes almakta zorlanan işin acemisi bir koca; kendini evinde hissedememekten mustarip ama artık evinin nerede olduğunu da bilmeyen bir göçmen; ne İslam'la ne de başka bir dinle alakası olsun istemeyen bir doğuştan Müslüman; "Tanrı'nın bilinebilirliğine değil Tanrı'nın kendisini bilmesine karşı çıkan bir bilinemezci" olarak tarif edilebilecek bir adam.

Araf'ın hikâyesi Ömer'e takılıp kalmıyor. Her biri farklı yerlerden, farklı kültürlerden ve farklı tarihlerden gelen Gail, Ömer, Abed, Alegre, Piyu ve Debra Ellen Thompson da Ömer kadar ağırlıklı yer kaplıyorlar. Her birinin karakter özelliklerine, hayat hikâyelerine ve trajedilerine hak ettiği yeri vermesini bilmiş Elif Şafak. Bu karakterlerle sayılar, istatistikler, psikiyatristler, uyarı levhaları, yemek listeleri, diyetler, testler, Uzakdoğu felsefeleri, kadın-erkek ilişkilerindeki yüzeysellik, acıma duygularını uyandırmadan sessizce dilenen yoksullar gibi Amerikan tarzı hayatın karakteristikleri arasındaki kimi zaman mizaha varan çelişkileri de unutmamış.

Belirtmekte yarar var; *Araf*, Amerika'ya gelen Ömer'in, Faslı Amed ve İspanyol Piyu'yla paylaştıkları evdeki yaşantısı, Gail'e âşık olması ve evlenmesi özetiyle anlaşılacak bir roman değil. Elif Şafak, aslında bir hikâye anlatmayı da amaçlamamış; hikâye zamanın akışına bağlı olarak zorunlulukla çıkıyor ortaya. Şafak'ın meselesi, bireyin kendisine yabancı bir ülkede, yabancı bir toplum ve kültürde içine düştüğü karmaşık duygu, düşünce ve ruh hallerini çok sayıda karakter üzerinden sergilemek. En çok da yalnızlık ve yabancılaşma üzerinde duruyor. Öyle bir yalnızlık ve yabancılaşma ki, yalnızca Ömer, Amed ya da Piyu gibi yabancılar değil, Gail ve Debra gibi yerliler de kurtulamayacaktır insanı depresyonun eşiğine getiren etkilerinden.

Başarısı burslarla ödüllendirilmiş ya da yaptıkları işleriyle hayat karşısında donanımlı insanlardan oluşan roman kişileri cins, ırk, kültür ayrımı gözetmeksizin bozuk ruh hali paydasında birleşiyorlar. Elbette kökenlerine göre değişiyor bozukluk biçimleri. Mesela Gail'in şahsi özellikleri arasında obsesif kompulsif bozukluk, panik atak, sosyal fobi ve benzerleri var. Ahçılığı ile parmak ısırtan Alegre, tombul bir çocukluk geçirmenin travmasıyla sabitlenen bulimia hastalığının pençesinde. Sevgili Piyu, başka kadınlara ilgisini sevgilisine kanalize edemiyor bir türlü. Güçlü bir karakter çizen lezbiyen Debra, istediği hayatı kuramamanın tedirginliğini üzerinden atamazken Amed, kültürünün ahlaki değerlerini gururla taşıyarak yaşadığı Amerika'da hiçbir kadınla ilişki kuramıyor. Şafak, medeni dediğimiz hayatın neden olduğu yarılma ve nevrozları hikâye içinde kaderlerini sanki kendileri belirleyen karakterleri üzerinden çarpıcı ama abartısız ve açık bir biçimde işlemiş. Bu nedenle Ömer ve Gail'in çok ayrı dünyalardan gelip bir aşkta ortaklaşan zigzaglı hayat çizgilerinin İstanbul'da noktalanan sonu üzecek belki, ama şaşırtmayacak okuyucuyu.

Önceki romanlarında, *Pinhan* (1997), *Şehrin Aynaları* (1999), *Mahrem* (2000) ve *Bit Palas*'ta (2002) da kavramların, kimliklerin, isimlerin ve zamanın peşine düşmüş, metinlerinin hepsinde diline gösterdiği özenle dikkat çekmişti Şafak. *Araf* karakter zenginliği, bir karakterden diğerine atlarken zamanın doğrusallığını gözetmeyen akıcı kurgusu, ele aldığı meseleleri ve uzun ama titiz tasvirleriyle romanları arasında en başarılı bulduğum *Bit Palas*'a çok yaklaşıyor...

Ve son olarak Aslı Biçen'in ustaca çevirisinin romana çok şey kattığını söylemek ve hakkını teslim etmek isterim; umarım *The Saint of Incipient Insanities*'in dili de *Araf*'ınki kadar güzeldir.

A. Ömer Türkeş
Radikal/2004

DK'da yayımlanmış diğer kitapları

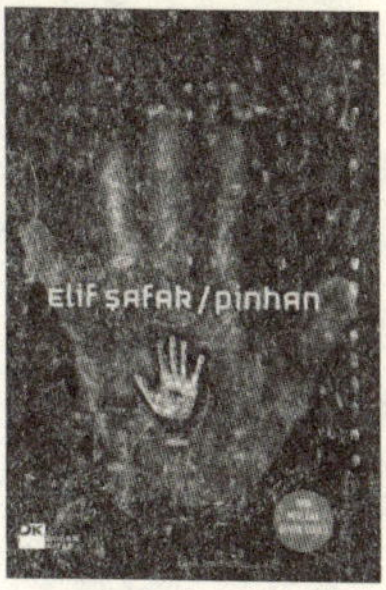

Pinhan

"Nicedir adını bekler dururdu. Velhasıl adı da onu. İşte bugün kavuştular birbirlerine. Adı Pinhan olsun bundan böyle" dedi.

Yazarın ilk romanı olan *Pinhan* 1998'de "Mevlâna Büyük Ödülü"nü aldı.

Şehrin Aynaları

Aynalar şehrine geldim çünkü benim hikâyemin önünü, benden evvel kaleme alınmış bir başka hikâye tıkıyor. Aynalar şehrindeyim çünkü bir kez şu bendi yıkabilsem sular çatlayacak, deli deli akacak; hissediyorum. Aynalar şehrindeyim çünkü ben bir korkağım; ve ne olduğunu bilen her korkak gibi, bu sırrı kendime saklıyorum.

Mahrem

Öyle güzel ki uçmak... Öyle güzel ki tüyden hafif, uçurtmadan serseri, buhardan oynak, toz zerresinden kıvrak, kar tanesinden savruk olabilmek gökkubbede. Niyetim daha, daha da yükseklere çıkmak. (...)

Mahrem 2000 yılında Türkiye Yazarlar Birliği Ödülü'nü aldı.

Bit Palas

Edebi ve yazınsal başarısı, Türk kimliğini ve ülkenin tarihine yaklaşımını edebiyat yoluyla yeniden tanımlayan genç kuşak yazarlar arasında Şafak'ı temsilci olarak öne çıkarıyor... Bu roman enerji dolu ve gizemli bir yolculuğa davet ediyor insanı; tutkuyla, gülmeceyle ve Türkiye'ye dair bir dolu fotoğraf karesiyle...

The Independent

Med-Cezir

"Elif Şafak'ı yalnız romanlarından tanıyanlara, kafalarındaki fotoğrafın eksik karelerini tamamlamak için *Med-Cezir*'deki yazıları okumalarını salık veririm. Burada kanlı canlı, öfkesiyle, inadıyla, kırılganlığıyla, tutkularıyla velhasıl renginin bütün tonlarıyla Elif Şafak var."

Ali Çolak

Baba ve Piç

"Son derece güzel kurgulanmış... Bu canlı ve eğlenceli roman hem bir aile hikâyesi hem de kolektif bir tarihe uzanıyor. Aile hikâyesine güçlü ve nevi şahsına münhasır kahramanlar yön veriyor. Şafak'ın karakterlerine can veren güçlü dili, zihninizin kulaklarıyla duyabiliyorsunuz."

Alan Cheuse, *Chicago Tribune*

Siyah Süt

Bu kitap okunur okunmaz unutulmak için yazıldı. Suya yazı yazar gibi...
Siyah Süt kadınlığın, kadınların hayatının kasvetli ve karanlık ama son tahlilde geçici bir dönemiyle ilgili. Birdenbire gelen ve geldiği gibi hızla dalgalar halinde çekile çekile giden bir haletiruhiye burada incelenen. Bu kitap bir nevi tanıklık. Otobiyografik bir roman.

Aşk

“Cümlelerin güzelliği, dili inanılmaz bir yaratıcılıkla kullanıyor olması ve bunu şimdiye kadar yazdığı her şeyden üstün bir şekilde becermiş olması, bu romanı tek kelimeyle olağanüstü yapıyor. Yazarın kişiliğini en saf biçimiyle görebileceğimiz bir yapıt çıkarmış ortaya.”

Taha Akyol, *Milliyet*

Kâğıt Helva

(...) Derken o yolculukta bir an geliyor, durup geriye bakma gereği duyuyorum. Geçtiğim yolları, uğradığım durakları, güzergâh boyu karşılaştıklarımı anımsıyorum. Bu kitap dünden bugüne yazdıklarımdan ufacık bir seçkidir. Bir alıntılar kitabı. Karın doyursun diye değil, tadımlık niyetine.

Firarperest

İnsan ki eşrefi mahlukattır, içindeki semavi özü keşfetmekle yükümlüdür. Çıkacaksın yollara, kendine doğru git gidebildiğin kadar.
Keşif boynumuzun borcudur. Kendimizi keşfetmek, aşkı keşfetmek, dünyayı keşfetmek, ötekini keşfetmek...